杜甫詩注

第四冊

吉川幸次郎著
興膳宏編

巻四　行在所の歌
帰省の歌

岩波書店

杜甫詩注　第四冊　目次

凡　例

杜甫詩注巻四

前編　行在所の歌

はしがき一　3
1　述懐一首　述懐一首　わがおもい一首　22
2　月　月　月　33
3　奉贈嚴八閣老　厳八閣老に贈り奉る　侍従の厳武氏にささぐ　37
はしがき二　45
4　送長孫九侍御赴武威判官　長孫九侍御の武威の判官に赴くを送る　長孫監察官の武威軍参謀としての赴任を送る　47
5　送樊二十三侍御赴漢中判官　樊二十三侍御の漢中の判官に赴くを送る　樊監察官の漢中軍参謀としての赴任を送る　58
6　送從弟亞赴安西判官　従弟の亜の安西の判官に赴くを送る　従弟杜亜の安西都護府参謀としての赴任を送る　74

7　送韋十六評事充同谷郡防禦判官　韋十六評事の同谷郡の防禦判官に充てらるるを送る　韋判事の同谷郡防禦使参謀としての出向を送る　91
8　奉送郭中丞兼太僕卿充隴右節度使三十韻　郭中丞兼太僕卿の隴右の節度使に充てらるるを送り奉る三十韻　検察庁次長兼車馬頭郭英乂氏の隴右節度使としての出向を送り奉る三十韻　109
9　送楊六判官使西蕃　楊六判官の西蕃に使いするを送る　楊参謀のチベット派遣を送る　142

後編　帰省の歌

はしがき三　157
1　得家書　家書を得たり　手紙がついた　158
2　留別賈嚴二閣老兩院補闕　賈厳の二閣老と両院の補闕とに留別す　旅立ちにあたり賈至厳武など両侍従職の同僚におくる　166
3　九成宮　九成宮　九成離宮　170
4　徒歩歸行　徒歩帰行　徒歩の帰り路のうた　182
5　玉華宮　玉華宮　玉華離宮　188

6　晩行口號　晩行の口号　夕暮れの旅の即興　202
7　獨酌成詩　独酌して詩を成す　ひとり酒くみてよみいでしうた　207
はしがき四　211
8　北征　北征　北への旅　215
9　羌村三首　羌村三首　羌のむらにて三首　273
10　彭衙行　彭衙行　彭衙の長歌　290
はしがき五　307
11　喜聞官軍已臨賊寇二十韻　官軍已に賊寇に臨むと聞くを喜ぶ二十韻　官軍はやくも賊兵にまむこうと聞きてのよろこび二十脚韻　309
12　收京三首　京を収む三首　首都の克復三首　328
あとがき　興膳　宏　345

凡例

一、本書は、唐の詩人杜甫(七一二—七七〇)の現存する全詩の注釈である。原著者吉川幸次郎(一九〇四—一九八〇)が計画した全二〇冊のうち、第Ⅰ期では前半一〇冊、詩人の成都滞在期(七六一年頃)までの詩を収録する。

一、テクストは、「宋本杜工部集」(上海商務印書館、一九五七年)を底本とする。詳細は第一冊所収「総序」を参照。

一、第一冊から第五冊については、旧版(筑摩書房、一九七七—一九八三年)にもとづきつつ、以下の改訂を行うこととした。

(一)　旧版第二・三・五冊の巻末に収められた、原著者自身による「補正」の反映。これらのうち、誤植・誤記については当該個所を直接訂正するが、内容上の補正については当該個所の直後に改行のうえ、〈補正〉との標記のもとに掲げる。なお必要な場合には、補正の当該個所を示すため行間に＊印を付した。

(二)　編者による注記(編注)。〈　〉で括って当該個所の直後に掲げる。各詩の注において、関連する文献や詩題などを、必要な範囲で補う。また、詩の訓読・訳・注を欠いている場合も、〈　〉で括って補う。

(三)　各詩の注末尾の「双声畳韻」の改訂。これについては、〈　〉で括らずに直接訂正を行う。

(四)　漢字のふりがなについては、それぞれの語の初出個所に加えるなど、若干の整理・追加を行う。

(五)　その他、誤植・誤記の訂正。

一、第六冊から第一〇冊については、原著者の遺稿にもとづき、今回初めて刊行するものである。編集方針は、前項(二)—(五)と同じである。

一、漢字の字体は、詩原文・原題については旧字体を使用し、それ以外の部分は通行の字体を使用する。ただし一部、旧版を参考に旧字体で統一したものがある。

一、本凡例の後の地図四点は、本版で新たに加えたものである。

一、刊行にあたり、大西寛氏、内田文夫氏、木津祐子氏、二宮美那子氏のご協力をいただきました。ここに記して感謝いたします。

編集部

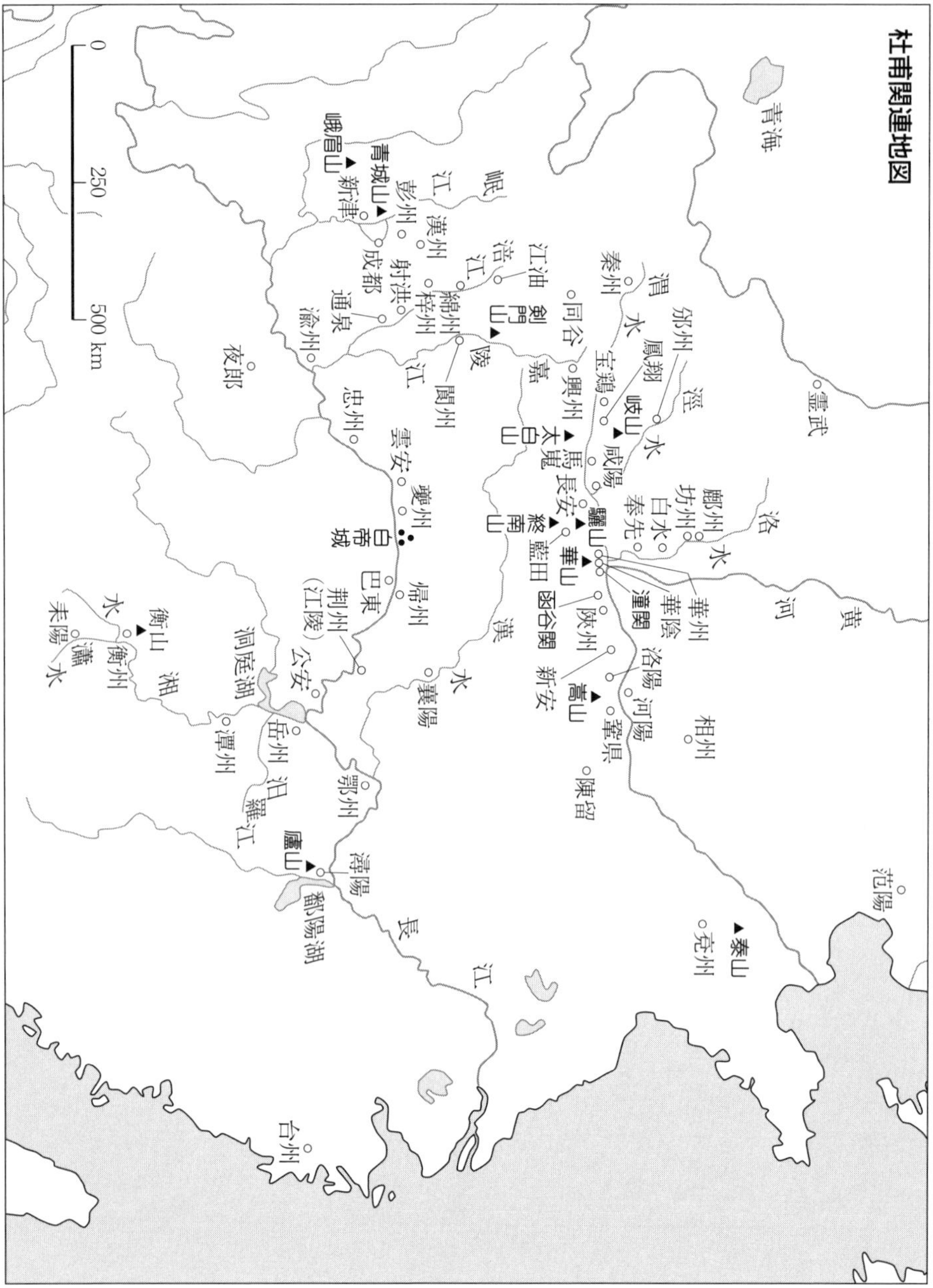
杜甫関連地図
0
250
500 km
青海
霊武
黄
河
洛
水
范陽
泰山
兗州
相州
鄜州
坊州
白水
奉先
驪山
華州
華陰
潼関
華山
藍田
終南山
長安
咸陽
馬嵬
太白山
岐山
鳳翔
邠州
涇
水
渭
水
宝鶏
秦州
同谷
興州
嘉
陵
江
剣門山
江油
綿州
梓州
閬州
涪
江
射洪
通泉
成都
漢州
彭州
新津
青城山
峨眉山
岷
江
渝州
夜郎
忠州
雲安
夔州
白帝城
巴東
帰州
荆州
（江陵）
公安
漢
水
襄陽
函谷関
陝州
洛陽
新安
嵩山
河陽
鞏県
陳留
洞庭湖
岳州
汨
羅江
湘
水
衡山
衡州
耒陽
瀟
水
潭州
鄂州
廬山
潯陽
鄱陽湖
長
江
台州

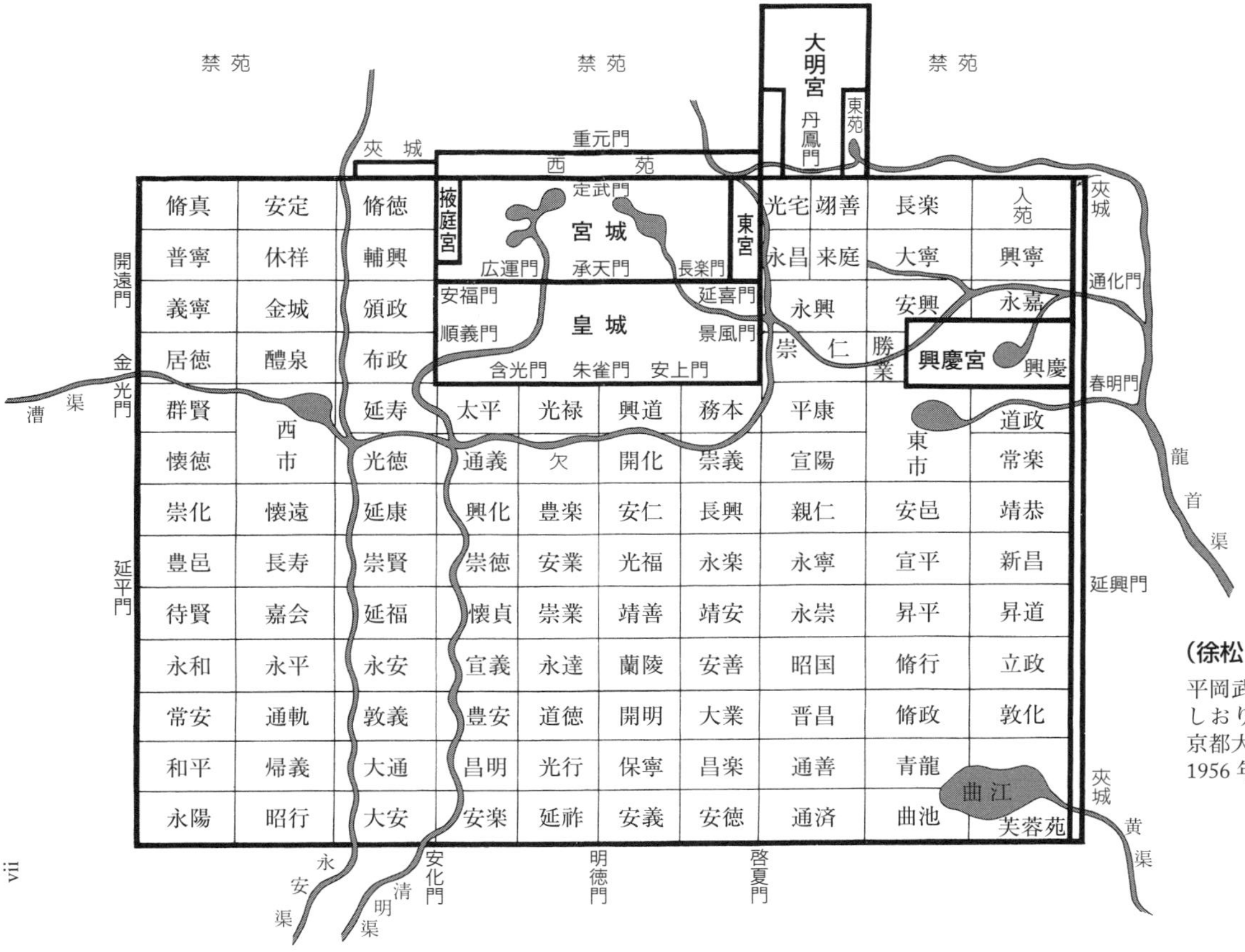

長安城図

（徐松『唐両京城坊攷』）

平岡武夫編『唐代研究のしおり第7 長安と洛陽』京都大学人文科学研究所，1956年より．

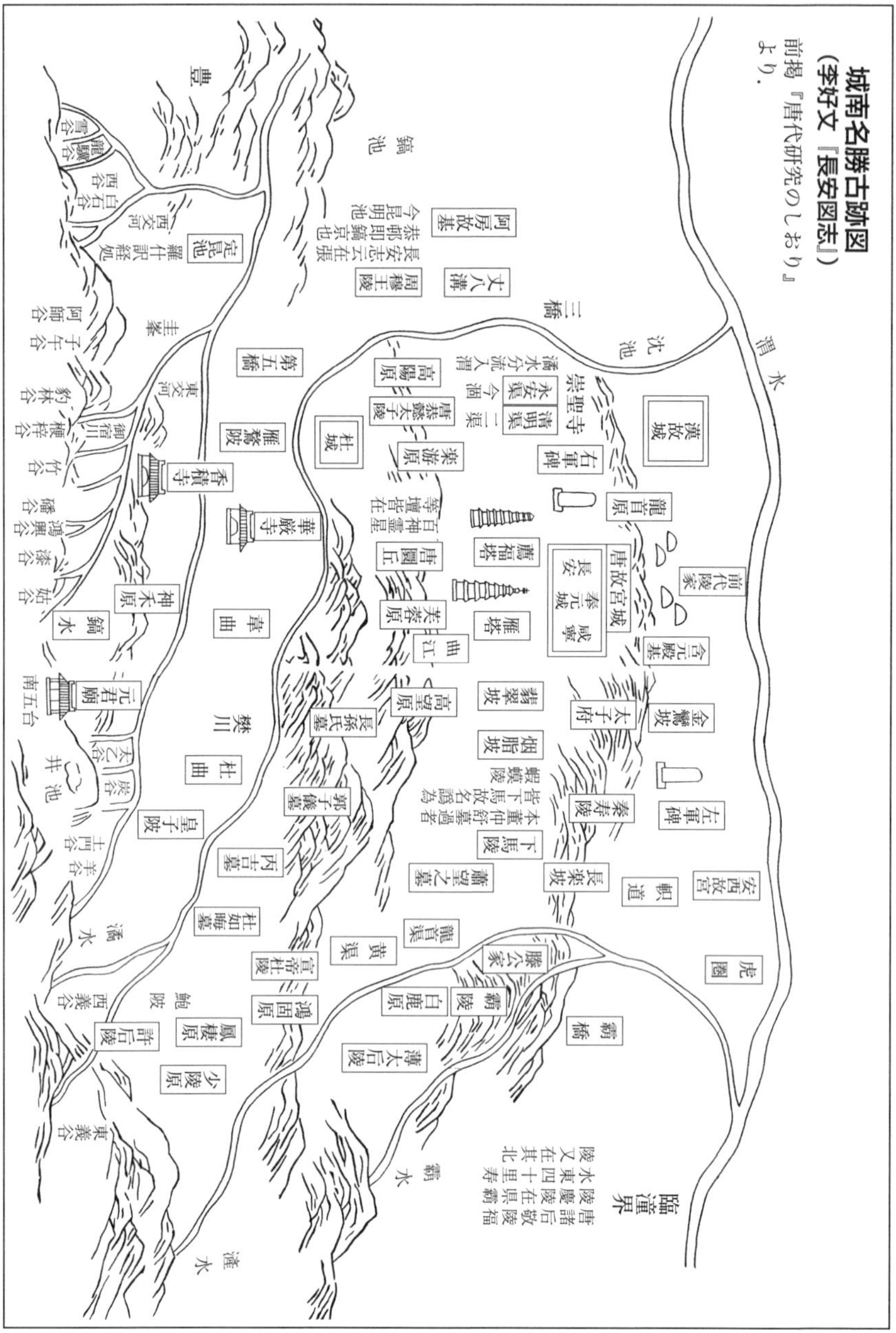

城南名勝古跡図（李好文『長安図志』）
前掲『唐代研究のしおり』より.

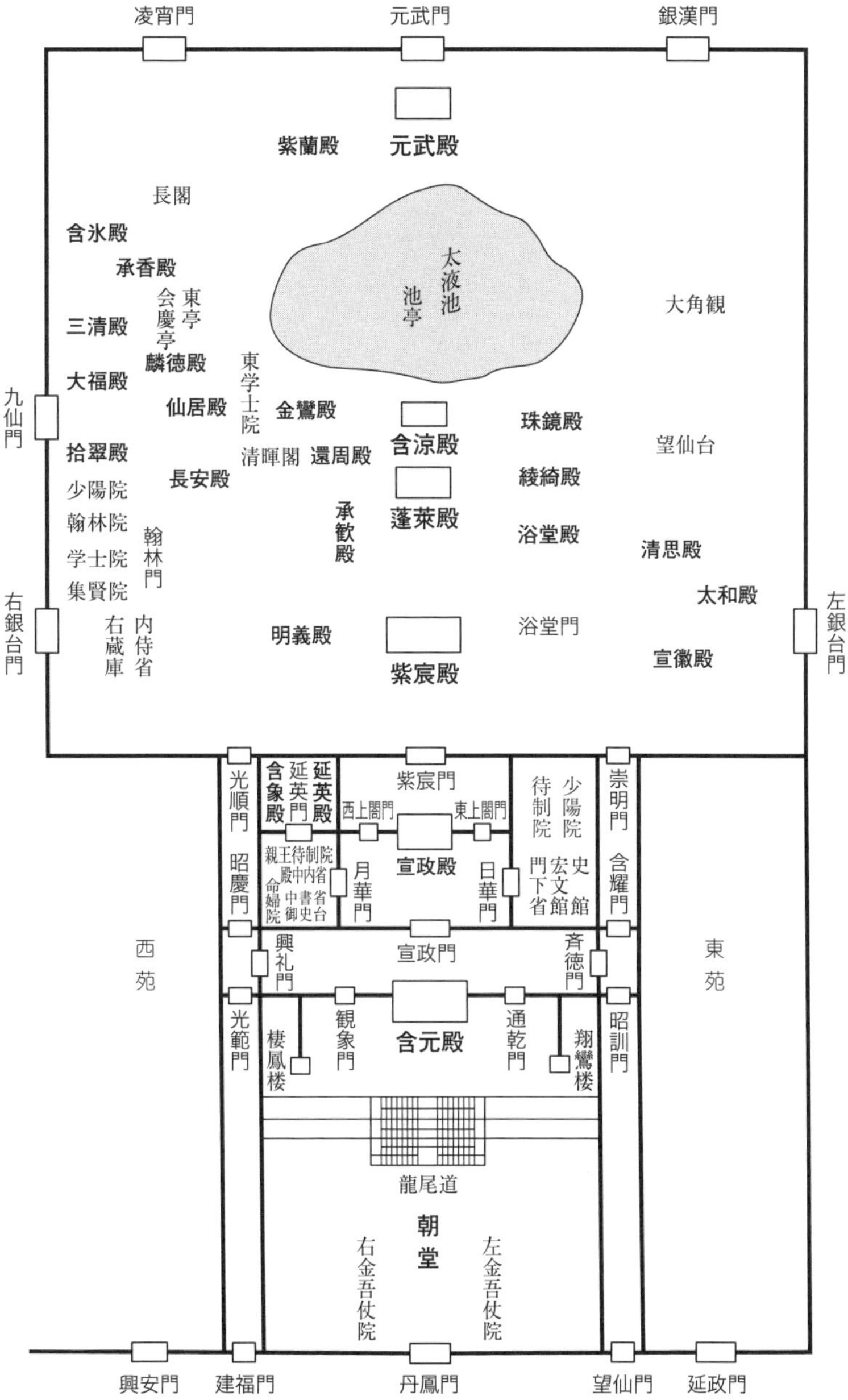

大明宮図　前掲『唐代研究のしおり』より。

杜甫詩注　第四冊

杜甫詩注巻四

前編　行在所の歌

はしがき一

この第四の冊に収めるのは、詩人四十六歳、粛宗《しゅくそう》皇帝の至徳《しとく》二載、すなわち七五七、わが孝謙天皇の天平勝宝九歳、八月に改元して天平宝字元年、その年の夏から冬のはじめまで、約半年強の作である。うちその前半、新任の左《さ》拾遺《しゅうい》として、陝西《せんせい》省鳳翔《ほうしょう》の亡命政府にいた数か月間の作、古今体あわせて九首を、前編「行在所《あんざいしょ》の歌」とし、ついでその年の閏八月、皇帝から休暇を頂戴し、陝西省北部山間の鄜《ふ》州の町に疎開させたままの妻子を見舞いに帰った時期の作、古今体あわせて十六首を、後編「帰省の歌」とする。いずれも私の前注「世界古典文学全集」「杜甫Ⅱ」では、その後半の部分となったものであるが、今は随所に書き改めた。契沖「代匠記」のひそみにならい、「初稿本」を、やや「精撰本」に近づけ得たと思うこと、これまでの三巻におなじ。

このはしがきでは、まず前編「行在所の歌」の背景を説く。それまでの半年余、首都長安を占領する安禄山《あんろくざん》軍に、拘禁されていたのから脱出し、間道づたいに、命からがら、西方八〇キロ、鳳翔県に新帝粛宗の亡命政府が開設されているのへ、たどりついたのが、この年の初夏四月であったことは、前の冊のさいごとした三首の五言律詩、「行在所に達するを喜ぶ」が、みずから述べるごとくである。鳳翔は今もその県名で、渭水《いすい》の北岸にある。

越えて翌五月、詩人は忠勤をめでられ、新帝の政府の左拾遺に任命される。門下省《もんかしよう》の一員であり、皇帝側近の侍従職である。且つ「拾遺」という職名が示すように、皇帝の政治の遺《も》れたるを拾い、皇帝に意見を具申し得る。官等は従八品上と高くないけれども、叛乱勃発前の一昨年、始めての仕官として与えられた右衛率府《ゆうえいそつぷ》の兵曹参軍《へいそうさんぐん》、同じく従八品が、皇太子禁衛軍の兵員課長であり、政治の中枢に遠い閑職である如くでない。以下いささか、左拾遺の職と、その所属する門下省について説く。

唐王朝の政府組織は、一種の三権分立である。皇帝の意思として発せられる政策なり人事を、詔勅として起草するのが、中書省《ちゆうしよしよう》。起草された詔勅の当否を審査し、場合によっては返上するのが、門下省であって、すなわち杜がこのたびその一員となったそれ。更にまた審査を経た政策人事に関する詔勅を、実施に移すのが、尚書省《しようしよしよう》であるが、三者のうち、中書と門下の二省は、同時にまた皇帝側近の侍従職でもある。ゆえにその詰め所は、長安の皇居内に置かれている。第一正殿である含元殿《がんげん》の後方、第二正殿である宣政殿《せんせい》の前方に、左右にむかいあって、位置するのであって、中書省は西がわに東面して、一名を右省、門下省はそれとむきあって東がわに西面し、一名を左省。行政実施の府である尚書省が、皇居の外の南方に位するごとくでない。

そうして、中書門下両省の構成員は、同時に侍従職でもあるゆえに、早朝に開催される朝会には、皇帝に侍立して、殿上にいる。また皇帝の旅行には、扈従《こしよう》すなわち随行する。ゆえに「供奉《ぐぶ》官」と呼ばれ、それ以外の諸官が、朝会の際、殿前の広庭に整列参集して、「常参《じようさん》官」と呼ばれるのと、ことなる。

右省すなわち中書省の長官は、中書令《れい》、ある時期の名は右相。左省すなわち門下省の長官は、侍中《じちゅう》、ある時期の名は左相。それぞれ数階級の属僚をもつうち、天子の政治の遺漏を拾うのを職名の意味とする拾遺は、最末端のポスト。その一つ上のポストの補闕《ほけつ》が、やはり天子の欠点を補うのを職名の意味とするのに、次ぐ。うち右がわの中書省に属するのが、右補闕と右拾遺、左がわの門下省に属するのが、左補闕、およびこのたび杜が拝命した左拾遺である。いずれも玄宗《げんそう》の祖母である則天武后《そくてんぶこう》が、女帝新政の一端として増設したポストであり、玄宗勅撰の政府組織法である「大唐六典《だいとうりくてん》」六に、職掌を規定していう、

左補闕と拾遺とは、供奉諷諫《ぐぶふうかん》して、乗輿《じょうよ》に扈従《こしょう》するを掌る。

皇帝の側近に常につき従い、諫言を上奏する。更にまた「諷諫」の具体的内容を、

凡《およ》そ令を発し事を挙ぐるに、時に便ならず、道に合せざるもの有らば、

皇帝の施策に、非現実的なもの、不合理なものがある場合、

大いなるは則《すなわ》ち廷に議し、

御前で論争し、

小さきは則ち封を上《たてまつ》る。

皇帝あて密封の親展書を呈上する。また人材を推薦することができる。

若《も》し賢良のひとの下に遺《のこ》され滞《とどこお》り、忠良のひとの上《かみ》に聞こえざる有らば、則ち其の事案を条《つら》ねて、之《こ》れを薦《すす》め言う。

ポストは、官歴にこだわらない特別任用であった。

才可なれば則ち登す。階叙に拘《こだ》わらず。

杜のこのたびの任用も、「階叙に拘わらぬ」ものであったろう。何にしても、不遇をかこちつづけて来た四十六歳

の人にとり、何とも大きな名誉であり、よろこびであった。この巻のはじめとする「述懐」の詩に、感激を述べていう、「涕涙《ているい》のうちに拾遺を授けられ、流離のひとに主《みかど》の恩は厚し」。また清の銭謙益《せんけんえき》は、その詩のところの注で、その際の辞令書が、湖広岳《がく》州府平江県に住む裔孫杜《と》富《ふ》の家に蔵せられているというのを引く。

襄陽《じょうよう》の杜甫、爾《なんじ》の才徳を、朕《ちん》は深く之れを知る。今ま特に命じて宣義郎《せんぎろう》、行在の左拾遺と為す。職を授けし後は、宜ろしく是の職に勤めて、怠る毋《な》かるべし。中書侍郎の張鎬《ちょうこう》に命じ、符を齎《もたら》して告諭せしむ。至徳二載五月十六日行。

辞令書は、黄紙《こうし》を用い、たけはば共に四尺ばかり、一字の大きさ二寸ばかり、年月の上に「御宝《ぎょほう》」すなわち皇帝の印章、方五寸ばかりが、押されているという。もしそのまま信用してよいとすれば、任命は、四月に行在所へたどり着いてのち、一か月内外のこととなる。「爾《なんじ》の才徳を、朕は深く之れを知る」というのは、前職の右衛率府の兵曹参軍、すなわち皇太子禁衛軍の兵員課長として在職中、当時は東宮であった粛宗の知遇を得たためかも知れぬ。また「宣義郎」は位階であり、がんらいは従七品下の官等の人物に、与えられる。左拾遺の官等は従八品上なのに、この位階が与えられたのも、優遇措置であったろう。かくより高い位階で、より低い職掌にあたるのは、当時の術語でいう「行《こう》」である。任命された職名が単に左拾遺でなく、「行在の左拾遺」なのは、粛宗の政府、亡命臨時政府としての立て前を、文書の上では崩さなかったことになる。ただしこれらの文書、時に後世の偽造の場合がある。吟味は、法制史の専家を待つ。

なお鳳翔における亡命政府は、地方庁の建物を、皇居とし政庁としたと思われる。新任の「行在左拾遺」が詰めるべき門下省も、長安におけるごとき正式な「左省」の設備はもたなかったであろう。

官名によって杜を呼ぶ場合、もっとも多くは杜《と》工部《こうぶ》なのは、のち広徳二年七六四、五十三歳、成都の節度使厳武《げんぶ》の幕府において、名目的にではあるが、中央の建設省課長補佐心得である検校工部員外郎を授けられたからであるが、時にまた杜拾遺《とじゅうい》とも呼ぶのは、この時の任命による。あえて余談をいえば、浙江《せっこう》の杭州に、杜を祭る神社があるが、神像が婦人の姿なのは、俗人の無知から、杜拾遺《ドウシイ》が同音の杜十姨《ドウシイ》に転訛したためと、明人の雑筆「琅邪代酔編《ろうやだいすいへん》」二十九にいう。

ところで左拾遺任命の光栄は、任命後数日、たちまちにして挫折する。天子の政治の遺を拾うという職掌の実践として、さっそくに勇み足の上奏をしたためである。上奏の内容は、時あだかも亡命政府の宰相の房琯《ぼうかん》が罷免されたばかりなのに抗議し、その復職を、粛宗に要請するものであった。事がらは粛宗の怒りに触れ、あやうく死罪に処せられかける。

房琯は、当時第一の名士である。そうして杜の伝記と交錯すること、この時ばかりでない。以下しばらく、その人について説く。

房琯、字《あざな》は次律《じりつ》、「旧唐書《くとうじょ》」列伝六十一、「新唐書」列伝六十四。六九七則天武后神功元年―七六三代宗《だいそう》広徳元年。杜より十五年長であり、この時のよわいは六十一。東都洛陽に近い地帯、河南の陸渾《りくこん》の人といえば、同じく河南尹《いん》の管内である鞏《きょう》県、そこを本籍とする杜と、同郷人といえる。

国初の名宰相房玄齢《ぼうげんれい》とは別族であるが、則天武后朝の宰相の一人であった房融《ぼうゆう》の子。「旧唐書」列伝に、「少《わか》くして学を好み、風儀沈整」といえば、只の坊っちゃんでなかった。科挙試験を経由しての「挙子《きょし》」でなく、大官の子ゆえの恩典「門蔭」による「任子《にんし》」として、政府に籍をもったが、「性は隠遁を好み、東平《とうへい》の呂向《りょきょう》と与《とも》に、陸渾の伊陽《いよう》の山中に於いて、読書を事と為すこと、凡そ十余歳」。山居の友であった呂向は、「文選《もんぜん》」の学者であり、いわゆる「五臣注」の一人であるその人か。

やがて開元《かいげん》十三年七二五、玄宗が東岳泰《たい》山で「封禅《ほうぜん》」の大祭祀を挙行したとき、献上した美文を、首相の張説《ちょうえつ》に認められ、そのひきたてによって、中央また地方の諸職を歴任する。その人自身は、前述のように、「任子」である。

しかし「挙子」派第一の領袖である張説首相の庇護を受けたことは、その党の人となったことを思わせる。天宝《てんぽう》五載七四六には、玄宗の命により、驪山《りざん》温泉における華清宮の造営に当たった。その才能の方向が「巧思有る」によってであると記される。

しかしそのころの政局は、もはや彼のごとき「挙子」党に有利でなかった。その派の首相張説の死、またその後継者として首相であった張九齢《ちょうきゅうれい》の失脚ののち、「任子」派の総帥李林甫《りりんぽ》が、十九年間の長期政権のあるじとなり、「挙子」派排斥を、専らその政策としたからである。房琯も、反主流の李適之《りてきし》や韋堅《いけん》らと親密であったのを忌まれ、造営の仕事なかばで、地方の太守に飛ばされる。しかしやがて天宝の末年、すなわち玄宗治世のさいごの時期、李林甫が死に、楊国忠《ようこくちゅう》が代って首相となると、中央に返り咲き、法務次官である憲部侍郎となっている。

玄宗の時代における、実務派「任子」党と、教養派「挙子」党との対立抗争は、第二冊前編はしがき三を読み返されたいが、「挙子」党かつての大領袖張説の系統である房琯は、その党のホープであったらしい。後に引く杜の文章によれば、未来の首相との期待が、人人の間にあった。教養高く、政治力ある貴公子、昭和のある時期における近衛文麿に似るか。「挙子」党の院外団である杜とは、その頃すでに親密であったこと、直接それを示す詩はないが、「新唐書」の杜の伝にいう、「房琯と布衣の交わりを為す」。

やがて首都長安の安禄山軍による陥落、玄宗父子の亡命、その際における房琯の行動は、かねがねの声望を裏切らなかった。陥落の直後、彼は故首相張説の二子、張均張垍《ちょうきんちょうき》、うち弟の方は玄宗皇帝の女婿でもあるのと共に、首都南郊の山寺に避難したが、張氏兄弟が煮え切らないのに、見切りをつけ、彼一人は、玄宗の亡命のあとを追い、蜀《しょく》の普《ふ》安《あん》郡で追いついた。玄宗は、即日、宰相の地位である同中書門下平《べん》章事に、彼を任命した。未来の宰相との期待は、非常時の事態の中で実現したわけである。また彼と行を共にしなかった張氏兄弟が、同じく「挙子」党の貴公子でありながら、安禄山軍に降伏し、安の偽政府の閣僚となったのと対比するとき、去就は一そうあざやかであった。

かくて玄宗の年号では天宝十五載、北辺の霊武《れいぶ》県で即位した新帝粛宗の年号では至徳元載、要するに昨年の七月、玄宗に扈従《こしょう》して、成都にはいり、翌八月には、父玄宗がむす子粛宗の帝位承認を、正式に通告する使者として、派遣される。時に粛宗の亡命政府は、さいしょの即位の地である霊武から南下して、甘粛《かんしゅく》の順化《じゅんか》郡、今の慶陽《けいよう》県に移っていたが、その政府においても、すなわちそのまま首相であった。粛宗も、彼が時事を論じて、「詞情慷慨《こうがい》」なのに感動し、またかねてからの名士でもあるのを、さいしょのうちは尊重した。同時に上皇のもとから派遣されて来た韋見《いけん》素《そ》、すなわち杜が巻二前編12の詩をささげた人物であるが、それを楊国忠の残党と見なして、軽蔑するごとくでなかった。房琯自身も、天下を以って己《おの》が任と為し、万事を独裁した。

ついで間もなく、粛宗の政府が更に南下して、甘粛の彭原《ほうげん》県すなわち今の寧《ねい》県へ移ると、房琯は、長安奪還軍の総指揮をみずから買って出た。結果は、咸陽《かんよう》県の陳陶斜《ちんとうしゃ》で大敗を吃し、「四万の義軍は日を同じくして死す」であったこと、当時は長安に拘禁されていた杜が、「悲陳陶」また「悲青坂」の詩でいたむごとくである。巻三6また7。自信と教養の過剰が、古代の兵法である車戦を、時代錯誤に用いたことが、主要な敗因とされるが、督戦の宦官邢延恩《けいえんおん》の干渉を、敗因に数える見方もある。昨至徳元載七五六、十月のことであり、房琯は粛宗にむかって責任をとるといったが、粛宗の旧友李泌《りひ》が、無冠の宰相として、側近の有力者であったののとりなしで、事なきを得たと、「資《し》治《ち》通《つ》鑑《がん》」にはいう。

しかし以後、粛宗の態度は、冷やかとなった。且つそもそもこの政府における房琯の立場は、微妙であった。さいしょ北辺の霊武県で、粛宗を擁立したのは、杜鴻漸《とこうぜん》、裴冕《はいべん》など、その地域に居あわせた官僚たちである。上皇玄宗のもとから派遣されて来て、首相の地位にいる房琯は、彼らにとり煙たい存在である。更にはまた粛宗即位の実際の仕かけ人は、その皇太子時代からの側近の宦官、李輔国《りほこく》であること、巻三はしがき二でいうごとくとすれば、やがて間もなく新政府第一の実力者となるこの宦者にとっても、何よりも目の上の瘤は、房琯首相でなければならぬ。更にまたこの男性をうしなった男性は、後宮の女性張良娣《ちょうりょうてい》が、粛宗の糟糠《そうこう》の妻なのとも、権力の手をにぎりあっていた。

首相への不評と反感は、別の方向からも生まれ得た。かねてから「挙子」党の名士である彼の周辺につどうのは、同じ党派の教養人たちであった。陳陶斜での敗因の一つも、参謀たちが、杜の友人である賈至《かし》をも含んで、インテリ揃いであったのにあるとされる。この敗戦ののち、今至徳二載七五七の二月、亡命政府が更に南下して鳳翔県に移ってからも、取り巻きたちと、仏教道教の哲学の討論に耽ることは、同じであった。つまり平和時の貴公子としての生活態度を保持した。ことに仏学は、その家学でもあった。亡父房融は、則天朝の重臣であるとともに、「楞厳経《りょうごんきょう》」の漢訳者ということになっているが、以後の中国知識人の愛読書となるこの経、実は融の創作にかかる部分が多いと、宋の朱熹《しゅき》はいう。「朱子語類」百二十六。

かくて首相から疎外され、反感をつのらせたのは、実務派「任子」党の人人でなければならぬ。「資治通鑑」にいう、「房琯は賓客を喜び、談論を好む。多く知名の士を引抜し、而《しこ》うして庸俗を軽んじ鄙《いや》しむ。人多く之れを怨む」。庸俗とは無教養な実務家、つまり「任子」派をいう。ひそかに考えるに、唐にさきだつ六朝《りくちょう》時代、貴族たちの価値は、物心両面のぜいたくにあり、実務は反価値であった。その型の人物の、房琯は最後でなかったか。宋人の書いた「新唐書」は、彼の列伝のあとに、特に「賛に曰わく」として評論を加え、「王佐の才有り」と称せられながら、結局は評判だおれに終ったのは、名声がかえって累をなしたのだと、惜しんでいる。「新唐書」の著者たちは、宋代の新知識人であり、六朝とは全くことなった儒学的雰囲気の中にいたが、それなりに寄せる同情であろう。

賀蘭進明《がらんしんめい》という地方長官がいた。転任に際し、粛宗が沙汰した通りの待遇を、首相房琯が抑えて与えなかったのを恨み、粛宗に進言した。むかし晋《しん》の王朝が、胡族に滅ぼされたのは、軽薄な哲学者の王衍《おうえん》が宰相であったからです。房琯もそのたぐいです。「今ま房琯も専ら迂闊の大言を為し、以って虚名を立つ。引き用いる所、皆な浮華の党にして、真に王衍の比也。陛下そを用いて宰相と為す。恐らくは社稷《しゃしょく》の福《さいわい》に非じ」。

賀蘭はまたいった、彼房琯めが、成都の上皇の政府におりました頃、建議いたしましたのは、諸方の軍事権を、陛下の御兄弟の皇子たちに分与する政策でした。どの皇子が成功されようとも、彼自身は地位を失わないと、計算したわけです。そうして陛下に割りあてまいらせたのは、西北の荒蕪地帯でした。上皇の忠臣であっても、陛下の忠臣とは申せません。

また崔円《さいえん》というのは、成都の上皇の政府の閣僚であったが、おくれて粛宗の政府に来た。房琯は遅参の故に、冷遇したが、宦者の李輔国に運動して、粛宗の信任を確保した。この人物も房琯を恨んだ。

またこれは「旧唐書」に見えず、「新唐書」の房琯伝のみに見えるが、第五琦《だいごき》は、もともと前述の賀蘭進明の属僚である。経済の才があり、南方揚子江流域の豊富な物資を、北方に輸送することを、建議計画し、見ごと成功した。本巻前編5の詩も、それに触れる。官軍究極の勝利は、それによること多いのであるが、房琯には気にいらない。粛宗に進言した、かつての楊国忠の苛斂誅求《かれんちゅうきゅう》が、現在の危局を招きました。彼第五琦は、第二の楊国忠です。粛宗はいった、君が彼をすかないことは、わかっている。しかし今われわれに必要なのは、軍需物資だ。君はどこから調達するつもりか。房琯は答えに窮した。実務を尊重しない彼にとり、財政の問題など俗の甚しいものであったろう。

かく冷眼と磨擦が渦まくなかで、房琯は依然として、釈氏の因果、老子の虚無を、取り巻きたちと議論しつづけ、病気と称して、しばしば朝会に欠席した。更に悪いことに、取り巻きたちの中には、首相への口きき料として、金を取るものがあり、ことに董庭蘭《とうていらん》なる老人の琴の師匠が、物議をかもした。

検察弾劾の庁である御史台《ぎょしだい》は、董庭蘭ら数人の取り巻きたちを、収賄の罪で告発した。房琯が彼らの救解を試みたことは、事態を一そう不利にした。時の御史台の長官は、その書風のごとく剛直な人柄の顔真卿《がんしんけい》である。かねて東方で義軍を指揮していたが、力つきて、この年の四月、つまり杜がたどりついたのと同じ月、この政府へのがれて来て、法官の職にいるのであった。

房琯がついに首相を罷免され、太子《たいし》少師《しょうし》、それは俸給を与えられるだけの閑職に左遷されたのは、「資治通鑑」によれば、この年の五月丁巳、五月十日である。つまり杜が行在所に到達した翌月のことである。そうしてさきにいった辞令書を信ずれば、房琯罷免後六日目の五月十六日、杜は左拾遺に任命されている。そうして新任匆匆の左拾遺杜甫は、一週間前の房琯罷免を不当とし、その復職を請願することを、その職務のさいしょの実践としたのである。請願の内容、くわしくは伝わらない。「新唐書」の杜甫伝にはいう、「至徳二年、亡《に》げて鳳翔に走り、上謁して、右拾遺を拝す」。右は左とあるべし。「房琯と布衣の交わり為りしが、琯は時に陳濤斜に敗れ、又た董廷蘭を客とするを以って、宰相を罷《や》む。甫は上疏《じょうそ》して言う、罪は細《ささや》かなり、宜ろしく大臣を免ずべからずと」。琴師の名、ここに庭を廷に作る。

これはいかにも杜甫的な行為であった。およそ官界には慣例というものがある。任命匆匆の新参者が、こうした上奏をするということ自体、すでに慣例にはずれたであろう。またこの種の文書、体裁や措辞に慣例があったろうが、それにも慣れていたとは思えない。のちに引く杜みずからの言によれば、「激《はげ》しき訐《あば》きに渉《わた》り近づく」。またやはりのちに引く両「唐書」の韋陟《いちよく》伝によれば、「辞旨迂誕」であり、「詞意迂慢」であった。たとい亡命政府では、平和時の政府にはない破格が許容されたとしても、破格にも限度がある。

諫争の言語が激烈であったばかりではない。諫争の方法も激烈であった。晩年夔《き》州での自叙伝の長詩「壮遊」には、回想していう、「斯《そ》の時は青蒲《せいほ》に伏し、廷に争いて御床《ぎょしょう》を守りぬ」。うち「青蒲」については諸説あるが、要するに皇帝の寝室、そこで平伏したとは、漢の史丹《したん》が死罪を覚悟でそうしたという故事をふまえるのであり、完全にその通りではなかったとしても、「御床」すなわち皇帝のソーファーにへばりついたというのが、事実とすれば、粛宗の面前で、坐り込みをしたことになる。

且つそれは陰湿な党争の中での事件であった。そもそも房琯の罷免、反対党「任子」派による排斥を表面とし、宦者李輔国と寵姫張良娣の策動を、より有力な裏面としたと考えられる。そうして杜の左拾遺新任は、彼らが目の敵にする房琯の推薦によってであったにちがいない。上奏は朋党の私情であり、党同伐異と見なされること、容易である。その辺の事情をも、どれほど心得ていたか。たとい心得ていたとしても、それを顧慮する性格で、杜はない。あるいは心得ていたとすれば、興奮を一そうにすべき性格である。

結果として得たものは、粛宗の激怒であり、激怒した粛宗は、杜を弾劾裁判に附した。「新唐書」にいう、「帝怒り、三司に詔して雑問せしむ」。いわゆる「三司」とは、三つの司法機関、御史台《ぎょしだい》と刑部《けいぶ》と大理寺《だいりじ》、「雑問」は合同審査である。審査の結果として予想される最悪は、死刑である。

それを救ったのは、房琯の後任の首相張鎬である。「宰相の張鎬曰わく、甫にして若《も》し罪に抵《あ》たらば、言う者の路を絶たんと」。杜の処刑は、言論の自由を圧迫することになりましょう。「帝、乃《すなわ》ち解く」。張鎬は、「旧唐書」列伝六十一、「新唐書」列伝六十四、いずれも房琯とならんで伝があるように、非常時なる故に頭角をあらわした特殊な人物であり、杜はのち「洗兵馬」の詩〈巻六3〉で、「張公は一生江海の客、身長は九尺にして鬚眉《しゅび》蒼し」。また「三司」の「雑問」において、裁判官の一人であった御史大夫《ぎょしたいふ》の韋陟も、杜の弁護につとめたこと、韋の伝に見える。「旧唐書」列伝四十二、「新唐書」列伝四十七。いま前者を録すれば、

　拾遺の杜甫、上表して、房琯は大臣の度《すがた》有りて、真に宰相の器なるに、聖朝は容《い》れたまわずと論ず。その辞旨は迂誕なり。粛宗、崔光遠《さいこうえん》と陟、及び憲部尚書の顔真卿を令《し》て、同じく之れを訊《ただ》さしむ。陟、入りて奏する因《ついで》に曰わく、杜甫の論ずる所の房琯の事は、貶黜《へんちゅつ》を被ると雖《いえど》も、諫臣の大体を失わずと。

諫言を職掌とする左拾遺の本質を逸脱しないというのである。なおこの弁護の結果、韋陟その人も、粛宗からうとんぜられたと、両「唐書」にいう。また顔真卿は、御史大夫をも兼ねていたようであるが、この法廷では憲部尚書すなわち法務大臣として、杜と顔をあわせたことになる。杜より三つ年上。周知のように、杜が以後の詩の父なのに対

し、顔は以後の書の父であるが、このとき以外、二巨人の接触を示す資料はない。しいていえば、杜が巻二前編11の詩をささげた鮮于仲通《せんうちゅうつう》、その人の墓前の碑、またその旧書斎の記を、顔が書いているのにとどまる。その詩の余論参照。なおのちに説く詩友岑参《しんじん》が、同じく鳳翔の政府にいたのには、顔との間に詩の応酬がある。また主査の崔光遠は、かつて楊国忠のばくち友達。昨年長安が陥落すると、都おちの玄宗から、居残って京兆《けいちょう》の尹《いん》、長安都長たることを命ぜられたが、賊軍とも接触を保ち、のちやがて粛宗の政府に来て、これまた御史大夫であった。「旧唐書」列伝六十一、「新唐書」列伝六十六。

かくて粛宗の怒りようやく解け、不起訴処分となった。それに対する感謝の上奏が、「口ずからの勅もて三司の推《すい》問《もん》より放《ゆる》されしを謝し奉る状」と題して現存し、宋の某氏本「杜工部集」二十をはじめ、諸本の散文の部分に収められている。日附けは六月一日。左拾遺発令後、半月である。

奉謝口勅放三司推問状

右臣甫、智識淺昧、向所論事、渉近激訐、違忤聖旨、既下有司、具已擧劾、甘從自弃、就戮爲幸、今日巳時、中書侍郎平章事張鎬、奉宣口勅、宜放推問、知臣愚戇、舍臣萬死、曲成恩造、再賜骸骨、臣甫誠頑誠蔽、死罪死罪、臣以陷身賊庭、憤惋成疾、實從閒道、獲謁龍顏、猾逆未除、愁痛難過、猥廁衮職、願少裨補、竊見房琯、以宰相子、少自樹立、晩爲醇儒、有大臣體、時論許琯、必位至公輔、康濟元元、陛下果委以樞密、衆望甚允、觀琯之深念主憂、義形於色、況畫一保大、素所蓄積者已、而琯性失於簡、酷嗜鼓琴、董庭蘭今之琴工、遊琯門下有日、貧病之老、依倚爲非、琯之愛惜人情、一至於玷汚、臣不自度量、歎其功名未垂、而志氣挫衂、覬望陛下弃細錄大、所以冒死稱述、何思慮始竟、闕於再三、陛下貸以仁慈、憐其懇到、不書狂狷之過、復解網羅之急、是古之深容直臣、勸勉來者之意、天下幸甚、天下幸甚、豈小臣獨蒙全軀、就列待罪而已、無任先懼後喜之至、謹詣閤門、進狀奉謝以聞、謹進、至德二載六月一日、宣議郎行左拾遺臣杜甫狀奏、

右臣甫は、智識浅昧にして、向《さき》に論ずる所の事、激しき訐《あば》きに渉《わた》り近づきて、聖旨に違《たが》い忤《さかろ》う。既に有司に下して、具《つぶ》さに已《すで》に挙劾せしめらるるを、自ずから棄つるに甘んじ従《まか》せ、戮《ころ》さるるに就くを幸いと為せり。

お咎めに対して、死刑をも覚悟したというのが、誇張でないこと、晩年の「壮遊」の詩にも、「君の辱《はず》かしめらるるに敢えて死を愛《おし》まんや」といい、のちに引く「房公を祭る文」での追憶も、同じである。しかるに今日、ありがたくも宥免の御沙汰を蒙った。

今日の巳《み》の時、中書侍郎平《べん》章事の張鎬、口ずからなる勅《みことのり》を宣《の》べ奉り、宜ろしく推問を放《ゆる》すべしと。臣の愚かに戇《かたくな》なるを知りて、臣の万死を舎《ゆる》し、曲げて恩造を成して、再び骸骨を賜う。臣甫は誠に頑《かたくな》に誠に蔽《おろ》かなりき。死罪死罪。

「巳の時」は、午前十時、宰相張鎬から、査問を免ずるむねの御伝言があった。まことにありがたき次第であるが、それは臣わたくしの愚直さをお察し下さったからであろうと、感謝の言葉の中にも、自己の態度の正しさを、ほのめかした上、ついては、なぜさきの上奏をしたか、その動機と理由を弁ずる。

臣は身の賊庭に陥りしを以って、憤り惋《うら》みて疾《やま》いを成し、実に間道従《よ》り、龍顔に謁するを獲たり。されど猾逆《かつげき》は未《いま》だ除かず、愁痛は過ごし難し。猥《みだ》りに衮職《こんしょく》に厠《まじ》わり、少しく裨補《ひほ》せんと願う。

長安を占領する賊軍に拘禁され、憤慨のあまり病気にさえなった私は、間道づたいにこの行在所にたどりつき、拝謁を賜わったこと、さきの巻三の末の詩、「行在所に達するを喜ぶ」〈その二〉に、「間道暫時の人」というごとくである。しかし狡猾なる逆賊がまだ平定に至らないのを、痛心しつづける。ましてや「衮職」すなわち諫官の末席なる左拾遺に任ぜられたのであれば、その責任上、聖天子の政治にいささかなりとも裨益しようとして、あえてしたのが、房琯弁護のさきの上奏である。なぜ弁護をあえてしたかと申せば、その理由は、

窃《ひそ》かに見るに房琯は、宰相の子を以って、少《わか》きより自ずから樹立し、晩《お》いては醇儒《じゅんじゅ》と為りて、大臣の体《すがた》有り。時

論も琯を許《みと》め、必ず位は公輔《こうほ》に至り、元元《げんげん》を康《やす》んじ済《すく》わんという。

房琯は前述したように、則天武后の閣臣であった房融の子である。彼の人格、学問が、「元元」人民の救済者として、「公輔」宰相の資格をもつことは、人人の客観的な評価である。またされぱこそ陛下も彼を信任したもうたのであり、世論もそれをよしとした。

陛下も果たして委《ゆだ》ぬるに枢密《すうみつ》を以ってし、衆望甚だ允《かの》う。琯の深く主《きみ》の憂いを念《おも》うを観るに、義は色に形《あら》わる。況《いわ》んや画一保大《かくいつほうだい》は、素《も》とより蓄積する所なる者を已《や》。

案ずるに、「画一」は、漢の名宰相蕭何《しょうか》の施政方針をたたえる語として、「史記」「漢書」に見え、「保大」は、「左伝」宣公十二年に、軍事の効用を、「夫《そ》れ武は、暴を禁じ、兵を戢《おさ》め、大を保ち、功を定め、民を安んじ、衆を和し、財を豊かにする者也」。つまり彼は文武両道の達人で、素《か》ねてからあるのをいう。後者は陳陶斜の敗戦にも拘らず、なおそうであると弁護する気もちを含もう。むろん彼にも欠点がないとは申さぬ。

而うして琯の性は簡に失《す》ぎ、酷《はなは》だ琴を鼓《ひ》くを嗜《この》む。董庭蘭は今の琴工、琯の門下に遊ぶこと日有り。貧しく病み老《としよ》し老の、依《たよ》り倚りて非《ひが》ごとを為せるは、琯の人情を愛し惜《いとお》しむによりて、一とえに玷《きず》つき汚るるに至る。

「性は簡」とは、性格の放漫。そのため、かねてから、現代第一の琴の名手である董庭蘭が、よぼよぼの老人として身をよせたのを、人情にひかれて、目をかけすぎ、妙な評判が立つことと相成りました。しかしそれは小さな罪、せっかくの房琯の抱負を挫折させるのは、国家の損失であると考え、さきの上奏をあえていたしました、と、以下にはいう。

臣は自ずから度《はか》り量《はか》らず、其の功名の未まだ垂れざるに、而かも志気の挫衂《ざじく》するを嘆じ、陛下の細かきを棄てて大いなるを録《おも》いたまわんことを覬《こいねが》い望む。死を冒して称述せる所以《ゆえん》なり。

さきのさいしょの上奏、すでに決死の覚悟であったというのであるが、ここまでにいうところ、結局はさいしょの上奏、すなわち房琯を弁護した文章、それは今伝わらないが、それをなおも執拗にくりかえすように見える。要求は認められなかったけれども、要求が不当であったとは、ちっともいわない。次の二句に至って、どうも完全な思慮に欠けたようだったと、わずかに謝罪の言葉がある。

何んぞ思慮の始めて竟《おわ》るのみにて、再びし三たびするに欠けたるや。

そうして以下はじめて寛大な処分に対する謝辞。

陛下は貸すに仁慈を以ってして、其の懇到を憐れみ、狂狷《きようけん》の過ちを書せずして、復《ま》た網羅の急を解きたまう。是れ古《いにしえ》の深く直臣を容《ゆる》して、来たる者を勧勉するの意にて、天下の幸い甚し、天下の幸い甚し。豈《あ》に小臣の独り軀を全うするを蒙り、列に就きて罪を待つ而已《のみ》ならんや。先きには懼《おそ》れ後には喜ぶの至りに任《た》うる無し。

これも謝辞ではあるけれども、このたびの寛大な御処分は、古典の理想に合致し、以後の言論の自由を保証し奨励されるものである。ひとり私め一人の幸福であるばかりでなく、天下の幸福であると、又もや諫言である。そうしてさいごは、形式通りのむすび。

謹んで閤門に詣《いた》り、状を進め謝し奉り、以って聞こえまつる。謹んで進む。至徳二載六月一日、宣議郎行左拾遺臣杜甫状奏す。

皇帝へのわび状であり礼状であるべきにもかかわらず、そうした部分は至って少なく、さいしょの主張の、依然たるくりかえしが大部分である。強情な性格まる出しといってよい。粛宗は彼をもてあまし、官場に慣れた老練な同僚たちは、この新参ものを、嘲笑の目で見たと思われる。なお前の辞令の位階の宣義郎を、これは宣議郎に作る。

左拾遺就任匆匆に得たこの挫折は、以後終生、長く杜の心にあった。単にみずからの挫折ばかりではない。大きく帝国の歴史の挫折でもあったとするのであって、もしこのときの請願が成功して房琯が宰相に再任されていたならば、以後の時局の姿は異なったであろうに、それが自己の努力の不足によって成功しなかったばかりに、以後の帝国の運命が狂って来たとする。六年後の広徳元年七六三、房琯が四川の閬《ろう》州の僧舎で客死したとき、それを現地で弔った文章、「故《もと》の相国なる清河《せいか》の房公を祭る文」に、次の表白がある。宋某氏本二十。この弔辞の文章は、房琯の功績と人格をたたえ、晩年の不遇をいたんだ上、終りに近くして、かつての請願の次第を回顧していう、「われは遺を拾い闕《けつ》を補うものとして、君の履《ふ》む所を視たり」。左拾遺の職掌として、あなたの行動を観察していたが、「公の初めて印を罷《や》むるや、人びと実に切歯す」。あなたの宰相罷免を、誰もが憤慨した。「甫《われ》の位を此の官に備わるは、蓋し薄劣なる耳《のみ》」。私は左拾遺として不つつかであったけれども、しかし「時の危急なるを見ては、敢えて生死を愛《おし》まんや」。これこそ時局の危機と感じ、命がけで皇帝を諫《いさ》めまいらせた。しかるに、「君は何ゆえにか聞きたまわずして、刑は加わらんと欲《せ》り矣」。この「君」は粛宗。「刑」はおのれへの死罪。「伏して奏せしも成る無く、終身愧《は》じ恥ず」。なぜ終身の恥辱とするか。弔辞がそのあとにつづけていうのは、房琯の復職が叶わなかって以後、今に至るまでの帝国の状態である。「乾坤《けんこん》は惨惨として、豺虎《さいこ》は紛紛たり」。賊軍なお完全には平定にいたらないたとえ。「蒼生は破砕し、諸将のみ功勲あり」。恩賞をむさぼるのは将軍たち。「山東は定まると雖も、灞上《はじよう》には軍多く、憂恨展転、傷痛氤氳《いんうん》」。もしおのれの諫言が功を奏し、房琯がつづけて宰相の位にあったならば、「乾坤」がこうした状態には至らなかったであろう、すべてはおのれの努力が至らなかった故であり、それを「終身愧じ恥ず」と、この文章は読まれねばならない。

同じ追憶、そうしてしばしば同じ悔恨、私的というよりもむしろ公的な悔恨を伴う句は、あちこちの詩にも、くりかえして現われる。詳しくはのちそれぞれの巻にゆずるとして、詩の題名のみをあげておく。秦《しん》州の詩では賈至と厳武に寄せた五十韻の長律〈巻八前編3〉。成都の詩では「建都十二韻」〈巻九〉。夔州の詩では、前にもいった自叙伝の長詩「壮遊」、また「李八秘書との別れに贈る三十韻」。夔州を去ろうとしては、「白帝城より船を放つ四十韻」。江陵《こうりよう》の詩では、「秋日荆南《けいなん》述懐三十韻」。湖南の詩では、「風疾舟中伏枕書懐三十六韻」。みなこの時の事件を回顧し、またしばしばあのときの上奏さえ成功していたればと、くやしがる。

要するにこの時の房琯救解の失敗、従来の研究、必ずしもさほど注意に上せないようであるが、みずからの生涯における大事件であるばかりでなく、帝国の歴史の転機として、以後の回顧につきまとった。もっとも房琯が杜のこの主張どおりの人物であり、もし彼が罷免されず、早世せず、政府の中枢にいつづけたならば、以後の歴史、杜の希望するように展開したか否かは、別の問題である。

話をこの年にもどせば、かくて至徳二載七五七の四月から、やがてその秋の閏八月、皇帝の勅許を得て、北方鄜《ふ》州においたままの家族を見舞う旅に出るまで、足かけ五か月、四十六歳の詩人は、皇帝のおそらくは気に入らない侍従として、鳳翔の亡命政府にいる。「新唐書」は、房琯弁護の罪を許されてのちのこととしていう、「然れども帝は是れ自《よ》り甚しくは省録せず」。粛宗は杜をまともには相手にしなくなったというのである。やはり野におけ、それが帝の、またおおむねの官僚の、ひややかな目であったろう。

この期間の詩が、以下に録する諸作であるが、散文としては、前述の皇帝への詫び状のほか、左拾遺の職掌の一つが、人材の推薦であるの実践として、友人の岑参を、同じく側近の侍従に推薦する上奏、「遺補の為めに岑参を薦《すす》むる状」が、ある。やはり宋某氏本二十。同僚の侍従たちとの連署であるが、起草者は杜である。日附けは六月十二日、さきの謝罪の上奏ののち二週間にみたない。

爲遺補薦岑參狀

宣議郎試大理評事攝監察御史賜緋魚袋岑參、右臣等竊見、岑參識度清遠、議論雅正、佳名早立、時輩所仰、今諫諍之路大開、獻替之官未備、恭惟近侍、實藉茂才、臣等謹詣閤門、奉狀陳薦以聞、伏聽進止、至德二載六月十二日、左拾遺內供奉臣裴薦等狀、右拾遺內供奉臣孟昌浩、右拾遺內供奉臣魏齊聃、左拾遺內供奉臣杜甫、左補闕臣韋少遊、

宣議郎試大理評事摂監察御史賜緋魚袋の岑参。右は臣等窃《ひそ》かに見るに、岑参は識度清遠にして、議論雅正、佳名早く立ちて、時輩の仰ぐ所。今は諫諍《かんそう》の路大いに開くも、献替《けんたい》の官未まだ備わらず。恭《つつし》んで近侍を惟《おも》うに、実に茂才に藉《よ》る。臣等謹んで閤門に詣《いた》り、状を奉じ薦《すす》めを陳《つら》ねて以って聞こえまつり、伏して進止を聴く。至徳二載六月十二日、左拾遺内供奉臣裴薦《はいせん》等状す。右拾遺内供奉臣孟昌浩《もうしょうこう》、右拾遺内供奉臣魏《ぎ》斉聃《せいたん》、左拾遺内供奉臣杜甫、左補闕臣韋少遊《いしょうゆう》。

さいごの連署は、のちのものほど官等が上であり、杜は最下位でない。推薦された岑参が、つとに杜の詩友であること、さきの巻一23「九日に岑参に寄す」、また29「渼陂行《びひこう》」。天宝三載七四四の進士、杜より三つ年下。叛乱勃発の直前は、西辺の節度使高仙芝《こうせんし》、また封常清《ほうじょうせい》の幕僚として、西域にいたのが、この推薦によって、中書省に属する右補闕、従七品上、に任ぜられた。聞一多《ぶんいった》氏「岑嘉州繫年考証」。連署の同僚四人は、新旧「唐書」に伝なく、韋少遊のみ、清の労格《ろうかく》の「郎官石柱題名考」三に、零細な資料がある。

この期間の天下の形勢を、「資治通鑑」によって略叙すれば、長安、洛陽の二京はまだ奪還されず、今年の春、父安禄山を殺した安慶緒《あんけいしょ》が、洛陽を都とし、大燕《だいえん》国第二代の皇帝を称している。長安を占拠する賊軍と、鳳翔の政府軍との間には、絶えざる交戦がある。政府が鳳翔に移転して来た直後、杜の知己である二将軍、王思礼《おうしれい》と郭英乂《かくえいがい》が、出撃して敗れたこと、本巻前編8郭に与えた詩に見える。また杜が鳳翔に到着した四月には、もっとも名将郭子儀《かくしぎ》が、粛宗から天下兵馬副元帥に任命され、官軍の事実上の総指揮官となる。副元帥と称するのは、それにさきだち、粛宗の子の広平王李俶《りしゅく》、すなわちのちの代宗が、「天下兵馬元帥」に任ぜられていたからと、「資治通鑑考異」に考証するが、翌五月、郭子儀は、長安の西郊の清渠《せいきょ》に戦って敗れる。いずれの敗戦も、賊の大将は安守忠《あんしゅちゅう》である。かく敗戦つづきでも、兵士には恩賞が必要である。臨時政府には金がない。金の代りに、名目的に高官に任命する辞令を与えたが、騰貴するのは物価ばかりであり、氏名の記入してない大将軍の辞令一枚が、一どの酒代になったという。鳳翔周辺以外でも、各地の官軍が、賊軍と対峙し、交戦している。もっとも壮烈な抵抗は、洛陽の東方の睢陽《すいよう》における張《ちょう》巡《じゅん》と許遠《きょえん》の籠城であり、七月に至って、一人一日一合の米を、茶紙樹皮とまぜて食った。少数民族からの有力な援軍としては、回紇《ウイグル》族との間の交渉が進められつつあった。しかし長安や洛陽の奪還が、その部族の助力によって、数か月後に実現しようとは、まだ予想されない形勢にあった。

　また宮廷の空気を陰鬱にするのが、奥むきの女人張良娣と宦官李輔国であること、よりよりに触れて来たが、その犠牲となったのは、粛宗の次男、建寧《けんねい》王李倓《りたん》であった。積極の性格であり、巻三はしがき二でいうごとく、さいしょ馬嵬《ばかい》駅で、玄宗の意向をたしかめようとする父の馬をひきとどめ、オルドスへの亡命を発議したのも、この皇子であるが、張と李の専横をうれえ、彼らを除去しようとしたのが、あべこべにはかられ、粛宗から死を賜うたのは、政府が鳳翔に移る直前、今年の正月である。

　要するに杜は、不安定な政府における不安定な人物として、ここ鳳翔の政府にいる。友人として同じくその政府にいるのは、まず失意の前宰相房琯、上述の岑参が右補闕、またそれぞれに贈った詩がのちに見えるように、厳武が門下省の上役の給事中、賈至が詔勅起草の中書舎人であった。またここにいない友人として、李白は、その仕えていた粛宗の兄弟永《えい》王李璘《りりん》が、南方揚子江下流地帯で、勢力を張ろうとしたのが、反乱と判定されて、この年の二月、敗死したあと、そのあたりを放浪している。また高適《こうせき》は、去年、永王追討軍の司令官として粛宗の政府から派遣されたのが、そのまま淮南《わいなん》節度使として、揚州にいる。

　ところで何よりも気にかかるのは、疎開先において来たままの妻子の身の上であった。昨年の秋、鄜州三川《さんせん》県、それは今の延安の南、陝西北部の山間にあるが、彼らをそこへおいたまま、おのれは単身、オルドスの新帝の政府へ赴こうとしての途中、賊軍にとらえられ、長安に拉致され、妻子との連絡は絶えたまま、年を越した。巻三の諸名作、「月夜」「遺興」「幼子を憶う」、更には「春望」、みな切切の抒情である。やがておのれ一人は、捕虜の境涯を脱出し、九死に一生を得て、ここの政府の人となっているが、消息は杜絶したまま、すでに一年に近い。彼らはどうしているか。そもそも生きているか。それへの「述懐」をもって、この部分の詩のはじめとする。

1　述懐一首

1 去年潼關破
2 妻子隔絶久
3 今夏草木長
4 脱身得西走
5 麻鞋見天子
6 衣袖露兩肘
7 朝廷慜生還
8 親故傷老醜
9 涕淚授拾遺
10 流離主恩厚
11 柴門雖得去
12 未忍即開口

述懐一首《じゅっかいいっしゅ》

去年《きょねん》　潼関破《どうかんやぶ》れ
妻子《さいし》　隔絶久《かくぜつひさ》し
今夏《こんか》　草木長《そうもくちょう》じ
身《み》を脱《だつ》して西《にし》に走《はし》るを得《え》たり
麻鞋《まけい》　天子《てんし》に見《まみ》え
衣袖《いしゅう》　両肘《りょうちゅう》を露《あら》わす
朝廷《ちょうてい》　生還《せいかん》を慜《あわ》れみ
親故《しんこ》　老醜《ろうしゅう》を傷《いた》む
涕涙《ているい》　拾遺《しゅうい》を授《さず》かり
流離《りゅうり》　主恩厚《しゅおんあつ》し
柴門《さいもん》　去《ゆ》くを得《う》ると雖《いえど》も
未《い》まだ即《すなわ》ち口《くち》を開《ひら》くに忍《しの》びず

寄書問三川
不知家在否
比聞同罹禍
殺戮到鷄狗
山中漏茅屋
誰復依戶牖
摧頽蒼松根
地冷骨未朽
幾人全性命
盡室豈相偶
嶔岑猛虎場
鬱結廻我首
自寄一封書
今已十月後
反畏消息來
寸心亦何有
漢運初中興
平生老耽酒
沈思歡會處

書《しょ》を寄《よ》せて三川《さんせん》に問《と》う
家《いえ》の在《あ》るや否《いな》やを知《し》らず
比《このご》ろ聞《き》く同《おな》じく禍《わざわい》に罹《かか》り
殺戮《さつりく》　鶏狗《けいく》に到《いた》ると
山中《さんちゅう》の漏《も》れたる茅屋《ぼうおく》
誰《た》れか復《ま》た戸牖《こよう》に依《よ》らん
蒼松《そうしょう》の根《ね》に摧頽《さいたい》し
地《ち》は冷《ひ》ややかにして骨《ほね》は未《い》まだ朽《く》ちず
幾人《いくにん》か性命《せいめい》を全《まっと》うせん
尽室《じんしつ》　豈《あ》に相《あ》い偶《ぐう》せんや
嶔岑《きんしん》たる猛虎《もうこ》の場《じょう》
鬱結《うっけつ》　我《わ》が首《こうべ》を廻《めぐ》らす
一封《いっぷう》の書《しょ》を寄《よ》せて自《よ》り
今《いま》は已《すで》に十月《じゅうがつ》の後《のち》なり
反《かえ》って消息《しょうそく》の来《き》たるを畏《おそ》る
寸心《すんしん》　亦《ま》た何《なに》か有《あ》らん
漢運《かんうん》　初《はじ》めて中興《ちゅうこう》し
平生《へいぜい》　老《お》いて酒《さけ》に耽《ふけ》る
沈思《ちんし》す歓会《かんかい》の処《ところ》

32

恐作窮獨叟

恐《おそ》らくは窮独《きゅうどく》の叟《そう》と作《な》らん

わがおもい一首
去年　潼関《どうかん》が陥落してから
妻子とは　はなればなれになったまま
今年の夏　草木の茂るころ
ぬけ出して　うれしくも西へ逃げた
麻わらんじのまま天子に拝謁し
上衣の袖にむきだしの二本の腕
よくぞ生きて帰ったと　みかどは不愍がられ
むざんに年をとったと　友人たちは気の毒がる
涙ながらに拾遺《しゅうい》の役をさずかったのは
うらぶれの身への皇恩のかたじけなさ
田舎の家へ行けば行けないでないが
すぐ申し出るのは気がひける
見舞いの手紙を三川《さんせん》県へ出したが
家族は生きているかどうか
最近のニュースでは　土地ぜんたい　ひどい目にあい
犬にわとりまでも　殺されつくしたという

山の中の雨もりするあばらや
ドアと窓のそばにいるのは誰
老い松の根もとにぶったおれ
底冷え　骨だけはまだ腐らない
何人の命が助かったか
家族全部そろってはいるまいと
きびしい猛獣の空間
息をこらして思いやる
手紙を一本やってから
今はもう十か月以上
たよりの来るのがなまじっかこわく
わたしの胸はもえつきた
帝国の歴史はいまや復興のはじめ
年くって　酒にひたるわがいのち
宴会の場所で考え込む
どうやらこいつはひとりぼっちのじじいになるらしい

〔述懐一首〕五言古詩。鳳翔到着後、数月の作と思われる。詩中3の〔今夏〕が、夏がすぎて秋にはいってからの回顧の語であり、また25 26の〔一封の書を寄せて自《よ》り、今は已《すで》に十月の後〕も、この推測を支える。〔述懐〕なる詩題、

「文選」にないが、晋の張載《ちょうさい》の詩の断片、晋の僧支遁《しとん》の二首が、六朝のものとしてあり、唐にはいると、魏徴《ぎちょう》のそれが、「唐詩選」の巻首となっているほか、太宗《たいそう》皇帝にも「陝《せん》に還りての述懐」、わが「懐風藻」にも、大友皇子の「五言述懐一絶」。以上小島憲之氏調査。〈六朝の詩では、梁の武帝と元帝にも、詩題に〔述懐〕二字を含む作がある。〉韻脚は「広韻」上声《じょうしょう》「四十四有」と「四十五厚」の「同用」。最古の本である宋の王琪《おうき》本巻二、ついで宋の九家注巻三、いずれも巻首とし、題下に注して、「此れより已下《いか》は、賊中自《よ》り鳳翔に竄《のが》れ帰りての作」。清の銭謙益《せんけんえき》本がそうでなく、のち長安に帰ってのちの作と思われる五言古詩数首をもって、その巻二をはじめ、この詩をそのあとにおくのは、いつもはその底本とする宋の呉若《ごじゃく》の本の旧次であるまい。そのほかの宋元のテクスト、杜陵詩史《とりょうしし》では巻六、分門集注《しっちゅう》では巻十二述懐上、草堂詩箋《そうどうしせん》では巻十、千家注では巻三、分類千家注では巻二述懐上。明の邵宝《しょうほう》の分類集注では巻二五言古述懐類。清人の諸注、銭謙益注巻二のほか、朱鶴齢《しゅかくれい》の輯注《しゅうちゅう》では巻三、呉見思《ごけんし》の論文では巻七、盧元昌《ろげんしょう》の闡《せん》では巻五、仇兆鰲《きゅうちょうごう》の詳注では巻五、したがってそれを底本とする鈴木虎雄注も同じ。黄生《こうせい》の杜詩説では巻一、浦起龍《ほきりゅう》の読杜心解《どくとしんかい》では巻一之一、楊倫《ようりん》の鏡銓《きょうせん》では巻三。森槐南《もりかいなん》の杜詩講義が、清の沈徳潜《しんとくせん》の杜詩偶評を底本とするのでは巻下。なお詩題の〔一首〕の二字、王琪本と銭謙益本のみにある。

1〔去年潼関破〕賊軍の占拠する東都洛陽と、西都長安との中間の要衝である〔潼関《どうかん》〕、そこでの老将哥舒翰《かじょかん》の守りが〔破〕れ、賊軍が長安に侵入して、玄宗が都落ちしたのは、〔去年〕すなわち昨天宝十五載七五六の六月。以後の大変動の開幕であった。

2〔妻子隔絶久〕国家の大変動が、わが一家にもたらした結果として、鄜《ふ》州三川《さんせん》県において来た〔妻子〕とは、わかれわかれになったままの時間が〔久〕しい。〔隔絶〕の語、さきの賊中の作「幼子を憶う」巻三14の自注にも、「時に隔絶して鄜州に在り」。「文選」には見えない。以下この詩の語、しばしば自由な表現であり、慣習的な詩語の範囲に跼蹐《きょくせき》しない。

3〔今夏草木長〕今年の夏といういい方は、夏の季節が終ってからのもの。しからば詩は孟秋七月、もしくは仲秋八月の作。それから間もなくの閏八月一日、詩人は鳳翔を去っている。〔草木長〕は、陶淵明《とうえんめい》の「山海経《せんがいきょう》を読む」詩〈その一〉の、「孟夏には草木長じ」を用い、次句にいう〔西走〕、つまり長安からの脱出、鳳翔への到達が、「孟夏」の月、すなわち陰暦四月にあったのを示す。明の王嗣奭《おうしせき》の「杜臆《とおく》」に、草木の茂る時節ゆえ、身を潜めての脱走に便利であったとする。近ごろ蕭滌非《しょうできひ》氏「杜甫研究」の説も同じ。

4〔脱身得西走〕「史記」の項羽《こうう》本紀に、漢の高祖が鴻門《こうもん》の会《かい》の危難をのがれたのを、〔脱身〕の語でいう。わが脱出もその如く、かろうじて〔西へ走るを得た〕。〔得〕の字、かろうじて可能の意を含んで、おもおもしく読んでよい。蕭氏いう、「泛泛《はんはん》たる写景の語と作《な》して看るなかれ」。

5〔麻鞋見天子〕麻のわらじは、脱走途上のはきもの。そのままで〔天子〕に謁〔見〕した。異例のことである。恒例の朝見ならば、官位に応じた長靴をはく。

6〔衣袖露両肘〕着物もまた、道中のまま、ぼろぼろであった。〔露〕は動詞、露出する。〔肘〕はひじ、臂節《ひせつ》也。古典に見えた類似のイメージとして、「荘子」の「譲王」篇に、孔子の貧しい弟子曾参《そうしん》の弊衣を、「襟を捉《つか》めば肘見ゆ」。

7〔朝廷慜生還〕〔朝廷〕の語、しばしば天子を意味する。ここもそうであり、粛宗である。「文選」四十一、漢の朱浮《しゅふ》の彭寵《ほうちょう》に与える書簡に、「朝廷の伯通《はくつう》に於ける、恩も亦た厚し矣」。李善《りぜん》注に、蔡邕《さいよう》の「独断」を引いて、「朝廷なる者は敢えて君を指斥せず。故に朝廷と言う」。〔慜〕は愍と同字、あわれむ。〔生還〕前巻の末の「行在所に達するを喜ぶ」その二にも、「生還今日の事」。

8〔親故傷老醜〕やはりさきの詩その一7の「親しき所《もの》は老痩に驚く」である。親しき人、旧友を意味する〔親故〕の語、「文選」では四十二、魏の文帝曹丕《そうひ》の呉質《ごしつ》に与うる書、また十六、晋の陸機《りくき》の「嘆逝の賦」の序に見える。

〈杜詩では、巻八前編3、賈至と厳武に寄せた長律の93に、「親故 行くゆく稀少」。また巻六2「至徳二載」云云の詩題中にも見える。〉〔傷〕動詞、いたましがる。〔老醜〕の語も、さきの詩の「老瘦」とともに、杜詩にはじまるようであって、のち蜀中の詩〈「将《まさ》に呉楚に適《ゆ》かんとして章使君留後兼《およ》び幕府の諸公に留別す、柳字を得たり」〉にも、「自ずから覚ゆ老醜と成るを」、最晩年の詩〈「上水遣懐」〉にも、「挙動は老醜を見る」。ただし二字をさかさにした「醜老」は、「文選」二十三、魏の阮籍《げんせき》の「詠懐」の詩〈その五〉に、「朝に媚少年と為り、夕暮には醜老と成る」。

9〔涕涙授拾遺〕しかし忠勤へのむくいとして、さきのはしがきにいうごとく、左〔拾遺〕の職を〔授〕けられたのへの感激としての〔涕涙〕である。二字ともになみだ。「文選」二十三、魏の王粲《おうさん》の蔡睦《さいぼく》に贈る詩の、「涕涙は漣洏《れんじ》たり」、五十六、晋の潘岳《はんがく》の「楊荊州の誄《るい》」の、「涕涙は襟を沾《うる》おす」、みなこの詩の注脚となろう。〔授〕を「受」に作るのは、詩史、分門集注、草堂詩箋。

10〔流離主恩厚〕かくさすらいの身にも、君主の恩情は深厚であった。〔流離〕リウ・リ liú lí は、1の子音を重ね、不安定な移動の形容。「文選」四十一、漢の李陵《りりょう》の蘇武《そぶ》に答うる書に、「流離辛苦」。なお「詩経」「邶風《はいふう》」「旄丘《ぼうきゅう》」、「瑣たり尾たり、流離の子」を、杜のころの権威的注釈「毛伝」は、「鳥の名」とするが、のちの宋の朱子のごとく、「漂散也」とする解釈も、すでに発生していたと思われる。〔主恩〕「文選」五十一、漢の王褒《おうほう》の「四子講徳論」に、「皇沢豊沛《ほうはい》、主恩満溢」。〈巻七55「後出塞五首」その五に、「明主の恩に辜《そむ》くを恐る」。〉

11〔柴門雖得去〕以上〔西走〕の経過と、皇帝の恩情への感謝をまずのべたうえ、それにつけても、何よりの心配は、〔隔絶〕されたままの〔妻子〕、それこそ詩の主題であるのへ移る。〔柴門《さいもん》〕屢見するように、柴のとぼそ。妻子のいるであろう粗末な家のそれ。〔去〕は今語と同じくユク。サルではない。〔去《ゆ》くを得ると雖も〕蕭氏いう、賊中にあってはそうするを得なかったが、今は〔去くを得る〕のであると。そうして前の句の〔主恩厚し〕を承けては、なさけぶかい皇帝に対し、彼等を見舞うための請暇旅行の許可を得ることは、可能であろうけれども。

12〔未忍即開口〕しかしそれはあまりにも恩情におぼれるとして、すぐに口を開いていい出すに忍びない。〔開口〕の語、早くは「史記」魏公子列伝に。

13〔寄書問三川〕せめて疎開させた三川県へ、手紙をやって、安否を問いたく思う。手紙を出すのを〔書を寄す〕というのは、郵便の送達は、その業者に寄託されるからである。のち後編1「家書を得たり」に、「去るときは遊客に憑《たの》みて寄せたり」。「文選」二十六、梁の范雲《はんうん》の「張徐州稷《しょく》に贈る」に、「書を雲間の雁に寄す、我が為めに西北に飛べ」というのは、そのファンタスティックな使い方。今語も「寄信《ヂシヌ》」という。〈杜詩では、巻七2「月夜に舎弟を憶《おも》う」にも、「書を寄するも長《とこし》えに達せず」。〉

14〔不知家在否〕しかしわが家族がそこにいるか、あるいはそもそもこの世に存在しているか否かさえ、分からぬ。ゆえに手紙の出しようがない。しかしなお十か月前、あてずっぽうに出した手紙が、梨のつぶてであることは、あとの25 26。

15〔比聞同罹禍〕悪い予感が、悪い風聞によってきざす。〔比〕はbiの去声に読み、近ごろ。ちかごろ〔聞〕いたところでは、〔同〕その地方の人間全体が、の意であろう。〔禍に罹《かか》る〕の〔禍〕は、最悪のそれ、すなわち次行にいう〔殺戮《さつりく》〕を意味する。そのあたりもゲリラの跳梁する地帯。

16〔殺戮到鶏狗〕人間のみならず、犬にわとりに〔到〕るまでが屠殺される残虐。過去における例として、史書に見えるのは、「後漢書」の陶謙《とうけん》伝に、曹操《そうそう》が父の仇であるその人を攻めたとき、「凡そ男女数十万人を殺し、鶏犬も余す無し。泗水《しすい》之れが為めに流れず、是れ自《よ》り五県の城堡、復《ま》たひとの行く跡無し」。

17〔山中漏茅屋〕三川における彼等の住まいを思いやる。〔漏〕の字は雨もりを意味しよう。〔茅屋《ぼうおく》〕かやぶきの家。さきだっては、庾信《ゆしん》の「小園の賦」に、「穿漏する茅茨」。〈庾信に先だっては、「文選」十三、晋の潘岳の「秋興の賦」序に、「僕は野人也、偃息《えんそく》しては茅屋茂林の下に過ぎず」。李善注は、「後漢書」「逸民伝」に、王覇《おうは》が「茅屋蓬

戸」に隠居したとあるのを引く。巻一8「玄都壇の歌　元逸人に寄す」に出てくるのをはじめ、杜詩では頻用の語。〉

18〔誰復依戸牖〕〔誰復〕はタレカマタと訓読するが、気もちとしては、そもそも誰が。〔戸《こ》牖《よう》〕ドアと窓。それに〔依〕よりそうのは誰か。一家の全滅を暗示する。〔戸牖〕の語、「文選」では、十三、漢の禰衡《でいこう》の「鸚鵡《おうむ》の賦」に。〔依〕を九家注の活版本は「低」に誤まる。

19〔摧頽蒼松根〕悪い予想は更にのび、全滅した家族のしかばね、〔蒼松〕の〔根〕もとに〔摧《くだ》け頽《くず》れて〕いよう。不吉のイメージが、極度にまで掘り下げられている。〔摧頽《さいたい》〕「文選」二十、魏の応瑒《おうとう》が曹丕の宴にはべった詩〈「五官中将郎が建章台の集いに侍する詩」〉に、おのれを雁にたとえ、「毛羽日びに摧頽す」。李善注に「古臨高台辞」を引いて、「毛衣摧頽」。〔蒼松〕は、「文選」に見えず、唐詩では、張説の「襄州の景空寺にて融上人の蘭若に題す」に、「蒼松は虎の径《みち》に深し」など。〈六朝詩では、梁の范雲の「斉竟陵王が郡県名に和し奉る」に、「蒼松は寒風に壮なり」。〉〔蒼〕は古びた青。

20〔地冷骨未朽〕沈痛この句に至ってきわまる。遺骸の〔骨〕が腐って〔朽〕ち去ることさえ、大〔地〕の〔冷〕たさによって拒否されていよう。

21〔幾人全性命〕この句、その地方全体に行なわれた〔殺戮〕を、ふたたび予想する。〔性命を全くして〕生き残ったのは〔幾人〕。〔性命〕の語、われわれの語の「生命」に同じいこと、たとえば、〈「文選」三十七、〉諸葛亮《しよかつりよう》の「出師《すいし》の表」に、「苟《いやし》くも性命を乱世に全うす」。今の中国語もおなじ。たとえば「性命《シンミン》之憂」。

22〔尽室豈相偶〕さすればわが家族も安全ではあり得ない。少なくとも〔尽室〕家族全部が安全ではなかろう。もと「左伝」〈文公十四年、また成公二年、〉襄公二十三年の語。杜この語を用いること五たび。のち後編10「彭衙《ほうが》行《こう》」に、疎開の旅を追憶して、「尽室久しく徒歩」、また蜀中での「閬《ろう》州自《よ》り妻子を領し却って蜀山に赴いて行く」〈その一〉に、「尽室途辺に畏る」、みな愛情の重量を感じさせる。〔豈〕可能性を吟味する助字。〔相偶〕一しょにいる。今語の「在一《ツアイイ》塊児《クワイル》」にあたろう。それが可能かどうか。

23〔嶔岑猛虎場〕〔猛虎〕は実物のそれでもあり、悪党のたとえでもある。〔場〕その支配し跳梁する空間。それを形容する〔嶔岑〕は、キム・シムと陰鬱なmの音尾をかさねる。「文選」での似た語は、二十六、晋の潘尼《はんじ》の「大駕を迎う」の、「南山は鬱として岑崟」のシム・ギム、また十五、漢の張衡《ちょうこう》の「思玄の賦」の「歴阪の嶔崟を慕う」のキム・ギム。呉若の一本と草堂詩箋の本文は、「嶔崟猛虎場」に作り、草堂詩箋は一本が〔嶔岑〕。分門集注は、〔場〕を「傷」に誤まる。

24〔鬱結廻我首〕思いむすぼれた〔鬱結〕たる心情で、妻子のいるであろう、あるいはそのなきがらのあるであろう〔猛虎〕の空間の方へと、〔我が首《こうべ》〕を〔廻《めぐ》〕らしふりむける。〔首〕はくびでなく、あたま。「楚辞」「遠遊」に、「独り鬱結して其れ誰れにか語《つ》げん」。「文選」十六、晋の潘岳の「寡婦の賦」に、「哀《かな》しみは鬱結として交《こも》ごも集まる」。

25 26〔自寄一封書、今已十月後〕手紙をやってから、今ではもはや十か月以上。さきの13 14に〔書を寄せて三川に問うも、家の在るや否やを知らず〕といったのと、おなじ〔寄書〕の二字がくりかえされている。感情の切迫は、同語の反覆を辞さない。ここの〔十月〕が月名でなく、十か月であるべきことは、宋の趙次公《ちょうじこう》すでに弁ずる。後編1「家書を得たり」の詩、また後編8「北征」の詩から見て、やがて鳳翔を去る閏八月以前の作で、この詩はなければならぬからである。そうして返事を待つこと〔今や已《すで》に十か月より後《おく》る〕。しからば手紙は、昨年の秋、長安の拘禁の中から寄せられたとせねばならぬ。手紙の一通を〔一封の書〕ということ、早く「史記」の越王句践《こうせん》世家に見えるが、「文選」の語ではない。

27〔反畏消息来〕もっとも沈痛の語である。十か月前にやった手紙の返事は、むろん待ち兼ねる。しかしその内容は、悪い便りでないかと、〔消息〕を伝える返事が〔来〕るのが〔反《かえ》って畏《おそ》ろしい〕。清初の詩人で、明清革命の中を生きた申涵光《しんかんこう》の批評に、「身ずから喪乱を経るに非ざれば、此の語の確かなるを知らず」。

28〔寸心亦何有〕思考をつかさどるのは心臓であり、その大きさは一寸四方というのが、当時の医説であったこと、巻三18「鄭駙馬《ていふば》の池台にて鄭広文《ていこうぶん》に遇《あ》い同じく飲むを喜ぶ」の注6参照。一寸の心は、おのれにとって大切なものだが、その大切なものさえも、今は〔亦〕た〔何か有らん〕おのれに対して何の存在関係をもつか。何の存在関係をももたない。つまり心は重心を失なって、無残な状態にある。恐ろしいことが書いてあるかも知れぬ手紙の到着をおそれつつ。

29〔漢運初中興〕詩の流れ、やや向きを変える。臨時政府の設立は、国家の運命の中興の初めであり、公人としては最大の喜びである。しかしそのめでたさが、家族の安否の心配からぐたぐたになったおのれの心には、かえってそぐわない。この矛盾によるいらだたしさを、この句含もう。〔漢運〕とは、むろん漢をもって唐にたとえる。〔運〕は時間の上を流れる歴史の方向。〔漢運〕の語、「晋書」の宣帝紀などに見える。〔中興〕の語については、さきの巻三19「行在所に達するを喜ぶ」その三の注8。

30〔平生老耽酒〕国家の運命は、めでたい〔中興〕のはじめにある。しかしおのれは、〔平生〕かねてからの生活の地色、その延長として、〔老〕人になっても、たびたび〔酒に耽る〕。〔平生〕を、王琪、草堂詩箋以外の諸宋本と草堂詩箋の一本は「生平」に作るが、意味は同じ。どちらも、eng の平声を重ねた畳韻の語。〔耽酒〕の語は、巻二後編39の「官定まりて後に戯れに贈る」にも、「酒に耽れば微禄を須《ま》つ」。それはかねてからの〔平生〕のこと、〔老〕いても変わらない。

31〔沈思歓会処〕かくて人人の笑いさざめく宴会〔歓会〕の〔処〕場所で、おのれ一人はじっと考え込む。〔沈思〕する。

32〔恐作窮独叟〕〔作〕は為と同義。おれはどうやら恐らく、妻も子も失なって窮《あわ》れな孤独な叟《おきな》と作《な》りはてるらしい。〔老いて酒に耽る〕おのれは、いまここでも盃をあげている。しかし人人のさざめきの中にあって、じっとそう〔沈思〕する。沈痛の詩、もっとも沈痛のむすびである。鈴木虎雄注の説がそうでないのを、取らない。呉見思の「杜詩論文」にいう、「歓場に遇いて独り戚《うれ》うる也」。〔歓会〕の語が、上述の意であるべきなのは、のち蜀での「王侍御に陪す」云云に、「人生の歓会は豈《あ》に極わまり有らんや」、また江陵での「宋大少府に和す」云云に、「朋酒日びに歓会」。〔沈思〕の語、「文選」では、その昭明太子の序に。〔窮独叟〕「孟子」の「梁恵王」篇下に、「老いて妻無きを鰥《かん》と曰《い》い、老いて夫無きを寡と曰い、老いて子無きを独と曰い、幼にして父無きを孤と曰う。此の四つの者は、天下の窮民にして告ぐる無き者」。〔叟《そう》〕は「説文《せつもん》」に「老也」。呉若と草堂詩箋の一本は「窮塗叟」、また「窮途叟」。塗はすなわち途だが、劣る。

双声　妻子　西走　露-両　朝廷　授-拾　流離　開口　三川　比聞　鶏狗　蒼松　全-性　尽室　消息　寸心　歓会

畳韻　摧頽　性命　嶔岑　平生

2　月　　　月《つき》

1　天上秋期近　　天上《てんじょう》　秋期近《しゅうきちか》く

2　人間月影清　　人間《にんげん》　月影清《げつえいきよ》し

3　入河蟾不没　　河《かわ》に入《い》りて蟾没《せんぼつ》せず

擣藥兎長生　薬《くすり》を擣《つ》きて兎長《うさぎなが》く生《い》く
只益丹心苦　只《た》だ丹心《たんしん》の苦《くる》しみを益《ま》し
能添白髮明　能《よ》く白髪《はくはつ》の明《めい》を添《そ》う
干戈知滿地　干戈《かんか》　地《ち》に満《み》つるを知《し》らば
休照國西營　国西《こくせい》の営《えい》を照《て》らす休《な》かれ

月

あまつみそら　秋のちぎりの日　近づけば
人の世に　月かげ　さやか
あまの川に泳ぎ入る蛙　姿消えず
薬研《やげん》つく兎　とこしなえのいのち
赤き心のくるしみ　ひとえに積み
白髪《しらが》のかがやき　あやしくも増す
いくさ　まこと大地になべてなるを
な照らしそ　都の西なるとりで

〔月〕五言律詩。このあたりの近体詩、商務印書館影印の「宋本杜工部集」では王琪本を欠き、南宋本を補配する。前巻の末の補記でいったように、私がしばらく宋某氏本と呼ぶものである〈巻一「総序」に附した「底本について」参照〉。その本および九家注、また宋の呉若本を底本とする銭謙益注、おき場所をやや異にしつつ、この年の作とすること同じ。詩中に七夕を意味する〔秋期〕が〔近い〕といえば、妄言の罪を許された季夏六月、その月なかばの夜、前作「述懐」にいう如き悲しみを抱く人の、月下の抒情。韻脚は「広韻」下平声「十二庚」「十四清」の「同用」。宋某氏本十、九家注十九。銭謙益注十が、おき場所をことにするのは、その底本とする呉若本の原次かどうか。詩史六、分門集注一月、草堂詩箋十、千家注三、分類千家注十二月、明の張綖《ちょうえん》の杜詩通五、分類集注十八五言律天文類、輯注四、論文八、闡五、詳注と鈴木注五、説四、心解三之一、鏡銓四。わが五山の僧雪嶺永瑾《せつれいえいきん》の杜詩抄が千家注を底本とするのを東京の光風社が影印したのでは第四冊。

1〔天上秋期近〕〔天上〕の語、次句の〔人間〕と対《つい》する。なやみ多き人の間《よ》とはことなって、恒常の秩序が維持されるみそらの上では、秋の期《ちぎり》の時間が近づく。〔秋期〕は秋七月七日、牽牛織女の二星、一年一度の逢う瀬の時間。さきの巻三13「一百五日夜の対月」にも、「牛《ぎゅう》と女《じょ》は漫《みだ》りなる愁思、秋期には猶《な》お河を渡るものを」。

2〔人間月影清〕秋近づいて空すみわたるとともに、なやみ多き地上の人の間《よ》にも、月の影《ひかり》清らか。〔影〕はカゲでなくヒカリ。なおこの聯のように、〔天上〕と〔人間〕を対《つい》させること、のちの白居易《はくきょい》「長恨歌」の「天上人間会《かなら》ず相い見ん」、また南唐の後主李煜《りいく》の「詞」の「流水落花春去る也、天上人間」などが有名だが、詳注が早い例としてあげるのは、北斉の高昂《こうこう》の弟を送別する詩、「天上人間比す可き無し」。〔月影〕は、「玉台新詠《ぎょくだいしんえい》」十、梁の何遜《かそん》の「閨怨」、「房櫳《ぼうろう》に月影斜めなり」など、斉梁以後の語。

3〔入河蟾不没〕この聯上下句、〔天上〕の月を追う。〔河〕は天の川。みそらをわたりゆく月、天の川にかかれば、月中に住むという〔蟾《せん》〕かえるも、そこへ泳ぎ入るわけだが、その姿を没《しず》め没《かく》すことはない。月に蟾蜍《せんじょ》、ひきがえるがいるという伝説、いにしえの弓の英雄羿《げい》の妻である姮娥《こうが》の化身とされる。漢の張衡の天文の書、「霊憲」に、「羿は死する無きの薬を西王母《せいおうぼ》に請いしに、姮娥は之れを窃《ぬす》みて以って月に奔《はし》る」。そうして「姮娥は遂に身を月に託す。是れを蟾蜍と為す」。北宋人の旧注、梁の庾肩吾《ゆけんご》の「月を望むに和す」の、「河を渡りて光り湿らず」を、この句の先蹤としてあげる。

4〔擣薬兎長生〕月にいる又一つの動物は兎。それは霊薬の臼を擣《つ》いているゆえに、なやみ多き人間とはことなって、〔長生〕永遠の生。北宋の旧注、晋の傅玄《ふげん》の「擬天問」を引き、「月中には何か有る、白兎薬を擣く」。案ずるに同じく傅玄の詩「三光篇」にも、「素《しろ》き日は玄《くろ》き烏を抱き、明月は霊兎を懐《いだ》く」。「長生久視」の語、はじめ「老子」〈下篇五十九章〉に見え、「文選」では十、晋の潘岳の「西征の賦」に、「命は始め有りて必ず終る、孰《た》れか長く生きて久しく視ん」。〔擣〕「広韻」に「都晧切、擣築なり」、dǎo。宋某氏と銭謙益本以外は「搗」に作る。

5〔只益丹心苦〕この聯、〔天上〕の平和とはことなって、〔月影〕の清さに刺戟されて生まれる〔人間〕の悲しみ。その刺戟によって只だひとえに益し加わるのは、丹《あか》き心の苦しみ。さきの巻三18賊中で鄭虔《ていけん》に贈った詩にも、「丹心は一寸の灰」。

6〔能添白髪明〕またにくらしくももつ能力は、われら老人の白髪の明《かがや》きを増し添えること。警抜の句、発想の先例を知らぬ。杜自身の句で似かようのは、晩年夔《き》州での同じく「月」と題する詩、「兎も応《まさ》に鶴髪を疑うなるべし」。その「鶴髪」も老人の髪。またその下の句に、「蟾も亦た貂裘《ちょうきゅう》を恋いん」と、月中の動物二つが現われる点も、この詩と似る。

7〔干戈知満地〕むすびの聯、月にむかい、その非情を制約せよと訴える。今やあなたが照らす限りの地上に満ちるのは、干《たて》と戈《ほこ》、すなわち戦争であるのは、知れきったこと。〔満地〕を九家注および草堂詩箋の本文と呉若の一本が「満道」なのは、弱い。

8〔休照国西営〕ことに国《みやこ》の西の陣営では、官軍が賊軍と対峙して、苦戦している。せめてそこだけは、非情に照らすことなく、官軍の悲しみを、いや益すこと休《な》かれ。〔休〕は禁止の助字。〔国〕は国都、長安。宋の旧注いう、「時に官軍は国の西に営す。照らす休《な》かれとは、征夫の月を見て感ずる有るが為め也」。清の盧元昌や顧宸《こしん》が賊営を照らすなとするのは、とらない。
双声　上‐秋　期‐近　間‐月　不没　白髪‐明　干戈

3　奉贈嚴八閣老　厳八閣老《げんはちかくろう》に贈《おく》り奉《たてまつ》る

扆聖登黄閣　聖《せい》に扆《こ》して黄閣《こうかく》に登《のぼ》る
明公獨妙年　明公《めいこう》　独《ひと》り　妙年《みょうねん》
蛟龍得雲雨　蛟龍《こうりゅう》　雲雨《うんう》を得《え》
鵰鶚在秋天　鵰鶚《ちょうがく》　秋天《しゅうてん》に在《あ》り
客禮容疎放　客礼《きゃくれい》　疎放《そほう》を容《ゆる》し
官曹可接聯　官曹《かんそう》　接聯《せつれん》す可《べ》し
新詩句句好　新詩《しんし》　句句《くく》好《よ》し
應任老夫傳　応《まさ》に老夫《ろうふ》の伝《つと》うるに任《まか》すべし

侍従の厳武《げんぶ》氏にささぐ
みゆきのおん伴して侍従職への出仕
あなたさまばかりがお若い

雨ぐもにのっかったみずち龍《たつ》
秋空に舞う大鷹
客分のおんあつかい　わが気ままも大目に
役所ではごいっしょの会議
御近詠　一句一句にみごとなり
吹聴役はこの年より

〔厳八閣老に贈り奉る〕五言律詩。厳武《げんぶ》、排行は〔八〕、のち杜の成都の生活を、その地の節度使として庇護する人物であるが、この時は鳳翔の政府において、門下省もっとも要職である給事中《きゅうじちゅう》の職にあり、杜が左拾遺として、同じく門下省に属するの上役。ただし年齢は、詩中2に〔妙年〕というように、ぐっと若く、時に年三十二、杜より十四年下である。それを〔閣老〕というのは、門下省所属官相互の敬称。李肇《りちょう》の「国史補」中に、諸官衙《かんが》の習慣を記すうち、「門下と中書の両省」は、「相い呼んで閣老と為す」。老人ではさらさらなく、ちゃきちゃきの若手官僚であった。そうして同じく前首相房琯の党であるという関係にあったこと、余論に。それに〔贈り奉る〕、上官ゆえの敬意が、〔奉〕の字であろう。韻脚は「広韻」下平声「一先」「二仙」の「同用」。宋某氏本、呉若本、〈銭謙益注〉十、九家注十九、詩史六、分門集注十九簡寄下、草堂詩箋十、千家注三、分類千家注二十一簡寄下、分類集注二十一五言律簡寄類、輯注四、論文七、闡五、詳注と鈴木注五、説十二、心解三之一、鏡銓四、雪嶺抄四。また文苑英華《ぶんえんえいが》二百五十一、詩百一、寄贈五。

1〔扈聖登黄閣〕はじめの聯、年若い厳武の、ここ鳳翔の政府における宮仕えをたたえる。唐では官僚が天子の旅行に随従するのを「扈従《こしょう》」といった。〔聖〕は、皇帝が観念的な立て前としては、全知全能の人格なのからの語。〔聖に扈《こ》す」とは、ここ鳳翔の亡命政府に粛宗がいるのを、臨時の行在所への行幸であるとし、それに扈従しての意。のち「夔府にての書懐四十韻」にも、このころの杜自身を、「聖に崆峒《くうどう》のやまに扈せし日」。そうした行幸随従者として〔黄閣〕に登庁する人たちのうち、あなた独りは妙《わか》き年と、次の句をおこすが、〔黄閣〕の語、二様の解がある。宋人の諸注、いろいろ考証して、官衙一般をいう語とするが、宋末の博学者王応麟《おうおうりん》の「困学紀聞《こんがくきぶん》」十八には、巌と杜とのひとしく勤める門下省の異称とし、開元年間、「黄門省」と改称されたことがあるのを由来とする。今案ずるに、粛宗が苗晋卿《びょうしんけい》を、門下省の長官である侍中に任命した詔勅に、「黄閣の政」というのなどは、王説を補証する。全唐文四十二。しかしまたのち蜀で巌武におくった詩〈「将に成都の草堂に赴かんとする途中に作有り、先ず巌鄭公に寄す五首」その四〉に、彼を「黄閣の老」というのは、門下省のみを指すまい。詳しくはなお考を待つ。〔扈聖〕の二字は、新しいらしく、「佩文韻府《はいぶんいんぷ》」、杜のこの詩のみをあげる。〈やや先行する用例として、崔翹《さいぎょう》の「聖製の張説が南のかた雀鼠谷《じゃくそこく》を出づるに答うに和し奉る」に、「春遊　聖君に扈す」。〉なお宋某氏、呉若、九家注の一本は、「今日登黄閣」。文苑英華は、本文を「扈従」に作り、注して、「集は扈聖に作り、又た今日に作る」。また〔黄閣〕に注して、「集は閤に作る」。〔登〕の字の似た用法は、巻一17「酔時の歌」に、「諸公は袞袞《こんこん》として台省に登る」。詩史と分門集注の一本が、「今日登扈閤」なのは、誤本。

2〔明公独妙年〕〔黄閣〕が門下省であるにしろ、政府一般であるにしろ、登庁する人たち、おおむねは年輩者なのに、〔明公〕あなた閣下のみは、単独に他を引き離して、若くかぐわしき〔妙年〕におわします。高官への尊称である〔明公〕、やはり上役としての敬意である。「文選」では四十、魏の阮籍が鄭沖《ていちゅう》に代って司馬昭《しばしょう》にささげた文書〈「鄭沖の為めに晋王に勧むる牋」〉などに見える。〔妙年〕「文選」三十七、魏の曹植《そうしょく》の「自試を求むる表」が、「終軍は妙年を以って越に使いす」というのは、十八の童年。五十六、晋の潘岳の「楊仲武の誄」が、「妙年の秀」というのも、ティーン・エイジャー。今は三十二歳の巌武に施した。おのれの老残を反襯しよう。

3〔蛟龍得雲雨〕第二聯、厳武〔妙年〕の仕官のめざましさを、上下二つの比喩によっていう。まずいう、「易」の「文言伝《ぶんげん》」に、「雲は龍に従い、風は虎に従う」というように、龍の行動をささえるのは雲だが、あなたの給事中在職は、〔雲雨〕を獲得した〔蛟龍《こうりゅう》〕。腕を振うに充分。ところでこの比喩の歴史は、おとなしくない。宋の旧注が引くように、「三国志」「呉志」周瑜《しゅうゆ》伝に、敵国の人物である劉備《りゅうび》らを評し、「蛟龍の雲雨を得れば、終《つい》に池中の物に非ざらんとするを恐るる也」。また草堂詩箋が補うように、「晋書」の「載記」一に、のち五胡の僭主となった匈奴《きょうど》の酋長劉元海《りゅうげんかい》が、まだ若いころ、晋の武帝から将軍に任ぜられようとしたのを、孔恂《こうじゅん》が諫《いさ》めて、「蛟龍雲雨を得れば、復《ま》た池中の物に非ざる也」。それを敢えて使ったのは、厳武という人物、余論で補うように、威勢のよすぎる性格であったのを、反映しよう。この句、平平仄平仄の形。

4〔鵰鶚在秋天〕〔鵰《ちょう》〕も〔鶚《がく》〕も共に猛禽。それがその活動に適した〔秋の天《そら》に在る〕がごとし。宋の旧注、「秋天は鷙《たけ》き鳥の撃搏《げきはく》する時也。鵰鶚秋天に在るは、其の時を得る矣」。趙次公は、上句が成語であるから、この句も成語かと疑う。案ずるに、この句も、上の句と共に、〔妙年〕の意気さかんな厳武が、その才腕を発揮し得る地位にいるのをいうが、これも余論で補うように、給事中の職は、門下省の職務の中心である詔勅原案の審議のほか、監察官的職掌をも兼ね、百官の上奏、裁判の判決、下級の人事、官吏の出張などをも、覆審する。それをひびかせよう。「左伝」文公十八年、太史《たいし》克《こく》の語に、硬骨の臣の邪悪に対する態度を、「其の君に礼無き者を見れば、之れを誅《ちゅう》すること鷹鸇《ようせん》の鳥雀を逐《お》いしりぞくるが如き也」。〔鵰鶚〕も「左伝」にいう「鷹鸇」の類である。ところでこの比喩も、上の句とともに、おとなしからぬ要素をもつ。〔鵰鶚〕の「文選」に見えるもの、四、晋の左思《さし》の「蜀都の賦」、十九、宋玉《そうぎょく》の「高唐の賦」には、その深山のすみかをいうが、十五、漢の張衡の「思玄の賦」、「鵰鶚は貪婪《どんらん》を競う」は、悪鳥としての指摘である。後代の詩ならば物議をかもしてよい。もっとも杜は、巻二前編11鮮于仲通《せんうちゅうつう》にささげた詩でも、その特異な立身を、「鵰鶚は風塵を離る」。またのち本編8の郭英乂《かくえいがい》を送る詩にも、「鵰鶚は時に乗じて去る」。なお厳武の字《あざな》は、季鷹《きよう》であった。

5〔客礼容疎放〕第三聯、厳武とおのれとのこのましき関係。こちらは門下省最下僚の左拾遺従八品上、あなたは上級要職の給事中正五品上。しかし下僚としてでなく、〔客礼〕対等の賓客の礼で扱われ、わが性格が迂闊に奔放なこと、「文選」十六、晋の向秀《しょうしゅう》の「思旧の賦」に、嵇康《けいこう》と呂安《りょあん》を、「嵇の志は遠くして疎、呂の心は曠にして放」というようなのを、許容される。〔客礼〕「史記」の楽毅《がくき》列伝に、「燕王は客の礼を以って之れを待つ」。「漢書」の「郊祀志」上に、「客の礼を以って之れを礼す」。草堂詩箋の「疎容放」は誤倒。

6〔官曹可接聯〕〔官曹〕は役所の部局。またその分掌する職務。曹植の「懐親の賦」に、「官曹の典列」、庾信の司馬裔《しばえい》の碑に、「官曹の案牘《あんとく》」。杜も他に六度使う。〔接聯す可し〕上役と下役と、地位は違うけれども、共に門下省の構成員、職務は聯続し得る。従前の注は引かないけれども、「周礼《しゅらい》」「大宰《たいさい》」に、周王朝の職務執行規定を、「八法」として列挙するうちに、「官聯」の語があるのにもとづこう。「三を官聯と曰い、以って官治を会す」。その漢の鄭衆《ていしゅう》の注に、「官聯とは、国に大事有りて、一官のみにては独り共《そな》うる能わざれば、則ち六つの官共に之れを挙《あつか》う。聯とは事を連ね職を通じて、相い佐助する也」。〔可〕を、某氏以外の諸宋本の一本は「許」。

7〔新詩句句好〕末の第四聯は、厳武の文学の讃美。お示しの近作、どの句もめでたい。「文選」二十四、晋の張《ちょう》華《か》が何劭《かしょう》に答えて〈その一〉、「良朋より新詩を貽《おく》らる」。この句〔句句好〕と仄三連。

8〔応任老夫伝〕それらのお作は、〔妙年〕のあなたとはことなって、〔老夫〕を自称するこの年寄りが、吹聴役をつとめ、存分に人人に伝達するのにお〔任《まか》〕せ下さってよいもので、〔応《き》っと〕ありましょう。そうさせて頂きます。〔伝〕は、盃をめぐらすことを「伝盃」というごとく、人人に見せて廻る意を含もう。いま清の康熙《こうき》帝勅編の「全唐詩」は、その第四函第八冊に、厳武の詩六首を収める。

双声　雲雨　在‐秋　新詩

余論の一。厳武、「旧唐書」は列伝六十七、「新唐書」は列伝五十四、父厳挺之《げんていし》の伝に附する。玄宗開元十四年七二六の生まれ。その人自身は、大官の子の恩典として、科挙試験を経由せずして政府にはいった「任子」であるが、父の厳挺之は、則天武后朝の進士であり、「挙子」である。且つことに「挙子」かたぎの人物であった。玄宗中期の「挙子」党の首相張九齢《ちょうきゅうれい》の親友であり、そのため「任子」党の総帥李林甫《りりんぽ》が代って首相となると、反主流の人物として圧迫された。李の子分である戸部侍郎の蕭炅《しょうけい》が、季節ごとの祭りを意味する古典の語、「蒸嘗伏臘《じょうしょうふくろう》」を、伏猟《ふくりょう》と読み誤まったのを聞きとがめ、大へんな大蔵次官もあったものだ、「省中に豈《あ》に伏猟の侍郎有るを容れんや」と、その男が「任子」党の常として、官僚技術の達人ではあっても無教養なのを軽蔑したこと、有名な話柄である。そうしたことから一そう李林甫ににくまれ、天宝元年七四二、七十歳、不遇のうちになくなる。そうした父の子として、厳武も「挙子」派に属する青年官僚で、天宝年間すでにあったろうが、そのころ杜との交渉を示す資料はない。安禄山叛乱勃発の前年である天宝十三載七五四には、西方哥舒翰の幕府に、杜の詩友高適などとともにいたこと、「資治通鑑」に見える。叛乱がおこると、玄宗の四川亡命に随従し、ついで粛宗の政府に来たのを、同党の先達である房琯の推薦により、門下省もっとも要職である給事中に任ぜられたのである。時すでに六十を過ぎていた房琯は、同じく坊っちゃん育ちの、この同党〔妙年〕の後輩に、期待したであろう。同じく房琯の党に属する杜との交渉も、この詩が示すように、密接となったと思われる。やがてこの年九月、長安が恢復され、粛宗が還都すると、京兆少尹《けいちょうしょういん》兼御史中丞に転ずるが、翌乾元《けんげん》元年七五八の六月、房琯が完全に失脚し、その一党、末端の杜をも含めて一斉に中央から放逐されるや、厳はその党の最有力者として、四川の巴《は》州の刺史《しし》に左遷される。杜が更にやがてその放浪さいしょの地として、甘粛の秦州に足をとどめたのは、更に翌乾元二年七五九の秋であるが、巴州にいる厳と、同じく左遷者として湖南の岳州にいる賈至とに、あわせ寄せた長律〈巻八前編3〉には、一党がその前年、房琯の復職を運動して失敗した次第が、言及されている。しかし間もなく政局の変動によってであろう、厳は大官としての履歴を復活する。上元二年七六一には、四川の節度使、兼成都の尹として赴任し、成都の草堂にいた杜を庇護する。のち一ど中央に帰るが、代宗の広徳二年七六四、再び成都の節度使となり、杜をその幕府の参謀とする。しかし在任わずか一年、翌永泰元年七六五、四十歳の若さでなくなり、杜もそれを契機として、成都を去る。かく後年の杜と交渉甚だ密な人物であり、夔州で知己八人をとむらった「八哀」の詩の一つは、「贈左《さ》僕射《ぼくや》鄭国公厳公武」にささげられ、同じく夔州での七律「諸将五首」の一首〈その五〉も、その人をたたえる。

余論の二。杜とその人との関係は、以上のごとくであろうが、厳武の性格は、よくいえば豪侠、悪くいえば乱暴であった。「新唐書」は、次の挿話をもって、その列伝をはじめる。まだ八歳の幼童のころ、父の厳挺之が、若い妾ばかりをかあいがり、正妻である母をかえりみないのを、憤慨し、父の留守中、寝ていた妾の頭を、鉄鎚でたたき割った。父も気象の強い人物であったので、それでこそおれの子と、ほめた。話は、唐末の説話集、范攄《はんちょ》の「雲渓友議」にもとづく。八歳のときといえば、玄宗の開元二十一年、父厳挺之六十一歳である。「雲渓友議」にはまた、母は諸葛亮を夢みて身ごもり、その生まれ変りともいう。また「太平広記《たいへいこうき》」二百三十、「報応」二十九には、「逸史に出づ」と注して、次のような話をも載せる。「少《わか》き時、気に仗《まか》せて任侠」であり、隣家の軍人の娘に懸想したのを、誘拐して、かけ落ちした。娘の父の軍人の訴えにより、当局の派遣する追っ手に見つかりそうになったので、河南の鞏《きょう》県、すなわち杜の出身地でもあるのまで逃げたとき、今はこれまでと、娘に酒をのませて眠らせ、琵琶の絃でくびり殺して、黄河に沈め、逮捕を免れた。のち成都の節度使としての死は、娘の亡霊に取りつかれてである云云。その四川の節度使としての施政も、新旧「唐書」によれば、もっぱら「猛政」によって人民をしめあげたといい、吐蕃《チベット》の侵寇をしりぞけたのだけが功績であると、佳伝を作らない。杜の「八哀」なり「諸将」が、四川での政績をもあわせたたえるのとことなるが、豪放な気の強い性格であったことは、たしかである。この詩3 4の聯、〔蛟龍雲雨を得、鵰鶚は秋天に在り」も、その反映であろう。なお俗説として、成都の節度使としての彼は、杜を幕僚に任命しながら、やがて感情の阻隔を来たし、杜を殺そうとして果さなかったという説、更にはまた李白の長詩「蜀道難」が、四川の地理の恐ろしさを歌うのは、杜が厳武のもとにいるのを危うんだのであるとする説が、李肇の「国史補」や、范攄の「雲渓友議」に見え、「新唐書」の杜甫伝また厳武伝も、それを採用する。しかしそれらがいわれなき妄説であることは、杜自身の詩「八哀」と「諸将」が、反証となるに充分である。

余論の三。この詩のときの厳武が任ぜられていた給事中が、門下省の最要職であり、中書省における中書舎人とあいならんだこと、内藤乾吉氏「中国法制史考証」に収める「唐の三省」に、法制史の専門家としての説明がある。昭和三十八年有斐閣、九頁。「次に門下省の重要権能は、諸司よりの奏抄を審査して遺失あれば駁正し、又詔命を吟味して便ならざるものあれば塗竄《とざん》上還し又は封還することであるが、これ亦実権は給事中にあり、殊に封駁は殆んど給事中の特権となつた。其他省内の庶務皆その手にあつたこと中書舎人と同様であり、従つて門下省の実権亦給事中に帰した。この外、給事中中書舎人には三司受事及び文武官吏の考課の監督等特別の重要職務もあつて、共に甚だ重職であつた」。なお杜の友人としては、巻三10の詩に、「何ん為《す》れぞ西荘の王給事」というように、王維《おうい》もかつて給事中であった。

はしがき二

鳳翔《ほうしよう》の臨時亡命政府においての詩作、以上三首については、この政府から各地に派遣される友人先輩を送別するもの、古今体あわせて六首。うち一首をのぞき、あとはすべて西方の辺境におもむく。当時の情勢、西都長安と東都洛陽が賊軍の手中にあるのは、帝国東北の四半分、黄河の中流下流地帯が賊地ということである。その他の地帯、帝国の南半分である揚子江流域は、四川の成都に上皇玄宗の亡命政府があるのを、上流の押さえとして、下流に及んでも、ほぼ安泰である。あとは西北の方角の四半分、黄河上流、甘粛の地帯、そこは賊地ではないけれども、東方の混乱に乗じ、もろもろの少数民族が蠢動をはじめていた。ことに吐蕃《チベット》族。送られる人のおおむねは、不安定な政府から出発して、その地帯へと赴く。第二次大戦中、パリをナチスに奪われ、他へ移転したフランス亡命政府から、アルジェリアなり中東に派遣されるのに似よう。当時の西方辺境の情勢、佐藤長氏「古代チベット史研究」四九七頁にいう、「天宝十四載(七五五)に起った安禄山の乱は大唐帝国の基礎を根底から揺がし、新しい社会への道を開いたものとして東洋史上重要な意味を持つものとされている。しかし一方混乱に陥った帝国体制の間隙に乗じ、西北方面の諸民族は種々な形で帝国の周辺に活動し、後の塞外異民族発展の先駆をなした点についても、この乱は重要な意義を持つものである。即ち乱の勃発とともに西北方面の唐の諸軍隊は鎮圧のために中原へ移動したが、その故に西方には大きな間隙を生じ、この間隙に乗じて北方のウイグル族や西方の吐蕃は一段と従来に増して其の勢力を拡大発展させた。就中吐蕃は以前から唐の辺境軍隊とは激烈な戦闘を交えており、その勢力拡張に力を注いでいたが、この乱を好機として、隴右《ろうゆう》、河西《かせい》方面を手中に収め、遂に広徳元年(七六三)には唐の首都長安に侵入し、短時日ではあるが傀儡政権を樹立した」。昭和三十四年京都大学東洋史研究会。広徳元年の事件は、この詩より六年ののちであるが、そこに至るべき情勢、すでに濃厚に進行しつつあった。その中への派遣であり、赴任である。詩はみなかくて興奮せざるを得ない。ことにはじめに録する五言古詩四首が、各地の軍団の〔判官〕すなわち参謀として赴任する友人四人を送るのは、「鳳翔の四送」と呼ばれ、一連の名作とされる。清の浦起龍の「読杜心解」に評していう、「諸判官の篇、一として通行の贈送の語無し」。お座なりの挨拶ではない。またいう、「鳳翔の五古の中に在りて、判官を送る者凡《およ》そ四、其の各篇の首尾結構は迥《はる》かに別なるを看る」。四首それぞれに作り方を変えている点でも、念入りな詩というのである。〔判官〕が地方の軍団長の参謀であることは、「新唐書」「百官志」四下の節度使の条に、属僚を数えて、「副大使、知節度事、行軍司馬、副使、判官、支使、掌書記、推官、巡官、衙推《がすい》、各一人」。また広汎な規定として、「大唐六典」二、吏部尚書の条に、地方部局構成の原則を、「凡そ制勅もて差使せらるるもの」、つまり特命を帯びて地方に派遣された大官、そもそも節度使もその一つであるが、「事務繁劇にして要重なる者は、判官二人を給す」。しからば事務局長でもあり秘書長でもある。それに任ぜられるのは、知識人の文官であって、職業軍人ではない。少なくともこの四首の場合は、そうである。文学の士でありながら、非常時ゆえ、気の毒にもこの任務をという同情が、あちこちにある。なお〔判官〕としての赴任、転任ではあるが、中央での本官をそのままに肩書きとし、臨時の出向という形をとること、のちの注にも説く。四首ともに、王琪本、呉若本、銭謙益注、二、九家注四、詩史六、分門集注二十送別、草堂詩箋十、千家注三、分類千家注二十二送別上、分類集注十五言古送別類、輯注三、論文七、闡五、詳注と鈴木注五、心解一之一、鏡銓三、雪嶺抄四、槐南講義下。また明の張綖の杜詩通四に、第四の韋評事を送るを除き、他の三首を収める。

4　送長孫九侍御赴武威判官

長孫九侍御《ちょうそんきゅうじぎょ》の武威《ぶい》の判官《はんがん》に赴《おもむ》くを送《おく》る

驄馬新鑿蹄
銀鞍被來好
繡衣黃白郎
騎向交河道
問君適萬里
取別何草草
天子憂涼州
嚴程到須早
去秋羣胡反
不得無電掃
此行收遺甿
風俗方再造
族父領元戎
名聲國中老

驄馬《そうば》　新《あら》たに蹄《ひづめ》を鑿《うが》ち
銀鞍《ぎんあん》　被《こうむ》り来《き》たりて好《よ》ろし
繡衣黃白《しゅういこうはく》の郎《ろう》
騎《の》りて向《む》こう交河《こうか》の道《みち》
君《きみ》に問《と》う　万里《ばんり》に適《ゆ》くに
別《わか》れを取《と》ること何《な》んぞ草草《そうそう》たるやと
天子《てんし》　涼州《りょうしゅう》を憂《うれ》う
厳程到《げんていいた》ること須《す》べからく早《はや》かるべし
去秋《きょしゅう》　群胡《ぐんこ》反《はん》し
電掃無《でんそうな》きを得《え》ず
此《こ》の行《こう》　遺甿《いぼう》を収《おさ》め
風俗《ふうぞく》　方《まさ》に再《ふた》たび造《つく》る
族父《ぞくふ》　元戎《げんじゅう》を領《りょう》し
名声《めいせい》は国中《こくちゅう》の老《ろう》なり

15 奪我同官良
16 飄颻按城堡
17 使我不能飧
18 令我惡懷抱
19 若人才思闊
20 溟漲浸絶島
21 罇前失詩流
22 塞上得國寶
23 皇天悲送遠
24 雲雨白浩浩
25 東郊尚烽火
26 朝野色枯槁
27 西極柱亦傾
28 如何正穹昊

我《わ》が同官《どうかん》の良《よ》きものを奪《うば》い
飄颻《ひょうよう》として城堡《じょうほう》を按《あん》ぜしむ
我《わ》れを使《し》て餐《さん》する能《あた》わざらしめ
我《わ》れを令《し》て懐抱《かいほう》を悪《わる》からしむ
若《こ》の人《ひと》は才思《さいし》闊《ひろ》く
溟漲《めいちょう》 絶島《ぜっとう》を浸《ひた》す
樽前《そんぜん》 詩流《しりゅう》を失《うし》ない
塞上《さいじょう》 国宝《こくほう》を得《え》たり
皇天《こうてん》も遠《とお》きを送《おく》るを悲《かな》しみ
雲雨《うんう》 白《しろ》くして浩浩《こうこう》
東郊《とうこう》 尚《な》お烽火《ほうか》
朝野《ちょうや》 色《いろ》枯槁《ここう》
西極《せいきょく》の柱《はしら》も亦《ま》た傾《かたむ》く
如何《いかん》ぞ穹昊《きゅうこう》を正《ただ》さん

長孫《ちょうそん》監察官の武威《ぶい》軍参謀としての赴任を送る

蹄鉄うちたてのあし毛の馬
銀の鞍ふさわしくも置いたのに
制服きらびやかな監察官どの

またがってゆくのはトルファン街道
ゆくさきは一万里というに
このそそっかしい別かれ方はと聞きただせば
天子のおんなやみは涼州《りょうしゅう》地方
さしせまっての旅程　到着をいそぐ
去年の秋の蛮族どもの謀反に
不可欠の大掃除をしたが
この赴任は　生き残りの良民を救済し
生活のリズムをもとへもどす
師団長をつとめるのはわたしの叔父
名声は国家の元老だが
わが同僚の俊秀をひきぬき
はるかにも要塞のおさえとする
おかげでわたしは飯も進まず
おかげでわたしの気もちはふさぐ
あなたという人は　才能のはば
はなれ小島をひたす黒潮
酒の座から詩人きえうせ
国宝的人材　国境のものとなる

あまつ神も　遠き別れをなげきたまい
雲　雨　しろじろとひろがる
東部の地帯は　なおも戦場
官民ともに　しおたれ顔
西のはてでも　天の柱は傾いたまま
みそらのひずみ正さんすべやいかに

〔長孫九侍御の武威の判官に赴くを送る〕「鳳翔四送」の第一篇。〔長孫《ちょうそん》〕は二字の姓、〔九《きゅう》〕はいつもの通り、従兄弟を含めての兄弟順、いわゆる「排行《はいこう》」、名と伝記は分からぬが、〔長孫〕の姓は、国初太宗《たいそう》皇帝李《り》世民《せいみん》の皇后と、その弟で宰相であった長孫無忌《ぶき》を出している。この人物は、詩中にいうように杜の詩友である。〔侍御《じぎょ》〕はその中央での職名、検察弾劾の庁である御史台の構成員。それには侍御史、従六品下、殿中侍御史、従七品上、監察御史、正八品上、以上三階級あるが、うち普通に〔侍御〕と簡称されるのは後二者であったと、唐の趙璘《ちょうりん》の「因話録」五。いまその人が西方甘粛の〔武威《ぶい》〕郡の軍団の〔判官〕参謀として赴任するのを見送る。〔武威〕は郡としての名、州としては涼州《りょうしゅう》。「旧唐書」「地理志」三に、長安の西北二千一十華里。かつては哥舒翰の駐屯地。今は詩中にいうように、杜の遠縁のおじ杜《と》鴻漸《こうぜん》が節度使だが、かねてから唐の宿敵吐蕃《チベット》との接壌地帯、今は一そうの緊張にある。なお〔判官〕としての赴任は、すべて臨時の出向としての形をとること、前にも触れたが、〔侍御〕はその中央における本官。かく出向者は、中央での何らかの職名を肩書きとしてもちつつ出向するのが、中国法制の通例。またこの場合、長孫の〔侍御〕は、かねてからの中央での職であるよりも、このたび地方の〔判官〕としての出向に際し、新たに与えられた可能性が強い。それが御史台に属する〔侍御〕なのは、出向先の長官の節度使、これも大官の出向でそもそもあるのの、肩書きとしてもつ中央の官が、御史台の長官の御史大夫《たいふ》、あるいは次官の御史中丞であるのと、即応して、その属僚たるにふさわしいからであろうか。唐代の典制に詳しい学者の教えを待つ。以下の「四送」のうち、これは最も短く、十四韻二十八句、韻脚は「広韻」上声「三十二晧」。

1〔驄馬新鑿蹄〕「四送」の詩、それぞれに「首尾結構」の違いを見せると、浦起龍のいうごとく、この第一の詩の歌い出しは、旅立つ〔長孫〕の、はなやかないでたち。やがて詩が別離の悲しみへと赴くのを知らぬがごとくである。〔驄馬〕あしげの馬は、長孫の本官が〔侍御〕なのにからめての語。監察官ののりものが、その馬なのは、漢の桓典《かんてん》、それに愛乗し、「行き行くとも且つは止まりて、驄馬の御史を避けよ」と、人人に歌われたと、「後漢書」のその伝に見えて以来のこと、唐代の実際は別として、有名の典故。「説文」に、「驄は、馬の青と白と雑《まじ》れる毛也」。さきの巻二後編33楊侍御に呈する詩にも、「御史は新しき驄馬」。その〔驄馬〕が旅立ちのため、〔新たに蹄《ひづめ》を鑿《うが》つ〕、まつさきに蹄鉄を打ち直した。〔鑿蹄《さくてい》〕と警抜の語、朱鶴齢、「周礼」の鄭玄《じょうげん》の注に出るというが、その引く「夏官」「校人」の項には見えぬ。

2〔銀鞍被来好〕蹄鉄の処理を終えた馬に、銀づくりの鞍、被《かぶ》せ来たりて好《こ》のもし。一そう華麗の歌い出し、わざと悲愁を示さない。〔銀の鞍〕が、いきな馬具であること、「文選」にしばしば。十六、梁の江淹《こうえん》の「別れの賦」に、「龍馬銀鞍」、二十二、梁の徐悱《じょひ》の「古意」の詩に、「汗馬銀鞍を躍らす」。いずれもの李善注が更に引くのは、辛延年《しんえんねん》の「羽林郎」の歌、「銀鞍の何んぞ煜爚《いくやく》たる」。〔被〕bèi はすなわち通俗文学の変文や元曲が、「備」「鞴」と表記する語と、金文京君の説。〔来〕は動詞のあとに軽くくっつく助字。二句、元の劉辰翁《りゅうしんおう》評して、「鮮麗にして事に称《かの》う、衰颯せる老人の語に非ず」。さてその馬に乗る人は。

3〔繡衣黄白郎〕〔繡《ぬ》いのある衣《うわぎ》〕も、唐代の実際は別として、検察官「御史」の服装の典故。「漢書」の「百官公卿表」上に、「侍御史に繡衣の直指なるもの有り、武帝の制する所」。顔師古《がんしこ》の注に、「衣の繡を以ってするは、之れを尊寵する也」。名誉の表示としての上衣。〔黄白郎〕も検察官についての典故であろうが、未詳。朱鶴齢も未詳とし、一つの推測として、〔黄〕とは腰にさげた黄金の印章、〔白〕は銀のそれかという。浦起龍はまた、北斉の宮廷の楽曲「食挙楽」に、朝会の役人の列を、「黄を懐き白を綰《わん》して、鵷鷺《えんろ》は行を成す」を引く。わが雪嶺永瑾の「杜詩抄」も「古今不審」と、いろいろ臆測をのべる。何にしても、旅支度をととのえた〔銀鞍〕の馬の乗り手は、きらびやかないでたちの〔郎〕青年官吏。

4〔騎向交河道〕〔騎〕は動詞、のる。〔繡衣黄白〕のわこうどが、〔銀鞍〕の馬に騎《の》って向こうのは〔交河《こうか》の道〕。厳密には新疆《しんきょう》省吐魯蕃《トルファン》。不厳密には西方の雪、氷、砂漠の地帯。巻一12「高都護の驄馬行」に、「交河にて幾たびか曾《かさ》なる氷を蹴りて裂きし」。はなやかな歌い出し、はじめて悲壮へとおもむこうとする。

56〔問君適万里、取別何草草〕上下句一連。〔交河〕は〔万里〕のかなた、そこへ適《ゆ》く君、この〔草草《そうそう》〕とおちつかない別れ方は、何ゆえか。〔適〕は行く也。「荘子」「逍遥遊《しょうようゆう》」篇に、「百里に適く者」「千里に適く者」。今は更に遠くして〔万里〕。〔取別〕は、なお為別というごときこと、「取酔」が為酔、「取楽」が為楽なのに同じ。のち蜀の梓《し》州で章留後などに留別する詩にも、「取別は薄厚に随う」。〔草草〕せかせか。「詩経」「小雅《しょうが》」「巷伯《こうはく》」に、「労する人は草草」、「毛伝」に「心を労する也」。〔問〕を草堂詩箋、「聞」に誤まる。

7〔天子憂涼州〕以下、なぜかくもあわただしい出発かとの問いへの答え。浦起龍いう、「直《ただ》ちに官に赴く従《よ》り起こし、然る後に官に赴く所以の故を找出す。是れ倒勢、又一つの変格」。〔涼州〕はすなわち武威。そこは天子粛宗の憂慮したまう地域。

8〔厳程到須早〕それゆえ厳しき旅程、早き到着を必須とする。初唐の劉希夷《りゅうきい》の「友人の新豊《しんぽう》に之《ゆ》くを送る」に、「王事は厳程を促《うなが》す」。九家注のみ〔到須早〕を「須到早」に作る。

9〔去秋群胡反〕なぜ天子のなやみの種であり、早き着任を必須とするか。その理由に更に立ち入る。〔去秋〕といえば、昨七五六天宝十五載すなわち至徳元載の秋、長安陥落の直後、この極西の地帯も不安となり、〔群《おお》くの胡〕とは、複数の少数民族、その叛乱がおこった。「資治通鑑」は、今七五七至徳二載正月の条に、河西兵馬使の蓋庭倫《がいていりん》が、九姓商胡の安門物《あんもんぶつ》らと共に、節度使の周泌《しゅうひつ》を殺し、叛徒六万人、武威城の大部分を占領したのを、当時の判官であった崔称《さいしょう》が平定したと記すが、この詩によれば、叛乱はより早くからであったと、朱鶴齢いう。そのとき殺害された節度使周泌の後任として任命されたのが、のちの13の句にいう杜鴻漸、すなわち杜の族父であり、その〔判官〕として、いま長孫は赴任する。

10〔不得無電掃〕かくて電《いなずま》のようにすばやい掃除が無きを得ない。兵は凶事であり、戦争は忌避すべきである。しかし今はそれ無しに得《す》まされぬ。〔電掃〕の語、「後漢書」皇甫嵩《こうほすう》伝に、黄巾の賊の討滅を、「旬月の間にして、神兵電掃す」など、六朝の史書にしばしば。〈「埽」は〔掃〕の本字。〉「文選」では四十九、晋の干宝《かんぽう》の「晋紀総論」に、「三関を電掃す」。

11〔此行収遺甿〕しかし〔電掃〕は一応おわり、あなたの此のたびの行《たび》は、〔遺甿《いぼう》〕叛乱平定のあとに遺《のこ》された善良な人民たちを、収容し安定するのが、任務である。つまり善後処置にある。〔遺甿〕「文選」二十二、宋の顔延之《がんえんし》が宋の文帝の出遊に侍した詩〈「車駕の京口に幸して蒜山《さんざん》に侍遊する作」〉に、北朝胡族治下の漢人をあわれんで、「留滞は遺氓に感ず」。氓は〔甿〕と同字、人民。詩史と分門集注、〔収〕を「牧」に作り、呉若と草堂詩箋の注に引く陳氏〈陳浩然《ちんこうぜん》〉の本も同じ。

12〔風俗方再造〕そうして〔風俗〕人民たちの生活習慣を〔方《まさ》に〕今こそ再び造り直すのが、あなたの任務。〔方〕の字、今がその時期なのを強調し、長孫の任務が善後措置にあるのをいうのに適するが、草堂詩箋は「還」、ふたたび。「孝経」に、「風を移し俗を易《か》う」。〔再造〕の語、杜ここのみに用いるが、「文選」では、四十、任昉《じんぼう》が梁の武帝にささげた牋《せん》〈「大司馬記室に到《いた》す牋」〉に、「再造のめぐみ答えまつり難し」。

13〔族父領元戎〕以上、旅立ちのもよう、任務のもようを述べて来た詩、やがて別離のなげきへと移ろうとして、まずさきだっての一聯は、赴任さきの軍団の長官のこと。すなわち杜の〔族父〕遠縁のおじにあたる杜鴻漸が、河西の節度使として、全軍の指揮をとっているのを、〔元戎を領す〕。〔元戎〕「詩経」「小雅」「六月」の語、大いなる戦車、それを宰領している。杜鴻漸は、「旧唐書」列伝五十八、「新唐書」列伝五十一、後者では更にその族父である杜暹《とせん》の伝に附見する。はじめ朔方《さくほう》オルドス地帯の軍団の判官であったが、その地へ亡命して来た粛宗を、皇帝に擁立した主謀者の一人。その功労によって、翌年のこの年、武部侍郎兼御史大夫を中央の本官とし、河西節度使涼州都督を仰せつかっていた。

14〔名声国中老〕おじの〔名声〕名誉ある評判は、〔国中の老〕。一国の長老を「国老」ということ、「左伝」〈僖《き》公二十七年など〉に。また〔名声〕は「荀子《じゅんし》」〈「不苟《ふこう》」篇〉などの語。なお杜鴻漸、ここではこうたたえるが、「旧唐書」の伝には、「心に遠き図《はかりごと》無く、志気怯懦《きょうだ》にして」、仏教におぼれたというのを結論とし、「新唐書」も同じ。のち蜀の崔旰《さいかん》の乱の平定に派遣されたときも、宥和政策によって処置を誤まった。しかしこの頃は、粛宗擁立の元勲であり、「卿は乃《すなわ》ち吾れの蕭何《しょうか》也」と信頼されていた。呉若の引く晋本〈後晋の官書本〉は、よりおだやかに「閤中の老」、詩史、分門集注は、それを本文とする。何にしてもこの句、鴻漸を一おうたたえた上、このたびの別離、その因は鴻漸にあるのを、次の句で恨むのをおこす。

15〔奪我同官良〕そのおじが、我が同僚の良きひとを奪い去ったといえば、赴任は鴻漸の要請にもとづく。草堂詩箋、杜は左拾遺、長孫は侍御史、ともに諫官《かんがん》だから〔同官〕というといい、朱鶴齢なども同説だが、いかが。むしろ題注にいうように、長孫の〔侍御〕は、このたびの出向に際し、中央での加官として与えられたのであり、これまでは彼も杜とともに門下省の何らかの職にあり、ゆえに〔同官〕というのでないか。「左伝」文公七年、荀林父《じゅんりんぽ》の語に、「同官を僚と為す」。

16〔飄颻按城堡〕おじの要請によって赴任する長孫の任務は、あちこちと出城の見まわりにあろう。〔堡〕「広韻」に博抱の切、bǎo、注して、「堡障は小さき城」。〔城堡〕の語、「北史」の宇文測《うぶんそく》の伝などに見える。涼州武威郡は、「大城の中に、小城七有り」と、朱鶴齢の注意するように、「通鑑」至徳二載正月、またその胡三省《こさんせい》の注。〔按〕はその巡視、巡察。〔飄颻《ひょうよう》〕はところ定めず、あちこちと。〈「文選」二十九、魏の曹植の「雑詩六首」その二の「転蓬は本根を離れ、飄颻として長風に随う」など、「文選」に常用の語。〉気の毒にも、文学の才能にすぐれたあなたが、そうした役目をつとめるかと思うとと、次に二句を開く。詩史と分門集注は「飄飄」。

17〔使我不能飡〕あなたの御苦労を思う私は、おかげで飯ものどへとおらない。〔飡《さん》〕は、王琪以外の諸本がそうであるように、餐と同字。「詩経」「鄭風」「狡童《こうどう》」の、男にふりむかれない女のなげき、「維《こ》れ子《きみ》の故に、我れを使て餐する能わざらしむ」を、そのまま使った。

18〔令我悪懐抱〕おかげでまた、わたしは胸くそが悪い。〔我れを令《し》て懐抱を悪からしむ〕。〔令〕の義は〔使〕に同じいが、上の〔使〕と重複をさけた。〔懐抱〕は杜頻用の語。晋の王羲之《おうぎし》の「蘭亭序《らんていじょ》」に、「或いは諸《こ》れを懐抱に取る」など、文語でもあるが、〔悪懐抱〕は、俗語のひびき。ぞんざいな言葉つきなのが、感情を高ぶらせる。

19〔若人才思闊〕なぜしかく私をふさがせ悲しませるか。それはこの人の才能のはばの広さ、得がたきがゆえである。〔若人〕は、如此人、かくの若《ごと》き人の意として、「論語」の語。前二句のぞんざいから一転して、荘重に開き直った感じ。孔子、「公冶長《こうやちょう》」篇では子《し》賤《せん》を、「君子なる哉若《こ》の人」、「憲問」篇では南宮适《なんきゅうかつ》を、「君子なる哉若《こ》の人、徳を尚《とうと》ぶ哉若《こ》の人」。〔才思〕何でもない語のようだが、他の文献の用例すぐには見当らぬ。杜詩もここのみ。〈梁の劉勰《りゅうきょう》の「文心雕龍《ぶんしんちょうりゅう》」「事類」篇に、「実に群言の奥区にして才思の神皐也」。また隋の顔之推《がんしすい》の「顔氏家訓」「文章」篇に、「吾れ世人を見るに、至って才思無きに、自ずから清華なりと謂《おも》う」など。散文の語としては少なくない。〉〔闊〕は広き也。

20〔溟漲浸絶島〕その人の〔才思の闊《ひろ》さ〕の比喩だが、杜でなければいえない感じ。わたつみの漲《みなぎ》り、ひたひたと絶《はな》れ小島を浸すがごとし。「文選」二十二、宋の謝霊運《しやれいうん》の「赤石に遊び進んで海に帆す」に、「溟漲は端倪《たんげい》無し」、はてしもない。〔絶島〕杜は他にも使うが、「文選」には見えない。〈「三国志」「魏志」「東夷伝」の倭の項に、「居る所は絶島、方は四百余里なる可し」。〉〔浸〕を草堂詩箋の本文と呉若の一本は「漫」、意味に大差はないが、弱い。

21〔罇前失詩流〕〔罇〕は樽と同字。〔若《こ》の人〕が奪われて行くこと、わが酒樽の前では詩の正統を伝える人物の喪失である。〔詩流〕の語の歴史はあきらかでないが、そうした意であろう。〔罇〕の字、呉若が「尊」なのは、これも同字として、詩史が「罇」なのは、誤字。

22〔塞上得国宝〕しかし国家的見地からは、国境の要塞の上《あたり》が、国宝的人物を獲得したわけと、悲しみを中和する。賢者をもって〔国の宝〕とする思想、「国語」「楚語」下に、楚の使者の王孫圉《おうそんぎよ》、晋の家老の趙簡子《ちようかんし》から、お国の宝と聞く白き珩《たま》のことをお聞かせ下さいと問われ、いやそれではありませぬ、観射父《かんせきほ》、左史倚相《さしいしよう》などの賢人こそ、わが楚国の国宝と答えたのに、もとづく。〔得〕の字、王琪を含む諸宋本の一本は「多」。それならば〔国宝〕を多《ま》し添える。なお浦起龍の「読杜心解」、のちの韓愈《かんゆ》の有名な散文「温《おん》処士の河陽軍に赴くを送る序」に、その人が節度使烏重胤《うじゆういん》の幕僚として赴任するのを惜しみ、君が去ってのち、われわれは、「政の通ぜざる所有り、事の疑う可き所有らば、奚《なに》の諮《と》う所にて処せん焉」、「誰れと与《とも》に嬉遊せん」、「何に於いて徳を考えて業を問わん焉」。この詩のこのあたりを下じきにしたとする。

23 24〔皇天悲送遠、雲雨白浩浩〕以下篇末に至るまで、もっぱら悲哀。〔皇天〕あまつ神も、この別離を悲しみ給うか、白く浩浩とはてしなく立ち籠める雲また雨。「楚辞」〈屈原《くつげん》の〉「離騒《りそう》」に、「皇天は私阿無し」。しかく分け隔てせぬのが、皇《おお》いなる天の本来なのに、今は然らぬ。人間への天の同情、巻二後編40「故武衛将軍挽歌」その三の「天意も風飇《ふうひよう》を颯《はため》かす」、ここと似るが、ここは更に憂鬱。〈巻一28「楽遊園の歌」に、「一物　自のずと荷のう皇天の慈しみ」。〉〔浩浩〕は常語だが、〔白〕の字尖鋭の新感覚。〔送遠〕の二字、のち本巻前編9楊判官のチベットへの旅立ちを送るのにも、「遠きを送らんとして秋の風落つ」。そこの趙次公の注がいうように、出所を知らぬが、いずれも西方絶遠の地に赴く人を送る。のち秦州の五律〈巻七22〉が、この二字を題とするのも、その気味にある。

25〔東郊尚烽火〕〔白浩浩〕とひろがる〔雲雨〕とともに、悲哀もまた増大する。賊軍の占拠する東部地帯を、「書経」「費誓」篇の序を用いて〔東郊〕ということ、巻三2「崔翁高斎」55と同じ。そこでは今も〔尚お〕戦争の〔烽火〕のろし。

26〔朝野色枯槁〕朝廷も民間も、〔色〕情況は枯れ槁《や》せたまま。〔朝野〕は「文選」の語。二十一、晋の張協《ちょうきょう》の「詠史」に、「昔し西京《せいけい》の時に在りて、朝野歓娯多し」。李善注、「漢書」〈楚元王伝〉の劉向《りゅうきょう》の上疏を引いて、「衆賢は朝に和し、万物は野に和す」。今はそうでない。「楚辞」の「漁父《ぎょふ》」に、放逐された屈原の姿を、「形容枯槁」。王逸《おういつ》の注に、「癯《や》せ瘦《や》せ瘠《や》する也」。

27〔西極柱亦傾〕〔東郊〕ばかりでない、長孫の赴こうとする〔西の極《はて》〕、すなわち涼州の地帯でも〔亦た〕、天を支えるべき〔柱〕は〔傾〕いている。人人周知の女媧《じょか》氏の神話をふまえる。「列子」「湯問」篇に、女媧は、「鼇《ごう》の足を断って、以って四つの極を立つ」であったが、のち共工氏《きょうこうし》が顓頊《せんぎょく》と帝位を争って敗れ、「怒って不周《ふしゅう》の山に触れ、天柱を折り、地維を絶つ。故に天は西北に傾きたり」。

28〔如何正穹昊〕傾いた柱を立て直して、穹《まる》き昊《みそら》を正常にもどす方策は如何《いか》にと、長孫をはげますとも読める。またその方策は如何にして得られようぞと、長孫の苦労に同情するとも読める。〔白く浩浩〕たる〔雲雨〕にふさわしく、茫漠のむすび。〔穹昊《きゅうこう》〕「文選」四十八、漢の司馬相如《しばしょうじょ》の「封禅《ほうぜん》文」に、「伊《こ》れ上古の初めて肇《はじ》まるや、昊穹自《よ》り民を生む」。また五十八、漢の蔡邕の「陳太丘の碑文」に、「如何なれば昊穹、既に斯《こ》の文を喪《ほろ》ぼすや」、注に、張揖《ちょうしゅう》の「広雅」を引いて、「春と夏の天の名」。今は二字を逆にして、脚韻にあわせた。

双声　新-甃　程-到　須早　再造　若人　才思　浸-絶　罇前-失-詩　塞上　雲雨　枯槁
畳韻　名声　飄飆　得-国

余談。14に〔名声は国中の老〕ないしは「閣中の老」とたたえる族父の杜鴻漸につき、新旧「唐書」ともに佳伝を作らぬこと、注中でいうごとくだが、別の伝記としては、墓前の碑が、代宗朝の「聚斂《しゅうれん》の臣」として評判の悪い元載《げんさい》によって、書かれている。「故相国杜鴻漸神道碑」、「文苑英華」八百八十五、「全唐文」三百六十九。当然のこととして、褒辞のみあって、貶辞はない。また霊武での粛宗の即位につき、彼が擁立に積極的であったのは、がんらい粛宗が馬《ば》嵬《かい》駅で父玄宗と別れたとき、父から伝位の意思表示があったのを知っていたからだと、力説する。前冊はしがき二でいったように、粛宗の即位が父の意思を承けてか否かは、史論家の議論の対象であるが、この碑のいうところによれば、恣意の簒奪《さんだつ》ではないこととなり、司馬光《しばこう》「資治通鑑」の見方をささえる。また同じ碑に、玄宗末年、安禄山叛乱直前の不安な政情を、「天宝の末には、将《しょう》と相と交ごも隙《あだ》ありて、海内《かいだい》は心を寒くせり」云云。巻二はしがき三の補いとなろう。

5

送樊二十三侍御
赴漢中判官

樊二十三侍御《はんにじゅうさんじぎょ》の漢中《かんちゅう》の判官《はんがん》に
赴《おもむ》くを送《おく》る

威弧不能弦　　威弧《いこ》　弦《げん》する能《あた》わず

2 自爾無寧歳
3 川谷血横流
4 豺狼沸相噬
5 天子從北來
6 長驅振凋敝
7 頓兵岐梁下
8 却跨沙漠裔
9 二京陷未收
10 四極我得制
11 蕭索漢水清
12 緬通淮湖税
13 使者紛星散
14 王綱尙旒綴
15 南伯從事賢
16 君行立談際
17 生知七曜曆
18 手畫三軍勢
19 冰雪淨聰明
20 雷霆走精鋭

爾《そ》れ自《よ》り寧歳《ねいさいな》無し
川谷《せんこく》 血《ち》横《ほ》しいままに流《なが》れ
豺狼《さいろう》 沸《わ》きて相《あ》い噬《か》む
天子《てんし》 北従《きたよ》り来《き》たり
長駆《ちょうく》して凋敝《ちょうへい》を振《すく》う
兵《へい》を岐梁《きりょう》の下《した》に頓《とん》し
却《かえ》って沙漠《さばく》の裔《すえ》に跨《また》がる
二京《にけい》 陥《おちい》りて未《い》まだ収《おさ》めず
四極《しきょく》 我《わ》れ制《せい》し得《え》たり
蕭索《しょうさく》として漢水清《かんすいきよ》く
緬《はる》かに淮湖《わいこ》の税《ぜい》を通《つう》ず
使者《ししゃ》 紛《ふん》として星散《せいさん》し
王綱《おうこう》 尚《な》お旒綴《りゅうてい》
南伯《なんぱく》 事《こと》に従《した》ごうて賢《さか》しく
君行《きみゆ》けば立談《りつだん》の際《さい》なり
生《うま》れながらにして七曜《しちよう》の暦《こよみ》を知《し》り
手《て》に三軍《さんぐん》の勢《いきお》いを画《え》がく
氷雪《ひょうせつ》 聡明《そうめい》を浄《きよ》くし
雷霆《らいてい》 精鋭《せいえい》を走《はし》らす

21 幕府輟諫官
22 朝廷無此例
23 至尊方旰食
24 仗爾布嘉惠
25 補闕暮徵入
26 柱史晨征憩
27 正當艱難時
28 實藉長久計
29 廻風吹獨樹
30 白日照執袂
31 慟哭蒼煙根
32 山門萬重閉
33 居人莽牢落
34 遊子方迢遰
35 徘徊悲生離
36 局促老一世
37 陶唐歌遺民
38 後漢更列帝
39 恨無匡復姿

幕府《ばくふ》に諫官《かんがん》を輟《や》むるは
朝廷《ちょうてい》に此《こ》の例《れい》無《な》し
至尊《しそん》 方《まさ》に旰食《かんしょく》し
爾《なんじ》に仗《よ》りて嘉恵《かけい》を布《し》かんと
補闕《ほけつ》 暮《くれ》に徴《め》されて入《い》り
柱史《ちゅうし》 晨《あした》に征《ゆ》きて憩《いこ》う
正《まさ》に艱難《かんなん》の時《とき》に当《あ》たりて
実《じつ》に長久《ちょうきゅう》の計《はか》りごとに藉《よ》る
廻風《かいふう》 独樹《どくじゅ》を吹《ふ》き
白日《はくじつ》 袂《たもと》を執《と》るを照《て》らす
蒼煙《そうえん》の根《もと》に慟哭《どうこく》すれば
山門《さんもん》 万重《ばんちょうと》閉ざす
居人《きょじん》 莽《もう》として牢落《ろうらく》
遊子《ゆうし》 方《まさ》に迢遰《ちょうてい》
徘徊《はいかい》して生離《せいり》を悲《かな》しみ
局促《きょくそく》として一世《いっせい》を老《お》ゆ
陶唐《とうとう》 遺民《いみん》を歌《うた》い
後漢《ごかん》 更《さら》に列帝《れってい》
恨《うら》むらくは匡復《きょうふく》の姿《すがた》無く

40
聊欲従此逝　聊《いささ》か此《こ》れ従《よ》り逝《ゆ》かんと欲《ほっ》す

樊《はん》監察官の漢中《かんちゅう》軍参謀としての赴任を送る

弓張星の弦はずれてから
かくて平和の月日なく
谷川には人間の血あふれ流れ
虎　狼　わきあがって嚙みあう
みかど　はるか北の方から
はせにはせて　つかれし民草すくいたまわんと
みいくさ　岐山《きざん》　梁山《りょうざん》の　ふもとにたむろして
おさえたまうは沙漠のはて
二つの都の陥落　そのままながら
四方のはてまでわが手の中
さやけくも清き漢《かん》のかわ
南国のみつぎもの　はるけくも運ぶ
特使　星くずと散らばりゆけど
帝国の秩序　なおももどかし
南の太守こそは　まめやかにつとめにはげみたまうおん方
君　赴任しては　立ちどころに意気投合

日月五星の歩み見とおして
手はためくままに三軍配置の青写真
雪よ氷よ　精神いよいよに澄み
いかずちいなずま　すばやさのはせゆく
そも軍団に　侍従職よりの出向は
宮廷かつてためしなし
かしこきあたり　いまは御膳もすすまぬおりしも
恩恵の宣布　汝にぞあずけんと
ゆうべ召し出されたる侍従の職
朝には監察官として道のべに憩う
げにやげに非常時の
先務は長期計画
つむじ風　一本松に吹きつのり
ひるまの太陽の下で　きみのたもとをにぎりしめる
野霧の底へに　声からせば
山なみ　十重二十重と閉ざす
のこされしものは　あやしくも心うつろに
旅人　ひとえにはるかなり
たちもとおれば　この世の別れ悲しく

あくせくと朽ちゆくわがいのち
世にあるはいにしえの民
中興の帝国は天つ日つぎ
くちおしや王政復古に寄与せぬおのれ
ただこのままに立ち去るべしや

〔樊二十三侍御の漢中の判官に赴くを送る〕いわゆる「鳳翔四送」の第二。この詩のみは、西方への赴任でなく、より近い地帯の〔判官〕。〔樊二十三侍御〕も、伝未詳。姓が〔樊《はん》〕、排行が〔二十三〕、官が〔侍御〕なのは、前の長孫九侍御を送る詩の題注でいったように、中央の本官としての肩書き。それを肩書きとしつつ、〔漢中〕地方の軍団の参謀〔判官〕としての〔赴〕任、それを〔送〕るのであるが、詩中21以下にいうように、この任用は、もっとも特殊なケースであった。すなわち樊は、鳳翔の政府に、天子側近の侍従職である〔補闕《ほけつ》〕に採用されたばかりであったが、かく侍従の職にある人物が、地方の〔判官〕に出向することは、前例がない。それで任命したばかりの〔補闕〕職から、〔侍御〕に転任させ、その肩書きで赴任することとなったのである。臨時亡命政府のあわただしい人事の一つであろう。赴任先の〔漢中〕は、陝西《せんせい》省の南部から湖北省の北部にかけ、漢水《かんすい》、すなわち揚子江最大の支流の上流地帯。詩中12にいうように、南方の物資を、中原に輸送する要衝。その地の軍団の長官、詩中15にいわゆる〔南伯〕は、漢中王李瑀《りう》。玄宗の兄でありながら、帝位をゆずった李憲《りけん》の子。粛宗のいとこ。さきに巻一20「苦雨」の詩をささげたように杜のパトロンの一人。また巻二前編7をささげた汝陽《じょよう》王李璡《りしん》、すなわちまた巻一25「飲中八仙の歌」に「汝陽三斗始めて天に朝す」とうたう人の弟。「旧唐書」列伝四十五、「新唐書」列伝六、ともに父李憲の伝に附記するが、「早く才望有りて、儀表に偉」であり、昨年の玄宗の亡命に扈従《こしょう》して、漢中の河池《かち》県まで来たとき、すなわち漢中王に封ぜられ、「旧唐書」によれば漢中郡太守、「新唐書」によれば山南西道防禦使に、任ぜられた。いま樊は、この皇族の〔判官〕として赴任する。前の長孫を送る詩よりも長く、二十韻四十句。韻脚は「広韻」去声「十二霽」と「十三祭」の「同用」。草堂詩箋のみ、詩題の〔赴〕の字を脱する。

1〔威弧不能弦〕「四送」それぞれに異なる「首尾結構」、この一首は、大きく天下の形勢から歌いおこす。ことにこの第一句は大きく、地上の形勢の反映であり、またその根源であると意識される天象の状態。宇宙の警察力として弓を張っている〔威弧《いこ》〕、威《たけ》き弓張り星、それが〔弦する能わず〕、弓絃《ゆづる》を引きしぼる能力を失なって以来。天上の星座を列記した「史記」の「天官書」に、「狼《ろう》の下《もと》に四つの星有りて、弧と曰い、狼に直《む》こう」。狼《ろう》は邪悪の星なのを、威《おど》す星。「文選」十五、漢の張衡の「思玄の賦」に、天上の旅行をうたって、「威弧の抜剌《はつらつ》とまがれるを彎《ひ》きて、嶓冢《はちょう》のやまの封《おお》いなる狼を射ん」。更にまた、星がその名なのは、「易」の「繋辞伝《けいじでん》」下、弓矢の始源を説いて、「木に弦して弧と為し、木を剡《えぐ》りて矢と為し、弧矢の利《する》どき、以って天下を威す」に出る。一般に天上の星のうごきが、地上の形勢の反応であることは、「漢書」「天文志」に、「其の本は地に在りて上は天に発する者」であり、「政此こに失えば則ち変彼しこに見《あらわ》る。猶《な》お影の形に象《に》て、郷《ひび》きの声に応ずるがごとし」。

2〔自爾無寧歳〕〔自爾〕は自此と同義。爾《そ》れ自《よ》り。〔威弧〕の星がその能力を失なって以来、寧《やす》らかな歳が地上に無い。一昨天宝十四載七五五、安禄山の挙兵以来、そうであること、すでに二年を経ている。〔自爾〕はより多く散文の語。荘重の歌い出しにはふさわしい。「文選」五十七、宋の顔延之の「陶徴士の誄《るい》」に、「爾《こ》れ自《よ》り介《ひと》り居る」。杜詩、他には使わない。〔寧〕は安と訓ずる。「国語」の「晋語」四、亡命中の晋の公子重耳《ちょうじ》、すなわちのちの晋の文公を、妻の斉姜《せいきょう》がはげました言葉に、「子《きみ》の行《さ》りし自り、晋には寧歳無し」。粛宗が亡命の天子として、国都長安の外にあるのも、往年の文公のごとくである。「文選」では〈二十八、宋の鮑照《ほうしょう》の「東武吟」に、「密塗 万里に亘《わた》り、寧歳にも猶お七奔す」、四十四、魏の鍾会《しょうかい》の「蜀に檄する文」に、「比年已来、曾って寧歳無し」など。〉

3〔川谷血横流〕戦争の惨禍。漢の揚雄《ようゆう》の「法言」「淵騫《えんけん》」篇に、秦の白起《はくき》による長平の戦、死者四十万人であったのを、「原野は人の肉に饜《あ》き、川谷は人の血を流す」。「文選」一、漢の班固《はんご》の「東都の賦」にも、同じ語。それに〔横〕ほしいままに、を加えて、惨状を強調する。

4〔豺狼沸相噬〕悪党、賊軍を、〔豺《さい》〕と〔狼〕で表現するのは、杜の常語、また「文選」の常語だが、それらが〔沸《ふつ》〕わきたぎるごとく、噬《か》みあうとは、新しい表現。齧《か》む也と訓ずる〔噬《ぜい》〕、もと「易」の用字。

5〔天子従北来〕大規模の歌い出し、以下視線をここ鳳翔の粛宗の政府へと集中する。さいしょの即位の地である北のかたオルドスの霊武県からやって来られた新天子粛宗。〔従〕は「自」と同義。「文選」二十七、魏の曹植の「白馬篇」に、「羽檄《うげき》は北従り来たる」。

6〔長駆振凋敝〕霊武からここ鳳翔まで、長い駆《は》せつけによって、凋《しお》れ敝《つか》れた人民を振《すく》いたもう。〔長駆〕兵家の常語。「文選」二十七、魏の曹植の「白馬篇」に、「長駆して匈奴を蹈《ふ》む」。またその「名都篇」に、「長駆して南山に上る」など。〔振〕救う也。〔凋敝《ちょうへい》〕「史記」「酷吏伝」などの語。〔敝〕は弊と同字。

7〔頓兵岐梁下〕そうして兵力をしばらく頓《とど》めたまうのは、ここ鳳翔、「書経」「禹貢《うこう》」篇にひきあてれば、〔岐《き》〕と〔梁《りょう》〕のやまの〔下《ふもと》〕。〔頓兵〕は「孫子」〈「謀攻」篇〉などの語。

8〔却跨沙漠裔〕駐屯されるのは、田舎のせまい土地だけれども、そのみいづは却ってなかなか砂漠の裔《はて》までも跨《また》ぎふまえたまう。〔裔〕は末と訓ずる。詩史、分門集注の「沙溟」は誤字。

9〔二京陥未収〕長安と洛陽と二つの京《みやこ》は、陥落したままで、未《ま》だ回収されていないけれども。

10〔四極我得制〕しかし世界の四方の極《はし》までも、我が朝廷は制圧し得ている。さきの8の〔却って跨がる沙漠の裔〕を、重ねて強調すると共に、制圧する地域の一つとして、樊の赴任する〔漢中〕の地が、より近くにあるのを、以下にいうのをおこす。「爾雅《じが》」の「釈地」篇に、「東は泰遠《たいえん》に至り、西は邠《ひん》国に至り、南は濮鉛《ぼくえん》に至り、北は祝栗《しゅくりつ》に至る、之れを四極と謂う」。郭璞《かくはく》の注に、「皆な四方の極遠の国」。また「列子」の「湯問」篇では、神話の女媧が、鼇の足を断って天の柱とした個所を、〔四極〕とする。

11〔蕭索漢水清〕大きな歌い出しをだんだんせばめて来た詩、ここに至って、主題である樊の〔漢中〕赴任に到達する。〔漢水〕は、樊の赴任する〔漢中〕が、鳳翔の南方にあるのを上流地帯とし、南流して、今の武漢のあたりで揚子江本流と合流する大川であるが、それは〔四極〕までも制圧するわが朝廷の、より近い勢力範囲として、〔蕭索《しょうさく》〕と清らかに流れている。水運に障害はない。セウ・サク xiāo suǒk と s の子音をかさねる〔蕭索〕、さびしくわびしい形容として用いること、おおむねだが、ここはさっぱりと清潔の意。ただし王琪をのぞく諸宋本の一本は「蕭瑟」。

12〔緬通淮湖税〕それが緬《はる》かに通《はこ》んで来るのは、南方〔淮湖《わいこ》〕地帯の税収入。〔緬《べん》〕は遠也。句の背後にあった事実として、「資治通鑑」、昨至徳元載七五六、冬十月の条に、「第五琦、上《みかど》に彭原《ほうげん》に見《まみ》ゆ」。第五《だいご》が姓、琦《き》が名、経済官僚として有名また有能な人物。彭原は甘粛の郡、粛宗が鳳翔に来る前、しばらくそこにいたとき、第五琦は「江淮の租庸を以って軽貨を市《か》い、江漢を泝《さかのぼ》りて上り、洋川《ようせん》に至らしめ、漢中王の瑀を令《し》て、陸運して扶風《ふふう》に至らしめ、以って軍を助けんと請う」。南方の税収入で物資を買い、それをまず漢水による水路で、漢中にはこび、更にそれを漢中の長官である李瑀すなわちこのたび樊が赴任して仕える皇族に、宰領させて、扶風、すなわち鳳翔を中心とする地帯まで陸送して、軍資にあてては、という進言である。「上《みかど》之れに従う」。粛宗もそれに賛成した。当時南方の揚子江流域、すなわち唐の行政区域では淮南道、江南道、この引用の文章ではくるめて「江淮」の地帯は、北方の紛乱の外にあり、その税収入は、換貨と輸送の方法さえつけば、政府のものであった。建言は実行され、効果をあげる。あくるこの年の二月、粛宗が政府を鳳翔に移した直後のこととして、「資治通鑑」は更にいう、「上《みかど》の鳳翔に至りて旬日、隴右と河西と安西と西域の兵皆な会し、江淮の庸調も、亦《ま》た洋川漢中に至る」。つまり樊の赴任する土地は、鳳翔政府の軍資金の供給源であった。そこへ輸送される南方「江淮」の物資を、〔淮湖の税〕と表現したのは、「文選」一、漢の班固の「西都の賦」に、漢の長安の状況を、「東郊には則ち通溝大漕有り」、それらの水運によって、「淮湖を控引し、海と波を通ず」。なお「挙子」派の宰相房琯が、第五のこの財政策に不興であったことは、さきのはしがき一。

13〔使者紛星散〕〔使者〕とは、特殊な任務を帯びて中央から派遣される特使。ほかならぬ樊自身その一人であり、長官の李瑀もそれである。以上の事態に対処するため、〔使者〕は紛《おびただ》しく頻繁に、星の散るごとく派遣されているけれども。「史記」「平準書」また「漢書」「食貨志」下に、漢の武帝が、財政の窮乏を救わんため、経済政策を強行し、〔使者〕を郡国に派遣して、「冠蓋《かんがい》道に相い望む」というのを、踏まえる。「文選」二十八、宋の鮑照の「出自薊北門行」にも、「天子は剣を按じて怒り、使者は遙かに相い望む」。この句の〔星散〕の新しさに及ばぬ。二字はセイ・サンとsの双声。

14〔王綱尚旒綴〕しかし王室の紀綱は、尚おまだ〔旒綴《りゅうてい》〕旒《はた》が旗ざおに綴《ぶ》らさがった如く不安定である。「綴旒」の語、しばしば「文選」に見えるのを、押韻の必要から逆にした。三十七、晋の劉琨《りゅうこん》が元帝の即位を勧奨した「勧進の表」に、「国家の危きは、綴旒の若《ごと》き有り」。五十八、斉の王倹《おうけん》の「褚淵《ちょえん》碑文」に、「国祚を綴旒に康んじ、王維を已に墜《お》つるに拯《すく》う」。そこの「王維」の語が、すなわちここの〔王綱〕。それは更に「春秋公羊伝《くようでん》」襄公十六年、「君は綴旒の若《ごと》く然り」にもとづく。ただし今本の「公羊伝」は「贅旒」だが、当時は「綴旒」となっていたテクストもあったこと、陸徳明《りくとくめい》の「経典釈文《けいてんしゃくもん》」に見える。なお「綴旒」の語、「詩経」「商頌」「長発」の詩に見えるものは、別の意味、ここにふさわない。〔王綱〕は、「文選」四十八、漢の揚雄の「劇秦美新」に、「王綱は弛《ゆる》びて未まだ張らず」。

15〔南伯従事賢〕この句に至って樊が赴任後、長官として仕える漢中王李瑀が、〔南伯〕すなわち南方の長官の表現で、現われる。そのおん方は、〔事に従いて賢《すぐ》る〕、政務に勤勉である。「詩経」「小雅」「北山」に、怠惰な官吏も多い中に、「我れは事に従いて独り賢なり」というのを、そのままに用いた。〔南伯〕の語、先蹤を知らないが、晩年湖南で、裴虬《はいきゅう》が道州刺史に赴任するのを送るのにも用いる。鈴木虎雄注、「詩経」「大雅《たいが》」「崧高《すうこう》」の、「王は申伯に命じ、是の南の邦に式《のり》あらしむ」に出るとする。仇氏詳注が、〔従事〕をもって、李瑀の属僚とし、鈴木注もそれに従うのは、施鴻保《しこうほ》の「読杜詩説」が駁するように、非。

16〔君行立談際〕この句、読みやすくないが、そうした長官ゆえ、君がそこへ行けば、さいしょの会見での〔立談〕しばしの立ちばなしが、〔際〕相互にみとめあう機会となろう、そうした意と読んでおく。「文選」四十五、漢の揚雄の「解嘲《かいとう》」に、人間と人間の出あい、不幸な場合は、「或いは七十たび説きて遇わず」だが、幸福な場合は、「或いは立談にして侯に封ぜらる」。

17〔生知七曜暦〕何となればあなたは才能の士、ことに兵法に通暁するからと、樊をたたえるのが、以下二聯四句。〔七曜〕は日と月と五星、その運行表である〔暦〕は、例の天象と人事とは相関であるとする哲学によって、兵法の基本だが、それをあなたは〔生〕まれながらにして〔知〕っている。〈「論語」「季氏」篇に、「生まれながらにして之れを知る者は上也」。〉隋の儒学の大家劉焯《りゅうしゃく》は、「七曜の暦書」に通じたと「北史」の「儒林伝」下にいい、「新唐書」の書籍目録の巻である「芸文志《げいもんし》」「暦算類」に、「呉伯善陣七曜暦五巻」。〔生〕を呉若の一本は「坐」、坐《い》ながらにして知る。草堂詩箋は本文が「坐」、一本が〔生〕。

18〔手画三軍勢〕そうして手ですぐえがいて見せるのは、三軍配置の陣形。口で兵法を陳述しつつ、手でその図を書くのが、名将の資格。あなたは長官とはじめてあう〔立談の際〕、すぐそれをやって見せるだろう。「文選」三十八、任昉が斉の始安王蕭遙光《しょうようこう》に代って、王僧孺《おうそうじゅ》を推薦する上表に、「地に画いて図を成し、掌を抵《う》って述ぶ可し」。李善注、烏《う》桓《かん》征伐から帰った漢の将軍張千秋《ちょうせんしゅう》が、大将軍霍光《かくこう》から、戦闘の方略、山川の形勢を問われたのに、「口に兵事を対《こた》え、地に画きて図を成す」と、「漢書」〈張湯《ちょうとう》伝〉にいうのを引く。〔勢〕も兵法の語であり、敷陣の形勢を意味しよう。

19〔氷雪浄聡明〕ひろく樊の知性人格、〔氷雪〕の浄《きよ》らかさなのをたたえる。「文選」二十八、宋の鮑照の「白頭吟」に、「清きこと玉壺の氷の如し」。また陳の江総《こうそう》の「摂山の棲霞寺《せいかじ》に入る」に、「浄き心は氷雪を抱く」。〈〔氷〕は氷と同字。〉〔聡〕の原義はよき耳、〔明〕の原義はよき目。「書経」「堯典」篇以来の語。

20〔雷霆走精鋭〕樊の能力の〔精鋭〕さ、〔雷《らい》〕いかずち〔霆《てい》〕稲妻の走《は》せゆくごとし。「文選」五十一、漢の王褒の「四子講徳論」に、「明智の臣」を、「各おの精鋭を悉《つ》くして以って忠誠を貢《ささ》ぐ」。

21 22〔幕府輟諫官、朝廷無此例〕以下28までの四聯八句、このたびの出向が、破格の特別措置なのをいう。まずこの聯がいうのは、樊はのち25でいうように、〔補闕〕として任用されていた。それは杜の職である「拾遺」とともに、天子側近の御意見番〔諫官《かんがん》〕である。それを〔幕府〕すなわち地方軍団の必要のために、その職を〔輟《や》〕めさせ、〔判官〕として出向させることは、〔朝廷〕のきまりとして、従来〔此《そ》の例が無い〕。けだし樊の〔補闕〕も、杜の「拾遺」も、さきのはしがき一でいうように、天子の侍従職である。それを地方の必要のために配置転換するのは、面白くないというのが、理由であろう。〔輟《てつ》〕は已《や》むる也と訓ずる字であり、上の句の意は「幕府の為めに諫官を輟《や》む」、罷免するであると、清の施鴻保の「読杜詩説」が読むのに、従いたい。仇氏詳注は、その字を「綴」に改め、「幕府に諫官を綴《お》く」、配置する、であるとするが、施氏が駁するように非であり、且つ「綴」の字は、上の14の〔王綱尚旒綴〕と重複する。なお〔此の例〕の〔例〕の字は、もとより慣例を意味するが、これも法制用語である可能性をもつ。唐は律令格式と成文法をもつ国家であるが、しかしそれらは、往往にして虚文であり、行政の運用は、先例によることしばしばであった。旧体制中国の最後である清朝でも、成文の行政法は「大清会典」であり、刑法は「大清律」であるが、同様に重要なのは、「則例」と呼ばれる例規集であった。〔此例〕を王琪、詩史、分門集注以外の諸宋本の一本は「比例」。意味に大差はない。

23〔至尊方旰食〕しかしこの異例破格の出向となったのは、今や方《まさ》にあだかも、〔至尊〕天子の御食事さえ、その時間に旰《おく》れがちという、非常時だからである。旧例にこだわってはいられない。〔旰食《かんしょく》〕時間をはずれてのおそい食事。国家危急の際の君主の生活として、「左伝」昭公二十年に見える。〔旰〕は日の晩《おそ》き也。〔方〕は、いつもの如く、状態が今やその頂点にあるのをいう助字。〔至尊〕「儀礼《ぎらい》」「喪服伝」篇の「天子は至って尊き也」以来、「文選」でも常語。

24〔仗爾布嘉恵〕この際は是非とも、爾《なんじ》に仗《たよ》って嘉《よ》ろしき恩恵を、漢中の地方に宣布してほしいと、天子の口吻をそのままに、ぞんざいな二人称〔爾〕。〔仗〕は頼る也。天子のめぐみを〔嘉恵〕をもっていう顕著な用例は、「文選」六十、漢の賈誼《かぎ》の「屈原を弔う文」に、「恭しく嘉恵を承けて、罪を長沙《ちょうさ》に俟《ま》つ」。

25〔補闕暮徴入〕この句によれば、樊が門下省の左補闕、もしくは中書省の右補闕として、徴《め》されて政府に入り、侍従職となり〔諫官〕となったのが、そもそも特別任用であり、しかもそれは出向の前日の暮《よる》であった。〔徴入〕おそらく官場の語であり、詩語らしくない。「佩文韻府」、晩唐の李頻《りひん》が、その従叔にささげた詩の、「聞く説《な》らく聖朝は漢代に同じく、已に愁う徴入せられて公卿に拝せられんかと」のみをあげる。〈「漢書」張湯伝の「復た侍中に徴入せらる」など、史書での用例は多い。〉〔暮〕を草堂詩箋「募」に誤まる。

26〔柱史晨征憩〕しかし側近の〔諫官〕である〔補闕〕の身分のまま軍団の〔判官〕への出向は、さきの21 22の聯にいうように前例がない。それで昨夜〔補闕〕に新任されたばかりの人が、〔柱史〕御史台の属僚である侍御に転任し、あくる晨《あさ》の征《たび》のみちに、新しいその身分で憩っている。字面はそのように辿れる。非常時のもっともあわただしい人事であり、あわただしい出発であった。〔柱史〕は御史の雅称。「大唐六典」十三に、その宮中の任務を記して、「其の殿柱の間に在るを以って、亦た之れを柱下の史とも謂う」。朝の旅を意味する〔晨征《しんせい》〕は、「文選」四十三、晋の趙至《ちょうし》の「嵇茂斉《けいぼうせい》に与うる書」に、「鳴く鶏の旦《あさ》を戒むれば、則ち飄爾《ひょうじ》として晨に征く」。なお以上二句、呉若の引く樊、すなわち唐の樊晃《はんこう》の本は、甚しく異り、「補闕入柱史、晨征固多憩」。草堂詩箋によれば、上の句は晁《ちょう》氏〈宋の晁説之《えつし》〉の本も、樊に同じかったという。

27〔正当艱難時〕以上の非常措置、それは正《まさ》しく時代が非常時に当《ぶ》っかったからである。「詩経」「小雅」「白華」に、「天の歩み艱難」、また「豳風《ひんぷう》」「七月」の序に、「王業の艱難」。

28〔実藉長久計〕非常時ゆえ、実際何とも藉《たよ》りたいのは、長期計画。このたびの赴任も、そのゆえにほかならぬ。〔長久〕「文選」五十二、魏の曹冏《そうけい》の「六代論」に、「事は古を師とせずして、而かも能く長久なる者は、聞く所に非ざる也」、四十九、晋の干宝の「晋紀総論」に、「是《ここ》を以って昔の天下を有《たも》つ者は、長久なる所以也」。次の杜亜《とあ》の赴任を送る詩の28にも「長久の利」。王琪、呉若以外の諸宋本の一本は、「長大」。

29〔廻風吹独樹〕以上、異例の赴任を鄭重に述べたあと、つむじ風、野中の一本木に吹きつけるというこの句に至って、詩は一転する。以下、篇末に至るまで、六聯十二句、みな別離の悲しみ。悲しみは、「四送」のうちもっとも深刻であり、且つおのが身世に対する慷慨をともなう。いささかアンバランスにさえ感じられる。何ゆえにしかるか、にわかには考えあてない。〔廻風〕さきの長孫を送った日は雨であったが、今日はすさまじい風。「楚辞」「九章」「悲回風」篇の王逸の注に、「回風を飄と為す」。〔独樹〕と、この詩のここにふさわしい語、「文選」には見えない。北周の王褒の「観寧侯の葬を送る」に、「平原に独樹を看る」。

30〔白日照執袂〕ふきすさぶ風の日の昼ひなか、乾燥した太陽〔白日〕が、非情に照らしつづけるなかで、あなたの袂《たもと》を、執《にぎ》って離さない私。「詩経」「鄭風」「遵大路《じゅんたいろ》」の女性が、つれない恋人を、「大《ひろ》き路に遵《そ》いて、子《きみ》の袪を摻執す」であるように。「毛伝」に、「袪《きょ》は袂也」。

31〔慟哭蒼煙根〕そうして野に立ちこめるあお黒い煙《もや》、その根もとに慟哭すれば。そも何ゆえの〔慟哭〕か、やはり別離のためのみではなさそうである。「論語」「先進」篇に、顔淵《がんえん》の死をなげく孔子、「之れを哭して慟す」。馬融《ばゆう》の注に、「慟は哀《かな》しみて過ぐる也」。〔蒼煙〕の語、さきだっては陳子昂《ちんすごう》の「峴山《けんざん》懐古」に、「野樹蒼煙断ゆ」。しかし断然新しいのは、〔根〕の字。

32〔山門万重閉〕わが〔慟哭〕の前に、樊のゆく手として、両方からせまった山なみが、一万かさねの門を閉ざす。いよいよ深刻の語、深刻の景。のち夔州で殿中楊監を送る詩にも、「山門は日の夕なり易し、当《まさ》に居る者の思いを念《おも》うべし」。その詩の「居る者」がこの詩の次の句の〔居る人〕。〔万重〕を呉若の一本は「万里」。草堂詩箋、詩史、分門集注、「里」を本文とするが、劣ろう。〔山門〕を呉見思が「山家の戸」と解くのは、おかしな解釈。

33〔居人莽牢落〕たたなわる〔山門〕のこちらに残されて、じっと居る人間であるおのれは、〔莽《もう》〕とあてもなく、ただ〔牢落〕ラウ・ラク láo luòk と、空虚なわびしさ。「文選」十七、晋の陸機の「文の賦」に、「心は牢落として偶《とも》無し」。李善、「牢落は猶お遼落のごとき也」。

34〔遊子方迢遞〕そうして〔遊子〕たびびとであるあなた樊は、〔方《いま》〕や〔迢遞《ちょうてい》〕はるばると、〔山門〕のかなたへと去りゆく。この聯、もっとも「文選」の文学につらなる。二十四、晋の陸機が弟陸雲《りくうん》との別離を悲しむ詩、「承明に於いての作、士龍に与う」に、「婉孌《えんれん》たる居人の思い、紆鬱《ううつ》たる遊子の情」。また二十八、宋の鮑照の「東門行」に、「居人は閨を掩《おお》うて臥し、行子は夜中に飯す」。十六、梁の江淹の「別れの賦」に、「居人は愁い臥し、怳《こう》として亡《うしの》う有るが若《ごと》し」。江氏のいわゆる「亡う有るが若し」が、この聯の〔莽として牢落〕である。たびびとを〔遊子〕でいうのは、「文選」二十九、「古詩十九首」〈その一〉の「浮雲は白日を蔽い、遊子は顧反せず」以来のこと。さきの30にも、〔白日は執袂を照らし〕。〈巻七49「李白を夢む二首」その二では、流人となった李白を思って、「遊子　久しく至らず」。〉〔迢遞〕は、「迢逓」と同語。「文選」五、晋の左思の「呉都の賦」の劉逵《りゅうき》の注に、「遠き貌」。

35〔徘徊悲生離〕〔居人〕と〔遊子〕と、かくて生きながらの別離を、〔徘徊〕ハイ・クワイと立ちもとおりつつ、悲しむ。更にいよいよ激烈の語。〔生離〕は、「楚辞」の「九歌」「少司命」、「悲しみは生別離より悲しきは莫《な》し」。また〈宋玉の〉「九弁」、「重ぬるに怨《とが》め無くして生離す、中《こころ》は結軫《けっしん》して傷《いた》みを増す」。それらにもとづくにせよ、生還を期し難い分離、連鎖する語は「死別」。うつろうのは死の影。のち蜀での「賀《が》蘭銛《らんせん》に贈別す」に、「生離と死別と、古自《よ》り鼻を酸辛とつまらす」。「李義に別る」に、「生きての別れは古より嗟《なげ》く所、発せし声を爾《なんじ》の為めに呑む」。なぜかくまでも感情を高ぶらせるか、特別の事情があろう。

36〔局促老一世〕上の句にうつろう死の影のゆえか、下の句は、〔局促《きょくそく》〕あくせくと窮屈に、〔一世〕一つの時代を老いゆくこの身よと、わが境涯のなげきへと転じ、なげきは篇末まで持続する。上のハイ・クワイと対応して、キヨク・ソクは畳韻。詳注、魏の劉楨《りゅうてい》の詩の逸句、「天地は竟《おわ》る期《とき》無きに、民の生は甚だ局促」を引く。

37〔陶唐歌遺民〕以下むすびの二聯四句、みな〔局促と一世を老い〕ゆくわが身の上への慷慨。この聯まずいうのは、そうした腑甲斐ないおのれと矛盾しつつ、わが周辺にある帝国中興の形勢。〔陶唐《とうとう》〕は古代の聖帝である堯《ぎょう》。「詩経」「国風」の「唐風」の篇は、堯が都した山西省の民謡であり、堯の遺徳を継承する〔遺民〕の〔歌〕とされる。そのように、わが唐帝国の恩沢も、人民によって歌いつづけられつつある。「詩経」の「唐風」がそうであることは、「左伝」襄公二十九年、呉の公子季札《きさつ》が、魯に来朝して、各国の民謡が奏せられたとき、演奏が「唐風」に及ぶと、「思い深き哉、其れ陶唐氏の遺民有る乎《か》」。唐の君主李氏が、堯の後裔とされることも、比喩を一そう適切にする。

38〔後漢更列帝〕むかし漢王朝は、一ど王莽《おうもう》によって亡ぼされたが、光武帝が中興して、〔後漢〕の王朝を開いてから、〔更に列帝〕、歴代の君主があった。安禄山によって中断されようとしたわが唐王朝の将来も、同様であるべきである。〔列帝〕の語、「佩文韻府」杜のこの詩のみをあげる。王琪その他諸宋本の一本が「別帝」なのは、一そう見なれない語。

39〔恨無匡復姿〕わが周辺にある帝国中興の状勢は、その如くである。しかし〔恨〕むらくは、残念ながら、おのれには、しかく歴史を〔匡《ただ》〕し回〔復〕すべき〔姿〕資質の可能性が〔無〕い。「文選」四十一、漢の孔融《こうゆう》が曹操に与えた書簡に、「惟《こ》れ公は漢室を匡復し、宗社将《まさ》に絶えんとせしを、又た能《よ》く之れを正す」、三十八、晋の殷仲文《いんちゅうぶん》の「尚書を解く表」に、「社稷《しゃしょく》を匡復す」。〔姿〕は心的姿勢。六朝人のよく使う語。王琪を含む諸宋本の一本は「資」。

それならば、より簡単に素質。このむすびの背景にあるもの、くりかえしていうように、よく分からぬが、鳳翔の政府においても、杜は得意の人物でなかったことが、この慷慨不平の語を、詩のさいごに着けさせたか。

40〔聊欲従此逝〕時局に寄与せぬおのれ、聊《いささ》か、何とか、此の場従《か》ら、どこかへ逝《い》ってしまおうと欲《おも》う。〔聊か〕とゆるめられてはいるが、いよいよ解しがたい結語である。私もあなたのように地方へ出向したいというのか。そうして鈴木虎雄注が疑うように、出向のさきとしては、樊と同じく、かねてのパトロン漢中王李瑀のもとへ身を寄せたいというのか。それともこのまま辞職して、身をひそめたいというのか。仇氏詳注が、この詩のみは、まだ左拾遺を拝命しないさきの作、ゆえにこういうというのも窮した説。盧元昌の「杜詩闡」が、おのれは鄜州の家族のもとへ逝《ゆ》きたいとするのも、飛躍しすぎる。疑いをとどめるほかはない。〔従此逝〕の先例として、詳注の引く魏の阮籍の「顧りみて西王母に謝し、吾れ将《まさ》に此れ従り逝かんとす」は、「文選」には収めない「詠懐」の一首。更に引く「漢書」〈高祖本紀〉の漢の高祖の語、「公等皆な去れ、吾れも亦た此れ従り逝かん矣」は、まだ微賤なころのその人が、仲間と訣別する際の語。また「文選」二十八、晋の陸機の「挽歌詩」〈その三〉の「策を振うて霊丘を指し、駕して言《わ》れ此れ従り逝かん」は、死者の語。〔此〕の字を王琪本のみ「北」に作るが、いま諸本によって正す。

双声　血-横　相噬　却跨　極-我　蕭索　水-清　淮湖　使者　星散　従事　雪-浄-聡　走-精　幕府
諫官　朝廷　至尊　史-晨-征　実藉　久-計　照-執　門-万　牢落　迢遰　陶唐　後漢　従此逝

畳韻　王綱　艱難　徘徊　局促

6 送従弟亜赴安西

従弟《じゅうてい》の亜《あ》の安西《あんせい》の判官《はんがん》に

判官

1 南風作秋聲
2 殺氣薄炎熾
3 盛夏鷹隼擊
4 時危異人至
5 令弟草中來
6 蒼然請論事
7 詔書引上殿
8 奮舌動天意
9 兵法五十家
10 爾腹爲篋笥
11 應對如轉丸
12 踈通略文字
13 經綸皆新語
14 足以正神器
15 宗廟尚爲灰
16 君臣俱下淚
17 崆峒地無軸

赴《おもむ》くを送《おく》る

南風《なんぷう》　秋声《しゅうせい》を作《な》し
殺気《さっき》　炎熾《えんし》に薄《せま》る
盛夏《せいか》　鷹隼《ようじゅん》撃ち
時危《ときあやう》くして異人《いじん》至《いた》る
令弟《れいてい》　草中《そうちゅう》より来《き》たり
蒼然《そうぜん》として事《こと》を論《ろん》ぜんと請《こ》う
詔書《しょうしょ》もて引《ひ》いて殿《でん》に上《のぼ》れば
舌《した》を奮《ふる》いて天意《てんい》を動《うご》かす
兵法五十家《へいほうごじゅっか》
爾《なんじ》が腹《はら》を篋笥《きょうし》と為《な》す
応対《おうたい》　転丸《てんがん》の如《ごと》く
疎通《そつう》　文字《もんじ》を略《りゃく》す
経綸《けいりん》　皆《み》な新語《しんご》
以《も》って神器《しんき》を正《ただ》すに足《た》る
宗廟《そうびょう》　尚《な》お灰《はい》と為《な》り
君臣《くんしん》　倶《とも》に涙《なみだ》を下《おと》す
崆峒《くうどう》　地《ち》に軸無《じくな》く

18 青海天軒輊
19 西極最瘡痍
20 連山暗烽燧
21 帝曰大布衣
22 藉卿佐元帥
23 坐看清流沙
24 所以子奉使
25 歸當再前席
26 適遠非歷試
27 須存武威郡
28 爲畫長久利
29 孤峯石戴驛
30 快馬金纏轡
31 黄羊飫不羶
32 蘆酒多還醉
33 踴躍常人情
34 慘澹苦士志
35 安邊敵何有
36 反正計始遂

青海《せいかい》　天《てん》は軒輊《けんち》す
西極《せいきょく》は最《もっと》も瘡痍《そうい》
連山《れんざん》　烽燧《ほうすい》暗《くら》し
帝《てい》曰《い》わく　大布衣《だいふい》よ
卿《けい》に藉《よ》りて元帥《げんすい》を佐《たす》く
坐《い》ながらにして流沙《りゅうさ》を清《きよ》むるを看《み》んと
子《し》の使《つか》いを奉《ほう》ずる所以《ゆえん》なり
帰《かえ》りなば当《まさ》に再《ふたた》び席《せき》より前《すす》むあるべく
遠《とお》きに適《ゆ》くは歴試《れきし》に非《あら》ず
須《す》べからく武威郡《ぶいぐん》を存《すく》いて
為《た》めに長久《ちょうきゅう》の利《り》を画《かく》すべし
孤峰《こほう》　石《いし》は駅《えき》を戴《いただ》き
快馬《かいば》　金《きん》は轡《たづな》を纏《まと》う
黄羊《こうよう》　飫《あ》けば羶《くさ》からず
蘆酒《ろしゅ》　多《おお》ければ還《な》お酔《よ》う
踴躍《ゆうやく》は常人《じょうじん》の情《じょう》
惨澹《さんたん》　苦士《くし》の志《こころざし》
辺《へん》を安《やす》んずる　敵《てき》は何《なに》か有《あ》らん
正《せい》に反《かえ》して　計《はかりごと》始《はじ》めて遂《と》ぐ

吾聞駕鼓車
不合用騏驥
龍吟廻其頭
夾輔待所致

吾《わ》れ聞《き》く鼓車《こしや》に駕《が》するには
合《まさ》に騏《き》驥《き》を用《もち》うべからずと
龍吟《りゆうぎん》して其《そ》の頭《こうべ》を廻《めぐ》らせ
夾輔《きようほ》　致《いた》す所《ところ》を待《ま》つ

従弟杜亜《とあ》の安西《あんせい》都護府参謀としての赴任を送る

夏のかぜ　ふしぎや秋のさやぎ見せ
きびしき気はい　炎熱おしのく
土用のさなか　鷹　はやぶさ　たけりたち
非常時なれや　異常の人物の来着
そはわがよき弟　草深きよりまかり出て
おもおもしくも　言上《ごんじよう》のむねありと申すなり
みことのりもて　昇殿ゆるされ
舌三寸　大御心《おおみこころ》ゆるがせば
兵法　五十の流派
汝のその腹が　本棚じゃなと
立て板に水の奉答は
文字とびこえての明快さ
抱負はすべて革新の言語

あめが下をも救うべし
賢所はなお灰のままと
君臣ともに涙しぬ
崆峒山《くうどうざん》に地の軸とろけ
青海《せいかい》のあたり天もゆらゆら
西のはてこそ傷《きず》あと深く
山なみにかげろう　のろし
みかどは宣《の》りぬ　偉大なる市民よ
おまえ行って元帥を助ければ
砂漠地帯の平定　知れたことと
かくてかしこき仰せうけたまわったあなた
帰朝の上はきっとあらためての御下問
遠方への赴任は人物試験ならず
ぜひとも武威《ぶい》郡に活《かつ》を入れ
長期計画　立てめされよ
孤独の峰　岩は宿場をのっけ
早馬は　黄金のくつばみ
黄いろいマトンも　慣れれば臭うはない
あし酒　過ごせば　それも酔える

勇み足は凡人のこと
思い入れこそ　苦労人の心ばえ
国境の鎮圧など　たかの知れたる相手
世直ししてこそ　大願成就
ほれさ　楽隊の車ひっぱるのは
名馬の役ではないとやら
龍のいななき　首ふりむけ
左右大臣　待つや行く末

〔従弟亜の安西の判官に赴くを送る〕「鳳翔四送」の第三。〔従弟亜〕杜亜《とあ》。他の三篇、長孫《ちようそん》、樊《はん》、また次の韋《い》、みな伝記を知らないのと異なり、この人物は、「旧唐書」列伝九十六、「新唐書」列伝九十七に、伝をもつ。両書ともにいう、「自ずから云う京兆《けいちよう》の人也と」。しからば出自ははっきりしない。〔従弟〕は、同じく杜の姓であるところからの、寛容な呼び方。その人がらにつき、「旧唐書」の伝にいう、「少《わか》くして頗《すこぶ》る学に渉《わた》り、善く物理及び歴代成敗の事を言う」、つまり歴史哲学者をもって自任した。それが詩中にいうように、この年の夏、粛宗に鳳翔の政府で謁し、特別任用されて、西方の軍団の参謀として赴任するのを送る。赴任先を、王琪はじめ諸宋本、〔安西の判官〕とし、それならば安西都護府であるが、みな一本は「河西」に作ると注する。それならば河西節度使であり、さきの長孫の赴任先とおなじく、杜の族父杜鴻漸のひきいる軍団となる。その方が両「唐書」の伝と合致しやすい。ただし両「唐書」の伝は、この詩と矛盾する部分をも含む。すなわち杜亜が粛宗に謁したのを、この詩にいうように、この年すなわち至徳二載七五七の夏、鳳翔においてのことでなく、昨至徳元載七五六の秋、霊武においてとすることであって、「新唐書」はいう、「粛宗の霊武に在るや、書を上《たてまつ》りて当世の事を論じ、校書郎に擢《ぬき》んでらる」。「旧唐書」も同じであって、「至徳の初め、霊武に於いて、封章を献じて、政事を言い、校書郎を授けらる」。いずれも、この詩の方を正しとすべきであろう。そのあと「旧唐書」はつづけていう、「其の年、杜鴻漸、河西の節度と為る。辟《め》して従事と為す」。これも充分には正しくなく、「其の年」といえば、やはり昨至徳元載のこととなるが、この詩の送別が至徳二載の夏なのと合わず、また「旧唐書」の粛宗本紀、および列伝五十八の杜鴻漸伝によれば、鴻漸が河西節度使涼州都督に任ぜられたのは、至徳二載の五月である。それらの点、両「唐書」の杜亜伝は、記事の時間がこの詩とくいちがうけれども、杜鴻漸の幕府に赴いたという事実は信ずべきであり、しからば題の〔赴安西判官〕は、一本の「赴河西判官」の方がよろしかろう。要するにさきの長孫侍御とともに、甘粛の武威に鎮する杜鴻漸の部下としての出向であり、西辺の緊張する地帯への旅立ちである。その中央での本官が、新旧「唐書」にいう「校書郎」であったとすれば、宮廷図書館「秘書省」の属官、定員八人、正九品上と、「大唐六典」十。しばしば初めての出仕者に与えられる職。また出向先での職名、この詩題では〔判官〕であり、「旧唐書」では「従事」である差違については、専家の教えを待つ。なお杜亜の以後の伝記をも附記すれば、杜鴻漸との関係は、その後もつづき、のち代宗皇帝の時代、鴻漸が蜀の長官として、味噌をつけた時も、その〔判官〕として、悪評を共にした。のち更にいくつかの地方長官を歴任したが、大言壮語を好み、宰相の地位をねらったけれども、粛宗の孫にあたる徳宗《とくそう》皇帝にその「虚誕」を嫌われ、貞元十四年七九八、七十四歳でなくなり、おくり名を「粛」と賜わったといえば、この詩のときは三十三歳、杜より十三年下の〔従弟〕である。しかし杜は、この大言壮語の人物に、過度と思われるまで期待をよせ、詩のさいごでは、ゆくゆくは〔夾輔《きょうほ》〕国家の重臣といっている。またそうした激励の語で、詩は終始するのであり、他の「三送」のように、別離の悲しみをいわない。詩の長さは、前詩とともに二十韻四十句。韻脚は、「広韻」去声「六至」「七志」の「同用」。

1 〔南風作秋声〕「結構の逈《はる》かに別」なのを、まず詩の首《はじめ》に見せて、さいしょの二聯、杜亜のごとき異常な人物の来着する予兆として、あらかじめ示された天候の異変。杜亜がそれにあたいする人物であったか否かは別として、壮大の歌い出しである。まずいう夏の風である〔南風《なんぷう》〕が、早くも〔秋の声〕を〔作《な》〕した。春夏秋冬の四時を、四方の方角に割りあてれば、夏は南。「尸子《しし》」に見える帝舜《しゅん》の琴うたに、「南風の薫ずるや、以って我が民の慍《うら》みを解く可し」。〔秋声〕は「文選」の語でないが、陳の周弘譲《しゅうこうじょう》の「立秋」に、「雲天は夏の色を改め、木葉は秋声を動かす」など。

2〔殺気薄炎熾〕〔殺気〕は秋のもの、それが夏の〔炎《も》える熾《あつ》さ〕に〔薄《せま》り〕圧迫する。〔薄〕は迫と同音同義。〔殺気〕が秋のものなのは、「礼記《らいき》」「月令《がちりょう》」篇の「仲秋之月」すなわち陰暦八月の条に、「是の月や殺気浸《ようや》く盛んにして、陽気日に衰う」。〔炎熾《えんし》〕「詩経」「商頌」「長発」の「火の烈烈たるが如し」の「鄭箋《ていせん》」、「其の威勢は猛火の炎熾なるが如し」は、火のそれ、宋の何承天《かしょうてん》の宇宙論「渾象《こんしょう》の体を論ず」〈「宋書」「天文志」一〉の「日を陽の精と為し、光耀炎熾」は、太陽のそれ。

3〔盛夏鷹隼撃〕鷹また隼《はやぶさ》が、えものに撃ってかかるのも、冬の景物。しかるに今年は夏の盛りに、その現象がある。「礼記」「月令」篇の季夏すなわち陰暦六月の条に、その月もし時節はずれの「冬の令《まつりごと》」を行なった際、反応として発生するいくつかの異常の一つとして、「鷹隼蚤《はや》く鷙《たけ》し」。鄭玄の注に、「疾《はや》く厲《はげ》しき気を得る也」。〔盛夏〕の語、「文選」では八、漢の司馬相如の「上林の賦」に、「隆冬」と対させる。〔鷹隼撃〕の三字は、「文選」二十六、斉の謝《しゃ》朓《ちょう》の「暫《しばら》く下都に使いす」云云の詩に、「常に恐る鷹隼の撃つを」。

4〔時危異人至〕以上三句にわたっての自然の異変、それは〔時危くして〕、時局の危急に応じて、〔異人〕特異の人物が〔至り〕来着しようとするのを原因とし、その反応としての結果であり、前ぶれであった。「文選」二十八、宋の鮑照の「出自薊北門行」に、「時危くして臣節見《あらわ》れ、世乱れて忠良を識る」。その李善の注が引くのは、「老子」〈上篇十八章〉の「国家昏乱にして、忠臣有り」。また〔異人〕の語、「文選」では、五十三、晋の陸機の「弁亡論」上に、呉の建国のはじめを叙して、「異人くるまの輻《や》のごとく湊《あつ》まり、猛士は林の如し」。李善注が更に引くのは、漢の武帝の朝廷の状態として、「漢書」の公孫弘《こうそんこう》伝の賛に、「異人並び出づ」。杜のすきそうな語であり、のちの詩では、郭震《かくしん》の故宅を過ぎて、「磊落《らいらく》として異人を見る」、李文嶷《りぶんげき》に寄せて〈「李十五秘書に寄せ奉る二首」その二〉、「公侯は異人を出だす」。

5〔令弟草中来〕異常の天候に応じて来着の〔異人〕、それはすなわちわが令《よ》き弟杜亜が、草深い民間からやって来たのであった。わが従弟を〔令弟〕ということ、「文選」二十五、宋の謝霊運の詩が、従弟の謝恵連《しゃけいれん》を呼ぶのにもとづく。〔草中〕賊中と解する説もあるが、草莽の中からと、私は解する。あるいは両義を兼ねるか。「文選」にはない語。

6〔蒼然請論事〕草莽の中からやって来た無位無官の人間が、行在《あんざい》の皇帝に、〔事を論ずるを請う〕、現在の事態についての論議をしたいと、請願した。さきに引いた「旧唐書」杜亜伝の、「封章を献じて、政事を言う」、「新唐書」の「書を上《たてまつ》りて当世の事を論ず」である。しかく〔請《ねが》〕い出た様子を形容する〔蒼然〕は、杜詩にもう一ど、のち蜀中で薛稷《せつしょく》の鶴の画を、「蒼然として猶お塵を出づ」。おもおもしくも、と訳したのは、それをかえりみてである。「文選」では三十、斉の謝朓の「郡内登望」の詩に、風景に用いて、「平楚は正に蒼然」。呉若の一本は「蒼茫」、草堂詩箋に引く鮑欽止《ほうきんし》の本は「茫然」。共に〔蒼然〕より劣ろうが、何にしてもその方向のこと、自信過剰の人物が、のっそりと出現したのであって、鈴木虎雄注が、あわただしき貌とするのは、賛成しがたい。〔論事〕の語、「文選」には、十三、宋玉の「風の賦」に、「王曰わく、善き哉事を論ずるや」、三十七、諸葛亮の「出師の表」に「先帝の在《いま》せし時、毎《つね》に臣と此の事を論ず」、四十三、晋の孫楚《そんそ》の敵国に与える書簡に、「今粗《ほ》ぼ事の勢を論ぜん」。

7〔詔書引上殿〕粛宗は、杜亜の話を聞こうと、請願をゆるし、特に〔詔書〕を発し、〔引《まね》〕いて御〔殿〕に〔上〕らせた。無位無官の人間の拝謁には、そうした手続きが必要であったとおぼしい。

8〔奮舌動天意〕昇殿を許された杜亜は、雄弁をふるい、粛宗を感動させた。〔舌を奮う〕につき、宋人の旧注が引くのは、「文選」四十五、漢の揚雄の「解嘲」の、「是《ここ》を以って士は頗《すこぶ》る其の舌に信《まか》せて其の筆を奮うを得たり」。〔天意を動かす〕の〔天〕は、天子の比喩。宋人の旧注、「君が意、之れが為めに回《めぐ》り動くを言う也」。

9〔兵法五十家〕以下四句、杜亜の雄弁が、粛宗を感動させた経過を、更に具体的にいう。早く漢代の図書目録「漢書」「芸文志」に、「凡そ兵書は、五十三家、七百九十篇、図四十三巻」。

10〔爾腹為篋笥〕〔五十家〕の〔兵法〕、みなおまえの腹の中にたたき込まれ、おまえの腹こそ、兵法の本の本箱じゃと、粛宗から褒められた。〔爾《なんじ》が腹〕と、ぞんざいな二人称を使ったのは、前の樊二十三侍御を送る詩の24「爾《なんじ》に仗《よ》りて嘉恵を布《し》かん」と同じく、粛宗の口吻を直写する。博学の人の腹を本箱に見たてること、のち夔州で、やはり同族の一人におくった五律「吾宗」にも、「語りて君臣の際に及べば、経書は腹中に満つ」。いずれも「後漢書」の「文苑伝」上、辺韶《へんしょう》の伝に、昼寝を弟子から嘲られたその人が、「腹の便便たるは、五経の笥《はこ》ぞ」と、やりかえしたのにもとづく。〔篋《きょう》〕も〔笥《し》〕も箱。「文選」二十三、梁の任昉が范雲を弔う詩に、その遺稿の多量さを、「詠歌は篋笥に盈《み》ちたりしに」。

11〔応対如転丸〕その粛宗の下問に対する〔応対〕うけ答えは、ボールを阪に転《ころ》がすごとく、流暢に、いささかの淀みもなかった。「文心雕龍」「論説」篇に、「丸を転がすごとく其の巧辞を騁《は》す」。また唐の尹知章《いんちしょう》の「鬼《き》谷子《こくし》」の序には、蘇《そ》秦張儀《しんちょうぎ》の雄弁術の形容とする。九家注本は「転円」に作り、王琪本の「転九」は誤字。〔応対〕は会話のうけこたえをいう語として、早く「論語」の「子張」篇に見え、「文選」三十、宋の謝霊運の「魏の太子の鄴中集《ぎょうちゅうしゅう》に擬する詩」の序、漢の武帝と徐楽の諸才は、「応対の能を備《つぶ》さにす」は、ここと同じく君主に対してのそれ。

12〔疎通略文字〕その陳述は〔疎通〕大らかにほがらかに、せせこましい学者のように〔文字〕にこだわらない。「礼記」の「経解《けいかい》」篇に、五経それぞれの効果を説くうち、「書経」を、「疎通にして遠きを知る」。また「世《せ》説新語《せつしんご》」

「賞誉」篇に、晋の山簡《さんかん》を、「疎通高素」。〔文字を略す〕文字を通りぬけてそのむこうに出る。〔略〕は二字の熟語にすれば「脱略」。なお分門集注の本文が「疎略通文字」と、二字を倒すのは、誤倒であろう。

13〔経綸皆新語〕しかし以上は総論の優秀、この句は具体的な当時の事態に対しての各論の政策、すなわち〔経《けい》綸《りん》〕も、皆な新鮮の語であったのをいう。「易」の「屯《ちゅん》」の卦《か》の「象伝」に、「君子は以って経綸す」。この句、宋の旧注がいうように、漢の陸賈《りくか》が高祖に進言した政治論の書が、〔新語〕を名とするのをも、ひびかせていよう。

14〔足以正神器〕〔神器〕は天下の替え言葉。当面の施策としての新鮮な意見、みなそれに以《よ》って天下の形勢を大きく正すのに充分に足りた。「老子」〈上篇二十九章〉に、「天下は神器」。

15〔宗廟尚為灰〕かく現在の状勢に言及するとき、何よりの問題は、長安洛陽二京の未回復であり、いずれもにある〔宗廟《そうびょう》〕すなわち先代の天子の神社が、賊軍に焼かれて、〔尚お〕まだ〔灰と為る〕ままであることこそであった。それを国家最大の恥辱と杜はいつも意識し、あと8郭英乂《かくえいがい》を送る詩でも、その惨状を詳しくするのをはじめ、あちこちの詩に見える。「文選」の似た句は、五十二、魏の曹冏の「六代論」に、後漢の亡国を、「宗廟は焚《や》けて灰燼と為り、宮室は変じて蓁藪《しんそう》と為る」。

16〔君臣倶下涙〕かくて〔君〕粛宗も〔臣〕杜甫も、〔倶《とも》〕に〔涙〕を〔下《なが》〕した。と、拝謁の会話のもっとも感動的な場面をもって、小段落とした上、以下には、忽ち粛宗の信任を得た杜甫が、西方に派遣される経過をのべる。〔倶〕の字、王琪以外の諸宋本の一本は「皆」。

17〔崆峒地無軸〕まず杜甫の派遣を必要とする前提として、西方甘粛の地帯の不安な状況を、象徴的にのべる。さきの「四送」の第一、長孫を送るのでは、27に「西極柱も亦た傾く」といったのが、この詩ではこの聯となっている。〔崆峒《くうどう》〕は山名。しばしば見えるように、甘粛に実際ある山でもあり、また神話の中の山。そのあたりでは、〔地の軸〕が消滅している。大地は何千本かの地軸によって支えられているという思考、さきの巻三3三川県での洪水の詩その他、杜詩にしばしば。巻二前編1老子廟の壁画を詠じたくだりをも参照。

18〔青海天軒輊〕地が軸を失っているばかりでなく、西方の地帯では、天もまた不安定に、高まりつ低まりつ揺れている。〔青海〕はココ・ノール湖、またその周辺地帯。乱前の時代から、しばしば唐と吐蕃《チベット》との戦場であった。〔軒輊《けんち》〕の二字は、「詩経」「小雅」「六月」、および「後漢書」馬援《ばえん》伝の光武帝への上奏に見えるが、車の前後の高低が不平均なのをいう語。漢の服虔《ふくけん》の「通俗文」に、「車の後の重きを軒と曰い、前の重きを輊と曰う」。なおかく湖水の上の天空が動揺するというイメージ、やがてその詩のところで説くであろうように、晩年の名作「岳陽楼に登る」の、「乾坤《けんこん》日夜に浮かぶ」が、最もそうであるが、この句にもその気味あるか。〔青海〕を、九家注、詩史、分門集注は「清海」、呉若の引く陳浩然本も同じ。「旧唐書」の「吐蕃伝」その他、唐代の文献、両様の表記が混在する。また〔輊〕の字を、呉若の一本は「輖」に作り、注して「未詳」。

19〔西極最瘡痍〕以上二句を総括して、〔西の極《はて》〕の地帯は、〔最《こと》に瘡《きず》つき痍《や》む〕。のちの後編8「北征」の19に「乾坤は瘡痍を含む」というように、今や帝国全体がきずだらけだが、〔西極〕の地帯は〔最〕もはなはだしい。きずを意味する〔瘡痍《そうい》〕諸注、「史記」の季布《きふ》列伝、「今に於いて創痍未まだ瘳《い》えず」をあげるのは、漢初の状態。創は〔瘡〕と同字。

20〔連山暗烽燧〕前にいう〔崆峒〕ばかりではない。そのあたりは山脈連亘するが、危急を報知する〔烽燧《ほうすい》〕のろしの下に、山山は暗く沈む。〔暗〕の字、下し得て警抜である。〔烽燧〕「文選」四十四、漢の司馬相如の「巴蜀に喩《さと》す檄」に、国境の不安を、「烽挙がり燧燔《や》く」。張揖の注に、「昼は烽を挙げ、夜は燧を燔《や》く」。〈巻七6「寓目」の注5、同20「夕烽」の題注参照。〉

21〔帝曰大布衣〕以下、粛宗の任命の言葉。〔帝曰わく〕の二字は、「書経」の「堯典」篇「舜典」篇に、帝堯、帝舜の発言を記録する際に用い、荘重のひびきである。無位無官の杜亜を、〔大いなる布衣よ〕、大いなる庶民よ、と呼びかけた。明の王嗣奭の「杜臆」に、「大布衣は、出づる所を知らざるも、豈に亜は布衣の中にても非常の者なるを謂う耶《か》」。宋以来の注家、あるいは〔大布〕の二字を連読して、「左伝」閔《びん》公二年、衛の文公の倹約を、「大布の衣、大帛の冠」というのを引くのは、おかしい。

22〔藉卿佐元帥〕粛宗の発言のつづき。卿《きみ》の力を藉《か》りて、〔元帥《げんすい》〕それは今の日本語ほど重い意でなく、主将の意、すなわち杜鴻漸を指すが、彼れを補佐してやってほしい。さきには〔爾《なんじ》が腹〕とぞんざいな二人称。ここの〔卿《けい》〕はより鄭重な二人称。前の長孫を送る詩に見えたように、河西節度使杜鴻漸は、杜の族父であり、したがってまた杜亜の族父でもある。

23〔坐看清流沙〕なお粛宗の語の続きとして読めば、卿《きみ》が杜鴻漸の補佐となってくれれば、〔坐〕イナガラニシテ、ソゾロニ、多くの努力摩擦困難を伴わずして。〔看〕目にするであろうのは、〔流沙〕砂漠地帯の混乱の粛〔清〕。〔流沙〕は「書経」の「禹貢」篇に、四つの極遠の地を説いて、「西は流沙に被《およ》ぶ」。沙漠の砂が川水のように流れ動いている地帯。

24〔所以子奉使〕〔所以〕の二字、ここではユエニと訓じてもよい。以上のような御諚《ごじょう》によって、〔子〕は杜が杜亜をあなたと呼ぶ丁寧な二人称、そのあなたが御用を承わることとなった。〔奉使〕使命を帯びての赴任。ことに遠い地域へのそれ。「史記」「漢書」の常語。

25〔帰当再前席〕この聯二句、このたびの〔奉使〕をさいしょのきっかけとして、将来は粛宗から更に重く用いられようと期待し、はげます。〔帰〕は、この派遣の任務を終えての帰朝。〔当〕は将来の状態を予想する助字。〔前席〕席より前《すす》む。もっとよく話をききたいと、君主が〔席〕座蒲団から〔前〕方にのりだす。漢の文帝が、長沙から帰って来た賈誼への態度として、「史記」の「屈原賈生列伝」に見える。〔再〕というのは、このたびの謁見がすでにそうであった。帰朝ののちはさらに〔再び〕。

26〔適遠非歴試〕〔適〕は動詞。之《ゆ》く也。「文選」十六、晋の向秀の「思旧の賦」に、「命を将《うけたま》わりて遠き京に適く」。しかしこのたびあなたの遠方への赴任は、皇帝が君の人物才能を試験したまうのではない。〔歴試〕はつぎつぎの試験。「書経」「舜典」篇の序に、堯が後継者にすべき舜を、いろいろと試験したことを、「諸もろの難しきことに歴試す」。ただし王者堯が、次の王者舜を試験した際の語を、ここに使うのは、重すぎるようであるが、前例がないではない。「文選」二十五、晋の傅咸《ふかん》の詩〈「何劭《かしょう》と王済《おうせい》に贈る」〉に、みずからの経歴を、「歴試せらるるも効《てがら》無し」。呉若の引く一本は「非虚試」。それならば、効果を期待できない無駄な形式的な試験、それではない。

27〔須存武威郡〕しからばまず当面の任務にはげまれよ。赴任の上は、〔武威郡〕を、〔須〕スベカラク、是非にも、〔存〕の字、確保の意と思うが、不たしか。

28〔為画長久利〕そうして画策してほしいのは、長期的な利便。〔為〕はタメニと訓ずるほかないが、軽い助字。前の樊侍御を送る詩28にも「長久の計」。詩史と分門集注は、〔画〕を「書」に誤る。

29〔孤峰石戴駅〕この聯二句は、赴任しゆく途中の情景。あるのは孤独にとんがった峰。石山の上に宿場がのっかっている。「詩経」の第三篇「周南」「巻耳《けんじ》」の「彼の砠《しょ》に陟《のぼ》れば」の「毛伝」、「石の山の土を戴くを岨と曰う」を借りて、〔石は駅を戴く〕と、蕭条たる風景にふさわしい奇抜な表現を作った。〈「爾雅」「釈山」篇にも、「石の工を戴く之れを崔嵬《さいかい》と謂う」。〉草堂詩箋が〔駅〕を「驥」に作るのは、誤字と思われる。

30〔快馬金纏轡〕その中を進みゆくのは、黄金の飾りを轡《たづな》に纏った快《すばや》き馬。上句の寂寞の中を縫いゆく華麗。この二句、赴任途中の情景であること、鈴木虎雄注にしたがう。清注のいくつか、また槐南の講義が、鳳翔出発時のこととするのに従わない。〔快馬〕「楽府《がふ》詩集」二十五に載せる「折楊柳歌辞」は、北朝の歌と思われるが、「健児は快馬を須《ま》ち、快馬は健児を須《ま》つ」。今も「快馬一鞭」、すばやき馬にはしっかりした一むち、そうした諺がある。唐のころも俗語に近かったであろう。〔轡《ひ》〕は手綱。鈴木注いう、「我邦にてくつわと訓ずるは誤る」。

31〔黄羊飫不羶〕この聯の上下句、武威郡着任後の生活を、食品によって思いやる。そうしてしばらくはそれに辛抱せよとの意を含むであろう。〔黄羊《こうよう》〕という動物、その肉は羶《くさ》いけれども、腹いっぱい食べれば、いいかえれば食べなれれば、なまぐささを忘れよう。〔飫《よ》〕「広韻」に「飽く也」。〔羶《せん》〕「説文」に「羊の臭《にお》い也」。

32〔蘆酒多還酔〕また〔蘆酒《ろしゅ》〕という酒は、薄いけれども、〔多〕く飲めば、〔還《なお》〕やはり〔酔〕える。そうした意味に読める。この聯につき、草堂詩箋、次の挿話をのせる。北宋末、徽宗《きそう》の大観三年、一一〇九、郭随《かくずい》なる人、当時この地方に国を立てていた西夏《せいか》国へ使者に立ったとき、杜のこの詩を話題にした。接伴係り時立愛《じりつあい》の答えに、〔黄羊〕はこの地方の野獣、狩猟の獲物だが、食っても別に〔羶《くさ》〕くはない。〔蘆酒〕は、米つぶをすりつぶして作り、しぼらない。力は弱いがたくさん飲めば酔うと答えたこと、杜詩の通りだったと。またいう、〔蘆酒〕は、宋の蔡肇《さいちょう》の本では「虜酒」に作る。高適《こうせき》の「営州の歌」、「虜酒は千盃にして人を酔わせず」とおなじく、蛮族の酒の意と。銭謙益注は、更に宋の荘綽《そうしゃく》の随筆「雞肋編《けいろくへん》」中の説をも引く。「関右の塞上に、黄羊有り。角無く、色は麞麂《しょうき》に類し、人は其の皮を取りて衾褥《きんじょく》と為す」。皮は蒲団になる。「又た夷人は[口＋畜]酒《ちくしゅ》を造り、荻の管を以って瓶の中より吸う」。それが〔蘆酒〕だと。なお銭謙益本が「魯酒」を一本とするのは、呉若本の異文ももと「虜酒」であったのを、満洲から来た清朝の君主が少数民族であるのへの遠慮から、書き換えたとおぼしい。

33〔踴躍常人情〕以下、詩は一転して、特殊な経歴、特殊な性格の人である杜亜に、自重を期待する。「詩経」「邶風」「撃鼓」に、おどりあがって武芸の稽古をする兵士のさまを、「踴躍して兵を用う」。しかしそのような勇み足は、普通の人間の情《きもち》にすぎない。あなたのものではない。〔常人〕の語は、「文選」に屢見。

34〔慘澹苦士志〕しかしあなたはちがう。上の〔踴躍〕ユウ・ヤクが同子音双声の連語なのに対し、〔慘澹〕サム・タムは同音尾畳韻の連語、苦労をともなったおもおもしさ。それこそあなたのような〔苦士〕重厚な人物の心がくべきこと。〔慘澹〕の語、杜詩では「丹青引」に、画工の苦心をば、「意匠慘澹たり経営の中」など、前後あわせて十八回使うが、従前の用例、諸注あげるのは、「世説新語」「言語」篇、晋の僧道壱《どういつ》が、建康から会稽《かいけい》への冬の旅の見聞を問われての答え、「風霜は固《もと》より論ぜざる所、乃《すなわ》ち先に其の惨澹を集む」と、風景についての例のみである。杜の新しい愛用語と見うける。〔苦士〕の語も、「佩文韻府」、この詩のみをあげ、杜も他には使わぬ。苦心苦行の人と解される。この二句、仇氏詳注、王嗣奭の「杜臆」を引いて、「踴躍惨澹の数語は、深く規諷の意を致す」。楊氏鏡銓の眉批《びひ》、李光地《りこうち》を引いて、「踴躍して若《も》し惨澹たる能わずば、則ち事を喜ぶのみにして」、よい格好しのうれしがりであり、「大任に当たるに足らず」。

35〔安辺敵何有〕期待は更にふくらんで、篇末に至る。〔辺〕国境地帯の安定、それは漢の晁錯《ちょうそ》が文帝への上書に、「辺境を安んじ、功名を立つるは、良将に在り」といい、同じく漢の趙充国《ちょうじゅうこく》が、異族に対しては、恩威ならび施すのこそ、「此れ師《いくさ》を全くし勝ちを保ち辺を安んずる冊《さく》なり」としたと、いずれも「漢書」のそれぞれの伝に見えるような仕事、それがすなわちあなたの当面の任務だが、それについての〔敵〕相手は、どうせ蛮族、この場合は吐蕃《チベット》、〔何んぞ有らん〕あなたにとって何でもない。問題にならない。さきの1「述懐」28にも「寸心亦た何か有らん」。こうした〔何有〕の使い方、「論語」にもとづく。

36〔反正計始遂〕それよりも唐の国家全体を〔正〕しい状態に〔反《かえ》〕してこそ、あなたの〔計〕画は〔始〕めて完〔遂〕されよう。篇末にいうように、西方での仕事は、そうそうに切りあげ、早く帰って来いとの意が、すでにこの句にある。〔反正〕の語、古典では「春秋公羊伝」のさいご哀公十四年に、「乱世を撥《おさ》めて諸《こ》れを正しきに反す」。「漢書」の高帝紀に、この創業者の一生を群臣がたたえて、「乱世を撥《おさ》めて之れを正しきに反し、天下を平定して、漢の太祖と為る」。

37 38〔吾聞駕鼓車、不合用騏驥〕二句一連。しかく天下の〔反正〕こそ、あなたの本領であり、このたびの赴任は役不足というのを、比喩によっていう。〔鼓車〕楽隊の車を〔駕《ひ》〕かせるのに、〔騏驥《きき》〕名馬を〔用《つか》〕ったりするのは、

〔不合〕不合理、けしからぬことと、〔吾〕れは〔聞〕いている。比喩のもとづくところは、「後漢書」の「循吏伝」の序。後漢帝国の創始者光武帝は、倹約を国是とし、「異国より名馬を献ずる者有りて、日に千里を行く」であっても、「詔してその馬を以って鼓車を駕《ひ》かしむ」。楽隊の鼓をのせる車を引かせた。しかしそれは〔不合〕妥当でない。二字は「不当」と同義。合《マサ》ニ―スベカラズと和訓する。

39〔龍吟廻其頭〕名馬は龍の化身とされる。前の句でその人を〔騏驥〕にたとえたのを承け、そうした名馬としてのいななき、〔龍吟〕をせよ。〈「文選」十五、漢の張衡の「帰田の賦」に、「方沢に龍吟し、山丘に虎嘯す」。李善注に、「己れは従容として吟嘯すること、龍虎に類するを言う」。〉そうしつつ〔廻頭〕頭をふりむけるとは、東方の粛宗の政府への帰還をいう。名馬が必ずそのあるじを恋《した》うことは、次の8郭英乂の赴任を送る詩の6にも、「驊騮《かりゅう》は主を顧りみて鳴く」と、同じ比喩が用いられている。

40〔夾輔待所致〕結末のこの句、もっとも重い期待。〔龍吟〕して〔頭を廻《めぐ》らし〕、中央に帰還したあかつきのあなたには、君主を右と左から〔夾《さしはさ》〕んで〔輔〕佐する重臣の地位、それを〔致《まね》〕きよせることを、期〔待〕する。鈴木虎雄注は、〔致〕について別説を提出し、〔致〕は、杜詩にしばしば現われる思想、「君を堯舜の上に致す」〈巻一1「韋左丞丈に贈り奉る二十二韻」〉でここもあり、〔夾輔《きょうほ》〕の臣として、君主粛宗を、いにしえの聖君堯舜の地位におし〔致《すす》〕めることを期〔待〕するとする。いずれにしても、大へん重い期待である。ことに〔夾輔〕の二字、もし「左伝」僖公二十六年の展喜《てんき》の語、「昔し周公と太公とは、周室の股肱《ここう》として、成王を夾輔せり」を意識すれば、史上最高の人物である周公旦《たん》と太公望をもって、期待したこととなる。あるいは、従前の注に引かないが、「国語」の「晋語」四の鄭の叔詹《しゅくせん》の語、「吾が先君の武公は、晋の文侯と、力を戮《あわ》せ心を一つにして、周室に股肱となり、平王を夾輔せり」を意識すれば、やや軽まる。しかし第一級の人物としての期待は、同じである。杜亜には大言壮語の癖があつたこと、新旧「唐書」にいうようなのに対し、杜も影響されて、この極端なはげましの言葉となったか。そうして題注でも触れたように、他の三首のように、別離の悲哀を、篇末にいわない。また全篇を通じ、慷慨の語はあっても、悲哀の語はない。これまた「四送」の詩、それぞれに「首尾結構」をことにするものである。またこの大げさな激励のむすびについて、もう一つ注意すべきは、〔辺を安んずるに敵は何か有らん〕と、西方の鎮定を容易とし、それよりは、〔龍吟して其の頭を廻らし〕、早く東方の朝廷へ帰って来いということ、おなじ勧告が、のちの8郭英乂の隴右節度使への赴任を送る詩では、より丁寧になされている。いずれそこでも説くように、西方の経略は緩かにすべく、長安奪還の東方の戦線こそ、目下の急務とするのが、杜の主張であった。

双声　作-秋声　詔書　動-天　兵法　正-神　峒-地　最-瘡　再-前席　須存　羊-飫　踊躍　士-志
　始遂　駕-鼓　騏驥

畳韻　時危　君臣　崆峒　天-軒　連山　惨澹　安辺

7　送韋十六評事充同谷郡防禦判官

韋《い》十六評事《じゆうろくひようじ》の同谷郡《どうこくぐん》の防禦《ぼうぎよ》判官《はんがん》に充《あ》てらるるを送《おく》る

1　昔沒賊中時　　昔《むか》し賊中《ぞくちゆう》に没《ぼつ》せし時《とき》
2　潛與子同遊　　潜《ひそ》かに子《し》と同《おな》じく遊《あそ》ぶ
3　今歸行在所　　今《い》ま行在所《あんざいしよ》に帰《き》す
4　王事有去留　　王事《おうじ》　去留有《きよりゆうあ》り

5 偪側兵馬間
6 主憂急良籌
7 子雖軀幹小
8 老氣橫九州
9 挺身艱難際
10 張目視寇讎
11 朝廷壯其節
12 奉詔令參謀
13 鑾輿駐鳳翔
14 同谷爲咽喉
15 西扼弱水道
16 南鎭枹罕陬
17 此邦承平日
18 剽劫吏所羞
19 況乃胡未滅
20 控帶莽悠悠
21 府中韋使君
22 道足示懷柔
23 令姪才俊茂

偪側《ひよくそく》たる兵馬《へいば》の間《かん》
主《しゆ》は憂《うれ》いて良籌《りようちゆう》に急《きゆう》なり
子《し》は軀《く》幹小《かんちい》さしと雖《いえど》も
老気《ろうき》　九州《きゆうしゆう》に横《よこ》たわる
身《み》を艱難《かんなん》の際《さい》に挺《ぬき》んで
目《め》を張《は》りて寇讎《こうしゆう》を視《み》る
朝廷《ちようてい》　其《そ》の節《せつ》を壮《そう》とし
詔《みことのり》を奉《ほう》じて謀《はかりごと》に参《さん》せ令《し》む
鑾輿《らんよ》　鳳翔《ほうしよう》に駐《とど》まり
同谷《どうこく》は咽喉《いんこう》為《た》り
西《にし》は弱水《じやくすい》の道《みち》を扼《やく》し
南《みなみ》は枹罕《ふかん》の陬《すう》を鎮《ちん》す
此《こ》の邦《ほう》は承平《しようへい》の日《ひ》
剽劫《ひようごう》　吏《り》の羞《は》ずる所《ところ》
況《いわ》んや乃《すなわ》ち胡《こ》未《い》まだ滅《ほろ》びず
控帯《こうたい》　莽《もう》として悠悠《ゆうゆう》たり
府中《ふちゆう》　韋使君《いしくん》
道《みち》は懐柔《かいじゆう》を示《しめ》すに足《た》る
令姪《れいてつ》　才《さい》　俊茂《しゆんぼう》

24 二美又何求
25 受詞太白脚
26 走馬仇池頭
27 古色沙土裂
28 積陰雪雲稠
29 羌父豪猪靴
30 羌兒青兕裘
31 吹角向月窟
32 蒼山旌旆愁
33 鳥驚出死樹
34 龍怒拔老湫
35 古來無人境
36 今代横戈矛
37 傷哉文儒士
38 憤激馳林丘
39 中原正格鬬
40 後會何緣由
41 百年賦命定
42 豈料沉與浮

二美《にび》　又《ま》た何《な》にをか求《もと》めん
詞《し》を太白《たいはく》の脚《ふもと》に受《う》け
馬《うま》を仇池《きゅうち》の頭《ほとり》に走《はし》らす
古色《こしょく》　沙土《しゃど》裂《さ》け
積陰《せきいん》　雪雲《せつうん》稠《しげ》し
羌父《きょうふ》　豪猪《ごうちょ》の靴《くつ》
羌児《きょうじ》　青兕《せいじ》の裘《きゅう》
角《かく》を吹《ふ》いて月窟《げっくつ》に向《む》かえば
蒼山《そうざん》　旌旆《せいはい》愁《うれ》う
鳥《とり》驚《おどろ》いて死樹《しじゅ》を出《い》で
龍《りゅう》　怒《いか》りて老湫《ろうしゅう》より抜《ぬ》きんず
古来《こらい》　人《ひと》無《な》き境《さかい》
今代《きんだい》　戈矛《かぼう》を横《よこ》とう
傷《いた》ましい哉《かな》　文儒《ぶんじゅ》の士《し》
憤激《ふんげき》　林丘《りんきゅう》に馳《は》す
中原《ちゅうげん》　正《まさ》に格闘《かくとう》
後会《こうかい》　何《な》んの縁由《えんゆう》
百年《ひゃくねん》　賦命《ふめい》定《さだ》まる
豈《あ》に沈《ちん》と浮《ふ》を料《はか》らんや

43　且復戀良友　且《か》つは復《ま》た良友《りょうゆう》を恋《こ》い
44　握手歩道周　手《て》を握《にぎ》りて道周《どうしゅう》に歩《あゆ》む
45　論兵遠壑浄　兵《へい》を論《ろん》じて遠壑《えんがく》浄《きよ》くば
46　亦可縦冥捜　亦《ま》た冥捜《めいそう》を縦《ほ》しいままにす可《べ》し
47　題詩得秀句　詩《し》を題《だい》して秀句《しゅうく》を得《え》ば
48　札翰時相投　札翰《さつかん》　時《とき》に相《あ》い投《とう》ぜよ

韋《い》判事の同谷郡《どうこく》防禦使参謀としての出向《しゅっこう》を送る

このあいだ悪ものたちの中にいたころは
人目しのんであなたと交際した
今や行在所におちつくと
宮仕え　地方中央と分かれる
せっぱづまった戦争の時間
陛下のなげきは早急のよき政策
あなた　体は小兵《こひょう》だが
あめが下を制圧する貫禄
体を非常時に張って
謀叛人たちに睨みをきかす
その気っ腑を陛下にみとめられ

勅命によって軍事に参画
行在所いま鳳翔にあれば
同谷《どうこく》郡はそののどくび
西は弱水《じやくすい》の街道おさえ
南は枹《ふ》罕《かん》の蛮地のおもし
この地方は平時でも
強盗　おいはぎ　役人ども肩身がせまいに
ましてや賊軍鎮定せぬただいま
地域の関係　手さぐりの複雑さ
しかし役所の韋《い》長官
施政方針　恩恵の感じゆたかに
あなた　よき甥御の腕前も達者とあれば
立派なもの二つ　申し分なし
勅諚　太白山の麓にてうけたまわり
馬はせゆくは仇池《きゆうち》のほとり
時間の色見せて断層裂け
積もる寒さに　雪雲《ゆきぐも》　ぎっしり
タングートのおやじは山あらしの長靴
タングートのむすこは黒水牛のオーヴァ

月しろの窟《いわや》にむけて角笛吹けば
おそれ山の旗ざしもの物悲し
鳥びっくりして枯れ木を飛び出し
龍はおこって古池に舞いあがる
古来人跡未踏の空間が
現代では兵火のちまた
気の毒にもやさ男の文学者が
いきり立って　林や岡を　かけめぐる
帝国の中心は　いまや合戦のさいちゅう
次に顔あわせるのは　どこでどうして
人生百年　きまった定めありとはいえ
はかり難いは浮き沈み
かにかくに親友はしたわしく
手をにぎって道のべにあゆむ
兵法を働かせて　はるかなる峡谷の静まれば
超越への探究も自由な筈
詩を作ってすばらしい句ができたら
しかるべく手紙をよこしなさい

〔韋十六評事の同谷郡《どうこく》の防禦判官に充《あ》てらるるを送る〕「鳳翔四送」の第四。〔韋十六評事〕やはり名は分からぬ。北宋の旧注は、韋宙《いちゅう》をもってあてるが、鮑欽止が駁するように、韋宙は「新唐書」の「循吏伝」に、ずっとのちの宣宗《せんそう》の時代の人として見え、時代が合わない。〔評事〕は、三つの司法機関の一つである大理寺に属し、「大唐六典」十八に、定員十二人、官等は従八品下。〔充〕は出向の任務へ任用の際の術語であること、王寿南《おうじゅなん》氏の「唐代政治史論集」などに。この場合は〔評事〕を中央での本官としつつ、地方の〔判官〕に充当されたのであろう。〔同谷郡〕今の甘粛省成《せい》県。「新唐書」「地理志」四、山南道の条に、「成州同谷郡は下、天宝元年に名を更《あらた》む」。ただし山南道に属するのは、のち徳宗の貞元五年七八九以後のこと、当時は隴右道に属した筈。山の中の辺僻な土地であること、詩中にいうごとくであり、軍事的には吐蕃《チベット》との接壌地帯であった。〔防禦〕は防禦使。「資治通鑑」、天宝十四載冬十一月、安禄山の乱勃発の直後のこととして、「諸郡の賊衝に当たる者、始めて防禦使を置く」。同谷郡もその一つであったのである。その属僚については、「新唐書」「百官志」四下、防禦使の条に、「副使、判官、推官、巡官、各一人」。このとき同谷の防禦使の任にあり、韋評事の長官となる人は、おなじく韋姓であり、おじにあたること、詩中21 23に見える。この詩、送られる人との交遊の歴史から歌いおこすこと、赴任先の風物を委細に歌うこと、みな他の「三送」とはことなった作り方。末尾には別離の悲しみを叙すること、さきの長孫を送る詩、また樊を送る詩がもっともそうであるのと同じだが、赴任後の通信への期待によって悲しみを中和するのも、又一つの「結構」である。なお詩中に予想された〔同谷〕県の奇怪陰鬱な風物、やがてのち二年、杜自身がその地に流寓することによって、予想を適中させることとなる。詩の長さ、さきの二詩よりも更にのびて、二十四韻四十八句。且つもっとも起伏低昂に富む。韻脚は「広韻」下平声「十八尤」「十九侯」の「同用」。

1〔昔没賊中時〕その人とみずからとの関係、他の「三送」には必ずしも述べないが、今はそれを詩のはじめとする。浦起龍いう、「格の変ずるなり」。〔昔〕は、日本語のムカシのように、遠い過去ではない。昨年の後半からつい今年の春まで、長安を占拠する賊軍の中に捕虜として埋没していた時間。それは次の3の〔今は行在所に帰す〕に対し、甚しく条件を異にする時間として回顧される。故に〔昔〕という。〔没〕敵国による拘禁を意味する語として、史書に頻見する。〔賊中〕は巻三19「行在所に達するを喜ぶ」その一にも、「辛苦賊中より来たる」。

2〔潜与子同遊〕潜《ひそ》かにそっと子《あなた》と交遊を同じくした。お互いに捕虜の身、往来は大っぴらではあり得ない。〔潜〕の字、巻三15「哀江頭」の「春日潜かに行く曲江の曲」と同じ。〔同遊〕古典では「国語」の「斉語」に、「世よ同じく居り、少《わか》くして同じく遊ぶ」。それは郷村を単位とする農兵どうし。ここは士大夫《したいふ》の紳士としての交際。

3〔今帰行在所〕〔今〕は帰着すべき空間として、お互いにここ鳳翔の〔行在所〕に帰着した。〔昔〕と〔今〕で環境の変転をいうこと、「文選」では二十九、「古詩十九首」〈その二〉の、「昔は倡家の女と為り、今は蕩子の婦と為る」。杜自身の顕著な句としては、晩年の名作、「岳陽楼に登る」の、「昔は聞く洞庭の水、今は上る岳陽楼」。

4〔王事有去留〕〔行在所〕に帰った〔今〕、〔賊中〕の〔昔〕のように、不自由ながら〔同遊〕することはできぬ。〔王事〕君主への奉仕のゆえに、あるいはあなたのごとく赴任して〔去り〕、あるいは私の如くここに〔留まる〕という事態が〔有《おこ》る〕。陶淵明の「帰去来」は、「曷《な》んぞ心を委ねて去留に任《まか》せざる」というが、それは自由人の心境。今はそうはゆかぬ。「詩経」のあちこちに「王事は盬《なまじい》なる靡《な》し」。初唐の駱賓王《らくひんのう》の「秋日送別」にも、「共に此れ年髪を傷み、相い看て去留を惜しむ」。

5〔偪側兵馬間〕以下数聯、なぜあなたは〔去る〕か、その理由を叙する。今や時代は、〔偪側〕ヒヨク・ソクと、しめつけるような畳韻の語でいってよい窮屈な状態の、〔兵馬〕戦争の時間また空間。〔偪側〕このままの表記では、「文選」八、漢の司馬相如の「上林の賦」のそれ、急流激湍《げきたん》の形容、司馬彪《しばひょう》の注に、「相い迫る也」。表記を異にしては、「文選」二、漢の張衡の「西京《せいけい》の賦」に、狩場にひしめく獣の群を、「駢田《へんでん》偪仄」、薛綜《せつそう》の注に、「聚会の意」。〈巻五16「偪仄行」の題注参照。〉

6〔主憂急良籌〕君主の憂いを慰めるものとして急《きび》しくもとめられるのは良き籌《はかりごと》。〔主憂〕の二字、連鎖して思い浮かべられるのは、「史記」范雎《はんしょ》列伝。その仕える秦の昭王が、ふとためいきをついたとき、「臣聞く、主憂うれば臣辱《は》じとし、主辱じとすれば臣死す」。いま粛宗の憂いも、そのために〔良《よ》き籌《はかりごと》〕を考えてさしあげねば、われら臣下の恥辱。〔籌《ちゆう》〕は計也と訓ずる。〔良籌〕は「文選」の語でなく、初唐の陳子昂の「洛陽の主人に答う」に、「方《まさ》に明天子に謁し、清宴に良籌を奉《ささ》げん」。

7〔子雖軀幹小〕以下、子《あなた》は〔軀幹《くかん》〕体つきこそ小さい小男だけれどもと、韋が〔主の憂い〕に答えて、〔良き籌《はかりごと》〕をささげ得る人物なのをたたえる。〔軀幹小さし〕は無遠慮の語のようだが、先蹤がある。「晋書」の「載記」三、五胡の君主の一人劉曜《りゆうよう》と戦って敗死した陳安《ちんあん》を、部下がいたんだ歌に、「隴上《ろうじよう》の壮士に陳安有り、軀幹は小さしと雖も腹中は寛し、将士を愛し養うこと心肝に同じかりき」。kの子音をかさねた〔軀幹《クカン》〕、歌謡の語であり、俗語と思われる。〔小〕を草堂詩箋の一本は「少」に作り、注して「非也」。

8〔老気横九州〕体は小さいけれども、老成のエネルギー、天下に横たわり横《み》ちわたる。〔横〕はそうした意味。そのためには去声の hèng に読むのがふさわしい。〔老気〕も杜らしい語だが、前例を知らぬ。王琪など諸宋本の一本あるいは本文は「志気」。それならば「礼記」「孔子閑居」篇の、「志気は天地に塞《み》つ」が、ここの〔九州に横たわる〕に近い。〔九州〕はいうまでもなく、「書経」の「禹貢」篇により、全中国九つの区域。なお活版本九家注は〔老気〕を「老老」と誤植する。

9〔挺身艱難際〕「王業艱難」「天歩艱難」と諸古典にいうような〔際〕さしせまった時期に、身を挺《の》りだしささげる。〔挺身〕の語、何をふまえるか、仇氏詳注が「漢書」の谷永《こくえい》の上書を引くのは、適当でない。

10〔張目視寇讎〕そうして目を張《いから》して視《にら》みつけるのは〔寇讎《こうしゆう》〕あだなすやから。私の前注、司法官である〔評事〕として不正者に対する目としたが、賊軍への睨みともとれる。〔張目〕「史記」の藺相如《りんしようじよ》列伝に、祖国趙のために秦に使いしたその人が、白刃のとりかこむ中で、「目を張って之れを叱するや、左右皆な靡《たじろ》ぐ」。なお〔寇讎を視る〕という表現、「孟子」「離婁《りろう》」篇下の、「君の臣を視ること土芥《どかい》の如くなれば、則ち臣の君を視ること寇讎の如し」と、意味はちがうけれども、字面を借りたと、宋の杜修可《としゅうか》の説。〔挺身〕およびこの意味での〔張目〕、優雅を主とする「文選」の語とはなっていない。

11〔朝廷壮其節〕ここの〔朝廷〕は、さきの1「述懐」の詩7におけるとおなじく天子を意味しよう。〔壮〕は動詞。勇気ありとする。〔其節〕は不正邪悪なものをにくむ節義。

12〔奉詔令参謀〕硬骨をみとめられた結果、特別の〔詔〕勅を〔奉《いただ》〕き、軍事への参画、同谷郡防禦使の判官たることを、〔令《おおせ》〕つけられた。軍事の謀議に参与する〔参謀〕、唐では職名でもあり、「新唐書」の「百官志」四下に、「行軍参謀は、軍中の機密に関与す」。杜ものち蜀の成都では、節度使厳武の〔参謀〕となる。

13 14〔鑾輿駐鳳翔、同谷為咽喉〕以下24の〔二美又た何をか求めん〕まで六聯十二句、これから赴任する同谷郡防禦判官の任務についての叙述。まずいう、天子が鳳翔県にいますいま、その西方の同谷郡は、のどくびともいうべき要地。〔鑾輿《らんよ》〕天子の〔輿《くるま》〕を、その装飾としてある〔鑾《すず》〕に関係させていう。「文選」一、漢の班固の「西都の賦」に、「是《ここ》に於いて鑾輿に乗り、法駕を備え、群臣を帥《ひき》い」云云。〔駐〕とどまる。隣接重要の地を〔咽喉〕というのは、「三国志」「蜀志」楊洪《ようこう》の伝に、諸葛亮に答えた語をのせて、「漢中は則ち益州の咽喉にして、存亡の機会なり。若《も》し漢中無くば則ち蜀無し矣」。同谷の鳳翔に対する関係も同じであり、同谷を失なえば、鳳翔も危い。

15 16〔西扼弱水道、南鎮枹罕陬〕同谷郡が要衝である形勢を、隣接地帯との関係でのべる。そこから更に〔西〕方に延びるのは、半神話的な中央アジアの川〔弱水〕への街〔道〕、いわゆるシルク・ロード、その入口を〔扼《おさ》〕える。〔扼《やく》〕搤と同字。於革の切。「広韻」に、「持也、握也、捉也」。「書経」「禹貢」篇に、「弱水を導きて、合黎《ごうれい》に至り、余波は流沙に入る」。一方また〔南〕方にあるのは、〔枹罕《ふかん》〕の地帯。五胡の時代、西秦の君主、乞伏国仁《きつふくこくじん》の国都であり、今の甘粛省臨夏県。しからば実は同谷の南方でなく、西方にある。王琪を含んで諸宋本の一本が「氐羌《ていきょう》」なのは、二つの少数民族。〔陬《すう》〕少数民族の居住する地帯。「文選」六、晋の左思の「魏都の賦」に、「蛮陬夷落」。張載の注に、「陬落は蛮夷の居処の名也。一名に、聚居を陬と為す」。

17 18〔此邦承平日、剽劫吏所羞〕此《そ》の土地は、かつてのうちつづく太平の時期から、すでに治安が悪く、〔剽劫《ひょうごう》〕強盗殺人、地方官吏は取締りの成績があがらぬのを羞《は》じとした。地方の郡県を〔此の邦〕と〔邦〕の字でいうのは、「周礼」など古典のいい方。〔承平〕うちつづいた太平。「漢書」の「食貨志」上に「王莽は漢の承平の業に因る」。この間までの唐帝国も、そうであった。〔剽劫〕「漢書」の「酷吏伝」尹賞《いんしょう》の条に、「城中薄暮に塵起こり、行く者を剽劫し、死傷道に横たわる」。唐人も、張九齢の「安南副使畢《ひつ》公墓誌」に、「剽劫境に在り、行李病む所」、岑参《しんじん》の「顔《がん》平原《へいげん》を送る」に、「郊原は北は燕に連らなりて、剽劫の風未まだ休《や》まず」。杜の「蘇四徯《そしけい》に贈る」にも、「巴蜀は剽劫に倦み、下愚は土風を成す」。なお〔承平〕を草堂詩箋のみ「升平」に作るのは、誤字であろう。

19〔況乃胡未滅〕むろん安禄山の一党を〔胡〕と指す。況《ま》して東方では彼等が未《ま》だ全滅に至らず、国家全体の治安が充分でない現在。状態の深化を、深化しなかった過去に比較する〔況《いわ》んや〕に、〔乃《すなわ》ち〕と、強調の助字を添える。

20〔控帯莽悠悠〕〔控帯《こうたい》〕土地の軍事的な連帯関係。〔控〕は引く也、制する也。梁の丘遅《きゅうち》の「永嘉《えいか》郡の教」に、「貴郡は山海を控帯し、利は水陸を兼ぬ」。いま同谷のそれは〔莽〕無限定のあてどもなく、〔悠悠〕非情な茫漠さ。ただでさえ治安の悪い土地、東方が平定に至らぬ現在、接壌地帯との関係、一層そうである。

21〔府中韋使君〕ここまで赴任地の悪条件をつらねたが、以下二聯四句は、それを救うものとして、そこでの好条件。〔府中〕そこの役所の〔韋《い》〕を姓とする〔使君〕長官。後に述べるように、それは韋評事のおじである。〔府中〕は漢の歌謡「陌上桑《はくじょうそう》」に、「冉冉《ぜんぜん》として府中に趨《あゆ》む」。〔使君〕は地方長官の敬称。

22〔道足示懐柔〕その長官の〔道〕、道徳とも読め方法とも読めるのが、周辺の少数民族に対し、懐《なつ》け柔らげる態度を示すのに充分である。「漢書」の段会宗《だんかいそう》の伝、西域都護であったこの老将に、友人谷永が与えた書簡をのせ、「百蛮を総領し、殊俗を懐柔するは、子《きみ》の長ずる所」。

23〔令姪才俊茂〕韋評事は、その〔府中〕の〔使君〕の〔令《よ》き姪《おい》〕であって、才能、俊《するど》くして豊富。〔姪《てつ》〕はメイでなくオイ。系図のジェネレイションとしてそうなのであろう。〔俊茂《しゅんぼう》〕とほめ言葉、「漢書」武帝紀の賛に見える。

24〔二美又何求〕かく〔使君〕の〔道〕と、〔令姪〕の〔才〕と、二つの美しきものがある以上、そのうえ又《さら》に何をか要求しようぞ。すぐれた人物二人を〔二美〕ということ、先例があろうが、見いださぬ。以上、赴任のもつ好条件をのべ終り、次の聯は赴任の次第。

25〔受詞太白脚〕赴任の辞令を受けたのは、太白山の脚《ふもと》、すなわちここ鳳翔の政府。〔太白〕の山については、巻三19「行在所に達するを喜ぶ」その三の注。皇帝勅命の受領を〔受詞〕ということ、のち「八哀」に厳武を弔っても、「詞を受く剣閣の道」。

26〔走馬仇池頭〕馬を走《は》せゆくのは、同谷郡の名勝として、その西にある〔仇池《きゅうち》〕の頭《ほとり》。〔仇池〕は湖の名、またその湖を頂にもつ山の名。宋の杜修可、山につき、「三秦記」を引いて、「仇池山は上の広さ百頃。地は平らかなること砥《と》いしの如し。其の南北には山路有るも、東西は懸絶すること百仞、一夫道を守れば、万夫も向こう莫《な》く、山勢は自然に楼櫓の敵を却《しりぞ》くる状有りて、上に岡阜《こうふ》と泉源有り」。また山上の湖につき、「仇池記」を引いて、「仇池は百頃、周回九千四十歩」云云。この山、のち甘粛での詩作にも、しばしば現われる〈巻七1「秦州雑詩二十首」その十四、その二十参照〉。〔頭〕の字は、上の句の〔脚〕と、人体の部分への比擬として、対《つい》になる。

27〔古色沙土裂〕さてそこの自然と人事は、荒涼、陰鬱、奇怪であると、以下数聯、みなそのこと。グロテスクなものに対する杜の興味と能力、ここでは空想として発揮される。やがて親しくその地を履《ふ》んで、それを実証するのは、二年後の後日譚。まずいう、古びた色を見せての沙漠の亀裂、断層。〔古色〕の二字、詩語として普通でない。杜はもう一ど、夔州で張旭《ちようきよく》の草書の図に題して、「悲風は微綃《びしよう》に生じ、万里に古色有り」。時間の色見せては、仮りの訳。同時の銭起《せんき》の「片玉篇」にも、「空山に照《ひか》りを埋めて凡そ幾年、古色蒼痕宛《さなが》らに自然」。ただし王琪本などの諸宋本の一本は「古邑」、古びた町。その方がおとなしかろうが、〔古色〕の警抜に及ばぬ。〔沙土〕北宋某氏の旧注、「漢書」の「音義」を引いて、「沙土を漠と曰う、即ち今の磧《せき》也」。沙漠。

28〔積陰雪雲稠〕〔陰〕は宇宙の消極的な要素のすべて。その堆積が〔積陰〕。従来の諸注、引かないが、「漢書」晁錯伝の、文帝への上書に、匈奴の地理を、「夫《そ》れ胡貉《こばく》の地は、積陰の処也。木の皮は三寸、氷の厚さは六尺」といい、それを南方「楊粤《ようえつ》の地」が、「陰少なくして陽多し」なのと対比する。〔雪雲〕の語、前例を知らぬが、雪と雲でなく、雪をもよおす雲と読みたい。〔稠《ちよう》〕は多也、密也。ぎっしり。ただし王琪の一本は〔陰雪〕の二字をひっくりかえして、「積雪陰雲稠」。諸宋本それを一本あるいは本文とし、更には「積陰霜雪稠」を異文とするものもあるが、共に平凡をきらう。

29〔羌父豪猪靴〕グロテスクは、自然ばかりでない。人事もまた。〔羌《きよう》〕はそのあたりに住む少数民族。吐蕃《チベツト》の支族であり、今は唐古特《タングート》と呼ばれると、歴史辞典にいう。「説文解字《せつもんかいじ》」、字の語原を説いて、北方の「狄」、東方の「貉《ばく》」が、毛もの偏なのは、犬などの子孫。南方の「蛮」「閩《びん》」が虫をつけるのは、蛇などの子孫。西方の〔羌〕は羊の子孫。〔父〕はそのおやじ。〔靴〕は長ぐつ、ブーツ。材料とする〔豪猪《ごうちよ》〕は、山あらし。「文選」九、漢の揚雄の「長楊の賦」では、天子の狩猟の対象となる毛ものの一つ。なお呉若の一本は〔靴〕でなく「帽」。

30〔羌児青兕裘〕またタングートの〔児〕むすこの方が着ている〔裘《きゆう》〕外套の材料は〔青兕《せいじ》〕。「楚辞」「招魂」に、「君王は親しく発《い》んとして青兕を憚《はばか》る」。「爾雅」の「釈獣」篇に、「兕は牛に似たり」。郭璞の注に、「一角にして青色、重さ千斤」。「説文」に、「兕は野牛の如くにして、青色。其の皮は堅く厚くして、鎧を制す可し」。「周礼」の「考工記」に、それで作った甲《よろい》は、二百年もつ。親も子も重たくものものしい服装なのは、前引の晁錯の上書のつづきに、

「其の性は寒さに能《た》う」というように、〔積陰〕の地なるゆえである。呉若と草堂詩箋の引く「晋本」〈後晋の官書本〉が、「漢兵黒貂裘」なのは、杜の原本であるまい。同字の重複をいとわない古体詩の特権を活用し、〔羌父〕〔羌児〕とわざと〔羌〕の字を重ねてこそ、効果を生む。

31〔吹角向月窟〕タングートのおやじか、むすこか、〔吹〕きならす〔角《つの》〕ぶえのおと、その〔向〕こう方向は〔月の窟《いわや》〕。やはり「文選」九、漢の揚雄の「長楊の賦」に、皇帝の狩猟の威勢を、「西は月窟を圧し、東は日域を震わす」。服虔の注に、「月の生まるる所也」。日が東に生まれるのに対して、月の生まれる空間は、世界の西のはて。

32〔蒼山旌旆愁〕タングートの角ぶえの悲しさに、〔蒼山〕青黒く古びたグロテスクな山に、つっ立った〔旌旆《せいはい》〕はたさしものも、〔愁〕うれわしげに、しおたれる。〔蒼山〕「文選」二十六、宋の顔延之の謝霊運に和した詩に、「帝に謁す蒼山の蹊」。それも陰鬱な山のようである。詳注は揚雄の「蜀都の賦」の、「蒼山は天を隠す」を引くが、何によるか不明。〈「文選」一、漢の班固の「西都の賦」の李善注などに引かれる。〉呉若と草堂詩箋の引く一本は「山蒼」。山も悲しげに蒼む。〔旌旆〕は常語。「詩経」「小雅」「車攻」に、「悠悠たる旆旌」。「文選」二十八、晋の陸機の「飲馬長城窟行」に、「旌旆屡しば徂遷」。

33〔鳥驚出死樹〕イメージいよいよ奇怪。鳥もびっくりして、死んだ樹にひそんでいたのが、飛び出した。タングートの角笛の音に驚くよりも、やがてあとの句にいうように、〔古来無人の境〕に人間がやって来たからである。〔死樹〕は、「枯樹」というよりも、気味悪い。梁の何遜の「連圻《れんき》を渡る」に、「百年死樹を積み、千尺寒藤を掛く」。余談めくが、趙次公は、次の怪談をあげる。充分に読めぬ部分もあるが、呉平《ごへい》なる男、句章《こうしょう》州の地方官となったとき、門前にふいに青桐の木がはえ、梢の方で歌声がするので、気味悪がって切り倒した。のち呉平は、北伐の軍に従うこと三年であったが、切った木が突然立ちあがり、梢で再び歌声がする。「死樹は今更《あらた》めて青し、呉平も尋《つ》いで当《まさ》に帰るべし」。何か六朝の志怪の書に見えるのであろう。いまここの〔死せる樹〕からびっくりして飛び〔出〕した〔鳥〕

も、人間の語をはなし得る怪鳥かも知れない。

34〔龍怒抜老湫〕おなじくわが独占する空間を侵された〔怒〕りから、〔湫《いけ》〕に住む〔龍〕が、〔抜〕ぱっと飛びあがる。〔湫〕の字が、龍の棲む神秘な池をそもそも意味することは、巻一33「湯東霊湫」の詩の注参照。それを〔老〕の字で修飾するのは、新しい造語であろう。「佩文韻府拾遺」、この詩のみをあげる。〔抜〕の字も奇警きわまりない。なお翌翌乾元二年七五九、同谷県の山中で龍の棲む〔老湫〕を発見しての作は、「万丈潭」〈巻八後編15〉。

35〔古来無人境〕「文選」十一、晋の孫綽《そんしやく》の「天台山に遊ぶ賦」の序に、「始めは魑魅《ちみ》の塗《みち》を経《へ》、卒《つい》には無人の境を践《ふ》む」。

36〔今代横戈矛〕それが現代では、存分の戦場。今の世を〔今代〕というのは、世の字、太宗皇帝李世民の実名なのを敬避しよう。〔横〕は縦横、ほしいまま。〔戈矛《かぼう》〕ともに槍。「詩経」「秦風」「無衣」の篇に、「王の于《ここ》に師《いくさ》を興こすや、我が戈矛を修めて、子《きみ》と仇を同じくせん」。

37〔傷哉文儒士〕おかげで、〔傷《いた》まし哉《や》〕気の毒にも文学者のあなたがと、韋を憐れむ。〔文儒〕の語、漢の王充《おうじゆう》の「論衡」「効力」篇に見え、「文選」では三十六、斉の王融《おうゆう》の「永明十一年の秀才を策する文」〈その四〉。〔傷哉〕の前例として、趙次公、「礼記」「檀弓《だんぐう》」篇の、「傷ましい哉貧や」を引く。

38〔憤激馳林丘〕〔文儒の士〕の本質は、おとなしい。〔儒《ジュ》〕の字のがんらいが、懦《タ》、柔《ジウ》、弱《ジヤク》と近似音である。しかも韋はさきの7にいうように〔軀幹小さき〕小男。それが今は〔憤激〕興奮して、山野をかけめぐる。晋の張華の激烈な楽府《がふ》「壮士篇」に、国家非常の場合、「壮士は憤激を懐《いだ》き、安《な》んぞ能く虚沖《きよちゆう》を守らん」。「文選」に〔憤激〕の語は見えないが、〔林丘〕は、二十七、魏の王粲の「従軍の詩」〈その五〉に、「四もに望めど煙火無く、但だ見る林と丘と」。いま韋の馳せる〔林丘〕もその如くであろう。また二十五、宋の謝恵連の「西陵にて風に遇う」に、「落つる雪は林丘に灑《そそ》ぐ」。

39〔中原正格闘〕更にまた中国の中央部〔中原〕では、いまや〔正《まさ》に〕、〔格闘〕原義は一騎うちのとっ組みあい、そのまっさいちゅう。宋の旧注、「相い抱いて之れを殺すを格と曰う」。趙次公が「漢書」に出るとするのは、戻太子《れいたいし》伝、太子をかくまっていた家の主人が、捕り手と「遂に格闘して死す」。また魏の陳琳《ちんりん》の「飲馬長城窟行」に、「男児は寧《むし》ろ当《まさ》に格闘して死すべし」。

40〔後会何縁由〕かくあなたは〔無人の境〕に馳せ、おのれは〔中原〕の〔格闘〕に近いところにいる。この後《あと》の出会いは、いつ何《いか》なるきっかけ〔縁由〕によってかと、詩は別離の悲哀へと、急激に転じてゆく。次の会面を〔後会〕ということ、「文選」では十三、宋の謝恵連の「雪の賦」にはさんだ「白雪の歌」に、「年歳の暮れ易きを怨み、後会の因る無きを傷《いた》む」。そこの「因る」が、ここの〔縁由〕だが、この語、「佩文韻府」この詩のみをあげる。

41〔百年賦命定〕希望の少ない〔後会〕の機会を模索するのから、悲観は一そう深まって、この聯はデスパレイトな言葉。人生〔百年〕、それは「文選」二十九、「古詩十九首」〈その十五〉の「生年は百に満たず」以来のことだが、その間の各個人の運命は、天の賦《あた》えるものとして、実はあらかじめ定まっている。人間の私意ではどうにもならない。〔賦命〕の語、「文選」に見えないが、詳注のあげるように、魏の王粲が子供の夭折をいたんだ「傷天の賦」に、「惟《こ》れ皇天の命を賦《あた》うるは、寔《まこと》に浩蕩として均《ひと》しからず、或いは老い終りて世を長くし、或いは昏夭《こんよう》して夙《はや》く泯《ほろ》ぶ」。

42〔豈料沈与浮〕かく賦《あた》えられた運命、定まっているとすれば、お互いこれからの浮き沈みをおし料《はか》ってよかろうや。それはやめよう。私の前注、迂曲の説をなしたのを撤回するが、いつもの杜、必ずしもここまで運命論者でない。このような絶望の語、例外のように感ぜられるのを、ここでは敢えてしている。

43〔且復恋良友〕絶望の哲学、それはそれとして、〔且《か》つ復《ま》た〕かにかくに恋《した》わしきは〔良き友〕あなた。「文選」二十九、蘇武の詩〈その四〉に、「良友は遠く離別し、各おの天の一方に在り」。〔且〕はカツ、シバラクと訓ずる助字であるが、二字にゆるめるときは、軽く〔復〕が添わる。

44〔握手歩道周〕おなじく「文選」の蘇武の詩〈その三〉に、「手を握りて一たび長嘆し、涙は生別の為めに滋《しげ》し。生きては当《まさ》に復《ま》た来たり帰るべし、死しては当《まさ》に長く相い思うべし」。そうして〔歩〕む〔道の周《くま》〕は、「詩経」「唐風」「有杕之《ゆうていし》杜《と》」篇の語。「毛伝」に「周は曲也」。さきの樊侍御の漢中赴任を送る詩の、「白日は執袂《しつぺい》を照らす」と似た情景。しかしそれよりもおだやか。以下の詩のむすびが、やはりより多くおだやかなのに連なる。

45〔論兵遠壑浄〕以下二聯四句、私的の贈言。〔論兵〕兵法の議論。「文選」には見えないが、史伝の常語。そうして議論は常に実践を伴のう。実際に兵を動かすことでもある。その結果として、あなたの第一の使命であるところの、〔遠壑《えんがく》〕はるかなる山岳地帯、それが〔浄〕らかに粛正されたならば。〔遠壑〕「文選」二十七、梁の沈約《しんやく》の「早く定山を発す」に、「夙齢《しゆくれい》にて遠壑を愛す」。仇氏詳注、それを江淹と誤まり引く。

46〔亦可縦冥捜〕そうした軍事の目的が片づけば、清〔浄〕な〔遠壑〕の中にあって、〔冥捜〕哲学者また詩人として無限への探求、それを〔縦〕自由にすることも、〔亦《ま》〕た〔可〕能であろう。〔冥捜〕が杜の愛する観念であり、語であること、巻一21「慈恩寺の塔に登る」の6「冥捜を追う可きに足る」、また33「湯東霊湫」の10「広原は冥捜を延《ひ》く」。

47〔題詩得秀句〕そうした〔冥捜〕によって、〔題詩〕詩をつくり、〔秀句〕すばらしい句が、獲〔得〕されたならば。作詩を〔題詩〕でいうこと、巻二後編27「重ねて何《か》氏を過ぐ」のその三など。〔秀句〕梁の劉勰の文学評論「文心雕龍」の「隠秀」篇に、「凡そ文集の勝篇は、十の一に盈《み》たず、篇章の秀句は、裁《わず》かに百の二なる可し」。またおなじく梁の鍾嶸《しようこう》の詩論「詩品」中に、斉の謝朓を評して、「一章の中、自《お》のずと玉石有るも、奇章秀句は、往往にして警遒《けいしゆう》」。それらをかえりみれば、一首の中でも飛びぬけてよい句。

48〔札翰時相投〕それら〔秀句〕を書き入れた手紙を時にはよこしたまえ。書簡を〔札翰〕でいうこと、「佩文韻府」、「魏書」夏侯道遷《かこうどうせん》の伝、武将にも似ず、「尺牘《せきとく》に閑《なら》い習い、札翰の往来、甚だ意理有り」、高適の「途中にて李少府に酬ゆ」の「札翰忽《たちま》ちに相い鮮かなり」、および杜のこの詩とをあげる。〔時〕ときどきの意と、しかるべき時にの意とを、兼ねよう。〔相投〕投げよこされよ。〔相〕は軽い敬語。乱前、高適が哥舒翰の幕府へ赴くのを送る詩〈「高三十五書記を送る」〉、そのむすびに、「辺城にて余力有らば、早く寄せよ従軍の詩」というの、ここと似る。巻一2。

双声　今帰　在所　兵馬　子雖　軀幹　朝廷　為-咽　所羞　未滅　足-示　才-俊　受詞　池頭　色-沙
　　　青兕　蒼山-旌　出死樹　傷哉　後会何　縁由　賦命　恋-良　時-相

畳韻　偪側　艱難　寇讎　扼-弱　白-脚　月窟　命定

余論。この詩ではもっとも多量に、またさきの杜亜を送る詩でも一端を示すように、赴任しゆく西方辺境の自然と人事の奇怪への予想、やがて二年後、身みずからその地に流寓しての詩が、それを実証するわけだが、次のようなことも考えられる。空想のイメージとしてもこれだけの鋭敏さを示す神経の能力、実際その地を踏むに及んでからは、一そう尖鋭化し、自然なり人事を、実際以上にグロテスクに拡大造型するに至ったということはないか。やがて秦州の詩、同谷の詩へと説き進んだとき、更に考えるべき問題であるが、ここの「四送」の詩、また次の長律二首を読んで、そう感ずるのを、附記しておく。何にしても杜は能動の詩人であり、受動の詩人でない。存在をみずからの能力によって創造する。ことに奇怪な存在への感性、大詩人の能力の一端として異常である。同様の能力をもってきこえる李賀《りが》、李商隠《りしょういん》にも超えて、はば広く強靱である。あるいはまた、文学史をさかのぼって見わたすとき、「楚辞」の「招魂」「大招」には奇怪な情景を、特異な地帯のものとしてえがき、「文選」では宋玉の「高唐の賦」、木華《ぼくか》の「海の賦」、郭璞の「江の賦」、またその部分がある。しかしみな凡人とは程遠い特異な地域の事がらである。われわれも接近し得べき空間のものとして、私の記憶にあるのは、阮籍の「元父の賦」のみが、かろうじてそれである。この点でも杜は特異であり、画期である。更にまたこうした世界観が、人間にむかって施されるとき、人の世の原則をもって善と幸福とする安易な性善説に溺れることなく、人間の不愉快への関心を鋭くしたと思われる。これは一そう大きな問題であり、のちのちの巻で考えるべきなのを、しばらく端をここに発する。

鳳翔の亡命政府において、人を送る詩は、以上の「鳳翔四送」が、五言の古体詩なのについで、近体の作なお二つ。いずれも五言の長律であって、甘粛の防備に赴く郭英乂将軍を送るのが一つ、吐蕃《チベット》への外交交渉の使者に立つ楊某を送るのが又一つ。いずれも悲愴の気に富むうち、前者は三十韻六十句に及ぶ長篇である。さきの巻二前編に収めた乱前の諸長律、7汝陽王李璡にささげるのが二十二韻四十四句、11鮮于仲通、12韋見素、13張均、15哥舒翰、それら諸要人にささげるのが、それぞれ二十韻四十句なのよりも、更に長大である。もし巻一35「橋陵詩三十韻」が長律の形に近いのを考慮に入れれば、長大さこれとならぶが、彼はなお完全な律詩の形でない。従来の作のうち、終始律詩の韻律を調えるのは、これがもっとも長い。長律という詩型に対する技術と自信の成熟を示す。

8　奉送郭中丞兼太僕卿充隴右節度使三十韻

郭中丞《かくちゅうじょう》兼太僕卿《けんたいぼくけい》の隴右《ろうゆう》の節度使《せつどし》に充《あ》てらるるを送《おく》り奉《たてまつ》る三十韻《さんじゅういん》

1　詔發西山將　　詔《みことのり》して西山《せいざん》の将《しょう》を発《はっ》し
2　秋屯隴右兵　　秋《あき》に隴右《ろうゆう》の兵《へい》を屯《あつ》む

3 淒涼餘部曲
4 燀赫舊家聲
5 鵰鶚乘時去
6 驊騮顧主鳴
7 艱難須上策
8 容易即前程
9 斜日當軒蓋
10 高風卷旆旌
11 松悲天水冷
12 沙亂雪山淸
13 和虜猶懷惠
14 防邊不敢驚
15 古來於異域
16 鎭靜示專征
17 燕薊奔封豕
18 周秦觸駭鯨
19 中原何慘黷
20 餘孽尙縱橫
21 箭入昭陽殿

淒涼《せいりょう》 部曲《ぶきょく》を余《あま》し
燀赫《せんかく》たり旧家声《きゅうかせい》
鵰鶚《ちょうがく》 時《とき》に乗《じょう》じて去《さ》り
驊騮《かりゅう》 主《あるじ》を顧《かえ》りみて鳴《な》く
艱難《かんなん》 上策《じょうさく》を須《ま》ち
容易《ようい》 前程《ぜんてい》に即《つ》く
斜日《しゃじつ》 軒蓋《けんがい》に当《あ》たり
高風《こうふう》 旆旌《はいせい》を巻《ま》く
松《まつ》悲《かな》しみて天水《てんすい》冷《ひや》やかに
沙《いさご》 乱《みだ》れて雪山《せつざんきよ》清し
和虜《わりょ》 猶《な》お恵《けい》を懐《おも》い
辺《へん》を防《ふせ》ぐに敢《あ》えて驚《おど》ろかさず
古来《こらい》 異域《いいき》に於《お》いては
鎮静《ちんせい》もて専征《せんせい》を示《しめ》す
燕薊《えんけい》 封豕《ほうし》奔《はし》り
周秦《しゅうしん》 駭鯨《がいげい》に触《ふ》る
中原《ちゅうげん》 何《な》んぞ慘黷《さんとく》なる
余孽《よげつ》 尚《な》お縱横《じゅうおう》
箭《や》は入《い》る昭陽殿《しょうようでん》

22 笳吟細柳營
23 內人紅袖泣
24 王子白衣行
25 宸極祅星動
26 園陵殺氣平
27 空餘金椀出
28 無復繐帷輕
29 毀廟天飛雨
30 焚宮火徹明
31 罘罳朝共落
32 棆桷夜同傾
33 三月師逾整
34 群胡勢就烹
35 瘡痍親接戰
36 勇決冠垂成
37 妙譽期元宰
38 殊恩且列卿
39 幾時廻節鉞
40 勠力掃攙槍

笳《か》は吟《ぎん》ず細柳営《さいりゅうえい》
内人《ないじん》　紅袖《こうしゅう》泣《な》き
王子《おうじ》　白衣《はくい》にて行《い》く
宸極《しんきょく》　妖星《ようせい》動《うご》き
園陵《えんりょう》　殺気《さっき》平《たい》らかなり
空《むな》しく金椀《きんわん》の出《い》づるを余《あま》し
復《ま》た繐帷《けいい》の軽《かる》き無《な》し
毀廟《きびょう》　天《てん》　雨《あめ》を飛《と》ばせ
宮《きゅう》を焚《や》きて火《ひ》は明《あさ》に徹《てっ》す
罘罳《ふし》　朝《あさとも》共に落《お》ち
棆桷《りんかく》　夜《よ》る同《おな》じく傾《かたむ》く
三月《さんがつ》　師《し》逾《いよ》いよ整《ととの》い
群胡《ぐんこ》　勢《いきお》い烹《に》らるるに就《つ》く
瘡痍《そうい》　親《した》しく接戦《せっせん》し
勇決《ゆうけつ》　成《な》るに垂《なん》なんとするに冠《かん》たり
妙誉《みょうよ》　元宰《げんさい》を期《き》し
殊恩《しゅおん》　且《か》つは列卿《れっけい》
幾時《いくじ》か節鉞《せつえつ》を廻《めぐ》らし
力《ちから》を勠《あ》わせて攙槍《ざんそう》を掃《はら》わん

41 圭竇三千士
42 雲梯七十城
43 恥非齊說客
44 秖似魯諸生
45 通籍微班忝
46 周行獨座榮
47 隨肩趨漏刻
48 短髮寄簪纓
49 徑欲依劉表
50 還疑厭禰衡
51 漸衰那此別
52 忍淚獨含情
53 廢邑狐狸語
54 空村虎豹爭
55 人頻墜塗炭
56 公豈忘精誠
57 元帥調新律
58 前軍壓舊京
59 安邊仍扈從

圭竇三千《けいとうさんぜん》の士《し》
雲梯七十城《うんていしちじゅうじょう》
斉《せい》の説客《せつきゃく》に非《あら》ざるを恥《は》じ
秖《た》だ魯《ろ》の諸生《しょせい》に似《に》たり
通籍《つうせき》　微《び》班忝《はんかた》じけなくし
周行《しゅうこう》　独座《どくざ》栄《えい》あり
肩《かた》に随《したご》うて漏刻《ろうこく》に趨《はし》り
短髪《たんぱつ》を簪纓《しんえい》に寄《よ》す
径《ただ》ちに劉表《りゅうひょう》に依《よ》らんと欲《ほっ》するも
還《ま》た禰衡《でいこう》を厭《いと》うかと疑《うたが》う
漸《ようや》く衰《おとろ》うるに此《こ》の別《わか》れに那《た》えんや
涙《なみだ》を忍《しの》びて独《ひと》り情《じょう》を含《ふく》む
廃邑《はいゆう》　狐狸《こり》語《かた》り
空村《くうそん》　虎豹《こひょう》争《あらそ》う
人《ひと》頻《しき》りに塗炭《とたん》に墜《お》つ
公豈《こうあ》に精誠《せいせい》を忘《わす》れんや
元帥《げんすい》　新律《しんりつ》を調《ととの》え
前軍《ぜんぐん》　旧京《きゅうけい》を圧《あつ》す
辺《へん》を安《やす》んずれば仍《な》お扈従《こしょう》せよ

60

莫作後功名　　功名《こうめい》に後《おく》るるを作《な》す莫《な》かれ

検察庁次長兼車馬頭郭英乂《かくえいがい》氏の隴右《ろうゆう》節度使
　としての出向《しゅっこう》を送り奉る三十韻
宣旨《せんじ》もて召し立てたまいし坂東武者
秋につどうは奥羽のつわもの
わびしやな　生きのこりの郎党に
かがやかしきは　先代の武勲
時来たりぬと　飛び立つ大鷹
あるじしたわしといななく名馬
むつかしの世には第一案こそ肝要と
こだわりもなく　旅立ちたまう
夕日　くるまの傘にまむかい
きびしの風　旗巻きあぐる
象潟《きさがた》の水つめたきに松しおたれ
八甲田の山しずまりて地は荒れたり
蝦夷《えぞ》なつくるにはなおなおのめぐみ
国境のまもり　軽はずみ忌む
いにしえより　辺土にては

貫禄あるこそ　将軍の器量
九州よりは足利兄弟はせのぼり
都も吉野もあっけなき陥落
上方のもようは何とも無残
残党なおもはせめぐる
矢文　大奥に射込まれ
水無瀬の館《たて》にうなるあし笛
白拍子　紅《くれない》の袖しぼり
親王さま　雑色《ぞうしき》のいでたち
あまつひつぎに幽霊星はためき
御陵にたなびく殺気かな
むらくもの剣　闇市にならび
すずしの几帳　いまいずこ
むきだしの八咫《やた》の鏡　雨は涙か
賢所の火事　夜あけまで
しゃちほこ　朝にぐさりと焼け落ち
たるき　夜るにこぼれ散る
さる弥生《やよい》には　官軍の立て直し
悪党ども　あわや釜ゆで

手傷負いたまいながらの組討ちは
今ひといきのいくさの花
太政大臣かとの評判を
とりあえずの恩賞は清華《せいか》の位
旗じるし東にむかい
皆皆さまとほうき星掃いたまわんはいつ
賤《しず》が伏屋の三千のおのこ
槍先には七十の城
曾呂利の弁にはあらぬおのれ
たかが利休の役まわり
御所の仕えは下っぱとて
一の位の人たのもし
おんあとによりそって太鼓の出仕
うす禿げにともかくの衣冠
どこかへ身を寄せようとも思えども
偏屈はどうやら嫌われもの
老いゆく身につらきこの別れ
涙おさえてじっと思い入れする
廃墟の町では狐と狸がむだばなし

からっぽの村　虎と豹とのけんか
人民何度も塗炭のくるしみ
殿よ　大和魂は忘れたまわじ
元帥殿下には　新しき調練
先鋒将軍　みやこにせまる
国境の平定　片づく上は　やはり陛下のおんそばにて
ゆめ功名におくれとり給わじ

〔郭中丞《かくちゅうじょう》兼太僕卿《たいぼくけい》の隴右《ろうゆう》の節度使に充《あ》てらるるを送り奉る三十韻〕宋某氏本など、題下に〔英乂〕と名を注する。

当時有力の将軍であった郭英乂《かくえいがい》が、中央での名目的な本官は、検察弾劾の庁である御史台《ぎょしだい》の次長である御史〔中丞〕、正五品上、またやはり名目的な兼官としては、皇帝の車馬を掌る太僕寺《たいぼくじ》の長官である〔太僕卿《けい》〕、従三品、それらを肩書きとして、実際の任務である〔隴右節度使〕、甘粛の秦《しん》州天水《てんすい》郡の師団長に、〔充〕当され赴任するのを〔送り奉る〕。高官ゆえ〔奉〕の字を添えた。ここまでの「鳳翔四送」、送られる人物、杜亜をのぞいてみな無名であったが、この郭英乂は、歴史に名をとどめ、「旧唐書」では列伝六十七、また「新唐書」は列伝五十八、父郭知運《かくちうん》の附伝とする。別にまたその墓前の碑が、「故《もと》の定襄《ていじょう》王郭英乂の碑」として、代宗朝の不評判な宰相元載《げんさい》によって書かれたのが、「文苑英華」八百九十一、「全唐文」三百六十九に見える。字《あざな》は元武《げんぶ》、甘粛の瓜《か》州晋昌《しんしょう》県の人。父の知運、すでに西辺の名将であり、玄宗の初年、甘粛の地帯において、突厥《トルコ》族、吐蕃《チベット》族を制圧し、七二一開元九年、五十五歳でなくなると、時の宰相張説《ちょうえつ》が、玄宗の勅命を奉じ、墓前の碑を書いた。「贈涼州都督上柱国太原郡開国公郭君碑」、「張説之文集」十七。英乂は、その「季《すえ》の子」と「旧唐書」列伝にいえば、父の晩年の遺児であり、杜よりやや年下である。

長ずるに及んで、「武芸を習い知り、武勇を以って河隴《かろう》の間に名有り」。甘粛の地帯に若武者として名をはせた。正式な武官任命は、元載の碑によれば、天宝二年七四三、二十代のことであったが、この詩の3にいうように、父ゆずりの私兵である〔部曲〕を相続してのことであったろう。やがて哥舒翰が、この地帯の節度使となると、その麾下《きか》に属したが、哥舒は彼に期待をよせ、将来おれの後継者はこの男といったと、元載の碑、また「新唐書」。哥舒が、天宝十三載七五四の三月、属僚たちへの論功行賞を奏請したのを、「資治通鑑」が記すのでは、杜の知人である王思礼、厳武、高適らへのそれと共に、「隴右の討撃副使なる郭英乂を左羽林将軍と為す」。彼と杜との関係は、それら哥舒の幕府の知人を介して生まれたであろう。やがて間もなく、安禄山の挙兵、潼関の陥落、哥舒の失脚、彼は哥舒に代って西辺の重鎮となったらしく、安禄山の別遣部隊が甘粛に来たのを、だまし討ちにして撃滅したこと、元載の碑。昨七五六至徳元載の十二月には、東にうつって鳳翔の太守となったが、越えて今至徳二載二月、粛宗の政府が鳳翔に移ると、王思礼らとともに、賊将安守忠と武功県に戦い、名誉の負傷をして敗れたこと、この詩の35に〔瘡痍《そうい》親しく接戦す〕。それから半年後のこの年の秋、本来の地域である甘粛の防備への復帰を命ぜられ、〔隴右の節度使〕として、西へ帰るのを見送るのが、この詩である。もっとも「資治通鑑」は、昨至徳元載七月、粛宗が霊武で即位した直後、彼はすでに「隴右節度使、天水の太守、兼防禦使」であったとするが、節度使拝命、少なくとも正式のそれは、この詩の題によって、この年の秋にあったとすべきである。ところでこの赴任ないしは帰任、複雑な背景をもつように、詩を読むと思われる。詩は西方へ赴く人を送るにもかかわらず、そこでの花花しい活動を期待しない。むしろそちらの仕事はほどほどに切りあげ、早く東方の戦線に復帰して、長安洛陽奪還の作戦に参加せよと、くり返し勧告する。また勧告の前提として、東方の情勢の緊迫を、中間17の〔燕薊《えんけい》に封豕《ほうし》奔り〕以下、八聯十六句にわたり、不釣合いと見られる迄、詳説する。かく西方の経略よりも、東方の戦線を重視し、それへの早き復帰を勧告するのは、さきの6杜亜を送る詩も同じである。それが杜の主張であったと見得ること、浦起龍の「読杜心解」の指摘する如くだが、従来の注釈のいわなかったこととして、この詩の場合は、更に別の要素が介在すると、考える。すなわち西方への帰任は、郭英乂自身としても気が進まず、東方の戦線に居残って、長安奪還戦に参加したいというのが、その人の希望であったのであり、それへの杜の同情が、この詩となったのではないか。更に想像をめぐらせば、左拾遺の職掌としての公的な主張、また私的な同情から、郭の希望の容認を奏請したのが、皇帝に容れられなかったということはないか。以上は想像をまじえるけれども、そうした背景を設定することによって、この詩はよりよく読めると感ずる。帰任の時間、秋はすでに深く、やがて間もなく閏八月一日には、杜自身も鳳翔の政府を去って、家族を見舞う「北征」の旅に上る直前の作。〔三十韻〕は、さきにもいったように、これまでの長律のうち最も長く、全六十句。長律の例として、二聯四句ずつで韻律を一循環させての一単位であるから、六十句は十五単位となるのが、複雑な事態と、それに伴のう論理と感情の波動を、起伏低昂させる。従前の長律が、時にはなお単なる羅列に傾いたのに比して、数歩を進める。また長律の正格として、第一句の二字目が、〔詔発西山将〕と、仄《そく》字の〔発〕であり、いわゆる「仄起格」。律詩の禁忌である同字の重複は、長篇ゆえに、いくつかあるのを免れず、1の〔西山〕と12の〔雪山〕、11の〔天水〕と29の〔天飛雨〕、14の〔防辺〕と59の〔安辺〕、23の〔内人〕と55の〔人〕、33の〔三月〕と41の〔三千〕、〔餘〕の字に至っては、3 20 27に三見する。しかし平仄《ひょうそく》の配置は、〔三十韻〕六十句にわたり、一つの破格もない。量質ともに、長律の技巧の完成である。韻脚は、「広韻」下平声「十二庚」「十三耕」「十四清」の「同用」。宋某氏本、呉若本、銭謙益注、十、九家注十九、詩史六、分門集注二十一送別下、草堂詩箋十、千家注三、分類千家注二十三送別下、分類集注一坿排律送別類、輯注三、論文七、闡五、詳注と鈴木注五、心解五之一、鏡銓三、雪嶺抄四。また文苑英華二百六十九、詩百十九、送行四。

1〔詔発西山将〕以下二聯四句、第一単位。この赴任についての総説。唐も君主独裁の国家であり、すべての政策、皇帝の〔詔〕による。このたびの〔詔〕が〔発〕出動を命じたもうたは、〔西山《せいざん》の将〕、西部山岳地帯の将軍、すなわち郭英乂。呉若の一本と文苑英華が、〔西山〕の二字を逆にして「山西将」なのは、劣ろう。それならば、中国を大きく二分する情勢として、「山東は相を出だし、山西は将を出だす」、東半は文臣の生産地、西半は武臣のそれと、有名な諺が、「漢書」趙充国伝また辛慶忌《しんけいき》伝の賛に見えるのをふまえ、且つ「山の西」は、次の句の〔隴の右〕ともより多く対する如く見えるが、ここは宋の趙次公もいうように、「山西の将」という漠然の語よりも、西方山岳地帯の将軍を意味する〔西山の将〕が、より多くその人に密着する。題注で引いたように、張説が父郭知運の墓碑を、玄宗の勅命によって書いたのの冒頭に、「四時は平分するに、清秋の気こそ勁《つよ》く、五方は俗を異にして、崆峒《くうどう》の人は武し」、自然の秩序として西方こそは武の方角、「故に隴のやまの上には豪《つわもの》多く、山川は将を出だすなり」というのも、参考にあたいする。

2〔秋屯隴右兵〕郭英乂の受けた詔勅の命令、それは少数民族の活動が盛んとなる〔秋〕の季節、〔隴右〕すなわち甘粛の地帯の兵士の召集であった。〔屯〕は聚《あつ》む也と訓ずる。〔隴〕は、陝西と甘粛をへだてる大山脈、その南むいての〔右〕すなわち西は、秦州の地帯。そこの節度使として、兵隊を召集すべく、郭は赴任する。〔屯〕の字、呉若、詩史、分門集注が「営」なのは、劣ろう。

3〔凄涼余部曲〕そこで召集するのは、父郭知運ゆずりの旧部隊の残余。いたましくも、わびしくも、そうした意味の形容詞である〔凄涼《せいりょう》〕が、ここ第三句に置かれていること、このたびの出動、必ずしも好条件になく、郭の気に染まぬものであったのを、詩のはじめにおいて、早くも示す。〔部曲〕は、軍閥が部下としてもつ私兵。〈巻二後編40「故《もと》の武衛将軍の挽歌三首」その三の注5参照。〉〔隴右〕の地帯には、亡父郭知運以来のそれが、亡父への追憶をいたましくも伴ないつつ、往年の残余としてわびしくもある。父がなくなったのは、三十六年前の開元九年七二一、すでにおおむね老兵であったろう。「文選」二十八、宋の鮑照の楽府《がふ》「東武吟」に、一人の老兵の感慨を、「将軍は既に世を下《さ》り、部曲も亦た存するもの罕《まれ》なり」。郭氏の部隊もそのごとくであったろう。〔凄涼〕が唐詩の語であること、巻三19「行在所に達するを喜ぶ」その二の2「凄涼たり漢苑の春」の注。また〔部曲〕の語の歴史につき、「文選」の李善注は、晋の司馬彪の「続漢書」の「百官志」一を引いて、「大将軍の営は五つの部、〈部ごとに〉校尉一人。部に曲有り、曲ごとに軍候一人有り」。唐のころには、軍閥の私兵を呼ぶ語であり、刑法典である「唐律疏議《とうりつそぎ》」四、「名例」すなわち訴訟法の条に、不自由民である「奴婢」「客女」とともに、〔部曲〕をあげている。

4〔燀赫旧家声〕この句、上の句の〔凄涼〕を押し戻す。父君郭知運以来の武勇のおん家として、〔燀赫《せんかく》〕とかがやかしき〔旧《ふる》〕き〔家の声《な》〕。張説の書いた父郭知運の墓碑、父の武勇を叙していう、「身の長《たけ》七尺、力は能く鼎を扛《あ》ぐ。猿の臂《うで》して虎の口、虬《みずち》の鬢にて鶚《たか》の瞵《ひとみ》。射るは七つの札を穿ち、剣は万人の敵たり」。〔燀赫〕を草堂詩箋以外の諸宋本の一本は「烜赫《かんかく》」。どちらも「文選」には見えない。再び張説撰の父の墓碑を引けば、父郭知運は、「其の恩を樹《た》て信を結び、威を立て武を用うること、炟赫として風濤《ふうとう》の如く、震盪《しんとう》すること雷雨の如し」と、似た字面の炟赫《たんかく》が見える。また「荘子」「外物」篇に、任公子《じんこうし》が巨大な魚を釣り上げての様子を、「声は鬼神に侔《ひと》しく、千里に憚赫《たんかく》す」。何にしても、それらに連なって、なりひびく、かがやかし、そうした方向の語。〔旧き家声〕も、将家にちなむ語。「史記」の李将軍列伝、すなわち李広の伝に、その子李陵が匈奴に降ったとき、匈奴の君主である「単于《ぜんう》」は、「素《もと》より其の家声を聞く」ゆえに、名将の子として優遇した。しかし李陵は匈奴に降り、司馬遷《しばせん》の任安《じんあん》に与えた書簡にいうように、「其の家声を隤《お》とす」であった。いま郭英乂の場合は、その〔家声〕を相続し揚げるであろう。

5〔鵰鶚乗時去〕以下二聯四句、第二単位。〔鵰《ちょう》〕も〔鶚《がく》〕も猛禽。さきの本巻3厳武に贈った詩に、「鵰鶚は秋天に在り」というように、秋を活動の季節とする。彼等がみずからの活動の時間であるとして、いさぎよく西方へ〔去〕るように、郭もまた今こそみずからの活動の時間の〔時〕に〔乗〕つかって飛び〔去〕る。前聯の終りの威勢よさを承け、思い切りの悪い詩のなかにあって、きっぱりと思い切りよき句。〔乗時〕のち「先主の廟に謁す」にも、三国時代の英雄たちを、「惨澹たる風雲の会、時に乗ずる各おの人有り」。文苑英華のみ鳥の名を「鵰鶚」とするのは、おそらく誤字。

6〔驊騮顧主鳴〕この句、再び思い切りがよくない。実は立ち去りがたい思いが、郭にはある。東方の戦場への関心である。ゆえに主人のもとを立ち去る〔驊騮《かりゅう》〕名馬が、〔主を顧りみて鳴く〕ように、うしろがみひかれる思いなのを、〔主〕の字に粛宗皇帝を含意させつつ、いった。名馬を〔驊騮〕でいうこと、杜にしばしば。巻一13「天育驃騎の歌」注19参照。名馬が主人を慕う比喩は、さきの6杜亜を送る詩の39にも。

7〔艱難須上策〕なぜ立ち去り難い思いをふり切って、西方に赴くか。「詩経」「小雅」「白華」に、「天歩艱難」というような困難な時局が、〔須〕必要とするのは、〔上策〕蛮族に対する高等政策だからである。従来の注、必ずしも注意しないが、〔上策〕は漠然と上等の政策ではない。対外的なそれを意味する特殊の語。「漢書」「匈奴伝」下にのせた王莽の将軍厳尤《げんゆう》の上奏に、対匈奴策を説いて、「臣聞く、匈奴の害を為すは、従来する所久し矣。然れども皆な未まだ上策を得る者有らざる也。周は中策を得、漢は下策を得、秦は策無し焉」。語は、「文選」の文学でも、その意味に用いられ、五十六、梁の陸倕《りくすい》の「石闕の銘」に、梁の武帝の対北朝策をたたえて、「謀は上策に協《かな》う」。且つその李善の注には、後漢のやはり西辺の武将であった段熲《だんけい》の上書として、「東観漢記」の逸文を引く。それは不戦を〔上策〕とするのであって、いわく、「先零《せんれい》と東羌《とうきょう》と」、いずれも異民族の名、「之れを討つも破り難し。降すを上策と為し、戦うを下計と為す」。もしこの「文選」の本文および李善注が、句の意識にあったとすれば、のちに一そう顕示される宥和政策の勧奨、ここの〔上策〕二字に、すでに含意されている。なお杜に近い時代の人としては、史論家劉知幾《りゅうちき》の子の劉貺《りゅうきょう》にも、前に引いた厳尤らの議論にもとづき、対夷狄策を、上中下の三策に分かつ議論があったこと、「新唐書」「突厥《とっけつ》伝」上のはしがきに見える。〔須〕を呉若の一本と草堂詩箋の引く魯訔《ろぎん》は「思」。

8〔容易即前程〕この句、表面は再び思い切りよく、裏はそうでない。かく時世は異民族、具体的には殊に吐蕃《チベット》に対する〔上策〕を必〔須〕として要求するゆえに、そのヴェテランであるあなたが、東方にうしろ髪ひかれつつも、

〔容易〕あっさりと、〔前程〕旅路に〔即《つ》〕かれる。〔容易〕の語は、決断が容易でなかったことを、裏から示そう。〔前程〕はゆくさきの旅路。さきだっては、八巻本「捜神記《そうじんき》」七の僧志玄《しげん》の条に、「馬に上りて前程に赴く」などと見えるが、のちの俗語文学では常語となる。同時の孟浩然《もうこうぜん》の「唐城の館中より早く発す」にも、「蹇《やせうま》に策《むち》うちて前程に赴く」。

9〔斜日当軒蓋〕以下二聯四句、第三単位、気のすすまぬ赴任にまつわる風景。まずこの聯二句は、出発時の、あるいは途中の、それ。〔斜日〕〔高風〕と、悲愴の語が、まずすでにあらわれる。夕方の日光を意味する〔斜日〕、唐詩では初唐以来屢見するが、六朝では稀なこと、私の全集七巻「新しい夕陽」参照。〔軒蓋〕高級車の上のおおい。この方は「文選」二十一、宋の鮑照の「詠史」に、都会の盛んさをうたって、「明星は晨に未まだ稀ならざるに、軒蓋は已《すで》に雲のごとく至る」など。

10〔高風巻旆旌〕〔高風〕の語、「文選」三十五、晋の張協の「七命」に、「飛霜は節を迎え、高風は秋を送る」。しからば陰暦九月晩秋の風。その李善注に、後漢の李尤《りゆう》「七嘆」の「季秋の末際、高風猋厲《ひょうれい》」を引くのも、そうである。〔旆旌《はいせい》〕は、「詩経」「小雅」「車攻」の篇に、やはり出征をうたって、「悠悠たる旆旌」。〈さきの7の詩の32に既出。〉なお〔高風〕を、諸宋本の一本はこぞって「帰風」。その語も「文選」に二度見える。二十八、晋の陸機の「悲哉行」に、「願わくは帰風の響きに託し、言を寄せて欽《うれし》き所《ひと》に遺《おく》らん」、十二、晋の木華の「海の賦」に、「舟人漁子のさまを、「或いは帰風に因って以って自ずから反《かえ》る」。故郷の方へむかって吹く風の意とすれば、隴右が郭の故郷であり本拠であるのをふまえての措辞となるか。

11〔松悲天水冷〕以下二句は、天水郡着任後の風景の予想。やはり悲壮に緊張する。〔松悲しむ〕という尖鋭な表現、先例を見出ださない。〈陳の張正見《ちょうせいけん》の「季子の廟を経《ふ》」に、「地は金を遺る路に絶え、松は剣を懸くる枝に悲し」。〉〔天水〕が郡の名となっているのは、その名の湖がそこにあるからなのを、北宋人の旧注、「秦州地記」なるものを引いて、「郡の前の湖水、冬も夏も増すことも涸《か》るることも無し。因って以って名づく焉」。その湖水が今は〔冷〕たく光っていよう。

12〔沙乱雪山清〕〔沙乱る〕という表現も、先例を知らぬ。〔沙〕は砂漠。〔雪山〕は西域の名山。宋の旧注、「後漢書」明帝紀、永平十六年の条、匈奴征伐の記事に見える「天山」に、唐の章懐太子李賢《りけん》が注して、「天山は即ち祁連《きれん》山、一名は雪山。今の名は折羅漢山。伊州の北に在り」を引く。風が吹き乱した砂漠の中に、その山のみは〔清〕くそびえるというのは、困難の中、せめてもの救済の象徴となるか。

13〔和虜猶懐恵〕以下二聯四句、第四単位。さきの7で〔上策〕といった宥和政策、西方の部族に対するそれを、もっとも明瞭に勧奨する。ただしこのはじめの句は読みにくい。それは吐蕃《チベット》を中心としようが、しばらく〔和虜〕を、和セラレタル虜、父の郭知運以来、手なずけられた部族の意と読みたい。彼等は今も〔猶お〕あなたの父以来の恩〔恵〕を〔懐《なつ》〕かしんでいる。〔虜〕は「夷」「戎」などとともに、ひろく少数民族をいう語。少数民族宥和政策についての古典の言語は、「左伝」襄公四年の、魏絳《ぎこう》が晋侯に説いた言葉、「戎を和するは五つの利有り焉」であるが、そこに「和戎」というのを、平仄の関係から、〔和虜〕といいかえたとおぼしい。〔懐恵〕は「論語」「里仁」篇の、「君子は刑を懐《おも》い、小人は恵を懐う」。〔猶お〕というのは、それが父郭知運以来の遺恵なのを含意しよう。

14〔防辺不敢驚〕かくそのあたりの少数民族は、あなたの父以来の恩恵を猶おもしたっているから、このたびの〔防辺〕国境防備にも、彼等を〔驚〕かし、びっくりさせるようなことを、あなたは〔敢〕えてせられまいと、期待し、また勧奨する。〔不敢驚〕を某氏と呉若の一本、草堂詩箋、文苑英華は、「詎敢驚」。詎《な》んぞ敢えて驚かさんや。結局の意味は同じ。

15 16〔古来於異域、鎮静示専征〕二句、上を承けて、宥和政策を、古来の法則として強調する。中国と風俗習慣を異にする地域を〔異域〕というのは、「後漢書」班超《はんちょう》伝の「功を異域に立つ」以来のこと。〔古来〕そうした地域では、

〔鎮静〕しずかなる威力こそ、〔専征〕征伐を独断で行のう将軍、その姿勢の表〔示〕である。〔鎮静〕は、「文選」三十八、晋の桓温《かんおん》の「譙元彦《しょうげんげん》を薦むる表」に、その人物は、「以って頽風を鎮静するに足る」。〔専征〕は、「竹書紀年《ちくしょきねん》」に、周の文王が紂《ちゅう》から受けた委任を、「王は西伯に命じて征伐を専らにするを得しむ」。また陶淵明の「子に命ず」に、遠祖の陶侃《とうかん》のことを、「南国を専征す」。某氏と呉若の一本は〔示〕を「得」に作る。

17〔燕薊奔封豕〕ここまで八聯、十六句、四単位にわたって、郭の赴任と、その西方における宥和政策についての勧告を、述べて来た長律、以下は32の〔倫桷夜同傾〕に至るまでの四単位、八聯、十六句、ひるがえって賊軍占領下にある帝国東半の惨状を、詳叙する。やがて詩の終りに至って明説されるように、西方の経営はしかるべく切り上げ、早く東方の戦線に復帰されよというのが、題注でいったように、郭の希望もそうであるのにそっての、杜の主張であり、その主張の前提として、以下の詳叙がある。そのはじめとなる第五単位四句は、その第一小節として、東方の叛乱の総叙。まずいう、〔燕薊《えんけい》には封豕《ほうし》奔り〕。叛乱の始原にさかのぼって、河北省における安禄山の挙兵。〔燕〕はペキン、〔薊〕はその近傍の地名。〔封豕〕は大いなる豚。貪欲な悪人の比喩。「左伝」定公四年、楚の申包胥《しんぽうしょ》が、呉の侵略に対し、秦の援助を求めて、「呉は封豕長蛇と為り、以って荐《しば》しば上つ国を食ろう」。そのように、大きな悪い豚、つまり安禄山が、河北の地帯から走り出した。

18〔周秦触駭鯨〕洛陽を中心とする河南の地帯を〔周〕、長安を中心とする陝西の地帯を〔秦〕と、いずれも古代の地名でいい、両者のあっけない陥落を、〔駭《すご》き鯨に触れらる〕というのは、「文選」四十一、魏の陳琳が、曹洪《そうこう》に代って勝利を曹丕に報告した書簡に、「我が軍の之れに過ぐるや、駭鯨の細網を決し、奔兕《ほんじ》の魯縞に触るるが若《ごと》し」。それは賊を破る官軍の勢いのすさまじさ、ここは賊のすさまじさ。〔鯨〕はもともと、より多く悪人の比喩であること、「左伝」宣公十二年「鯨鯢」の語に、杜預《どよ》注して、「大魚の名也。以って不義の人の小国を呑食する者に喩うる也」。〔駭鯨《がいげい》〕は興奮したそれ。

19〔中原何惨黷〕かくて〔中原〕中央の地帯、〔何〕hé という感嘆詞でその程度を驚嘆すべきほど、無残な状態にあり、天は濁り地は汚れている。〔惨黷《さんとく》〕の二字、「文選」四十七、晋の陸機の「漢の高祖の功臣の頌」に、秦末漢初の状態をいって、「芒芒たる宇宙、上は墋に下は黷なりき」。李善注、「天は清きを以って常と為し、地は静かなるを以って本と為すに、今は上は墋に下は黷、常を乱るを言う也。墋は清澄ならざる貌也。楚錦の切。黷は媟《けが》るる也」。ただし「文選」の字は土へんに參、音シム。ここは〔惨〕音サムなのは、杜の見た「文選」のテクストがその字であったか、あるいは今本杜詩のあやまりか。庾信の「哀江南の賦」が二字を用いるのも、今本「文選」と同じ字形。さきの巻三3「三川にて水の漲るを観る」の3334「何んの時か舟車を通じ、陰気黲黷ならざらん」も、同語に違いないが、そこはまた黒へん。かしこの注をも参照。なお九家注本のみ、二字を「惨黷」に作る。また宋の彭叔夏《ほうしゅくか》の「文苑英華弁証」九「雑録」二は、土へんの墋をよしとする。

20〔余孽尚縦横〕安禄山は死んだ。しかしそのむすこの安慶緒と、その部将史思明《ししめい》とは、〔尚お〕まだ〔縦横〕にあばれまわっている。悪ものの剰余残党を〔余孽《よげつ》〕ということ、「佩文韻府」、この句をはじめの例とする。〈「後漢書」段熲伝に、「猶お誅し尽くさず、余孽復た起こる」など。〉九家注と草堂詩箋以外の諸宋本の一本は「遺孽」、327と字が重ならない。以上で第五単位、すなわち東方の状勢についての総序である第一小節は終る。

21〔箭入昭陽殿〕以下第六単位の二聯四句、東方の状態をいう第二小節、皇居を中心として長安の状況。〔昭陽殿〕は漢の長安の宮廷の奥むきの御殿。「三輔黄図」に、「漢の武帝の後宮は八区、昭陽殿有り」。それはまた漢の成帝の寵姫、趙飛燕《ちょうひえん》の居所でもあった。唐の宮廷にこの名の建物はなかったようであり、漢をもってたとえるが、賊軍の〔箭《や》〕がそこまでも飛び〔入〕ったとは、玄宗の後宮のあるじであった楊貴妃の死が、意識にあるか。宋人の旧注に、〔箭〕は「檄書の箭也」、矢文だとするが、ただの矢でもよろしかろう。

22〔笳吟細柳営〕あし笛〔笳《か》〕は蕃族の楽器。〔細柳〕は地名。長安から渭水をへだてての北岸、咸陽《かんよう》県にある。

漢の将軍周亜夫《しゅうあふ》が、そこの軍〔営〕の、軍規の厳粛さで、漢の文帝を感心させた有名な挿話、「史記」絳侯《こうこう》周勃《しゅうぼつ》世家に見えるが、今はやはりそれをもって唐の禁衛軍の兵舎をいう。そこに〔吟《うな》〕るのは、賊軍のあし笛。巻三19「行在所に達するを喜ぶ」その二の、「愁思胡笳の夕、凄涼漢苑の春」と、この上下句の意は同じい。

23〔内人紅袖泣〕賊軍の箭の飛び込んだ大奥のもよう。〔内人〕の語、古典ではひろく大奥の女性をいうこと、「周礼」「天官」「内宰」の条がそれであるが、唐代では宮中召し抱えの女歌舞伎をいった。杜と同時の人崔令欽《さいれいきん》の「教坊記」に、「妓女の宜春苑に入るもの、之れを内人と謂う」。制度の詳しいことは、近ごろ任半塘《じんはんとう》氏の「教坊記箋訂」。ここもそう見るのが〔紅袖〕というなまめかしい語とよく連絡する。杜自身の語としては、のち夔州で「公孫大娘《だいじょう》の弟子の剣器を舞うを観る行《うた》」の序に、「高頭宜春梨園二伎坊の内人」。〔紅袖〕は、「文選」など正統の文学には見えず、六朝の民歌「子夜四時歌」に、「羅裳に紅袖迮《せま》し」。〔泣〕を、某氏と呉若の一本が「短」に作るのは、劣ろう。

24〔王子白衣行〕〔王子〕は「書経」の「微子」篇以来の語。前句の〔紅袖〕が古典の語でないのに対し、これは古典の語。無位無官の人間のきる着物が〔白衣〕。今は〔王子〕がそれを着て〔行《ある》〕いている。巻三16「哀王孫」を一句につづめた形であり、以上で東方の惨状についての第二小節、宮廷についての叙述は終わる。

25〔宸極妖星動〕以下第七単位四句は、東方の惨状の第三小節、長安近傍の皇陵の凌辱。はじめのこの句は、事がらの対応をまず天上に求めること、さきの本編5「樊《はん》二十三侍御を送る」が、「威弧のほし弦する能わず」でおこるのとおなじ。そこの注でも引いたように、天上の星象と地上の状態との関係は、「漢書」の「天文志」に、「其の本は地に在りて上は天に発する」であり、「政此こに失えば、則ち変《へん》彼しこに見《あらわ》る」。〔宸極《しんきょく》〕は、天球の中心として、地上の帝位に応ずる部分。「文選」三十七、劉琨が晋の元帝の即位を勧奨した「勧進の表」に、「宸極は御を失す」。李善注して、「帝位に喩う」。今はそのあたりに〔妖《あや》しき星〕が〔動〕めく。〔妖星〕の出現を、地上の状態への対応として説く一例として、「晋書」の「天文志」下に、「永康元年三月、妖星南方に見《あらわ》る。占いに曰わく、妖星出づれば、天下に大兵将《まさ》に起こらんとすと。是の月、賈《か》后は太子を殺し、趙王の倫《りん》、尋《つ》いで后を廃して殺し、司空の張華を斬り、又た帝を廃して自ずから立つ」。安禄山の乱、楊貴妃の横死も、そのごとくである。また安禄山はそもそも〔妖星〕の化身であったという話も、唐の姚汝能《ようじよのう》の「安禄山事蹟」上に見える。突厥《トルコ》族の巫《みこ》であったその母が、軋犖《アツラク》山の神に祈って、彼を生んだ夜のこと、「赤光傍《あまね》く照らし、群獣四もに鳴く。気を望む者、妖星の芒《のぎ》の熾《さか》んなるもの、其の穹《きゆう》廬《ろ》に落つるを見る」。蛮族の家とする穹《まる》きテント。のち本巻後編12「収京」その一にも、「妖星は玉除を照らす」。また異文として、〔妖星〕を「祅〈祆〉星」に作るのは、呉若の本。祆は音ケン。醯堅《けいけん》の反、xiān。「説文」の新附に「胡の神也」。「漢書」の「天文志」に、「祅星は三年を出でずして、其の下に軍及び失地有り。若《も》しくは国君喪《ほろ》ぶ」。唐代で祆教というのは、拝火教《ゾロアスター》である。〈宋某氏本が「祆」すなわち「祅」に作るのは、〔妖〕に同じ。「祅」と「祆」は別字。本巻後編8「北征」の余論の二参照。〉〔動〕を某氏と呉若の一本は「大」。

26〔園陵殺気平〕天上であやしき星が帝座のあたりにうごめくのに応じて地上では、長安の郊外にある諸帝の陵に、〔殺〕伐の空〔気〕が〔平〕らかにたなびいている。初代高祖の献陵は三原県に、二代太宗の昭陵は醴泉《れいせん》県に、三代高宗《こうそう》の乾陵は奉先《ほうせん》県に、四代中宗の定陵は富平県に、五代睿宗《えいそう》の橋陵は奉先県に、また高祖以上の祖先で帝号を追贈されたものの墓も、陵の名で各所にあった。〔園陵〕というのは、「史記」の叔孫通《しゆくそんとう》列伝に、高祖の子の恵帝が、この学者にいった語をのせて、「先帝の園陵寝廟」。陵のそばには庭園があるための語。諸宋本の一本は「園林」。〔殺気〕殺伐で陰鬱な空気。「陽気」の反対。「礼記」「月令」篇の「仲秋之月」の条に、「是の月や、殺気浸《よう》く盛んにして、陽気日に衰う」。〔平〕趙次公注して、「殺気は園陵と与《とも》に平らかなる也」。

27〔空余金椀出〕唐の諸陵の盗掘を、漢の武帝の茂陵《もりよう》の故事にたとえていう。〔金椀〕黄金の椀は陪葬品。漢の武帝についての諸挿話を記した「漢武故事」に、帝の崩後、市場に玉椀を売りに来た男がいた。警吏が御物かと疑い、逮捕しようとすると、姿が見えなくなり、その容貌は武帝に似ていたという話を載せる。原話では「玉椀」だが、杜はのち夔州での七言律詩「諸将」〈その一〉でも、「早時金椀人の間《よ》に出づ」。ここに諸陵の状態として〔空しく金椀の出づるを余す〕というのは、今やそれのみが余剰の状態として有る。宋の諸本、あるいは一本は「金盌」に作ると注するが、二字は同字。

28〔無復繐帷軽〕諸陵にある事態は盗掘された〔金椀〕の出土、というのを承け、そこに〔無復〕もはや無いのは、陵に仕える女官たちの奉仕の対象となる〔軽〕やかな〔繐帷《けいい》〕すずしのカーテン。これは魏の武帝曹操の陵にちなむ故事。一世の梟雄《きょうゆう》であった曹操は、死に臨んで遺言した。わが妾たちは、わが葬られる西陵のそばの銅雀台《どうじゃくだい》に住まわせ、その座敷には、「八尺の床と繐帳を施《そな》え」、わが霊にむかって朝夕に供えものをするほか、朔《ついたち》と十五日には、その帳《カーテン》にむかって音楽を奏せよ。また遺族たちも、時時は銅雀台に登って、わが西陵の墓田を望め。「文選」六十、晋の陸機の「魏の武帝を弔う文」は、この「遺令」を素材としての文学であって、「繐帳の冥漠たるを悼《いた》み、西陵の茫茫たるを怨む」。また二十三、斉の謝朓の「銅雀台の詩」に、「繐幃《い》は井幹に飄る」。いまは平仄の関係から、帳の字、幃の字を避け、〔繐帷〕とした。〔繐〕の材質は、「凡そ布の細かにして疎なる者」と、李善、鄭玄の「礼記注」を引く。故に〔軽〕しといった。以上で東方の状況についての第三小節、諸陵についての叙述は終るが、「文選」二十三、晋の張載の「七哀の詩」〈その一〉に、漢王朝滅亡後、その諸陵の無残さをいうのが、下じきとなっていよう。「北邙《ほくぼう》は何んぞ塁塁たる、高き陵四五有り。借《こころ》みに誰が家の墳なるやと問えば、皆な漢の世の主《きみ》なりと云う」。「季《すえ》の世に喪乱起こり、賊盗は豺と虎の如し。壌《つち》を毀《こぼ》つは一抔《ぽう》に過ぎ、便房は幽戸を啓《ひら》く。珠の柙《よろい》は玉体を離れ、珍宝は剽ぎ虜《うば》わ見《る》。園寝は化して墟と為り、周《めぐ》れる墉《かきね》は遺《い》堵《と》無し」。

29〔毀廟天飛雨〕以下二聯四句、第八単位。東方の惨状を述べるのの最後として、その第四小節、洛陽および長安にある唐の天子の宗廟の、賊軍による焼亡をいう。皇帝の遺骸を葬った陵が郊外にあるのに対し、その神霊を祭る神社、すなわち太廟は、首都の城内にある。唐では東都洛陽にも西都長安にも、それぞれ太廟があった。清の徐松《じょしょう》の

「唐両京城坊攷」〈一及び五〉によれば、長安の太廟は、「承天門街之東、第七横街之北」、つまり西内太極宮の正門を南に下って東に入った個所にあり、洛陽の太廟は、「東朝堂之南、第四横街之北」、つまり皇城の東南隅にあった。平岡武夫「唐代の長安と洛陽」〈京都大学人文科学研究所、一九五六年〉参照。うち長安の太廟が、安禄山軍によって焚燬《ふんき》されたことは、「旧唐書」粛宗紀に、この年の冬十月、粛宗は奪還された長安に帰ると、「九廟は賊の焚《や》く所と為る。上素《みかどしろ》き服して廟に哭す」と見える。また太廟の建物ばかりでなく、その中に奉安されて礼拝の対象となる「神主《しんしゅ》」、すなわち位牌も、焼亡したこともとよりであって、おなじく粛宗紀の翌十一月の条に、「新たに九廟の神主を成し、上《みかど》親しく告げ享《まつ》る」。更に翌十二月、上皇玄宗が長安へ帰還すると、「上皇は長楽殿に詣《いた》り、九廟の神主に謁す」。太廟が再建されるに至らなかったため、作り直した位牌「神主」が、宮中の一部に奉安されていたのである。また東都洛陽の太廟の状態については、「旧唐書」「礼儀志」六に、次の世紀の文書であるが、武宗の会昌五年〈八四五〉「中書門下の奏」を載せるなかに、「東都の太廟は九つの室、神主共に二十六座ありしに、禄山の叛して自《よ》り後は、太廟を取りて軍営と為し、神主は街巷に棄つ」。以上のような惨状を、この小節ではいおうとするのである。それを杜が国家最大の恥辱と意識したことは、さきの本編6従弟杜亜を送る詩の15 16にも、「宗廟は尚お灰と為る、君臣倶《とも》に涙を下《お》とす」というのなど、あちこちの詩のあちこちに見える。ところで小節のさいしょのこの句は、〔毀廟《きびょう》に天は雨を飛ばせ〕。私が問題としたいのは、〔毀廟〕の二字である。賊軍が廟の建物を破壊したのを〔廟を毀《こぼ》つ〕と表現したと、簡単に読むことも、可能なようであるけれども、〔毀廟〕の二字は、古典の「礼」の学問では、やかましい問題の術語である。すなわち歴代の祖先のうち、世代が遠ざかったために、それを祭る建物は撤去され、「神主」つまり位牌のみが別室に奉安されているのを、〔毀廟〕とこの語でいう。更に詳しくいえば、当代の天子の祖先のうち、九代前までの祖先、それは生存時は皇帝でなく、皇帝を追贈されたものをも含んでの九代であるが、そこまでは各自に廟の建物をつくって、奉祀し得る。ゆえに「九廟」もしくは「九室」となるが、世代が移って、親属関係が疎遠になった祖先は、順つぎに建物を撤去して、「神主」位牌を他にうつし、「毀廟の主」と呼ぶ。どの祖先を〔毀廟〕として扱い、どの祖先をしかせぬか、唐王朝の現実の問題として、やかましい議論があったのであり、「旧唐書」の「礼儀志」五のその部分は、ほとんどそれについての「礼臣」の議論で満たされている。古典の学に深かった杜が、この術語に冷淡であったとは、むしろ思われない。ひそかに考えるに、上に引いた洛陽の宗廟についての記載がいうように、太廟の「神主」が「街巷に棄てられた」のを悲しんだのが、この句であり、むき出しになった御位牌の上に、〔天〕は悲しみの〔雨〕を〔飛〕ばすというのでないか。〔毀された廟〕となった遠祖たちの位牌はいうまでもない、まだ毀されるべき廟とはならない近い皇祖たちも、その廟が焼かれ毀された結果、位牌のみ残ったのが、みな一せいに道ばたに投げ棄てられ、降りそそぐ雨を受けている、そうしたイメージであると、私は思う。のち32の注に引く「往在」の詩にも、「心を疚《いた》ましめて木主を惜しむ」。

30〔焚宮火徹明〕この句は、太廟の焼亡をそのままにいった。〔宮を焚く〕もしくは〔焚けし宮〕と、ここの〔宮〕の字は、古典「春秋」の用法にしたがって、宗廟の霊屋を意味する。隠公五年の「仲子の宮を考《な》す」以下、しばしばそうであり、成公三年の「新宮災す、三日哭す」は、その父宣公の廟が火災にかかったこと。そのように唐の太廟も〔焚〕かれ、その〔火〕は夜〔明〕けまでもえ〔徹《つづ》〕けた。宋人の旧注が、〔宮〕の字を宮殿と解し、上の句とあわせて、「賊の宗廟と宮室を毀ちしを言う」とするのは、従いがたい。

31〔罘罳朝共落〕以下二句、太廟焼亡のもよう。いろいろ問題がある。まず〔罘罳《ふし》〕fú sī については、殿上に張った雀よけの網というのと、建築の前にあるついたてというのと、二説あり、唐の段成式《だんせいしき》の「酉陽雑俎《ゆうようざつそ》続集」四などは、強く後説を主張し、宋人の諸注も紛糾する。ここは〔朝に共に落つ〕といえば、建築の本体と〔共に〕焼け落ちたのであり、前者、屋上の網でなければなるまい。あるいは火災の記事に見えるその語としては、「漢書」文帝紀七年、「未央宮《びおうきゅう》の東の闕の罘罳災す」があり、顔師古の注に、「闕と連なりし曲閣を謂う也」。それを用いたとすれば、本建築の附加としての小楼、それも〔共ども〕一しょに焼け落ちた。何にしても〔共〕の字は、そういう風に働いていよう。

32〔楡桷夜同傾〕この句も問題がある。〔桷《かく》〕が屋根を承けるたるきであることは確かだが、問題は〔楡《りん》〕の字。「爾雅」の「釈木」篇に、一名を無疵《むし》という木の名としてその字見え、音は倫リン、lún。その木で作った桷《たるき》というのが、宋以来の普通の説。しからば〔夜る同じく傾く〕は、列をなしたそれが、一同に傾き落ちたとなる。それでも通じないでないが、〔同〕の字の作用、それでは軽く、上の句の〔共〕ほどに働かぬ。清の施鴻保の「読杜詩説」は一説を立て、次に引く「往在」の詩に、太廟が再建されたときの様子を、「楹《はしら》も桷《たるき》も欻《たちま》ちに穹崇《きゅうすう》とそびゆ」というのをかえりみ、ここも元来は「楹桷」であったかと疑う。それだと柱もたるきも同時に傾き焼けたとなり、〔同〕の字が浮いてしまわぬこととなる。一説として記しておく。さて以上、東方の惨状を、四単位八聯十六句を重ねて叙して来たの、ここで終る。そうして前にも触れたように、杜がもっとも国家の恥辱とした太廟の焼亡を最後のとどめとするのであるが、晩年、夔州での追憶の詩「往在」の叙述も、こことあい応ずる。「往《さき》に西京《せいけい》の時に在りて、胡来たりて彤宮《とうきゅう》に満つ。中宵にして九廟を焚《や》き、雲漢も之れが為めに紅し」。彤宮は宮廷、雲漢は天の川。「解けし瓦は十里に飛び、繐帷《けいい》は曾《かさ》なる空に粉となる。心を疚《いた》ましめて木主を惜しむ、一一悲風に灰となる」。

33〔三月師逾整〕以下二聯四句、第九単位。以上十六句を重ねて賊軍残虐の模様を積み重ね、それへの反撥のエネルギーをたくわえたあと、話を郭自身にもどす。この単位でいうのは、このたびの赴任にさきだって、郭が東方で立てた戦功。まずいう、今年の〔三月〕、わが王〔師〕は〔逾《いよ》〕いよ〔整〕頓され、形勢を逆転させんとした。〔三月〕の二字を、趙次公は三か月の間にの意とし、さきの巻三12「春望」の「烽火三月に連なり」も、彼によればその意味であるのを旁証とするが、ここはいよいよ月名でなければならぬ。いまその説に従わない。〔逾〕は愈と同義。ただし愈は仄声、これは平声のyú。

34〔群胡勢就烹〕釜で〔烹《に》〕られるのは、悪人に対する極刑の一つ。官軍が勢をもりかえした結果として、〔群胡〕少数民族の叛徒たちは、〔烹《ほう》〕釜ゆでの刑罰に〔就〕く形〔勢〕にあった。〔群胡〕の語は、さきの4長孫侍御を送る詩の9にも使われている。呉若の一本は〔胡〕を「兇」に、文苑英華の一本は〔勢〕を「兇」に作る。

35〔瘡痍親接戦〕この聯二句、以上の情勢の中での郭の奮戦、そうして惜しくも負傷による敗退。「資治通鑑」の至徳二載にいう、「二月戊子、上《みかど》は鳳翔に至る」。二月十日である。「関内節度使の王思礼《おうしれい》、武功に軍す。兵馬使の郭英乂、その東原に軍し、王難得《おうなんとく》、その西原に軍す。丁酉」、二月十九日、「安守忠《あんしゅちゅう》等、武功に寇す。郭英乂は戦うて利あらず、矢其の頤《あぎと》を貫いて走る。王難得は之れを望んで救わず、亦た走る」。〔瘡痍《そうい》〕とはすなわちこの負傷。それは指揮官でありながら、〔親〕しく〔接戦〕したためであった。「史記」の李広の列伝に、「大将軍は単于《ぜんう》と接戦し、単于遁走す」。郭の敗戦、負傷、「通鑑」は二月とするが、この詩によれば、〔三月〕。なお某氏、呉若、および文苑英華の一本は「恭承親接戦」、しからば恭しく承わるに親しく接戦したまいて。よい異文と思えぬ。

36〔勇決冠垂成〕そのときの戦争は〔成〕るに〔垂《なんなん》〕として敗れはしたが、人人に〔冠〕絶するのは、あなた郭の〔勇決〕きっぱりした勇気であった。〔勇決〕の語、のちの「北征」〈本巻後編8〉、「留花門」〈巻六4〉いずれも回鶻《ウイグル》族の蛮勇を侮蔑していう。ほめ言葉としてのここも、蛮勇の気味あるか。前の句の〔接戦〕とともに、「文選」の語ではない。某氏および文苑英華の一本は「余勇」。呉若の一本は「余力」。「余勇」ならば「左伝」成公二年の語だが、〔余〕の字の重複は更にふえる。

37〔妙誉期元宰〕以下二聯四句、第十単位。郭の武勇を叙したのを承け、その更なる栄進と、東方の戦線への復帰を期待する。この春三月の戦い、完全な成功は収め得なかったけれども、郭の勇敢さをたたえる人人のよき評判、すなわち〔妙誉〕が、〔期〕待するのは、〔元宰〕宰相への任命である。〔妙誉〕「文選」では四十三、斉の孔稚珪《こうちけい》の「北山移文」の用語。〔元宰〕も、その四十六、斉の王融の「三月三日曲水詩の序」の用語。李善の注に、「元宰は冢宰《ちょうさい》也」。総理大臣。むろん名目的な加官としてであるが、武将にも与えられる名誉。たとえばこの頃、郭子儀は、最高官の一つである司空を与えられている。

38〔殊恩且列卿〕宰相任命という期待は実現していない。しかし皇帝の特別の恩寵〔殊恩〕は加えられ、〔且〕しばらくとりあえず、〔列卿〕の一つである〔太僕卿〕の官位を与えられたもうた。「文選」五十七、晋の潘岳の「馬汧《ばけん》督《とく》の誄《るい》」に、「明明たる天子、旌《ほ》むるに殊恩を以ってす」。また四十一、漢の楊惲《よううん》の「孫会宗《そんかいそう》に報ずる書」に、「位は列卿に在り」。〔卿《けい》〕は、古典の語としては、最上の官位である「公」に次ぐ官位。〔且〕を草堂詩箋「具」に作る。「殊恩もて列卿に具《そな》わる」。

39〔幾時廻節鉞〕かく朝廷の〔殊恩〕をうけるあなた、はやく東方の戦線へ帰参されよと勧告するのが、この聯二句。指揮官の標示として皇帝から授与されたあなたの〔節鉞《せつえつ》〕が東方へ〔廻《めぐ》〕り帰って来るのは〔幾時《いつ》〕か。「孔叢《くぞう》子《し》」の「問軍礼」篇に、将軍出征の際のこととして、「天子階に当たりて南面し、命じて之れに節鉞を授く」。全権委任のしるしとなるまさかり、六朝から唐へかけての軍礼の実際でもあった。玄宗勅撰の「大唐六典」五、兵部尚書の条に、「凡そ大将の出征には、皆な廟に告げて、斧鉞を授け、斉の太公の廟に辞し」、兵法の神である太公望の神社にいとま乞いし、「辞し訖《おわ》れば、反《かえ》りて家に宿らず」、すぐ出発する。またいう、「元帥凱旋の日には、天子は使いを遣わして郊にて労《ねぎら》い、有司は先ず捷《か》ちを太廟に献じ、又た斉の太公の廟に告ぐ」。そうしたかがやかしい日はいつか。

40〔勠力掃攙槍〕上の句の〔幾時〕、この句へもかかる。〔節鉞を廻らして〕帰って来られたあなたが、他の将軍たちと〔力〕を〔勠《あわ》〕せて、いまわしきほうき星〔攙槍《ざんそう》〕を〔掃〕除されるのは〔幾時《いつ》〕か。西方では専ら宥和政策を用い、早く帰って東方の戦線に参加し、賊軍の平定という輝かしい仕事をされるのは、いつか。〔勠力《りくりょく》〕は協力の意。「説文」に「力を幷《あわ》す也」。「文選」のあちこちに見えるその語に、李善が「国語」の賈逵《かき》の注を引くのも、「力を幷す也」。「爾雅」「釈天」篇に、「彗星を攙槍と為す」。音 chán qiāng。ザン・サウ。「文選」三、漢の張衡の「東京《とうけい》の賦」

に見えたそれは、薛綜の注に、光武帝によって除去された反逆者王莽のたとえ。

41〔圭竇三千士〕以下二聯四句、第十一単位。郭への期待をすでに述べおわったあと、話をわが身の上へ移すのであるが、その過渡となるであろうこの聯は、いま一つつかみにくい。呉見思の「杜詩論文」、盧元昌の「杜詩闡」など、それぞれに説を立て、私の前注も又一つの説を立てたが、今はしばらく次の如く解する。まず〔圭竇《けいとう》〕のいぶせき住居に三千人の士《おのこ》とは、おのれ周辺の人材の多さをいい、やがてのちの44にいうおのれのしがなさ〔秖《た》だ魯の諸生に似たり〕を反襯するとしたい。〔圭竇〕壁に穴をあけただけの粗末な門。貧士のすまいをいう語として、「礼記」の「儒行」篇に、「儒には一畝の宮、環堵《かんと》の室、篳門《ひつもん》圭窬、蓬戸甕牖《おうゆう》、衣を易《か》えて出で、日を幷せて食らい、上之れに答うれば敢えて以って疑わず、上答えざるも敢えて以って諂《へつら》わざる有り、其の仕うること此《か》くの如き者有り」。窬は〔竇〕と同字。鄭玄の注に、「圭窬は門の傍の窬《あな》也。牆を穿ちて之れを為《つく》ること圭のたまのかたちの如し矣」。そうした貧苦の中での〔士〕を〔三千〕と数えるのは、北宋の旧注がいうように、「左伝」僖公二十四年、秦の穆《ぼく》公が亡命中の晋の公子重耳、すなわちのちの晋の文公に与えた護衛兵を、「秦伯は衛を晋に送ること三千人、実に紀綱の僕《しもべ》なり」を、主として用いよう。あるいはより丁寧に考えれば、この一聯と似た措辞として、のち秦州で賈至と厳武に贈った長律〈巻八前編3〉にはいう、「蒼茫城七十、流落剣三千」。そこの〔三千〕は「荘子」「説剣」篇の、「昔し趙の文王は剣を喜ぶ。剣士の門を夾みて客たるもの三千余人」を用いる。また孔子の弟子も、「史記」の孔子世家にいうように、「蓋《けだ》し三千」であり、周の武王も、「書経」の「泰誓」篇上にいうように、「予《わ》れは臣三千有りて、惟《こ》れ一つの心」であった。某氏と呉若の一本は〔圭竇〕を「蓬戸」に作る。意は同じくいぶせき家。

42〔雲梯七十城〕この句も、奇襲兵器〔雲梯《うんてい》〕によって戦われている城は七十と、おのれ周辺の情況をいい、すぐ次に〔恥ずらくは斉の説客に非ざるを〕と、おのれの無能をいうのを、あらかじめ反襯すると解したい。それを〔七十の城〕と数えるのは、「史記」酈食其《れきいき》列伝に、「酈生は軾に伏《よ》りて斉《せい》の七十余城を下しぬ」。〔雲梯〕は、レッカー車のような兵器。古く「墨子」の「公輸《こうしゆ》」篇に、「公輸盤《こうしゆはん》、楚の為めに雲梯の械を造りて成る。将《まさ》に以って宋を攻めんとす」。「文選」では十八、漢の馬融の「長笛の賦」、五十三、晋の陸機の「弁亡論」上に見えるが、そうした美文の用語ばかりでなく、杜の時代の実戦の兵器でもあった。「資治通鑑」粛宗紀、至徳二載七月の条、といえばあだかもこの詩が作られたころ、河南の睢陽《すいよう》における官軍の有名な籠城戦を詳叙した中に、城を外から攻める賊軍の作戦として、「賊は雲梯を為《つく》り、勢は半ばの虹の如し。精卒二百を其の上に置き、之れを推しすすめて城に臨み、騰《おど》りて入ら令《し》めんと欲す」。更にまた元の胡三省の「通鑑」の注には、唐の杜佑《とゆう》の「通典《つてん》」を引いて、その製法を具体的に説く。

43〔恥非斉説客〕ところで、おのれはといえば、〔斉〕への〔説客〕遊説者として、舌先三寸で、七十余城を降伏させた酈食其のような才能をもつ人物には〔非〕ざることを〔恥〕じる。

44〔秖似魯諸生〕おのれが〔秖《ただ》〕ひとえに〔似〕るのは、せいぜいのところ、〔魯〕のくにの〔諸生〕その他大勢の書生。「史記」の叔孫通列伝に見えた話を用いる。叔孫通は、有職故実に通じ、さいしょ秦の二世皇帝の朝廷の博士であったが、その滅亡を予見し、「儒生の弟子百余人」を引き連れて、新興の漢の高祖の朝廷に投じた。しかし彼が高祖へ推薦するのは、「群盗壮士」ばかりであり、弟子の儒生たちは、閑却されたままであった。不平を訴えると、叔孫通はいった。時節を待て。やがて漢帝国の政府が確立され、秩序が要求されると、「臣願わくは魯の諸生を徴《め》し、臣の弟子と共に朝儀を起こさん」と、朝廷の宴会の行事を見事に演出して、高祖を感心させた。かく叔孫通輩下の〔魯の諸生〕書生たちのように、朝廷の政治の装飾的な部分、その担当がせいぜいなのが、このおのれである。九家注、詩史、分門集注、草堂詩箋は、「甘似魯諸生」、魯の諸生に似るに甘んず。某氏と呉若も「荆は甘に作る」と、王《おう》安石《あんせき》の本をあげ、文苑英華は本文が「甘」、注の一本が〔秖〕。

45〔通籍微班忝〕以下二聯、第十二単位。しかく凡庸なおのれの、鳳翔の政府における郭との関係。〔通籍〕は宮仕え。原義は、身分の証明を得て、皇居の門を自由に出入できること。「漢書」元帝紀の応劭《おうしょう》の注に、姓名、年齢、容貌を書いた竹札が、門衛所にあることという。〈巻二前編13「太常の張卿に贈り奉る二十韻」にもこの語見える。〉〔微班〕の〔班〕は官吏の序列。軽〔微〕なるそれ。従八品上の左拾遺の職を、〔忝〕かたじけなくも、その資格がないのに頂戴している。〔微班〕の語、「文選」に見えない。杜はのち秦州で賈至と厳武に寄せた長律〈巻八前編3〉にも、このころの宮仕えを回顧して、「微班もて性命を全うす」。

46〔周行独座栄〕そうしたおのれに対し、郭の中央における身分は、御史中丞という高官である。〔周行〕は官吏の序列。「詩経」「周南」「巻耳」の語。その中での〔独座の栄〕とは、特別に孤立した座席を与えられる光栄。それは唐王朝の制度の実際ではないが、後漢王朝創始期の御史中丞宣秉《せんぺい》が、光武帝からその待遇を受けた故事によって、郭の身分が御史中丞であるのを、示した。「後漢書」その人の伝に、「建武元年、御史中丞に拝す。光武は特に詔して、御史中丞の、司隷校尉また尚書令と会同するや、並びに席を専らにして坐せしむ。故に京師《けいし》のひと号して三独座と曰う」。司隷校尉は警視総監、尚書令は首相、それらとならんで検察の大官御史中丞は、〔独座〕の官であった。もし後漢の時代ならば、郭は光栄あるその地位にいる。

47〔随肩趨漏刻〕あなたは〔独座〕の高官、私は〔微班〕と、宮中席次はちがうけれども、おなじ行在所において、〔随肩〕あなたのあとにしたがいつつ、出勤時刻を告げる〔漏刻〕の時計にうながされて、〔趨〕出仕するおたがい。「礼記」の「曲礼《きよくらい》」篇上に、先輩に仕える礼を説いて、「年長ずること以って倍なれば則ち父のごとく之れに事《つか》え、十年以って長ずれば則ち兄のごとく之れに事え、五年以って長ずれば則ち之れに肩随す」。鄭玄の注に、「肩随なる者は之れと並び行《あゆ》みて差《すこ》しく退くなり」。「礼記」の原文は「肩随」だが、次の〔短髪〕と対にするため、〔随肩〕とひっくりかえした。のちの「秋日夔府詠懐」にも、「四海に随肩のひと絶えぬ」。〔趨〕は和訓ハシルだが、朝廷における謹厳な歩き方。水時計〔漏刻〕については、「文選」五十六に、梁の陸倕の「新刻漏銘」がある。

48〔短髪寄簪纓〕さきの巻三9「九日藍田崔氏荘」の3で、「羞ずらくは短髪を将《も》って還お帽を吹かるることを」、といった短くはげあがった髪の毛、それをしばらく官吏の礼帽のかざりである〔簪《しん》〕と〔纓《えい》〕に〔寄《あず》〕けている。〔簪〕は冠とまげを連結する棒。〔纓〕は冠のあごひも。〔簪纓〕によって、官吏もしくは貴族を意味させるのは、唐以後の常語だが、「文選」には見えない。なお、草堂詩箋を除き、某氏など諸宋本の一本は「短髪愧簪纓」。短い髪の毛が簪纓に対して愧《は》ずかしく似つかぬ。

49〔径欲依劉表〕以下二聯四句、第十三単位。おのれの境涯についてのつぶやきをつづけ、兼ねて郭と別離の情。まず、かく無能、無遠慮にいえば不遇、それをかこちつづけるおのれは、一そうのこと、行在の官吏としての勤務を辞し、どこか別のところへ身をよせようかと思うのを、後漢末の文士王粲の故事を用いていった。王は当時の長安の混乱を避け、荊《けい》州の太守〔劉表《りゅうひょう》〕のもとへ身を寄せた。「三国志」「魏志」のその伝に、「乃《すなわ》ち荊州に之《ゆ》きて劉表に依る」。しかし劉表は、「粲の貌寝《やつ》れて体弱く、通侻《つうだつ》なるを以って、甚しくは重んぜざる也」。〔径欲〕はタダチニ欲ス。あっさりそうしようと思う。あるいは郭英乂から、その幕僚にならないかと、誘いを受けていたのかも知れない。

50〔還疑猒禰衡〕しかし偏屈なおのれは、人さまから厭がられそうだ。やはり後漢末の文士〔禰衡〕の故事を使う。禰は傲慢な才人であり、曹操、劉表、黄祖《こうそ》とゆくさきざきのパトロンに〔厭〕がられ、さいごは黄祖に殺される。そのようにおのれも〔厭〕がられようと、〔還〕やはり〔疑〕気になる。みずからの偏屈が、人人からいやがられるというノイローゼ、一生を通じたものであり、のちのちの詩にもしばしば。某氏はじめ諸宋本の一本は「能無厭禰衡」、能く禰衡を厭う無からんや。厭がられる可能性がなかろうか。ある。〈〔猒〕は厭と同字。〉

51〔漸衰那此別〕以上のような心理にあるおのれ、且つ肉体的には漸次の衰え、いよいよ此の別離は堪え難い。〔那〕は反語。奈何《いかん》せん。すなわち今語の nǎ であるが、唐詩では反語の場合も平声。某氏と呉若の一本は、「寧此別」。寧もナンゾと訓じて反語をおこす。〔此別〕と率直の語、庾信の王褒をいたむ詩に、「故人此の別れを傷《いた》む」と見えるのを、詳注あげる。〈「文選」では、二十一、宋の顔延之の「秋胡詩」に、「良時　此の別れを為す」。〉

52〔忍涙独含情〕そうして涙を忍《こら》えつつ、〔独り〕人知れず〔含情〕思い入れする。この聯、何か明言をはばかる事情が、この別離に介在するのを思わせる。さきに題注で、杜がこの赴任の中止を奏請して容れられなかったと臆測したのは、この聯による。〔独〕といい〔含情〕というのも、一そうそれを思わせる。〔忍涙〕の語、「佩文韻府」、この詩以前の例をあげないが、〔含情〕は、「文選」二十、宋の謝霊運の「隣里に方山まで送らる」に、「情を含めば盈《み》つるを為し易し」。

53 54〔廃邑狐狸語、空村虎豹争〕以下二聯、第十四単位。再び天下の形勢を説いて、郭の自重をうながす。そのはじめとなるこの聯は、手近な情景として、町村の荒廃。陳の沈炯《しんけい》の、戦時の旅行の詩〈「長安より還りて方山に至り愴然として自ずから傷む」〉に、「空村は拱木を余し、廃邑に頽城有り」。また「文選」二十三、王粲の「七哀詩」〈その一〉に、「西京は乱れて象《かたち》無く、豺虎は方《まさ》に患《わざわ》いを遘《かま》う」、「狐狸は馳せて穴に赴く」。そうした漢末の状態が、すなわち当時の唐帝国の状態である。あるいはやはり「文選」二十六、潘尼の「大駕を迎う」に、西晋末の紛乱を、「狐狸は両轅《りょうえん》を夾み、豺狼は路に当たって立つ」。〔狐狸〕〔虎豹〕、賊党を、狡獪なあるいは獰猛な動物に比喩すること、いうまでもない。「文選」二十三、張載の「七哀詩」〈その一〉に、やはり西晋末の状態を、「季《すえ》の世に喪乱起これば、賊盗は豺虎の如し」。

55〔人頻墜塗炭〕この句、以上二句を総括して、人民のくるしみをいうが、唐人はしばしば「民」というべきところに、創業の皇帝李世民の実名を敬避して、〔人〕の字を使う。ここの〔人〕も「民」、つまり人民と読んでよい。それが〔頻《しき》りに塗炭に墜《お》つ〕とは、極度の苦しみ。「書経」「仲虺《ちゅうきし》之誥《こう》」篇に、夏王朝の末の王桀《けつ》の暴政を説いて、「夏の有《くに》は徳を昏《くら》くし、民は塗炭に墜つ」。孔氏伝に、「民の危険は、泥に陥り火に墜つるが若《ごと》くなるに、之れを救う者無し」。「文選」では、四十三、晋の孫楚が敵国呉の孫皓《そんこう》に与えた書簡、漢末の状態をいって、「豺狼は爪牙の毒を抗《あ》げ、生人は荼炭の艱《なや》みに陥る」は、この詩と同じく軍人を猛獣にたとえることから、人民の〔塗炭〕をみちびき出す。

「荼炭」はその別の表記。

56〔公豈忘精誠〕〔公〕は高官に対する尊敬をこめての二人称。人民の状態がそうなのに、郭閣下よ、〔公《あなた》〕は〔豈《まさ》〕か、あなたの〔精誠〕忠誠心をお忘れになることは、よもありますまい。気の進まぬ赴任をする郭、あるいは不遜の言動があったか。〔精誠〕は「文選」に屢見。三十九、漢の鄒陽《すうよう》の「獄中上書」に、「夫《そ》れ精誠は天地を変ず」、五十二、漢の班彪《はんぴょう》の「王命論」に、「精誠は神明に通ず」、また九、その娘曹大家《そうたいこ》班昭《はんしょう》の「東征の賦」に、「精誠は明神に通ず」。

57〔元帥調新律〕以下さいごの第十五単位。東方の官軍が賊軍を圧迫しつつある現状をいい、郭も早く帰ってその戦線に参加せよと、丁寧な勧告をくりかえし、詩のさいごを結ぶ。〔元帥〕九家注の鮑欽止、趙次公など、みな粛宗の子の広平王李俶《りしゅく》、すなわちのちの代宗が、天下兵馬元帥として官軍の総指揮官なのを指すとする。それが〔新律を調う〕とは、見なれぬいい方であり、諸注釈が引くのは、「易」の「師」の卦の「初六」に、「師《いくさ》は出づるに律を以ってす」。孔穎達《くようだつ》の「正義」に、「律は法也」。しからば〔元帥〕広平王は、〔新〕しい軍〔律〕を〔調〕整したもうて賊軍に臨みつつある。しかし〔調〕の字いまひとつ解を得ない。それよりもむしろ、「周礼」の音楽の官である「春官」「大師」の条に、王の出陣の際のこととして、「大いなる師《いくさ》には、同律を執り、以って軍声を聴きて吉凶を詔《つ》ぐ」といい、笛の音によって勝敗を占うというのをふまえて、〔新〕しき勝利の笛の〔律〕調子を〔調〕えたまうと、いうのでないか。清の恵棟《けいとう》の「周易述」などは、「易」の「師は出づるに律を以ってす」をも、軍律と見ず、「周礼」のその条に関係させて、音律と解く。某氏の引く樊晃の本と呉若の一本は、「新鼎」。

58〔前軍圧旧京〕〔旧京〕はこれまでの詩にも見えたように、歴史ある京《みやこ》の意として、長安。〔前軍〕が官軍の先鋒の意とすれば、その勢、今や賊の占拠する〔旧京〕長安を〔圧〕服しようとする。趙次公は、上の句の〔元帥〕が広平王であるのに対し、この句の〔前軍〕も特定の人物を指すとし、李嗣業《りしぎょう》をもってあて、のちの注もそれに従うものが多い。案ずるに李嗣業は、「旧唐書」列伝五十九、「新唐書」列伝六十三に伝があり、身長七尺、「陌刀」を使う荒武者として、かねてから西域で勇名をはせ、この時は粛宗の召しに応じて、鳳翔の政府にはせつけ、「今日卿《きみ》の至れるは、数万衆に賢《まさ》る」と、粛宗からいわれていた。やがてこの年の九月、長安奪還の作戦には、その人物が〔前軍〕、郭子儀が中軍、王思礼が後軍の、それぞれ指揮官であった。ついで洛陽の奪還、いずれもこの人物の陣頭指揮が殊勲を奏したが、翌翌乾元二年、郭子儀らと共に鄴《ぎょう》城を総攻めし、流れ矢にあたって戦死する。なお後編11「官軍の已に賊寇《ぞくこう》に臨むを喜び聞く二十韻」にも、17に「元帥は龍種に帰し」、19に「前軍は蘇武の節」と、似た表現があり、従来の注、ここと同じく前者を李俶、後者を李嗣業とすること、かの詩をも参照。浦起龍が全く異なる説として、ここの〔元帥〕〔前軍〕みな郭英乂その人を指すとするのは、考え過ぎの僻説。

59〔安辺仍扈従〕最後の聯のこの上の句こそは、西方での仕事は、早く切り上げ、東方戦線への参加をと勧奨するのが、一篇の眼目なのを、明示する。〔辺を安んずれば〕、国境の鎮定、それがすめば、〔仍《なお》〕もとどおり、〔扈従《こしょう》〕せよ。鳳翔政府における天子親近の地位、さきの厳武に贈る詩に「聖に扈《したご》う」というのと同義、つまり天子親征の戦線への参加である。〔安辺〕の語は、さきの6杜亜を送る詩の35にも、「辺を安んずるに敵は何か有らん」。杜の考えでは、それは蕃人あい手のしごと、そもそも難事でない。

60〔莫作後功名〕そうして〔功名に後《おく》るるを作《な》す莫《な》かれ〕。諸宋本および文苑英華の一本は、「無使後功名」、功名に後《おく》れ使《し》むる無かれ、意味に違いはない。「漢書」の晁錯伝に、その文帝への上書を載せて、「辺境を安んじ、功名を立つるは、良将に在り」。ところでこの杜の期待は実現せず、郭英乂は、この年九月の長安洛陽奪還戦に参加できなかったことは、余談に。

双声　西山将　旧-家　乗時　須-上策　容易　即-前　雪山清　懐恵　防辺-不　敢-驚　於異域　静-示
専征　奔-封　周秦-触　尚-縦　無復　勢-就　親接戦　決-冠　垂成　期-元　勠力　掃攙槍　三

千士　七十城　斉-説　秖似　諸生　微班　欲-依　漸衰　墜塗炭　公豈　精誠　旧京

畳韻　艱難　節鉞　勠力　秖似　人頻　精誠　安辺　莫作

余談。郭英乂が杜詩にあらわれるのは、これがさいしょであり、またさいごである。以後のその伝をも附記すれば、至徳二載七五七の八月、この詩に送られて甘粛秦州に赴いた彼は、のち数月、長安と洛陽の奪還には、杜の期待にそむいて、参加していない。翌乾元元年七五八から二年七五九にかけ、安慶緒を鄴城にかこんだ「九節度」のなかにも、彼の名はない。ずっと西辺にいたのであろう。しかしやがて中央に召され、粛宗の世における史思明の討伐、代宗の世における史朝義《しちょうぎ》の討伐、みな功績があったというので、広徳元年七六三、尚書右僕射《うぼくや》となり、定襄郡王に封ぜられた。しかしそのころから「富みを恃《たの》んで驕《おご》り、京城に於いて甲第を創《つく》り起こし、奢靡《しゃひ》を窮め極わむ」。また評判の悪い宰相元載の機嫌をとって、地位を強固にしたと、両「唐書」ともに、佳伝を作らない。また書道史の上で有名な顔《がん》真卿《しんけい》の「争座位帖《そうざいじょう》」は、翌広徳二年七六四、十一月、宮廷主催の会合において、責任者である彼が、宦官魚朝恩《ぎょちょうおん》におもねり、宮中席次の排列を破ったのに対し、顔氏の抗議の書簡である。またその頃のことであろうか、亡父郭知運のために諡《おくりな》の追贈を乞い、太常博士の独孤及《どくこきゅう》が威公《いこう》を擬したが、死後五十年も経た人にいまさら追諡《ついし》する法はないと異論が出たのを、独孤が更に反駁した文章、独孤の「毘陵《ひりょう》集」六に見える。更に翌永泰元年七六五の四月、杜の成都におけるパトロンであった厳武がなくなると、後任の剣南節度使兼成都尹《いん》として赴任するが、いよいよ「肆《ほ》しいままに不軌を行ない、忌み憚る所無し」。ことに玄宗の成都における旧行宮《あんぐう》に、その銅像が奉祀してあるのを取りはらい、みずからの居処としたこと、女たちを集めて、ぜいたくな衣裳と装備でポロをさせたことなど、人人の憤激を買う。部将の崔旰、又の名は崔寧《さいねい》、叛旗をひるがえし、彼とその妻子とを殺害し、以後の四川の紛乱のはじめとなる。赴任後半年強、永泰元年七六五の閏十月の事件であるが、そのころ杜はすでに成都を去って、長江を下っており、紛乱に巻き込まれることはなかった。

9 送楊六判官使西蕃

楊六判官《ようろくはんがん》の西蕃《せいばん》に使《つか》いする
を送《おく》る

1 送遠秋風落
2 西征海氣寒
3 帝京氛祲滿
4 人世別離難
5 絶域遙懷怒
6 和親願結歡
7 勅書憐贊普
8 兵甲望長安
9 宣命前程急
10 惟良待士寬
11 子雲清自守
12 今日起爲官

遠《とお》きを送《おく》るに秋風《しゅうふう》落《お》ち
西征《せいせい》　海気《かいき》寒《さむ》し
帝京《ていけい》　氛祲《ふんしん》満《み》ち
人世《じんせい》　別離《べつり》難《かた》し
絶域《ぜついき》　遥《はる》かに怒《いか》りを懐《いだ》き
和親《わしん》　歓《よろこ》びを結《むす》ばんことを願《ねが》う
勅書《ちょくしょ》　賛普《さんぷ》を憐《あわ》れみ
兵甲《へいこう》　長安《ちょうあん》を望《のぞ》む
命《めい》を宣《の》べて前程《ぜんてい》急《きゅう》に
惟《こ》れ良《りょう》なりと士《し》を待《ま》つこと寛《ゆる》やかなり
子雲《しうん》　清《せい》もて自《み》ずから守《まも》るに
今日《こんにち》起《た》ちて官《かん》と為《な》る

垂涙方投筆
傷時即據鞍
儒衣山鳥怪
漢節野童看
邊酒排金盞
夷歌捧玉盤
草輕蕃馬健
雪重拂廬乾
愼爾參籌畫
從茲正羽翰
歸來權可取
九萬一朝搏

涙《なみだ》を垂《た》れて方《まさ》に筆《ふで》を投《とう》じ
時《とき》を傷《いた》みて即《すなわ》ち鞍《くら》に拠《よ》る
儒衣《じゅい》　山鳥《さんちょう》怪《あや》しみ
漢節《かんせつ》　野《や》童《どう》看《み》る
辺酒《へんしゅ》　金盞《きんさん》を排《なら》べ
夷歌《いか》　玉盤《ぎょくばん》を捧《ささ》ぐ
草《くさ》軽《かる》くして蕃馬《ばんば》健《すこや》かに
雪《ゆき》重《おも》くして払盧《ふつろ》乾《かわ》く
爾《なんじ》の籌画《ちゅうかく》に参《さん》するを慎《つつ》しみて
茲《こ》れ従《よ》り羽翰《うかん》を正《ただ》し
帰《かえ》り来《き》たりて権《も》し取《と》る可《べ》くんば
九万《きゅうまん》　一朝《いっちょう》にして搏《はばた》け

楊参謀のチベット派遣を送る

遠きわかれ　秋風のひそまれば
西への旅　潟《かた》の霧さむし
花の都に満つるはスモッグ
別れうたてき人の世や
とつくにも　はるかに　いきりたち

なごやかに　平和ねがいいでぬ
勅書も　蕃王の
長安への部隊いとおしめば
大みことのり伝えんと急ぐ旅路
上司の扱いも理解あり
清らかに身を守りし菅原道真
今日はじめての宮仕え
涙ながらに今し筆投げすて
なげかしの世やと　つと鞍にまたがる
束帯を山の鳥いぶかり
村のわらべの見つむる錦旗《きんき》
アイヌの酒もり　金の小さかずきならべ
えびすの歌　硬玉の皿ささぐ
草軽やかに　えびすの馬したたかに
雪に押されて　テント乾く
外交交渉への参画　慎重なれ君
そをきっかけに羽づくろいし
帰朝ののち　しかるべくんば
さっと飛び立て九万里のそら

〔楊六判官の西蕃《せいばん》に使いするを送る〕これも仄起格の五言長律。姓は〔楊《よう》〕、兄弟順の排行《はいこう》は〔六〕なる人物が、鳳翔の亡命臨時政府から〔西蕃〕すなわち吐蕃《チベット》へ派遣される使節団の〔判官〕この場合は主席随員として行くのを、見送る。この使節団の任務、以下にいうような複雑さにあったと思われる。そもそも西方のチベット族は、さきのはしがき二でも説いたように、かねてから唐王朝のもっとも手ごわい相手であり、東方で安禄山の叛乱がおこると、ぬかりなくその勢力範囲を拡張したが、翌七五六天宝十五載すなわち至徳元載、長安が陥落すると、唐への協力を申し入れた。「旧唐書」粛宗本紀に、その年秋八月のこととして、「廻紇《ウイグル》と吐蕃《チベット》と、使いを遣わして継いで至り、和親を請い、国を助けて賊を討たんと願う」。すなわちこの詩の6の〔和親もて歓を結ばんと願う〕である。しかし粛宗の政府は、両部族の申し入れをすぐにはいずれをも受け入れず、「皆な宴賜して之れを遣《さ》らしむ」。御馳走だけして、追い返した。うちウイグルの方は、やがてその協力によって、東西二京の奪還が実現するのであるが、チベットの方は気味悪い相手、迂闊にその手に乗れない。しかし使者が来た以上、答礼の使者が派せられねばならぬ。更に翌年の七五七、すなわち今至徳二載春三月、粛宗の政府が鳳翔に移った直後のこととして、「旧唐書」粛宗本紀はいう、「吐蕃は使いを遣わして和親せしかば、給事中の南巨川《なんきょせん》を遣《し》て報命せしむ」。「新唐書」「吐蕃伝」上も同じ。いまこの詩の〔楊六〕は、そこにいう大使南巨川の首席随員〔判官〕となって、〔西蕃に使いする〕のであると、銭謙益注は見る。もっとも「旧唐書」によれば、大使南巨川の任命は春三月である。この詩での出発が秋深まってからなのと合致しないが、実際の出発は、この詩の頃までもち越されたのであろう。何にしても、援助の申し入れを、相手を怒らすことなく、婉曲にことわるという、むつかしい使命を帯びた一行である。「帝は其の譎《いつわ》りを審《つまび》らかにすと雖も、姑《しばら》く患《うれ》いを紓《ゆる》べんことを務む」と「新唐書」「吐蕃伝」上にいう。しかもその地は極寒の地と意識されていた。「新唐書」「吐蕃伝」上にいう、「国には霆電《ていでん》風雹多く、積雪あり。盛夏も中国の春の時の如し。山谷は常に氷り、地に寒き癘《やまい》有り」。今は晩秋に、その地にむかう。且つその国は気味悪い強大さにある。「旧唐書」「吐蕃伝」上に、「其の人は或いは畜牧に随いて厥《そ》の居を常にせず。然れども頗《すこぶ》る城郭有り。其の国の都城、号して邏些城と為す」。すなわちラサである。「地は方万余里。漢魏自《よ》り以来、西戎の盛んなる、未まだ之れ有らざる也」。「新唐書」は、「勝兵数十万」と補記する。詩は悲愴に緊張せざるを得ない。全二十四句、十二聯の長律、二聯四句を一単位として、六単位。韻脚は、「広韻」上平声「二十五寒」「二十六桓」の「同用」。宋某氏本、呉若本、銭謙益注、十、九家注十九、詩史六、分門集注二十一送別下、草堂詩箋十の題は〔使〕の字を脱する。千家注三、分類千家注二十三送別下、分類集注十一五言排律送別類、輯注三、論文七、闡五、詳注と鈴木注五、心解五之一、鏡銓三、雪嶺抄四。

1〔送遠秋風落〕第一単位、二聯四句、送別の総叙。すでに悲愴のうたい出しである。〔送遠〕の語、さきの4長孫侍御の西方へ赴くのを送るのにも、「皇天は遠きを送るを悲しみ、雲雨白くして浩浩」。宋の趙次公ここに注して、出所を知らぬというが、絶遠の地域に赴く人を送る語とおぼしい。のち秦州の五律にも、二字を題とするものがある〈巻七22〉。今はその緊張を一そう強める風景として、〔秋の風落つ〕。これも実は見なれぬいい方。宋の師尹《しいん》ここに注して、「八月には風高し、九月には風稍や帖《おだや》かに落つ」。またのち秦州で甥の杜佐《とさ》に示した詩〈巻七36〉、「多病に秋風は落つ」に、師尹、「七月には秋風起こり、八月には風高く、九月には風落つ」。しからば秋風も吹き落《や》んで、天地いよいよ森閑たる季節。

2〔西征海気寒〕その季節に〔西への征《たび》〕。吐蕃は「長安の西八千里」と、新旧「唐書」ともにいう。西への旅を、〔西征〕というのは、「文選」十、晋の潘岳の「西征の賦」を用いる。〔海気〕宋の趙次公以来、吐蕃へゆくには、途中に青海、すなわちココ・ノールを経由するからとする。青海あるいは清海は、唐と吐蕃とたびたびの交戦の場所であり、この詩の意識にもっともあったであろうが、西方の〔海〕は、そこだけでない。「新唐書」「吐蕃伝」上に、その部族の使者仲琮《ちゅうそう》が、玄宗の祖父高宗に答えた語をのせていう、「吐蕃は寒露の野に居て、物産は寡《すくな》く薄し。烏《う》海の陰《きた》は、盛夏にも積雪あり」云云。烏海もまたその〔海気の寒さ〕を生じよう。〔海気〕の語、さきだっては梁の元帝蕭繹《しょうえき》の「隴頭水」に、「砂は飛んで暁に幕を成し、海気は旦《あした》に楼の如し」。それも西辺の風景。

3〔帝京氛祲満〕天下の形勢を、この一句に。皇帝の京《みやこ》である長安にも洛陽にも満ちるのは、賊軍の占領による悪気。〔氛祲《ふんしん》〕の語の先例として、趙次公が引くのは、「晋書」の阮孚《げんふ》、すなわち阮籍の従孫が、東晋の元帝にいった言葉、「氛祲既に澄めば、日月自《お》のずと朗らかならん」。〔氛〕は「国語」「楚語」上の注に、「凶気を氛と為す」。〔祲〕は「広韻」に「子鴆の切」jìn、「祅気也」。〔帝京《ていけい》〕は、「文選」四十五、漢の武帝「秋風の辞」の序の語。

4〔人世別離難〕そうした状況の中で、人の世にあるのは別離の難《なや》み。仇兆鰲が「楚辞」「離騒」の「余《わ》れ既に夫《か》の離別を難しとせず」を引くのは、賢明な引用、それを裏返した形である。〔人世〕の語、「文選」に見えない。

56〔絶域遙懐怒、和親願結歓〕以下二聯四句、第二単位。このたびの使節団派遣の因由。さいしょのこの二句は、一連として読むべきである。〔絶〕遠の地〔域〕の国である吐蕃も、〔遙〕かに中原の状態に対して、〔怒り〕義憤を〔懐《いだ》〕き、〔和親〕を申し入れ、〔結歓〕友好関係を〔願〕い出ている。〔絶域〕は「史記」「漢書」以来、外国関係の記事の常語。「文選」四十一、李陵の蘇武に答うる書では匈奴に用いるのを、ここは吐蕃にほどこした。〔怒りを懐く〕が、彼等の義憤である出典は、従来の諸注必ずしもあげないが、「文選」四十四、漢の司馬相如の「巴蜀《はしょく》に喩《さと》す檄」に、国家の危急に対し、「辺郡の士」は、「人びと怒りの心を懐き、私の讎に報ずるが如し」に出るとしなければならない。〔和親〕の語の早い用例は、詳注、「史記」劉敬《りゅうけい》列伝、その人が漢の高祖の使者として、匈奴と「和親の約を結ぶ」をあげる。〔歓を結ぶを願う〕は、「左伝」昭公四年、楚の椒挙《しょうきょ》が、君命を晋に伝達して、「寡人は驩びを二三君に結ばんと願う」を、そのまま用いた。〈「驩」は〔歓〕と同義。〉なおこの二句につき、宋の趙次公の解釈はこととなり、上の句の〔怒りを懐く〕を、中国の状態に同情しての善意の怒りでなく、中国へ侵入しようとする悪意の怒りと見、唐がそれを宥和して〔和親〕させ〔歓を結ばせ〕ようとするのが、下の句だとする。たとい実際の国際情勢はそうであっても、詩意としては誤解であり、後来の諸注も、それに従わぬ。

7 8〔勅書憐賛普、兵甲望長安〕この二句も一連。上の句の〔憐〕、下の句にもかかって、〔勅書は賛普《さんぷ》の、兵甲もて長安を望むを憐れむ〕。吐蕃の好意に対する唐がわの態度である。〔賛普〕は、吐蕃の君主の称。「新唐書」の「吐蕃伝」上に、「其の俗、彊雄を謂いて賛と曰い、丈夫を普と曰う。故に君長を号して賛普と曰う」。佐藤長氏「古代チベット史研究」は、〔賛普〕をツェンポと表記する。当時のツェンポは、チソンデツエンという少年の王であった。「旧唐書」では娑悉籠猟賛、「新唐書」では挲悉籠臘賛と表記する。それが唐を援助すべく〔兵甲〕武備をととのえて、〔長安〕の方を〔望〕みやっている。その善意を、唐の皇帝の〔勅書〕は〔憐《いとお》〕しみ、かくてこのたびの使者の派遣となった。趙次公が前聯の下の句を、悪意による侵寇とするのは、やはり誤解であり、詩意でない。実情は侵寇のための〔兵甲〕であっても、それを善意のものとして〔憐《め》〕でてやるのが、大国唐王朝の姿勢であった。また「杜詩論文」などが、彼等の〔兵甲〕を長安の人人が待ち望んでいるとするのは、一そう非。〔兵甲〕「文選」では三十七、諸葛亮の「出師の表」に、「兵甲已に足る」。

9〔宣命前程急〕以下二聯四句、第三単位。使節団の一員として、〔楊六〕のあわただしき出発を、その任命の経過にもわたって述べる。〔命を宣《の》ぶ〕とは、すなわち前聯にいう〔勅書〕の吐蕃への〔宣〕布伝達。そのために〔前程〕ゆく手の旅路は〔急〕がしい。〔前程〕の語、前の郭英乂を送る詩の8にも、「容易に前程に即く」。〔宣命《せんめい》〕は、「文選」では四十二、魏の応璩《おうきょ》の満炳《まんぺい》に与えた書翰に、類似の意で見える。宋某氏、呉若の一本は「宣令」。それならば、「詔令を受け宣ぶ」と、「後漢書」「宦者伝」の論を、「文選」五十に収めるのに見える。

10〔惟良待士寛〕この句、解を費すが、〔惟《こ》れ良ろしきひと〕とは、使節団の団長である南巨川の人柄をいい、その人は下僚の〔士〕知識人を〔待〕遇すること〔寛〕大であると、楊の就任を賀するとして読む。〔惟良〕の二字が、一般によき重臣を意味するのは、「書経」「君陳」篇に、「惟良は顕なる哉」の孔安国《こうあんこく》伝に、「是れ惟れ良臣なれば、則ち君も世に顕明なり」。「文選」では五十八、斉の王倹の「褚淵《ちょえん》の碑文」に、「元首は惟《こ》れ明、股肱《ここう》は惟れ良」など。必ずしも清人のいくつかの注のように、「漢書」「循吏伝」の序が、よき地方官を「惟れ良き二千石《せき》」と呼ぶのを顧慮し、それに限定する必要はない。

11〔子雲清自守〕この句によれば、このたびの選任まで、楊は民間人であり、清潔な生活で自ずからを守っていた。それを同姓の漢の大哲学者揚雄、字《あざな》は〔子雲〕に見立てる。楊と揚を同姓と見ることは、後述するとして、「漢書」の揚雄伝に、その〔清〕を説いて、「黙して深湛《しんちん》の思いを好み、清静にして為す亡く、耆欲《しよく》少なし。富貴に汲汲たらず、貧賤に戚戚たらず。以って自ずから守る有ること泊如としてやすらか也」。もっとも漢の大儒の姓はあく迄も手偏の揚であり、木偏の楊でないとする説があり、朱鶴齢などもそれを論議するが、一般に手偏と木偏の区別、六朝唐では、後世のごとく厳密でない。それよりも興味があるのは、揚雄に対する価値観の歴史である。のち宋学がおこって以後の彼は、逆臣王莽に仕えた無節操な人物と判定され、朱子が「通鑑綱目」に「莽の大夫揚雄卒す」と書いたのは、侮蔑の評価の決定であった。それは島田重礼氏の東京大学における講義の口訳として伝聞するものでは、王莽メガ家老ノ揚雄メガクタバリオッタ。そうした侮蔑の措辞である。しかし唐代までは、大賢人として尊敬され、且つその不遇が同情されていた。ここの〔清もて自ずから守る〕も、そうした意識から出る。更に余談をいえば、日本の京都御所の「賢聖の障子」に、揚雄の肖像が含まれるのも、唐以前の儒学の基準による。

12〔今日起為官〕かく揚雄のごとく清貧を守っていたあなたが、〔今日〕は〔起〕はじめての出仕として、〔為官〕役人となられた。〔起〕ははじめての仕官を意味し、あちこちの史書に、最初の任官を「起家」、家より起こりて、の語でいうこと、しばしばである。〔為官〕の二字にも、「漢書」揚雄伝の賛に、成帝哀帝平帝と三代の天子のあいだずっと微官であったのを気の毒がって、「三つの世に官を徙《うつ》さざりき」というのが、ひびいていよう。ところでこの聯、上の句の〔子雲〕を、この句の〔今日〕の対句にしているのは、一種の語戯であり、いわゆる「借対《しゃくつい》」である。このこと、宋人にすでに議論があった。南宋初の葉夢得《しょうぼうとく》は、下の句の〔今日〕の二字は、字形の近い「令尹《れいいん》」、それは春秋時代の楚の宰相を意味するが、その誤りかと疑った。そうすれば〔子雲〕と「令尹」が、二つの人物をおだやかに並べたシムメトリとなる。しかし南宋末の羅大経《らだいけい》は、その随筆「鶴林玉露《かくりんぎょくろ》」十で、葉の説をしりぞけ、〔雲〕と〔日〕と、字面の類似を対にしたのこそ、「詩家の活法」であるとし、類似の例を杜詩に求めて、「次第尋書札、呼児検贈詩」、次第に書札を尋ね、児を呼んで贈詩を検せしむ、をあげる。李《り》常侍嶧《えき》の死を哭した五律〈その二〉の中の対句であり、上の句の「第」は弟と通用だから、下の「児」の字と、やはり「借対」となる。なおなお他に多くの例があろう。葉夢得の説は、よろしくないこと、羅大経の駁する如くであるが、いまその原書をさがしあてない。

13〔垂涙方投筆〕以下二聯四句、第四単位。しかく従来の民間知識人としての生活を捨てて、この使節団の〔判官〕となった楊の心境、また道中で遭遇するであろう景況。書生が〔筆を投げ〕すてて、軍事に従うのは、後漢の班超の故事。「後漢書」のその伝に、のち西域で武功を立てたその人は、若いころ筆耕生をしていたが、「嘗つて業を輟《や》め筆を投じて嘆じて曰わく、大丈夫は它の志略無きも、猶お当《まさ》に傅介子《ふかいし》と張騫《ちょうけん》に効《なら》いて、功を異域に立て、以って封侯を取るべし、安《な》んぞ能く久しく筆研の間に事とせん乎《や》」。いまチベットへ赴く楊もそれに似る。〔方〕マサニ、今や国家危急のときであるゆえに、あだかもそれを時として。〔涙を垂る〕は、それに慷慨しての涙とせねばならぬ。

14〔傷時即拠鞍〕〔鞍に拠《またが》る〕も、上の句とともに後漢人の故事。「後漢書」馬援伝に、六十二歳のその人、南蛮征伐の指揮官たることを乞うた。光武帝、老齢をあわれんで任命をためらうと、「臣は尚お能く甲《よろい》を被《き》て馬に上《の》る」と、「鞍に拠って顧眄《こべん》し、以って用う可きを示す」。いま楊も、〔時〕勢のあやうさを〔傷《なげ》〕き、ちゅうちょせず〔即〕時に、〔鞍に拠って〕いでたとうとする。

15〔儒衣山鳥怪〕この聯は、道中の景況。〔儒衣〕唐の時代、儒者の服装として特別なものがあったわけではないこと、巻一1「韋左丞丈に贈り奉る」の「儒冠」の場合におなじ。しかし文化人である儒者の服装が、俗人の怪訝の対象となるという観念は、「礼記」「儒行」篇で、魯の哀公が孔子にむかって、「夫子《ふうし》の服は、其れ儒服なる与《か》」と問うて以来のことである。いま楊の経過するところは、しばしば無人の境、怪訝するのは人間でなく、〔山の鳥〕である。〔儒衣〕の語は、「漢書」「律暦志」、「後漢書」桓栄《かんえい》伝などに見える。〔山鳥〕「文選」二十四、魏の嵆康の「秀才の軍に入るに贈る」〈その三〉の、「山鳥は群れ飛ぶ」は、愛すべきそれ。その李善注に、漢の劉向の「七言」の「山鳥群れ鳴いて我が心懐《おも》う」を引くのは、悲しげなそれ。

16〔漢節野童看〕〔節〕は使者の表示となる旗。もっとも有名なのは、漢の蘇武が、匈奴の捕虜となって、十九年間にぎりしめていたそれ。それをじろじろと不思議そうに〔看《なが》〕めるのは、〔野童〕いなかの野蛮な小わっぱ。この語、「佩文韻府」、杜のこの詩のみをあげるが、〔野〕は杜の好む字。

17〔辺酒排金盞〕以下二聯四句、第五単位。吐蕃《チベット》到着後の景況。〔辺酒〕は塞外の特殊な酒、もしくは酒宴を意味しようが、「佩文韻府」やはり杜のこの詩のみをあげる。〔排〕排列する。おそらくテーブルの上にならんでいる。〔金盞《きんさん》〕黄金の小さかずき。それは吐蕃に特殊な器物である。「全唐文」百一、吐蕃のチデツクツエン、すなわち現在の王であるチソンデツエンの父であるが、それへ降嫁した金城公主《きんじょうこうしゅ》、すなわち中宗皇帝の養女の姫宮が、従兄の玄宗皇帝からの贈り物への礼状、「錦帛器物を恩賜せらるるを謝する表」に、返礼として吐蕃から献上する物産を列記した中に、「謹んで金盞、羚羊《れいよう》、衫段《さんだん》、青長毛氈、各一」。そうした黄金の小盃をテーブルの上に〔排《なら》〕べるのが、吐蕃の宴会の習俗でなかったか。しからば〔辺酒〕も、酒宴の意と見るのが妥当なようであり、次の〔夷歌〕とも、よりよく対する。小盃を意味する〔盞〕は琖と同字だが、二字とも「文選」には見えない。諸宋本の一本は「金盌」。盌は椀と同字。趙次公は、のちに引く「旧唐書」「吐蕃伝」上に見えた吐蕃の貢物の中に「金椀一」とあるので、盌の字をよしとするが、〔金盞〕も金城公主からの献上品であること、前述。なお〔金盞〕ないしは「金椀」ばかりでなく、吐蕃は、黄金、また黄金製の器物を、特産として誇ったようであって、唐の宮廷への献上品にも、しばしば用いた。さいしょ太宗皇帝に通婚を乞うたときには、金五千両、その高麗征伐の勝利を祝っては、高さ七尺の金鵞の酒器で酒三斛を容れるもの、その崩御をいたんでは、金琲十五種、則天武后のとき通婚を乞うては、馬千匹と金二千両、玄宗の開元十七年〈七二九〉には、金城公主の婿チデツクツエンが、友好成立のしるしとして、金胡瓶一、金盤一、金椀一、その他を、また別に公主からとして、金鵝盤盞雑器物等を、それぞれ献上したと、新旧「唐書」「吐蕃伝」のあちこちに見える。また酒を飲むときの吐蕃の習慣として、「旧唐書」は「手を接して(?)酒を飲む」といい、「新唐書」は「手に酒漿を捧げて以って飲む」。具体的にどういうことかよく分からぬが、〔辺酒〕の語には、そうしたイメージをも含むかも知れぬ。

18〔夷歌捧玉盤〕蛮族の歌が〔夷歌《いか》〕であること、「文選」四、晋の左思の「蜀都の賦」に、西南夷の風俗を軽蔑をもって述べる中に、「夷歌は章を成す」、えびすの歌もそれなりに完成するのはスタンザ。また五十九、梁の沈約の「斉故安陸昭王の碑文」に、その北伐をたたえて、「夷歌も韻を成せり」。いまは〔夷歌〕につづけて〔玉盤〕玉の皿を〔捧《ささ》〕げるというのは、御馳走をのせた皿か。あるいは〔夷歌〕に伴のう舞踊、すなわち「蜀都の賦」に、「之れを翫《もてあそ》べば則ち渝《ゆ》舞、鋭気は中葉に剽《たかぶ》る」というような舞踊の小道具か。〔玉盤〕の語は、「文選」二十九、漢の張衡の「四愁の詩」〈その二〉などに見える。「新唐書」の「吐蕃伝」上に、その食器をのべて、「其の器は木を屈《ゆが》めて韋《かわ》の底、或いは氈《けおりもの》もて盤と為す」。しからば〔玉盤〕はチベットに普通な器でない。

19〔草軽蕃馬健〕チベットの野の風景であるが、〔蕃馬〕は漠然と蕃族の馬でなく、吐蕃の馬。馬も吐蕃から唐への進貢物であった。宋某氏と呉若の一本は「草肥蕃馬健」。九家注、詩史、分門集注、草堂詩箋の本文もそう作り、それらの一本は「草肥軽馬健」。何にしても、宋人の旧注が、「胡人は秋に至れば、則ち草肥えて馬健かに、入寇を思う」というように、風景は危険をはらんでいる。

20〔雪重払廬乾〕〔払廬《ふつろ》〕はチベット語で、貴人の居る大天幕。「旧唐書」「吐蕃伝」上に、首都邏些《ラサ》城のもようを述べて、「屋は皆な平頭にして、高き者は数十尺に至るも、貴人は大きなる氈の帳に処《お》り、名づけて払廬と為す」。またその中での生活を、「寝るも処《お》るも汚れ穢れ、絶えて櫛《くし》し沐《ゆあみ》せず」。「新唐書」「吐蕃伝」上にはいう、「其の贊普《ツエンポ》は、跋布川或いは邏娑《ラサ》川に居り、城郭廬舎有るも、肯《あ》えて処《お》らず」。そのように石造木造の建物に住まない王が住むのは、〔払廬〕というテントだとし、「毳《けおりもの》の帳を聯ねて以って居り、大払廬と号して、数百人を容る。其の衛候は厳かにして牙《いりくち》は甚だ隘《せま》し」。また王以外の人人の住居として、「部人は小払廬に処《お》る」。そうして、「老寿多く、百余歳に至る者あり。衣は率《おおむ》ね氈《けおり》と韋《かわ》。赭《あかつち》を以って面《かお》に塗りて好《よそお》いと為す。婦人は辮髪して之れを縈《かこ》む」と、テントの中での生活を叙述する。ところで〔雪重くして払廬乾く〕というイメージ、私にはよくつかめないが、〔雪は重く〕降り積もりつつも、〔払廬〕のテントの中は、しかるべくあたたかに乾燥している意か。

21〔慎爾参籌画〕以下むすびに至るまでの二聯四句、第六単位。吐蕃での外交交渉をしっかりやれとはげますには違いないが、いろいろと難解の部分がある。単位のさいしょとしてのこの句は、〔爾《なんじ》〕あなたは、参謀として、〔籌《ちゆう》画《かく》〕軍事の計画に、〔参〕与するわけだが、参画のし方を〔慎〕重にされよ。〔慎爾〕の二字は、「文選」に出る。二十三、魏の王粲の「士孫文始《しそんぶんし》に贈る」、および「文叔良《ぶんしゆくりよう》に贈る」は、共にこの詩と同じく敵国に使いする人を送る詩だが、前者にはいう、「蛮の裔《くに》なりと曰いて、汝の徳を虔《つつし》まざる無かれ。爾の主《むね》とする所を慎みて、嘉《よ》き則《おきて》に率《したが》い由れ」。後者にはいう、「君子は始めを敬《つつし》む、爾の主《むね》とする所を慎め」。従来の注はいわないが、〔慎爾〕の二字が、漠然と慎重を期待するのでなく、敵国への使者としてのそれを期待することは、「文選」との連関においてあきらかである。いま杜が楊に期待するのも、大使南巨川の〔籌画〕に〔慎〕重に〔参〕与すること。〔籌画〕は「文選」四十九、晋の干宝の「晋紀総論」に、のち晋王朝の祖となる司馬懿《しばい》が、魏の武帝曹操の幕僚であったころの状態を、「軍国を籌画す」。

22〔従茲正羽翰〕〔従〕は自と、〔茲〕は此と同義。〔茲《こ》れ従《よ》り羽翰を正〕せとは、〔清もて自ずから守る〕であった楊のこれまでの不遇を憐れみ、此のたびの出使を機会に出世の〔羽翰〕羽根をととのえよというのが、宋人の説。また仇氏詳注の説。いまそれにしたがう。比喩として、鳥の羽根を意味する〔羽翰〕の語を用いたのは、さいごのむすびの句、〔九万を一朝にして摶《はばた》け〕に連なる。その語、「文選」には見えず、梁の何遜の「韋記室黯《あん》に贈りて別る」の、「羽翰を生じて、千里暫くにして空を排《しの》ぐに因《よし》無し」は、こことおなじく比喩。〔翰〕の字、普通の音は去声の hàn だが、ここは平声の hán でないと、韻脚にならない。「広韻」は「胡安の切」の条に、「天鶏の羽、五色有り」。

23〔帰来権可取〕この句、難解であり、諸説ある。何にしても最後の二字〔可取〕は、次の〔九万一朝にして摶け〕を起こすものとして、〔取る可くんば〕と、仮定、サブジャンクティヴであるには違いない。問題は〔権〕の字である。仇氏詳注が、権勢ある地位とし、帰朝の上はこのたびの出使の功績により、それを〔取〕り得るとすれば、の意とするのは、あまりにも俗である。浦起龍は別の説を述べるが、それも徹底しない。いま〔権〕は実字でなく、サブジャンクティヴを示す虚字と読みたい。帰朝後、〔権《かり》に〕もし、それをえらび〔取〕ることが可能ならば。何を〔取る〕かといえば、すなわち末句の〔九万を一朝にして摶く〕という行為。

24〔九万一朝摶〕前の〔羽翰を正し〕を承け、「荘子」の冒頭「逍遙遊」篇の巨鳥鵬《ほう》についての有名な条を用いる。「鵬の南溟に徙《うつ》るや、水に撃つこと三千里、扶揺《つむじかぜ》に摶《はばた》いて上ること九万里」。そのような巨大な飛翔を一つの午前の仕事とされよ。その方向を〔取〕ることが〔権《も》し〕可能ならば。可能不可能は、周辺の情況にもより、楊自身の気もちにもよろう。私の前注は、以上のごとくでなかったが、再思して改める。巻一18「酔歌行」で、試験に落第した甥を慰めて、「偶然に秀《ほ》を擢《ぬき》んずること取り難きに非ず、会《まさ》に是れ風を排するに毛質有るべし」が、発想も〔取〕の字の用法も、ここと似る。また〔権〕の字の虚字としての訓詁は、「文選」〈六、晋の左思の〉「魏都の賦」の李善注に、「猶お苟且のごとき也」。

双声　西征　域-遙　願-結　清-自守　傷時-即　蕃馬　従茲-正　権-可

次に附録する五言律詩は、宋某氏本以下、おおむねの本に収める。しかしおそらくは杜の詩でない。唐の高仲武《こうちゅうぶ》が同時の詩を選んだ「中興間気集」巻上には、杜誦《としょう》なる人物の作とする。唐の韋荘《いそう》の「又玄集《ゆうげんしゅう》」巻上も同じ。且つ高仲武は、詩中の「流水生涯尽き、浮雲世事空し」の聯が、「生人始終の理を得たり」であるゆえ、特に杜誦については この一首を録すると、はしがきし、韋荘の書は、別に杜甫七首を録するのとは別に、この一首を杜誦の条に収める。文苑英華三百三、詩百五十三、悲悼三も同じく杜誦とする。宋の彭叔夏の「文苑英華弁証」五「名氏一」によれば、「唐宋類詩」なる書の扱いも同じであり、また卞圜《べんえん》の杜詩注にはこの首を収めつつも、「或いは以って杜誦の作と為す」と注したという。銭謙益の底本とした呉若本にもなかったらしく、銭氏の注では、巻末「他集互見四首」の一つとする。そもそも杜の詩としては、拙劣に思われること、浦起龍の「読杜心解」に、「浅俗にして平、少陵に類せず」。さきの4長孫侍御を送る詩とのつらなりで、誤入したと断じてよい。いま詩とその訓読のみを附録する。杜誦なる人物については「全唐詩」第五函第一冊に、「大暦の間《ころ》の詩人」とのみいい、そこにこの詩を録する。なお第一行の「詩書」を、宋某氏本の本文は「謀書」、その一本は「諫書」、更なる一本が「詩書」。

附　哭長孫侍御　　長孫侍御《ちょうそんじぎょ》を哭《こく》す

道爲詩書重　　道《みち》は詩書《ししょ》の為《た》めに重《おも》く
名因賦頌雄　　名《な》は賦頌《ふしょう》に因《よ》りて雄《ゆう》なり
禮闈曾擢桂　　礼闈《れいい》曾《か》つて桂《かつら》を擢《ぬき》んで
憲府舊乘驄　　憲府《げんぷ》旧《も》と驄《そう》に乗《の》る
流水生涯盡　　流水《りゅうすい》生涯《しょうがい》尽き
浮雲世事空　　浮雲《ふうん》世事《せいじ》空《むな》し

唯餘舊臺栢　　唯《た》だ余《あま》す旧台《きゅうだい》の柏《はく》
蕭瑟九原中　　蕭瑟《しょうしつ》たり九原《きゅうげん》の中《うち》

後編　帰省の歌

はしがき三

以上前編「行在所《あんざいしょ》の歌」は、四十六歳、七五七至徳《しとく》二載の夏から秋のなかばにかけ、陝西省《せんせい》の鳳翔《ほうしょう》、粛宗《しゅくそう》の亡命政府に宮仕えしての詩であったが、やがてこの年の秋、詩人の伝記は、別の段階に入る。陝西北部の山間、鄜《ふ》州三川《さんせん》県に置いて来たままの家族から、待ちに待った便りが来、その無事をはじめて知る。詩人は粛宗皇帝に願い出て、側近の職である左拾遺の勤務から休暇を取り、妻子を見舞いに帰る。全詩集中、もっとも長編であり、傑作の一つとされる「北征《ほくせい》」の長詩、かくて生まれる。その前後の詩、古体詩八首、近体の律詩八首、あわせて十六首をもって、この巻の後編とする。古体詩は、すべて最古のテクスト王琪《おうき》本巻二に見えるのを底本とし、近体詩は、11「官軍の已に賊寇に臨むと聞くを喜ぶ二十韻」一首を除いて、王琪本その部分を欠き、宋某氏本巻十をもって、「宋本杜工部集」が補うのを底本とする。

まず家族の消息を知っての五言長律から。

1　得家書

去憑遊客寄
來爲附家書
今日知消息
他鄉且舊居
熊兒幸無恙
驥子最憐渠
臨老羇孤極
傷時會合疎
二毛趨帳殿
一命侍鸞輿
北闕妖氛滿
西郊白露初
涼風新過鴈
秋雨欲生魚
農事空山裏
眷言終荷鋤

家書《かしょ》を得《え》たり

去《さ》るは遊客《ゆうきゃく》に憑《よ》りて寄《よ》せ
来《き》たるは家書《かしょ》を附《ふ》するが為《た》めなり
今日《こんにち》　消息《しょうそく》を知《し》る
他郷《たきょう》　且《か》つは旧居《きゅうきょ》
熊児《ゆうじ》は幸《さいわ》いに恙《つつがな》無く
驥子《きし》は最《もっと》も渠《かれ》を憐《あわ》れむ
老《お》いに臨《のぞ》みて羇孤《きこ》極《きわ》まり
時《とき》を傷《いた》みて会合疎《かいごうそ》なり
二毛《にもう》　帳殿《ちょうでん》に趨《はし》り
一命《いちめい》　鸞輿《らんよ》に侍《じ》す
北闕《ほくけつ》　妖氛満《ようふんみ》ち
西郊《せいこう》　白露《はくろ》初《はじ》めなり
涼風《りょうふう》　新《あら》たに雁《がん》を過《す》ぎしめ
秋雨《しゅうう》　魚《うお》を生《しょう》ぜんと欲《ほっ》す
農事《のうじ》　空山《くうざん》の裏《うち》
眷《かえ》りみて言《わ》れ終《つい》に鋤《すき》を荷《にな》わん

手紙がついた

旅あきんどに頼んで出した手紙
帰りにことづかって来たは家からの返事
きょうぞわかった彼等のもよう
よその土地ながら　もとの住まい
熊《ゆう》のぼうやも　うれしや無事なら
いちばんかあいいキリンちゃんもだ
年くって底をついたこの孤独
うれたしの世や一しょのくらしむつかしく
胡麻塩あたまの仮り御所づとめ
九等官で御前《ごぜん》にはべれど
都の宮居は　ばけものだらけ
西のはずれに　露おきそめる
すず風に　はつ雁わたり
秋雨《あきさめ》　魚《さかな》も孚《かえ》らん季節
山の奥での百姓しごと
鍬《くわ》かつがんぞ　わがさだめなる

〔家書を得たり〕本巻冒頭の「述懐」の詩で、「書を寄せて三川《さんせん》に問うも、家の在るや否やを知らず」、また「一封の書を寄せて自《よ》り、今や已に十月の後」と、十か月以上も待ちあぐねた〔家書〕、家族からの手紙、それはまた巻三12「春望」で、「家書は万金に抵《あた》る」とまでいったのが、ついにめでたく到達し、鄜州三川県に疎開させたままの家族の無事を知っての詩。詩中12に〔西郊白露初めなり〕といえば、そこの注で説くように、陰暦七月か八月のことである。大きな喜びの詩であるべきだが、「述懐」「春望」の深刻とはことなって、平易軽快のかたむき。「窮苦の言は好ろしきに易い」のに対し、「歓愉《かんゆ》の辞は工《たく》みなり難い」とは、のち韓愈《かんゆ》の有名な語。「荆潭《けいたん》唱和詩の序」。杜においてもまた然るか。詩型も、手紙を待ちこがれての「述懐」が五言古詩だったのに対し、これは八韻十六句、つまり四単位の五言長律、そうしてもっともの正格ではない平起格《ひょうきかく》。詩の終りに、家族のところへ行って、百姓になろうともらすのは、やがて数月後の「北征」の旅を結果するとともに、鳳翔の政府の冷たさへの不満をも反映しよう。韻脚は「広韻」上平声「九魚」。宋某氏本、呉若《ごじゃく》本、〈銭謙益《せんけんえき》注〉十、九家注十九、詩史六、分門集注《しっちゅう》九宗族、草堂詩箋《そうどうしせん》十、千家注三、分類千家注八宗族、分類集注四五言排律宗族類、輯注《しゅうちゅう》三、論文七、闡《せん》五、詳注と鈴木注五、心解《しんかい》五之一、鏡銓《きょうせん》三。

1〔去憑遊客寄〕平字の〔憑《ひょう》〕を二字目としての平起格の長律、以下4まで第一単位。去ルハ遊客ニ憑《ヨ》ッテ寄セ。〔去〕は往信を意味すること、今語でも「去信」qù xìn。〔憑〕たよる、たのむ。〔遊客〕「文選《もんぜん》」の常語ではあるが、二十九、漢の張衡《ちょうこう》の「四愁の詩」のはしがきに、張が地方官として取りしまった対象を、「諸もろの豪侠遊客」というのをかえりみれば、むしろ堅気の人間でない。ここはおそらく行商人を意味し、今の語では「客商」。旧中国の行商人は、貨物運搬の保全のため、しばしば暴力団と関係をもつとともに、一方ではまた郵便の逓送者でもあった。こちらから〔去《だ》〕す往信はそれに〔憑《たの》〕んで〔寄《よ》〕せた。〔寄〕はさきの「述懐」の詩の「書を寄せて三川に問う」「一封の書を寄せて自《よ》り」とおなじく、手紙をことづける。趙次公《ちょうじこう》が、〔客寄〕の二字を連読し、「彼の処に出遊する客寄の人」と注するのは、従いがたい。某氏本などいくつかの宋本の一本が「去憑休汝騎」なのは、詩史、分門集注によれば、汪革《おうかく》の本に出る。清の浦起龍《ほきりゅう》の「読杜心解」は、それにより「去憑休沐騎」とする。休暇をとった騎兵に托したことになるが、劣ろう。

2〔来為附家書〕清の楊倫《ようりん》の「杜詩鏡銓」に、家族からの返信を届けてくれたのは、さきに往信を託した〔遊客〕であったとするのに従う。その男がやって〔来〕たのは、〔家書〕を〔附《ことづ》〕かって来た〔為〕めであった。あるいはまた、〔為〕はしかく今語の為着《ウイヂヨ》でなく、為我們《ウイウオオメヌ》、給我們《ゲイウオオメヌ》であるとすれば、彼がやって来たのは、われわれの為めに手紙を附《ことづ》かって来たのであった。何にしても、手紙の託送は、幸便に〔附〕託される。〔附書〕またそれと同義の「捎書」の語、のちの通俗文学に、しばしば。この聯、上の句は手紙を主格とし、下の句の主格はその運搬者。錯綜の構成。

3〔今日知消息〕手紙のついた〔今日〕この日、〔知〕り得たのは家族たちの生活の〔消〕マイナスと〔息〕プラス。つまり動静。〈先行する用例として、漢の蔡文姫《さいぶんき》の「悲憤の詩」に、「迎えて其の消息を問えば、輒《すなわ》ち復た郷里に非ず」。〉

4〔他郷且旧居〕彼ら家族は、本来の土地ではない〔他郷〕ではあるけれども、〔且〕つ、ともかくにも、〔旧《もと》〕の〔居《す》〕まいにいる。さきの巻三14「幼子を憶う」で、「柴門《さいもん》老樹の村」と思いやるその家である。この聯、手紙を得た日が〔今日〕と見つめられてはいるが、むしろ平静の措辞。〔旧居〕は「文選」の語だが、キウ・キヨとkの子音を重ね、上の句の〔消息〕がsの子音の重なりなのと、対を作るのも、歓愉の辞のもつ余裕か。楊倫の「鏡銓」が「定居」に作るのは、もとづくところを知らない。〔他郷〕の語は、古楽府《こがふ》〈「飲馬長城窟行」〉に、「夢には我が傍に在りしと見しに、忽《たちま》ち覚むれば他郷に在り」。〈巻六14「舎弟の消息を得たり」に、「他郷　故郷に勝る」。〉

5〔熊児幸無恙〕以下8まで第二単位。まず安心したのは男の子二人の〔消息〕。〔熊児《ゆうじ》〕は長男杜宗文《とそうぶん》の幼名。

〔幸〕はサイワイニであるけれども、辛うじてそうである意を、いつも帯びる。〔無恙〕は無事。「爾雅《じが》」の「釈詁」篇に、「恙《ヤウ》は憂《イウ》也」と、近似音で釈する。〔恙〕は人を刺す虫という俗説をも、草堂詩箋などはあげる。「文選」四十一、漢の李陵《りりよう》の「蘇武《そぶ》に答うる書」の、「足下の胤子《いんし》は恙無し、以って念と為《な》す勿かれ」も、子供の消息。なお〔熊児〕を、詩史、分門集注は、「態児」に作り、その師尹《しいん》の注は、「甫の小さき女《むすめ》」。誰もそれに従わない。

6〔驥子最憐渠〕これは次男、成長してのちの名は杜宗武《とそうぶ》。さきの巻三5「遣興」で、「驥子は好男児」、同14「幼子を憶う」で、「驥子は春なるに猶《な》お隔たれり」と思いやるように、〔最も憐《いと》おしい渠《かれ》〕であった。その末っ子も一そう最ものいとおしさを増すべく、無事に生きている。この子に対しては、〔渠《きよ》〕かれ、qú、という気やすい三人称が、さきの「遣興」の「世は乱れて渠の小さきを憐れみ」、「幼子を憶う」の「渠を憶いて愁いて只だ睡る」と共に、使われている。

7〔臨老羈孤極〕以下は自述。老境にさしかかったわが身をいう〔老いに臨みて〕二字、リム・ラウとlの子音を重ね、その状態を〔羈孤の極み〕キ・コ・キヨクというのは、kの子音三つを重ねる。〔羈孤〕「文選」十三、宋の謝《しや》荘《そう》の「月の賦」の李善《りぜん》注に、「羈客孤子也」。

8〔傷時会合疎〕はじめの〔時を傷《いた》みて〕の二字、シヤウ・ジとshの音を重ねて、上の句〔臨老〕のlの重なりに対するのも、律詩の余裕。〔傷〕むべき〔時〕世であるゆえに、〔会合〕クワイ・ガフこれはkhの子音を重ねるのが〔疎《まれ》〕である。宋人の旧注は、鳳翔における交際の乏しさと解し、「時に交旧無きを以って也」。そうではあるまい。少なくともそれが中心ではあるまい。家族とのそれを中心として、顔をあわせる機会の乏しさをいうとしたい。「文選」二十三、魏の曹植《そうしよく》の「七哀の詩」に、「浮沈各おの勢いを異にし、会合何んの時か諧《かな》わん」。それも夫と別れた妻の抒情である。

9〔二毛趨帳殿〕以下12まで第三単位。まず鳳翔の政府におけるわが身の境涯。黒と白と二色のまじりあった頭髪が、〔二毛〕なのは、「文選」十三、晋の潘岳《はんがく》「秋興の賦」の、「余《わ》れ春秋三十有二、始めて二毛を見る」を、反射的に思いうかべるべき語。〈杜詩では、巻一26「曲江三章　章五句」その一にも、「遊子　空しく嗟《なげ》く二毛を垂るるを」。〉ハシルと和訓する〔趨〕は、宮廷の儀礼として要求される速歩のあゆみ。〔帳殿〕テントばりの御殿ということで、鳳翔の行在所を表現した。梁の沈約《しんやく》の「三日に林光殿の曲水宴に侍して制《みことのり》に応ず」の「帳殿は春籞《しゅんぎょ》に臨む」など、六朝末の詩から見える語。

10〔一命侍鸞輿〕周王朝の制度を記す古典「周礼《しゅらい》」に、官等の高下をいううち、最高が「九命」、最低が〔一命〕。杜の職である左拾遺は、従八品と官等は低いが、天子侍従の臣であるゆえに、直接に〔侍《はべ》〕りまつるのは、〔鸞輿《らんよ》〕すなわち天子の特権として乗る〔鸞《すず》〕のくっついた〔輿《くるま》〕。天子そのものを象徴的にいう語であり、「文選」では、一、漢の班固《はんご》の「西都の賦」に。

11〔北闕妖氛満〕この聯は、そうしたおのれの周辺にある天下の形勢。まずこの句がいうのは、長安の皇居が、賊の占領下にあること。〔北闕《ほくけつ》〕もと漢の長安の宮殿の北部の建物をいう語。「漢書」の高帝紀に、帝の「長安に至るや、蕭何《しょうか》は未央宮《びおうきゅう》を治め、東闕、北闕、前殿、武庫、太倉を立つ」。そこに〔満〕ちるのは、〔妖氛《ようふん》〕あやしげな雰囲気。「文選」には見えないが、魏の文帝曹丕《そうひ》の「剣を送る書」に、「以って妖氛を除く」。杜は他にも用いる〈巻七23「兵を観る」など〉。前編9楊六判官を送る詩の、「帝京氛祲満ち」と、似た発想、似た句。

12〔西郊白露初〕〔郊〕は国都の周辺地帯。ここ鳳翔は、長安からいって〔西〕の方角のそれ。〔白露〕「礼記《らいき》」「月《がち》令《りょう》」篇の「孟秋之月」すなわち陰暦七月の条に、「涼風至り、白露降る」。また「二十四気」の暦では、陰暦八月初の気候のめど。今や季節はそれらの〔初〕まりである。宋人の旧注が「粛殺の威漸く生まるるを謂う也」というように、上の句の〔妖氛〕を払いのけるべく、官軍の征討が始まろうとするのをも、含意しよう。また方角を季節にわりあてれば、〔西〕は秋に配当され、その点からも〔白露〕にむすびつく。

13〔涼風新過雁〕以下16までさいごの第四単位。前の句の〔白露〕を承け、〔涼《つめた》き風は新たに雁を過ごし〕と、叙景からはじまる。上の注に引いた「礼記」「月令」篇に、陰暦七月の節物として、「涼風至る」。すず風であるよりも、むしろつめたい風。それがこの季節の〔新〕しい風物の又一つとして、空をわたり〔過〕ぎゆかせるのは〔雁〕。「月令」では「仲秋之月」すなわち陰暦八月に、「盲風至り、鴻雁来たり、玄鳥《つばくろ》は帰る」。また〔雁〕は、叙景の中のものであるとともに、漢の蘇武の説話以来、通信と縁ある動物〈巻七25「天末にて李白を懐う」の注3 4参照〉。詩史、分門集注の饒節《じょうせつ》いう、「甫は家書を得たり。故に新たに雁を過ごすと云う」。

14〔秋雨欲生魚〕秋の雨にうながされて魚が生まれようと欲《す》るというのが、句意だが、〔魚〕をさかなとし、上の句の〔雁〕と共に、手紙に縁のある動物とするのは、草堂詩箋。「魚も雁も皆な能《よ》く書を伝うると謂うの故也」。〔魚〕を〔秋雨〕の湿気によって生まれる虫、紙魚とし、戦前の散文「秋述」の、「秋に、杜子は病に長安の旅次に臥す。多雨は魚を生じ、青苔《せいたい》は榻《とう》に及ぶ」を拠とするのは、清の朱鶴齢《しゅかくれい》。案ずるにやはりさかなであろう。次の16〔眷《かえ》りみて言《わ》れ〕が、そこの注でいうように、「文選」二十四、晋の陸機《りくき》が顧栄《こえい》に贈った詩〈「尚書郎顧彦先《こげんせん》に贈る」その二〉を意識しての措辞とすれば、その詩にも、「眷りみて言《わ》れ桑梓《そうし》を懐《おも》うに、乃《すなわ》ち将《まさ》に魚と為る無からんや」と、大雨の中での抒情に、さかなのイメージをうかびあがらせる。もっともその詩は、洪水をうれえ、人間が魚になりそうだというのであり、ここと意味はちがうけれども、なおなにがしかの関連が疑われる。また魚も山中の〔農事〕の対象の一つとすれば、次の句への姿勢も、この句に含まれることとなる。

15〔農事空山裏〕〔家書を得た〕のを機会に、もはやここ鳳翔政府での気づまりな宮仕えをやめ、人気なき〔空しき山の裏《うち》〕の人となって、〔農事〕につとめたいというのが、結びの聯。上に連なっては〔涼風〕〔秋雨〕、みな人人に〔農事〕をうながす風物。草堂詩箋、やはり「礼記」「月令」篇の「孟秋之月」に、「是の月や、農は乃ち穀を登《すす》む」、あだかも新穀の出はじめる時節なのを引く。更に一歩を進めていえば、食糧難のおりから、そこにいる妻の自給自足の労苦を思いやるであろう。〔農事〕の語も、「月令」の孟春、季秋などに見える。人気に乏しい空虚な山をいう〔空山〕は、唐詩の語のごとくであって、さきに4の注で引いた巻三14「幼子を憶う」にも、「潤水空山の道」と、鄜州の居は思いやられている。〔裏〕はウラではなく、中と同義。

16〔眷言終荷鋤〕言《おのれ》は鋤を荷《かつ》ぐ農人と終《つい》にけっきょくはなりたいと眷《おも》い入れする。〔眷言〕はカエリミテワレと訓じ、深く思い入れすること。「文選」では、前引、晋の陸機の顧栄に贈った詩の、「眷りみて言《わ》れ桑梓を懐《おも》うに」、また二十三、宋の謝霊運《しゃれいうん》「廬陵王墓下の作」の「眷りみて言れ君子を懐うに」など。李善が典拠として引くのは、「詩経」「小雅《しょうが》」「大東」篇の「眷りみて言《わ》れ之れを顧りみ、潸焉《さんえん》として涕《なみだ》を出だす」。今本の「詩経」は、〔眷〕を睠に作るが、六朝唐のテクスト、〔眷〕に作るものがあったこと、陸徳明《りくとくめい》の「経典釈文《けいてんしゃくもん》」によってたしかめられる。そうして「詩経」における〔言〕の字は、しばしば「発語の辞」であり、ワレ、ココニ、の両訓をもつ。眷リミテ言《ワ》レとも訓じ得るし、眷リミテ言《ココ》ニとも訓じ得る。〔荷〕は動詞。にのう。陶淵明《とうえんめい》の「園田の居に帰る」〈その三〉に、「晨《あした》に興《お》きて荒穢《こうあい》を理《おさ》め、月を帯びつつ鋤を荷ないて帰る」。某氏をはじめ草堂詩箋以外の諸宋本の一本が「終篇言荷鋤」なのは、意を得難く、趙次公もそれを引いた上、是に非ずとする。

双声　客寄　消息　旧居　子-最　臨老　羈孤-極　傷時　会合　帳殿　氛-満　過雁　雨-欲　眷言

畳韻　驤子　眷言

かく家書を得て、家族の無事を知った詩人は、皇帝の勅許を得て、家族の疎開さき、鄜州三川県への旅に上る。鳳翔から鄜州までの行程は、約二〇〇キロ。半月を要したであろう。まずまっすぐ北にむかって麟遊《りんゆう》県に至り、以後は東北にむかって邠《ひん》州を経、宜君《ぎくん》県を経て、鄜州に到達したこと、道中で作られた諸詩によって迹づけられる。のち8の巨編「北征」は、その終始を総括するが、今はそれにさきだち、まず出発に際しての詩、また道中での諸作を録する。なお私が巻二前編17で、乱前の作とした「行きて昭陵に次す」をも、宋の魯訔《ろぎん》が、それまでの宋本の編次を変えて、この際の旅行の途中の作とするのに、清の銭謙益がしたがって以来、以後の諸注、それを用いるものが多いが、その説は非であること、かの詩の注で詳説した。そもそも太宗《たいそう》の昭陵は、醴泉《れいせん》県にある。大へんな回り道をしない限り、この旅の道筋にあたらない。

2 留別賈嚴二閣老兩院補闕

賈厳《かげん》の二《に》閣老《かくろう》と両院《りょういん》の補闕《ほけつ》とに留別《りゅうべつ》す

1 田園須暫往
2 戎馬惜離群
3 去遠留詩別
4 愁多任酒醺
5 一秋常苦雨
6 今日始無雲
7 山路時吹角
8 那堪處處聞

田園《でんえん》　須《す》べからく暫《しばら》く往《ゆ》くべし
戎馬《じゅうば》　離群《りぐん》を惜《お》しむ
去《さ》ること遠《とお》くして　詩《し》を留《とど》めて別《わか》れ
愁《うれ》い多《おお》くして　酒《さけ》の醺《くん》ずるに任《まか》す
一秋《いっしゅう》　常《つね》に雨《あめ》に苦《くる》しみしに
今日《こんにち》　始《はじ》めて雲《くも》無《な》し
山路《さんろ》　時《とき》に角《かく》を吹《ふ》く
那《な》んぞ堪《た》えん処処《しょしょ》に聞《き》くを

旅立ちにあたり賈至《かし》厳武《げんぶ》など両侍従職の同僚におくる

田舎にしばらくまいるべし
いくさの中なるつらきわかれ
あまさかる旅路　のこすはわがうた
むらぎもの愁い　酒よ蒸せ蒸せ
秋立ちてより　いとわしの長雨
きょうぞはじめて雲もなし
よりより山路《やまじ》に鳴るはラッパ
あちこちと聞こゆるぞ憂《う》き

〔賈厳の二閣老と両院の補闕とに留別す〕五言律詩。いよいよ旅立ちの日、それはのちにのせる「北征」によれば、この年、至徳二載七五七の閏八月一日、出発を送る同僚たちに答えた詩。去る人を送る詩が「送別」なのに対し、去る人が送る人に与えるのが〔留別〕。いま〔留別〕する相手は、〔賈厳二閣老〕、宋本、題下に〔厳武《げんぶ》、賈至《かし》〕と注する。厳武は、さきの前編3「厳八閣老に贈り奉る」でいったように、門下省の要職、給事中《きゅうじちゅう》の職にあり、杜より十四年下、また賈至は、杜より六つ年下、中書省の中書舎人として、詔勅起草の要職にあった。両人を〔閣老〕というのは、門下中書二省の同僚相互の敬称であること、これもさきの詩の注。老人ではさらさらない。文苑英華《ぶんえんえいが》が「二国老」なのは、非。両人は、もっともの親友として、送別宴の中心であったろうが、詩は同時に、〔両院〕すなわち門下中書二省の〔補闕《ほけつ》〕の職にいる人人が送別宴につらなったのにも贈る。門下省に属する左補闕、中書省に属する右補闕、いずれも定員二人、従七品上。そのほか最も近い同僚としては、杜と同じく門下省の左拾遺、また中書省の右拾遺、共に定員二人、従八品上がいた筈。呉若の一本と文苑英華の題が、〔両院補闕〕の四字を、「両院遺補諸公」六字に作るのは、より合理的である。宋本また題下に、〔得雲字〕雲の字を得たり、と注するのは、別宴席上の作詩、韻脚に使うべき字を、くじ引きで、人人に割りあてるうち、杜は〔雲《ウン》〕の字のくじを引きあてたというのであり、その字が6〔今日始無雲〕と見えるほか、〔群《グン》〕〔醺《クン》〕〔聞《ブン》〕と、〔雲《ウン》〕と同じく「広韻」上平声「二十文」に属する字を韻脚とする。九家注、詩史、分門集注の小注は、「聞の字を得たり」。結果は同じ。宋某氏本、呉若本、〈銭謙益注、〉十、九家注十九、詩史六、分門集注二十一送別下、草堂詩箋十、千家注三、分類千家注二十三送別下、分類集注二十一五言律送別類、輯注四、論文七、闡五、詳注と鈴木注五、心解三之一、鏡銓四、雪嶺《せつれい》抄四。

1〔田園須蹔往〕〔蹔《ざん》〕は暫と同字。陶淵明の「帰去来の辞」に、「田園は将《まさ》に蕪《あ》れんとす胡《な》んぞ帰らざるや」、おのれもそこへ暫く往くことを必須とする。何よりも家族を見舞うために。また鳳翔の政府の複雑な冷たい空気から免れて、体を休めるために。暫くのあいだ頂戴した休暇であるゆえ、いずれはここへ帰るであろうけれども。〔暫往〕庾信《ゆしん》の「園の花を詠ず」に、「暫く往く春の園の傍」。〔往〕を「住」に作るのは、千家注の一本に始まるらしい。須ベカラク暫ク住ムベシ。劣り、住の字、俗を嫌う。

2〔戎馬惜離群〕しかし名残り惜しいのは、こうして見送ってくれる友人たちの群との離別。しかも世の中は戦争〔戎馬〕の中において。「老子」〈上篇四十六章〉に、「戎馬は郊に生ず」。「礼記」「檀弓《だんぐう》」篇上、子夏の有名な語に、「吾れ群を離れて索《ひと》り居ること、亦た已《すで》に久し矣」。

3〔去遠留詩別〕「文選」〈二十九、〉「古詩十九首」〈その一〉の「相い去ること日已《まし》に遠く」が、意識にあるとすれば、〔去ること遠くして〕は、明日からの深まりゆく状態。〔詩を留めて別れ〕題の〔留別〕の語を、割って使った。

4〔愁多任酒醺〕〔醺《くん》〕の字、「説文《せつもん》」に「酔う也」と訓じ、清の段玉裁《だんぎょくさい》、「酒気の熏蒸を謂う」。酒がくすぶってまわる。薫《クン》が香気のくすぶり、燻《クン》が火のくすぶりなのと、同系の語。お互いに〔愁い多き〕身は、〔酒が醺《まわ》るのに任《まか》せる」。晩年の「撥悶《はつもん》」の詩にも、「聞く道《な》らく雲安の麴米春《きくべいしゅん》、纔《わず》かに一盞を傾くれば即《すなわ》ち人を醺ず」。さきだっては庾信の「画屏風を詠ずる詩」〈その一。この一首のみを独立させて、「俠客行」と題する本もある〉に、「酒醺して人は半ば酔う」。

5〔一秋常苦雨〕この詩、のちに載せる「北征」に、旅立ちの日としていう閏八月の一日に作られたはずだが、陰暦の秋のはじめの月である七月から、今まで三か月、〔一つの秋〕じゅうずっと〔常〕に、〔雨に苦しむ〕。「文選」三十一、梁の江淹《こうえん》の「雑体詩三十首」のうち、晋の張協《ちょうきょう》の作に模したもの、〔苦雨〕を題とする。清の顧宸《こしん》いう、「旧唐《くとう》書《じょ》」の粛宗本紀に、この年は春の三月、十日間の長雨があったというが、秋のことはいわぬ。この句、史の欠を補うと。

6〔今日始無雲〕きょう旅立ちの日、始めてやっと、雲も無い秋晴れ。韻脚として割り当てられた〔雲〕の字を、ここにあっさりと踏む。陶淵明の「擬古」〈その七〉に、「日暮れて天に雲無し」。

7〔山路時吹角〕むすびの聯は、これからの旅程が、〔戎馬〕の中なのを思いやる。〔山路〕は唐詩の語らしく、さきだっては駱賓王《らくひんのう》の「夕に蒲類の津《しん》に次《やど》る」に、「山路は猶《な》お南に属し、河源は北自《よ》り流る」。〈六朝詩では、晋の陸機の「招隠詩」に、「駕して言《ここ》に飛遯《ひとん》を尋ぬれば、山路は鬱として盤桓《ばんかん》たり」など。〉〔時〕宋某氏、呉若、九家注の一本は「晴」、詩史、分門集注、および文苑英華はそれを本文とする。趙次公も「晴」をよしとし、〔時〕ならば、次の〔処処に聞く〕と矛盾するという。その説、首肯してよい。上の〔始めて雲無し〕を承け、晴れわたった〔山路〕にくらしくも鳴りひびくのは、〔吹角《すいかく》〕兵営のラッパの音。ただし呉若の一本は「吹笛」。文苑英華の本文も同じく、注に「集は角に作る」。しかしここは、兵営のものである〔角〕でなければなるまい。

8〔那堪処処聞〕〔那〕は今語と同じく、なんぞ。ただし平声《ひょうしょう》であり、今語のごとく上声でないこと、いつもの通り。〔処処《しょしょ》に聞く〕宋の旧注、「在《いた》る所に兵有るを言う也」。ラッパは戦争のしるし。それに〔堪〕え辛抱すること、なんで可能ぞ。

双声　須‐臾　秋‐常　時‐吹

畳韻　田園　苦雨

3 九成宮

1 蒼山入百里
2 崖斷如杵臼
3 曾宮憑風廻
4 岌嶪土囊口
5 立神扶棟梁
6 鑿翠開戸牖
7 其陽產靈芝
8 其陰宿牛斗
9 紛披長松倒
10 揭𡾰怪石走
11 哀猿啼一聲

九成宮《きゅうせいきゅう》

蒼山《そうざん》　入《い》ること百里《ひゃくり》
崖《がけ》断《た》えて杵臼《しょきゅう》の如《ごと》し
層宮《そうきゅう》　風《かぜ》に憑《よ》って廻《めぐ》り
土嚢《どのう》の口《くち》に岌嶪《きゅうぎょう》たり
神《かみ》を立《た》てて棟梁《とうりょう》を扶《ささ》え
翠《すい》を鑿《うが》ちて戸牖《こよう》を開《ひら》く
其《そ》の陽《よう》　霊芝《れいし》を産《さん》し
其《そ》の陰《いん》　牛斗《ぎゅうと》を宿《しゅく》せしむ
紛披《ふんぴ》として長松《ちょうしょう》倒《たお》れ
掲𡾰《けつげつ》として怪石《かいせき》走《はし》る
哀猿啼《あいえんな》くこと一声《いっせい》

客涙迸林藪
荒哉隋家帝
製此今頽朽
向使國不亡
焉爲巨唐有
雖無新增修
尙置官居守
巡非瑤水遠
跡是雕牆後
我行屬時危
仰望嗟嘆久
天王守太白
駐馬更搔首

客涙《きゃくるい》　林藪《りんそう》に迸《ほとばし》る
荒《すさ》める哉《かな》　隋家《ずいか》の帝《てい》
此《こ》れを製《せい》して今《いま》は頽朽《たいきゅう》す
向《さき》に国《くに》を使《し》て亡《ほろ》びざらしむれば
焉《な》んぞ巨唐《きょとう》の有《ゆう》と為《な》らん
新《あたら》しき増修《ぞうしゅう》無《な》しと雖《いえど》も
尚《な》お官《かん》の居守《きょしゅ》するを置《お》く
巡《じゅん》は瑤水《ようすい》の遠《とお》きに非《あら》ざるも
跡《あと》は是《こ》れ雕牆《ちょうしょう》の後《のち》なり
我《わ》が行《こう》は時《とき》の危《あや》うきに属《ぞく》し
仰《あお》ぎ望《のぞ》みて嗟《さ》嘆《たん》すること久《ひさ》し
天王《てんおう》　太白《たいはく》に守《しゅ》す
馬《うま》を駐《とど》めて更《さら》に搔首《そうしゅ》す

九成《きゅうせい》離宮

山がすみ　わけ入る十里
断崖　臼に似たり
たたなわる宮居《みやい》　つむじ風とともにめぐり
袋なす谷ののんどに　そそり立つ

仁王　棟木《むなぎ》ささえ
小山うがちて　とびら窓つらなる
南には仙草生い
北は星どものふしど
ぞんぶんに老い松はらばい
ぎしぎしと怪しきいわお馳す
かなしき猿のひと声に
旅人の涙　森の下草に飛び散る
あさましや隋《ずい》国の皇帝
しつらえしこれ　今は朽ちたり
そもその国もしもほろびずば
などわが大唐のものとはならん
増築の新しき無きながら
むかしながらの殿居のつかさ
御幸《みゆき》　天の川のはるけきならねど
ところは　おごりし古御所のあと
わが旅　けわしき世のさなかにあれば
ふりあおぎつつ　舌打ちしばし
すめらぎ　いまおわしますは　太白《たいはく》の山

駒とめて　また掻きむしるわが髪はや

〔九成宮〕九《ここ》の成《かさ》ねの宮を名とする唐王朝の離宮の一つ。旅の出発点である鳳翔府の東北数十キロ、麟遊《りんゆう》県の山中にあった。出発後、数日しての経過地であったろうこと後述。もと前王朝隋《ずい》の創業者である文帝楊堅《ようけん》が、六世紀末の開《かい》皇《こう》年間、贅をきわめて創建し、仁寿《じんじゅ》宮と名づけたのを、唐王朝の実際の創業者である太宗皇帝李世民《りせいみん》が、即位後間もなくの貞観《じょうがん》初年から、避暑地として継承し、〔九成宮〕と改称した。以後の太宗の治世、またその子高宗《こうそう》の治世、つまり七世紀のころは、皇帝恒例の避暑地であったこと、新旧「唐書」それぞれの本紀にしばしば見えるが、杜の世紀である八世紀にはいると、玄宗《げんそう》はもはや訪れていない。ただかつて弟の岐《き》王李範《りはん》に避暑地として貸し与えられたこと、王維《おうい》に詩がある。この詩にいうように、留守居役は置かれていたけれども、荒廃の雰囲気にあった。それを訪れての感慨をうたった五言古詩。その壮大をうたうのによっておこり、ついで荒廃の要素を点綴した上、短命の前王朝隋による創建が、その忽《たちま》ちなる滅亡にさきだっての浪費であったのを悲しみ、時代は今や再び危機にあるのを慨嘆して終る。鳳翔から鄜州への道、一路ずっと東北へむかうが、鳳翔からここ麟遊県までの距離は、唐の李吉甫《りきつぼ》の「元和郡県《げんなぐんけん》図志《ずし》」二によれば、一百六十華里、また宋の楽史《がくし》の「太平寰宇記《たいへいかんうき》」三十によれば一百一十華里、宋の王存《おうそん》の「元豊九域志」三も同じ。何にしても数十キロ。詩のはじめに〔蒼山入ること百里〕といえば、けわしい山道であり、且つ次の「徒歩帰行」が示すように、時に杜は徒歩であった。さいしょの出発後、両三日を要しての到達と思われる。なお離宮は、県の西方一華里に位したと、諸地志いう。またこの離宮に関する有名な文献としては、魏徴《ぎちょう》が太宗の勅令を奉じて文章を書き、欧陽詢《おうようじゅん》が同じく勅命により楷書で書いた「九成宮醴泉《れいせん》銘」が、初唐の書蹟の代表として、拓本ひろく流布する。のち注19にその原文を引くように、この離宮、はじめ水の便が悪かったが、貞観六年六三二、すなわちこの詩が作られた至徳二載七五七から百二十五年前の四月、太宗が、土地の表面のしめりを見つけ、杖でつつくと、忽ち泉があふれ出たという奇瑞についての記念碑であって、叙述あるいはこの詩とあい応ずるのを、注中に引く。韻脚は、「広韻」上声「四十四有」「四十五厚」の「同用」。王琪本、呉若本、銭謙益注、二、九家注三、詩史六、分門集注六宮殿、草堂詩箋十一、千家注三、分類千家注六宮殿、通五、分類集注三五言古宮殿類、輯注四、論文八、闡五、詳注と鈴木注五、説一、心解一之一、鏡銓四、雪嶺抄四、槐南《かいなん》講義下。文苑英華三百十一、詩百六十一、居処一では、更なる小項目〔九成宮〕に、初唐某氏の「夏の晩に九成宮にて同僚に呈す」と、杜のこの詩と、二首を収める。〈前者は李嶠《りきょう》の作。文苑英華は二首とも作者の名を記さない。〉

1〔蒼山入百里〕〔蒼〕はいつもの如く古びたあお。その色をもっていわれる〔蒼山《そうざん》〕は、さきの前編7章韋《い》評事を送る詩の32「蒼山旌旆《せいはい》愁う」とともに、無気味さを感ずる山山。それをわけ入ること〔百里〕、鳳翔からここまでの里程が虚詞でないこと、題注に。

2〔崖断如杵臼〕黄土の崖、とつぜんに断ちきれ、丸くおちくぼんで、杵《きね》を受ける臼の如し。〈斉の謝朓《しゃちょう》の「病を移《い》して園に還り親属に示す」に、「葉低《た》れて露の密《しげ》きを知り、崖断えて雲の重なるを識る」。〉〔杵臼《しょきゅう》〕は、「易」「繋辞《けいじ》伝《でん》」下にもとづく語。

3〔曾宮憑風廻〕〔曾〕は層と同字。層をなして重なった宮殿が、〔九《ここ》の成《かさ》ねの宮〕の名に負うて、丸く落ちくぼんだ断崖を、風に憑《の》っかりつつ、とり廻《かこ》んでいる。もしまた〔廻〕はしかく囲繞の意であるよりも、廻転、旋転の意とすれば、宮殿は断崖の周辺を、風の作用に依憑して運動旋回している。無生物の静に動を注入するのは、杜詩にしばしばな手法。わが五山の僧雪嶺永瑾《せつれいえいきん》の「杜詩抄」はいう、「上ノ層宮ヲ仰見レバ、此宮ガ風ニ吹挙ゲラレテ空中ニ飛舞スルホド思ル也」。ただし九家注、詩史、分門集注は、呉若の一本とともに、〔廻〕でなく「迥《けい》」。それならば「風に憑りて迥《はる》かなり」。しかしそれらも一本は〔廻〕。〔曾宮《そうきゅう》〕すなわち層宮の語は、漢の司馬相如《しばしょうじょ》が、秦の亡国の君二世皇帝の遺跡である宜春《ぎしゅん》宮において、漢の武帝に奏上した美文、「二世を哀《かな》しむ賦」にも、「陂陀《はだ》の長阪を登りて、曾宮の嵯峨たるに坌《なら》び入る」。

4〔岌嶪土嚢口〕そうして宮殿の主部は、臼のような地形の一方が、〔土の嚢《ふくろ》の口〕のように、切れ開いているあたりに、そこの押えとなるごとく、〔岌嶪《きゅうぎょう》〕とそびえ立つ。キフ・ゲフと-pの入声をかさねて壮大な高さの形容詞、「文選」二、漢の張衡の「西京《せいけい》の賦」に、長安の宮廷の正殿を、「龍首を疏《ひら》きて以って殿を抗《あ》げ、状は巍峩《ぎが》として以って岌嶪たり」。〔土嚢《どのう》の口〕は、「文選」十三、宋玉《そうぎょく》「風の賦」を用いる。大風発生の空間を説いて、「谿谷に侵淫して、怒りを土嚢の口に盛んにす」。李善注、「土嚢とは大いなる穴也」。しからば、上の〔層宮風に憑《よ》って廻《めぐ》る〕は、静に動を移入し、この句は、動を抑える静。魏徴の「九成宮醴泉銘」にいう、「山に冠せて殿を抗《あ》げ、壑《たに》を絶ちて池と為す。水を跨ぎて楹《はしら》を架し、巌を分かちて闕を竦《そばだ》つ。高閣周《めぐ》り建ち、長廊四もに起こる」。

5〔立神扶棟梁〕以上は、地形と、地形にくい込んで営まれた建築の大観、以下は細叙。まずいう、〔神を立てて棟と梁《はり》を扶《ささ》え〕。諸注、もとづくものとして、「文選」十一、漢の王延寿《おうえんじゅ》「魯の霊光殿の賦」の、「神霊は其の棟宇を扶え、千載を歴《へ》て弥《いよ》いよ堅し」を引く。ただし王延寿の賦は、前漢に建てられたその宮殿が、二百余年を経た後漢の世にも、つつがなく儼存するのを、「神霊」の加護によるとするのであるが、この句は、そうした抽象的な想念に連なりつつも、〔神を立つ〕というのは、より多く具象的に、建築の上部にはめ込まれた神像が、〔棟梁〕の支えになっているのをいおう。そうした建築様式、王延寿の賦の別の部分にも見えるのであって、上方の短い柱に、神仙、胡人、動物、それらの姿が彫刻され、棟木を支えているのを、「神仙は棟の間に岳岳たり」。李善、「岳岳は立つ貌」。呉若の一本と草堂詩箋の本文は、〔棟梁〕を「棟宇」に作り、一そう王氏の賦に近づく。

6〔鑿翠開戸牖〕〔鑿《さく》〕はうがつ、穴をあける。〔翠〕は山のみどり。〔戸〕はドア。〔牖《よう》〕はまど。西北中国の住居は往往にして、穴居である。この宮殿の一部にも、それがあったとして差支えあるまい。またこの句がふまえるのは、「老子」〈上篇十一章〉。無の有への優越を説いて、住居についても役立つのは虚無の部分の〔戸〕と〔牖《まど》〕なのを、

「戸牖《こよう》を鑿ちて以って室を為《つく》るは、其の無なるに当《よ》ってこそ、室の用《はたら》き有るなり」。そのパロディでもある。

7〔其陽産霊芝〕ついでは宮殿周辺の、一おうはめでたき雰囲気。其の陽《みなみ》に産《は》えるのは、不老不死の仙草〔霊芝《れいし》〕。「文選」十一、魏の何晏《かあん》の「景福殿の賦」にも、「醴泉は池圃《ちほ》に湧き、霊芝は丘園に生ず」。もしそれが意識にあったとすれば、「醴泉《れいせん》」の方は、魏徴の「銘」にゆずり、もっぱら〔霊芝〕をいったか。清の盧元昌《ろげんしょう》の「杜詩闡」に、かく長寿のための植物〔霊芝を産す〕である故に、隋代の旧名は仁寿宮であったとする。しからば、のちの部分に顕著となる王朝の興亡への想念、すでにこの句にかげろう。

8〔其陰宿牛斗〕また其の陰《きた》がわは、〔牛《ぎゅう》〕の星、〔斗《と》〕の星、天球の周辺をふちどる二十八宿の二つ、その〔宿〕りねむる場所。趙次公、「其の高きを言う」とし、巻一21「慈恩寺の塔に登る」の910「七つの星は北の戸に在り、河漢の声は西に流る」と、類似の発想だとする。草堂詩箋は〔牛斗〕を「北斗」に作り、それならば慈恩寺の詩と同じく北斗七星。魏徴の「醴泉銘」にいう、「棟宇は膠葛《こうかつ》といりくみ、台榭《たいしゃ》は参差《しんし》とつらなり、仰ぎ視れば則《すなわ》ち迢遰《ちょうてい》百尋、下に臨めば則ち崢嶸《そうこう》千仞。珠璧交《こも》ごも映じ、金碧相い輝く。雲霞を照灼《しょうしゃく》し、日月を蔽虧《へいき》す」。引用のさいごは太陽と月をも蔽い虧《か》けさす、この句の〔牛斗を宿らしむ〕に近い。〔其の陽〕〔其の陰〕といういい方、「文選」一、漢の班固の「西都の賦」に、長安の地形をのべて、「其の陽は則ち崇山の天を隠し」、「其の陰は則ち冠するに九嵕《きゅうそう》を以ってす」云云を、宋の旧注は引く。案ずるに、「文選」四、晋の左思《さし》の「蜀都の賦」にも、「熊羆《ゆうひ》は其の陽に咆え、鵰《ちょう》鶚《がく》は其の陰に鴥《はや》し」。

9〔紛披長松倒〕以下、詩は一転して、離宮の荒寂をうたう。皇帝の御幸を迎えぬこと、すでに何十年、かつての壮麗は、風化し、空洞化している。まず〔紛披《フンピ》〕fēn pī と自由に放埒に、立派な大木の〔長き松〕が、ぶっ倒れている。庾信の「秋樹の賦」に、「紛披たる草樹、散乱する煙霞」。〔長松〕は「文選」十一、晋の孫綽《そんしゃく》の「天台山に遊ぶ賦」などに。呉若の一本は、〔紛披〕を同じく唇音双声の「紛扶」、見なれぬ語。また草堂詩箋の本文と共に〔倒〕を

「側」カタムクに作るが、劣ろう。

10〔掲嶫怪石走〕上の〔紛披〕が双声なのに対し、ケツ・ゲツと強い入声を畳んで形容されるのは、〔走〕りゆくごとく、なだれつらなる〔怪〕しき〔石〕ども。ここでもやはり無生物に動を与える。畳韻の語〔掲嶫《けつげつ》〕王琪、呉若以外の諸宋本の字形は「掲巕」、みな「文選」十一、「魯の霊光殿の賦」の、「飛陛掲孽」と同語。李善いう、「高き貌」。〔怪石〕「文選」十二、晋の郭璞《かくはく》の「江の賦」に、「瑤珠怪石」。二十七、梁の丘遅《きゅうち》の「旦《あした》に魚浦潭を発す」に、「詭怪にも石は像《すがた》を異《あや》しくす」。

11〔哀猿啼一声〕荒涼たる風景の切り札となるのは、〔哀《かな》〕しき〔猿〕の〔啼《な》〕く〔一声〕。「文選」二十五、宋の謝霊運の詩〈「臨海の嶠に登らんと初めて彊中を発して作る」云云〉に、「哀猿は南の巒に響く」。また「古楽府」のうたに、「巴東三峡は巫峡長し。猿鳴くこと三声にして、涙は衣裳を沾《うるお》す」。しかし今は三たびの声を待たずして。

12〔客涙迸林藪〕たびびとの涙、むろん杜のそれ、猿の叫びにうながされて、雑木林に迸《ほとば》しり飛び散る。〔客涙〕「文選」の語でない。斉の謝朓の「同じく楽器の琴を詠ず」に、「淫淫として客涙垂る」。杜はのち秦《しん》州での「遺懐」〈巻七9〉にも、「客涙は清笳《せいか》に堕《お》つ」。〔迸〕「説文」の新附に、「流れ散る也」。「広韻」に、「北諍の切、散る也」、bèng。「文選」十六、晋の潘岳「寡婦の賦」に、「涙は横《ほ》しいままに迸りて衣を沾す」。〔林藪〕「文選」では、五、晋の左思の「呉都の賦」などに。

13〔荒哉隋家帝〕以下はかく空洞化した浪費、それを製《つく》った前王朝への批判。〔荒《すさ》める哉《かな》隋の家の帝〕。体制の奢侈への批判は、杜の常にもつ姿勢であるが、いまこの離宮は、現王朝の創建でないのが、批判と感慨を容易にする。〔荒〕は「書経」「五子之歌」篇に、「内にては色の荒《すさ》みを作《な》し、外にては禽《かり》の荒《すさ》みを作《な》す」、「孔伝」に「迷乱を荒と曰う」。君主の失徳の極端な形容。〔隋家〕というい方も、侮蔑のひびきをもつ。のち晩唐の趙嘏《ちょうか》の「広陵にて崔琛《さいちん》に答う」にも、その滅亡をあわれんで、「棹《さお》は倚す隋家旧院の牆《かき》」。

14〔製此今頽朽〕此のぜいたくなものを製《つく》ったのが今は頽《くず》れ朽ちている。〔製《セイ》〕は同子音の造《ザウ》また作《サク》と同義。さいしょ隋の文帝がこの離宮、当時は仁寿宮と呼ばれたのを、権臣楊素《ようそ》を造営使として、〔製《つく》〕った際の経過を、「資治通《しちつ》鑑《がん》」には、次のごとくいう、「開皇十三年春二月丙午」、五九三、「詔して仁寿宮を岐州の北に営なましめ、楊素を使《し》て之れを監せしむ。是こに於いて山を夷《けず》りて谷を堙《うず》め、以って宮殿を立つ。台を崇《たか》くし榭を累《かさ》ね、宛転として相い属《つら》なる。役使すること厳急にして、丁夫多く死す。疲頓して顚《つまず》き仆《たお》れしものを、坑坎《こうかん》に推し塡《うず》め、覆《おお》うに土石を以ってし、因りて築いて平地と為す。死者万を以って数う」。以上は「隋書」の楊素伝にもとづくが、それには更に「宮の側《かたわら》時に鬼哭の声を聞く」。造営の成ったのは二年後であり、「通鑑」には更にいう、「十五年春三月」、五九五、「仁寿宮成る。丁亥、上《みかど》、仁寿宮に幸す。時に天暑くして、役夫の死する者、道に相い次《つら》なるを、楊素悉《ことごと》く焚いて之れを除く。上《みかど》之れを聞きて悦《よろこ》ばず」。あまりの大げささに、文帝は不機嫌であった。「至るに及び、制度の壮麗なるを見、大いに怒りて曰わく、楊素は民の力を殫《つ》くして離宮を為す。吾が為めに怨みを天下に結びたりと。素は之れを聞きて惶恐《こうきょう》し、譴《つみ》を獲《え》んことを慮《おも》んぱかり、以って封徳彝《ほうとくい》に告ぐ」。封はのち唐王朝の重臣となった人物であるが、楊素に一策を授けた。皇后の独孤《どっこ》氏が悍婦なのにたのみ、恐妻家としてきこえる文帝に取りなしてもらえというのである。「曰わく、公よ憂うる勿《な》かれ。皇后の至るを俟《ま》て。必ず恩詔有らんと。明日、上《みかど》果たして素を召し入りて対《こた》えしむ。独孤后、之れを労《ねぎら》いて曰わく、公は吾が夫婦の老いて、以って自ずから娯《たの》しむ無きを知り、此の宮を盛んに飾る。豈《あ》に忠孝に非ずや」。かくて文帝の怒りは解け、造営使楊素は多くの恩賞にあずかったという。ただし「隋書」の楊素伝の記載はややことなり、楊素がまず皇后を説得して、「帝王の法《おきて》には離宮別館有り。今ま天下は太平なるに、此の一つの宮を造りたりとて、何んぞ費を損するに足らん」といい、皇后が楊素の弁解を、夫の文帝に伝えて、納得させたとする。何にしても、〔隋家の帝〕による造営は、〔荒《こう》なる哉〕と評せらるべき事柄であった。魏徴の「醴泉銘」にいう、「其の山を移し澗《たに》を廻《ま》げ、泰《たかぶ》りを窮めて侈《おご》りを極め、人を以って欲に従うは、良《まこと》に深く尤《とが》むるに足る」。しかしそれが〔今は頽朽〕している。権力の営為のむなしさ、おろかさ。〔頽朽〕の語、「佩文韻府《はいぶんいんぷ》」、杜のこの詩のみをあげる。なお造営後約十年、文帝がなくなったのも、この離宮においてであり、その子煬帝楊広《ようだいようこう》の弑逆《しいぎやく》によるとされる。

15 16〔向使国不亡、焉為巨唐有〕わずか三代三十七年でおわった短命の王朝、隋の滅亡は必ずしもこの離宮の造営のみを原因としない。二代目煬帝の一そうの暴政によるが、もしそうでなかったならばと仮定するのが、〔向《さき》に国を使《し》て亡びざらしむれば〕と、上の句。〔向〕はサキニと訓じ、嚮と同字。〔向使〕サキニ……シムレバと過去の事態を仮定するいい方は、「史記」の秦始皇本紀の論に、「嚮に二世を使て庸主の行い有りて忠賢に任ぜしむれば」など、もと散文のいい方。またその仮定を承けて、この離宮もわが王朝のもちものとはなっていまいという下の句、〔焉《なん》ぞ巨唐の有と為らんや〕。その〔焉為〕も、同じく散文の語を詩に入れる。〔巨唐〕「文選」十二、晋の木華《ぼくか》の「海の賦」の冒頭に、「昔し帝嬀《ぎ》巨唐の代に在《よ》りて」と、唐王朝の始祖とされる堯《ぎよう》の時代を、この語で表現するのを、現王朝に施した。わが大唐帝国も、隋の二の舞いをなさらぬようにという警告を、裏にふくむこと、いうまでもない。

17〔雖無新増修〕以下は、現存の唐王朝に継承されてのちの離宮の状態。やはり裏には、現在の王室への警告を含むが、この句ではまず、わが〔巨唐の有《もの》と為って〕からの、離宮に対する態度の消極さをたたえ、〔新しき増修は無しと雖《いえど》も〕と、弁護する。魏徴の「醴泉銘」に、次のようにいうのが参照される。創業の軍務と政務につかれた太宗は、健康がすぐれなくなった。どこかに離宮を新設されて、首都長安の暑熱を避けたもうてはと、群臣が進言したけれども、新設は見あわされて、隋の旧宮がここにあるのを利用することとし、且つことごとしい〔増修〕を加えなかった。「聖上は一夫の力をも愛《おし》み、十家の産をも惜しみたまえば」、群臣の進言を、「深く閉ざし固く拒みて、未まだ肯《あ》えて俯して従いたまわず。以為《おも》えらく、隋氏の旧宮は、曩《さき》の代に営む。之れを棄つれば則ち惜しむ可く、之れを毀《こぼ》てば則ち重ねて労す。事は因循を貴ぶ、何んぞ必ずしも改め作らんとて、是こに於いて彫《かざ》れるを斲《けず》りて樸と為し、之れを損《へ》らして又た損《へ》らす。其の泰《はなは》だ甚しきを去りて、其の頽れ隤《こわ》れしを葺き、丹《あか》き墀《ゆか》に雑《まじ》うるに砂礫を以ってし、粉《しろ》き壁に間《まじ》うるに塗泥を以ってす。玉の砌《きざはし》は土の階に接し、茅《かや》の茨《やね》は瓊《たま》の室に続く」。つまり「此れ所謂《いわゆる》至人は為す無く、大聖は作らず、彼れは其の力を竭《つ》くし、我れは其の功を享《う》くる者也」。〔増修〕の語、「文選」には見えない。同義の語、「増築」「増飾」はある。

18〔尚置官居守〕この離宮、前にもいったように、玄宗治世の半世紀間は、置きざりをくっていた。しかし〔居守〕留守のとのいをする〔官〕庁だけは、〔尚お〕もとのままに〔置〕かれている。「旧唐書」「職官志」三に、「九成宮の総監は、監一人、従五品の下」、以下、副監一人、丞一人、主簿一人、録事一人、府三人、史五人。「宮監は宮樹供進錬餌の事を検校するを掌る」。〔居守〕はもと「左伝」の語。〔置〕を文苑英華は「署」に作ると、朱鶴齢いう。任命。ただしいまわれわれの見る明本版の文苑英華は、諸本と同じく〔置〕。

19〔巡非瑤水遠〕この句、再び現王朝の弁護。〔巡〕は「書経」「舜典」篇にもとづいて、天子の行幸をいう語。唐の天子のここへの行幸は、長安から近距離であり、かの古代の周の穆《ぼく》王が、〔遠〕く世界の西の極《はて》の〔瑤《たま》の水〕まで出かけたようには〔非〕ず。玄宗はここを訪れたことがないから、かつての太宗の行幸を意識するとせねばならぬ。〔瑤水〕は、「穆天子伝」に、周の穆王が西王母《せいおうぼ》と瑤池の上でさかもりしたという説話を、「文選」四十六、斉の王融《おうゆう》の「三月三日曲水詩の序」に、「穆満の八駿は、瑤水の陰に舞うが如し」と表現するのを用いる。従前の注にはいわないが、ここ九成宮は、魏徴の銘が叙述するように、太宗の杖によって、霊泉が発見された土地である。それにもひっかけて〔瑤《たま》の水〕というのでないか。魏の「醴泉銘」にいう、「粤《ここ》に四月は甲申の朔《ついたち》にして旬有六日は己亥なるを以って、上《みかど》と中宮と、台観を歴《へ》めぐり観たもう。西城の陰に閑歩し、高閣の下に躊躇して、俯して厥《そ》の土を察《み》そなわしたまうに、微《かす》かに潤い有るを覚ゆ。因りて杖を以って之れを導きたもうに、泉有りて随いて湧出せり。乃ち承くるに石の檻《おばしま》を以ってし、引きて一つの渠《みぞ》と為せば、其の清きことは鏡の若《ごと》く、味の甘きことは醴《あまざけ》の如し」。周の穆王のように遠く西極まで〔巡《みゆき》〕したまわずとも、〔瑤水〕はすなわちここにあった。文苑英華の「遙水」は誤字。

20〔跡是雕牆後〕この句は再び王室への警告。太宗のここへの行幸は、天子の適度の行為として是認されるけれども、忘れて頂きたくないのは、この古〔跡〕が、かつて〔牆《かきね》〕にまで〔雕《かざり》〕を施すという隋帝国ぜいたくの〔後《なごり》〕ということ。それを前車のくつがえった戒めとして頂きたい。〔跡〕は迹と同字。原義あしあと。ここは歴史のあしあととしてある建造、地域。〔雕牆《ちょうしょう》〕「書経」「五子之歌」篇に、夏の王太康《たいこう》がした建築のぜいたくを、「宇《むね》を峻《たか》くし牆に雕る」。「孔伝」に、「雕は飾り画がくなり」。

21〔我行属時危〕以下、感慨を、時局の中に据えてのむすび。おのれのこの旅行は、あだかも危機的な時間にぶっかっている。〔属〕は副詞に訳せば、あだかも、動詞に訳せば、ぶっかる。九家注、詩史、分門集注の本文、呉若の一本、及び草堂詩箋の引く陳浩然《ちんこうぜん》の本は、〔我行〕を「我来」に作る。文苑英華も「来」に作り、注に引く「集」が〔行〕。

22〔仰望嗟嘆久〕かくて〔風に憑《よ》って廻《めぐ》る層宮〕を、〔仰〕ぎ〔望〕みつつ、〔久〕しく時間をかけて、〔嗟嘆〕ためいきをつく。魏徴の「醴泉銘」にも、「仰ぎて壮麗を観れば、鑒《かんが》みを既往に作《な》す可し」。また「仰ぎ視れば則ち迢遰《ちょうてい》たること百尋」。〔嗟嘆〕「詩経」大序の語。

23〔天王守太白〕時局の危機の中心、したがって杜の〔嗟嘆〕の中心は、いうまでもなく、長安が奪還されないままに、粛宗の亡命政府が鳳翔にいることである。この句それを表現するのに、古典「春秋」が全中国のあるじをいう語〔天王〕、それと鳳翔のそばにある名山〔太白〕、その二つを連ねて、〔天王守太白〕というのであるが、問題は〔守〕の字である。句のもとづくところは、「春秋」の僖《き》公二十八年。周の襄王が晋の文公の強要により、心ならずも河陽《かよう》の地へ出かけたのを、それは狩猟のためであったと、婉曲にぼやかして、「天王は河陽に狩りす」と書いており、いわゆる「春秋の筆法」の一つとされる。それにならっての句ゆえ、〔守〕の字は「狩」なのが望ましい。げんに呉若や草堂詩箋の引く晋本〈後晋の官書本〉と晁《ちょう》氏〈晁説之《えつし》〉の本は、「狩」に作る。また諸本のように〔守〕であっても、それは「狩」に読みかえること可能であると、趙次公はする。「春秋」のテキスト、「左氏伝」「公羊《くよう》伝」は「狩于河陽」であるけれども、「穀梁《こくりょう》伝」のそれは「守于河陽」だからである。何にしても〔天王〕とは粛宗を指す。槐南が玄宗とするのは誤解。〔太白〕が鳳翔政府に近い名山なのは、巻三19「行在所に達するを喜ぶ」〈その三〉に、「猶お瞻《み》る太白の雪」。北宋の旧注が星の名とするのも誤解。

24〔駐馬更搔首〕せまり来る感慨が、おのれの〔馬〕のあしを〔駐《とど》〕めさせ、〔更〕に今さらのように〔首《あたま》〕を〔搔〕きむしらせる。〔駐馬〕の語、「文選」には見えないが、魏の文帝曹丕の「臨渦賦の序」などに。〔搔首〕「詩経」「邶風《はいふう》」「静女」の詩に、思う女を待つ男のいらだちを、「首を搔きて踟蹰《ちちゅ》す」。杜詩の有名な句は、巻三12「春望」の「白頭は搔きて更に短し」。張綖《ちょうえん》の「杜詩通」は、「回首」に作る本をあげ、それならば鳳翔の亡命政府への眷恋、「大《こと》に明切」であるとする。いかにも呉若の一本は「回首」。

双声　蒼山　憑風　岌嶪　土嚢　鑿翠　紛披　掲嶫怪　石-走　哀猿　哉-隋　製此　不亡　焉為　新-増修
　官-居　跡是　属-時　搔首

畳韻　岌嶪　掲嶫　時危　仰望

余論。宋の宋祁《そうき》の「景文集」六に、「杜工部の九成宮に擬す」がある。詩はすぐれないが、「新唐書」杜甫伝の執筆者の、杜詩への尊崇の一端である。

4　徒歩帰行

徒歩帰行《とほきこう》

1 明公壯年値時危
2 經濟實藉英雄姿
3 國之社稷今若是
4 武定禍亂非公誰」
5 鳳翔千官且飽飯
6 衣馬不復能輕肥
7 青袍朝士最困者
8 白頭拾遺徒歩歸」
9 人生交契無老少
10 論交何必先同調
11 妻子山中哭向天
12 須公櫪上追風驃」

明公《めいこう》は壮年《そうねん》にして時《とき》の危《あやう》きに値《あ》い
経済《けいざい》　実《じつ》に藉《よ》る英雄《えいゆう》の姿《すがた》
国《くに》の社稷《しゃしょく》　今《い》ま是《こ》の若《ごと》し
武《ぶ》は禍乱《からん》を定《さだ》む　公《こう》に非《あら》ずして誰《た》れぞや
鳳翔《ほうしょう》の千官《せんかん》は且《か》つ飯《めし》に飽《あ》き
衣馬《いば》　復《ま》た軽肥《けいひ》なる能《あた》わず
青袍《せいほう》の朝士《ちょうし》　最《もっと》も困《くる》しむ者《もの》は
白頭《はくとう》の拾遺《しゅうい》　徒歩《とほ》にて帰《かえ》る
人生《じんせい》の交契《こうけい》は老少《ろうしょう》無《な》く
論交《ろんこう》　何《な》んぞ必《かなら》ずしも先《ま》ず同調《どうちょう》ならん
妻子《さいし》　山中《さんちゅう》　哭《こく》して天《てん》に向《む》こう
公《こう》の櫪上《れきじょう》の追風驃《ついふうひょう》を須《ま》つ

徒歩《かち》の帰り路《じ》のうた

閣下は　男盛りを　非常時にぶつけ
政治力　たのもしき　ますらおぶり
いまこのような国家の状態
醜草《しこぐさ》　うけなびけんは　閣下をおきて誰

行在所の連中は　三度のめしがせいぜいにて
優雅な生活　見込みなし
黒制服の宮仕え　中でも第一の困窮者は
このしらがあたまの侍従職　あるいての帰郷

人生の友情に年はなく
男のつきあい　同路線と見きわめる迄もなし
妻子《つまこ》　山の奥にて　空ふりあおいでの号泣です
ぜひぜひ閣下おんうまやのサラブレッドを

〔徒歩帰行〕歌謡体の七言古詩、〔行《こう》〕は歌謡を意味する。王琪本題下に注して、〔李特進に贈る。鳳翔自《よ》り鄜《ふ》州に赴くに、途《みち》にて邠《ひん》州を経ての作〕。多くの注、自注として載せる。詩史、分門集注が、「王彦輔《おうげんぽ》曰わく」として引き、北宋の王得臣《おうとくしん》の注の語とするのは、王氏の書もそれを録していたのの誤認としてよい。〔邠州〕は、渭《い》水の大きな支流涇《けい》水にのぞむ都会。さきの「九成宮」の詩の作られた麟遊県から東北七〇キロばかり。更に数日の行程であったろう。のちの「北征」の詩29にいわゆる「邠郊は地底に入る」という地形。出発地鳳翔からは百数十キロ。全体の行程の約三分の一のここまでは、〔徒歩での帰り〕であったのを、ここで〔李特進〕なる大官に馬をねだっての作。銭謙益、「旧唐書」の粛宗本紀に、この年の二月、政府が鳳翔に移った直後、両京の奪還のために、公私の馬を徴発したと見えるのを引き、杜の〔徒歩〕も、そのためであったとする。〔特進〕は正二品の勲等。〔李特進〕とは有力な軍人李嗣《りし》業《ぎょう》であろうとするのが、宋の趙次公以来、おおむねの注の説。すなわち前編8郭英乂《かくえいがい》を送る詩58の「前軍は旧京を圧す」、またのちの本編11「官軍已に賊寇に臨むと聞くを喜ぶ」19の「前軍蘇武の節」、みなその人とされる武勇廉潔の将軍であるが、この時は邠州の守備についていたこととなる。李が名馬のもちぬしであり、馬をねだるのにふさわしかったことは、「新唐書」の列伝に、「嗣業は忠毅にして国を憂え、居産を計らず。ただ宛馬十足有るのみ」。ただしそうとは確定しにくく、異説もある。草堂詩箋に引く趙傁《ちょうそう》は、邠寧《ひんねい》節度使の李光進《りこうしん》とする。しからば名将李光弼《りこうひつ》の弟、「旧唐書」列伝百十一、「新唐書」は列伝六十一、兄の伝に附見する。脚韻は、歌謡体の古詩ゆえ、途中で換韻し、1から4までは、「広韻」上平声「五支」「六脂」を「同用」し、5から8までは同「八微」、9から12までは去声「三十四嘯」「三十五笑」の「同用」。王琪本、呉若本、銭謙益注、二、九家注三、詩史六、分門集注十一紀行、草堂詩箋十一、千家注三、分類千家注一紀行上、通四、分類集注十三歌行紀行類、輯注四、論文八、闡五、詳注と鈴木注五、心解二之一、鏡銓四、雪嶺抄四。文苑英華は、三百四十、歌行十、雑贈と、三百五十、歌行二十、雑歌下とに、重複して収める。

1〔明公壮年値時危〕〔明公〕は高官に対する尊称であること、前編3厳武に贈る詩と同じ。ここはことに勲二等ないしは功二級の人物である。しかし年はまだ若く、三十代の〔壮年〕であった。「礼記」「曲礼《きょくらい》」篇上に「三十を壮と曰う」。「文選」四十二、魏の阮瑀《げんう》が曹操《そうそう》に代って孫権《そんけん》に与えた書簡に、「仁君は年壮んに気盛んなり」。〔値〕は当と訓ずる。でくわす。ぶつかる。閣下の若いエネルギーがぶつかるのは、〔時〕代の〔危〕機。

2〔経済実藉英雄姿〕若いながら、あるいは若いゆえに、経世済民の技倆を発揮されるのは、これ〔実〕に、あなたが、〔英雄〕今の国語の語感とはややことなり、傑出の意、そうした〔姿〕資質を、本来もっていられるのに〔藉《よ》〕る。

3〔国之社稷今若是〕〔社《しゃ》〕すなわち土地の神と、〔稷《しょく》〕すなわち穀物の神と、国家のもっとも重大な祭祀の対象によって、国家そのものをいうこと、いつものごとくである。国家の状態は、今や〔是の若《ごと》く〕である。はじめの句にいうように〔時は危い〕。

4〔武定禍乱非公誰〕「文は国を経するに足り、武は乱を定む可し」とは、北周王朝の創業者宇文泰《うぶんたい》を、張軌《ちょうき》がたたえた語〈「周書」張軌伝〉。すなわちさきの2の〔経済〕である。それは〔公に非ずして誰れ〕あなたにのみ可能である。〔禍乱〕の語、「文選」のあちこちに見える。以上四句、さいしょの一韻。まず相手をほめる。雪嶺永瑾いう、「此ノ如ク人ニイワレテハコワイ事カナ」。

5〔鳳翔千官且飽飯〕以下脚韻を換えて、自己の窮状をのべる。さきの巻三19「行在所に達するを喜ぶ」〈その三〉に、「影は千官の裏《うち》に静かなり」というが、非常時のこととて、〔鳳翔〕の政府では、役人どもみな、飯をくうだけがせいぜいというのが、〔且つは飯に飽く〕。〔且〕は苟且。俗にただものを食うだけで何もせぬ男を、「酒嚢飯袋」というのが、連なろうか。

6〔衣馬不復能軽肥〕さればその他の消費生活は、肥馬軽裘というわけには復《もは》や参らぬ。「論語」「雍也《ようや》」篇に、「赤《せき》の斉《せい》に適《ゆ》くや、肥馬に乗り、軽裘を衣《き》る」。

7〔青袍朝士最困者〕かく耐乏生活をする鳳翔政府の下級〔朝士〕のうちでも、〔最〕も〔困〕窮する〔者〕、それはおのれ。〔青袍《せいほう》〕はくろのガウン。もっとも下級の官吏の制服。〈巻七50「台州の鄭十八司戸を懐う有り」の注19参照。〉「唐会要《とうかいよう》」三十一、「輿服」上、「章服品」の条に、唐初貞観四年〈六三〇〉の詔として、「三品以上は紫を服し、四品五品以上は緋を服し、六品七品は緑を以ってし、八品九品は青を以ってす」。杜の官である左拾遺は従八品上。

8〔白頭拾遺徒歩帰〕かくてこのしらがあたまの左拾遺、〔徒歩〕での帰郷となった。

9〔人生交契無老少〕以下、更に脚韻を換え、人間関係の原則をのべつつ、馬をねだる。おのれは四十をすぎた〔老〕人、相手は〔壮年〕の〔少《わか》〕もの。しかしおたがいの〔人生〕、交わりを結ぶに〔老少〕のへだては〔無〕い。

いわゆる「忘年の交わり」を、あなたと結びたい。この軍人と杜、旧知ではなさそうである。〔交契〕カウ・ケイと双声の語、「佩文韻府」この詩を最初にあげる。〈巻八前編4「張《ちょう》十二山人彪《ひょう》に寄す三十韻」の11にも、「早く交契の密なるを通ず」。〉

10〔論交何必先同調〕先《はや》くから調子を同《あわ》せて来た間柄であるということ、それも交際をむすぶのに必須でない。〔論交〕これも「佩文韻府」、杜のこの句を用例のはじめとする。王琪を含む諸宋本の一本は「論心」、それならば、「荀子《じゅんし》」の「非相」篇に、「形を相《み》るは心を論ずるに如《し》かず」、「文選」でも、五十五、晋の陸機の「演連珠」に、「臆《むね》を撫でて心を論ず」。〔論交〕は、前行の〔人生交契〕とかさなる点で、テクストとして劣るかも知れぬ。〔同調〕はもと音楽の語。「文選」二十六、宋の謝霊運の「七里瀬」の詩に、「誰れか古今殊なりと謂うや、世を異にして調べを同じくす可し」。李善注に、「調とは音声の和を謂う也」。

11〔妻子山中哭向天〕鄜州にいる〔妻子〕、彼等は〔山中〕で、〔天〕に〔向〕かって〔哭《な》〕きさけんでいる。すこしでも早く帰ってやりたい。「詩経」の詩人、しばしばみずからの不幸を「蒼天」にうったえる。わが家族もそうであろう。

12〔須公櫪上追風驃〕だから〔須〕必要となるのは、〔公〕あなたの〔櫪《れき》〕かいばおけの〔上〕にいる名馬〔追風《ついふう》驃《ひょう》〕。「文選」三十四、魏の曹植の「七啓」に、「追風の輿《くるま》に乗る」。李善注して、「風を追うとは疾《はや》きを言う也」。〔驃〕「説文」によれば、「黄馬の白色を発《まじ》うるもの」。ここは韻脚をあわせる点からも、この字となる。音piào。

双声　済－実－藉　英雄　之－社稷　翔－千　飽飯　馬－不復　士－最　交契　同調　妻子－山　風驃

畳韻　時危　老少

余論。この詩のせいで、首尾よく馬が手に入ったか否かは、別の問題である。「北征」の詩によれば、旅程の後半も、必ずしも騎馬のようでない。

5 玉華宮

1 溪廻松風長
2 蒼鼠竄古瓦
3 不知何王殿
4 遺構絶壁下
5 陰房鬼火青
6 壞道哀湍瀉
7 萬籟眞笙竽
8 秋色正蕭洒
9 美人爲黄土
10 況乃粉黛假
11 當時侍金輿
12 故物獨石馬
13 憂來藉草坐

玉華宮《ぎよくかきゆう》

溪《たに》廻《めぐ》りて松風《しようふう》長《なが》く
蒼鼠《そうそ》　古瓦《こが》に竄《かく》る
知《し》らず何《な》んの王《おう》の殿《でん》ぞ
遺構《いこう》　絶壁《ぜつぺき》の下《もと》
陰房《いんぼう》　鬼火《きか》青《あお》く
壊道《かいどう》　哀湍《あいたん》瀉《そそ》ぐ
万籟《ばんらい》　真《しん》に笙竽《しようう》
秋色《しゆうしよく》　正《まさ》に蕭洒《しようしや》
美人《びじん》　黄土《こうど》と為《な》る
況《いわ》んや　乃《すなわ》ち紛黛《ふんたい》の仮《か》りなるをや
当時《とうじ》　金輿《きんよ》に侍《じ》す
故物《こぶつ》　独《ひと》り石馬《せきば》
憂《うれ》い来《き》たりて草《くさ》を藉《し》きて坐《ざ》す

浩歌涙盈把　　浩歌《こうか》　涙《なみだ》　把《は》に盈《み》つ
冉冉征途間　　冉冉《ぜんぜん》たる征途《せいと》の間《あいだ》
誰是長年者　　誰《た》れか是《こ》れ長年《ちょうねん》の者《もの》

玉華《ぎょくか》離宮

谷水めぐりて　松風はるかに
野ねずみ　古き瓦にひそむ
そもいつのみかどの宮居ぞや
絶壁の下なる遺跡
おぐらき部屋　鬼火あおく
くずれし道　せせらぎむせぶ
よろずのひびきこそ　笙しちりき
秋のけはい　いまぞ　さやけき
あで人　土くれとなんぬ
まして　紅《べに》おしろいの　かりそめなる
そのかみ黄金のみくるまの供《とも》せし
かつてのもの　あるはただ石の馬
胸ふたぎて　草に腰おろし
声はりあぐれば　たなごころにあふるる涙

うつろいゆく旅路はてなく
いのち永久《とわ》なるもの誰かある

〔玉華宮〕前の詩の邠州から、更に一路東北へ進むこと百キロばかり、おそらくまた四五日の行程であったろうが、坊《ぼう》州の宜《ぎ》君《くん》県に到達した。そこにある又一つの離宮を歌った五言古詩。さきの3「九成宮」と一対の作であるが、彼れがただ留守居役のみのすがれた雰囲気とはいえ、なお規模を保守したのに対し、此れは完全に廃墟であった。これまた創業の英主太宗皇帝の離宮の一つであるが、そのもっとも晩年の営建。「旧唐書」太宗本紀、六四七、貞観二十一年の条に、「七月庚子、玉華宮を宜君県の鳳凰谷に建つ」、六四八、二十二年の条に、「二月乙亥、玉華宮に幸す」、また「十月癸亥、玉華宮自《よ》り至る」。滞在八か月の間に、太宗は、狩猟、周辺の蛮族の征討、また道士による長寿の薬の調製などを行なっており、李吉甫の「元和郡県図志」三によれば、避暑地としての「清涼」さ、九成宮以上であった。しかし太宗はその翌年に崩じ、継嗣高宗は、即位後間もなくの六五一、永徽《えいき》二年九月癸巳、「玉華宮を廃して以って仏寺と為す」と、その本紀に見える。寺となってからは、玄奘《げんじょう》の訳経のところとなり、「此の寺は閻浮《えんぶ》の兜率《とそつ》天《てん》なり」と称せられたと、やはり「元和郡県図志」にいうが、それからまた百年、完全に荒廃していたのが、詩に悲哀と感慨を生む。「元和郡県図志」では、県治の北四里、宋の楽史の「太平寰宇記」三十五では、西四十里にあった。韻脚は「広韻」上声「三十五馬」。諸注でのあり場所、さきの「九成宮」と同じ。

1〔渓廻松風長〕周辺の地形、すでに荒涼である。あるのは渓谷の屈曲、それにそって長《の》びる松風。清の呉見思《ごけんし》の「杜詩論文」、「渓《たに》と山と廻り互《さえぎ》り、曲折して窮まらず。風は其の間に於いて、径《ただ》ちに度《わた》るを得ず。故に松風長しと曰う也」。趙次公、〔渓廻〕とは、「文選」三十四、漢の枚乗《ばいじょう》の「七発」に、やはり廃墟の風景を、「絶区に依りて廻渓に臨む」、また二十、晋の潘岳の「金谷集の作詩」の、「廻渓縈《めぐ》りて曲阻」。それらの二字を倒し用いたという。案ずるに〔松風〕も、「文選」二十三、宋の顔延之《がんえんし》が先帝の陵廟に詣でての詩に、「松風は路に遵《したが》って急なり」。やはり荒涼の風物。雪嶺永瑾の「杜詩抄」に、「鞍馬寺ノ奥之レニ似ル歟」。呉若の一本と草堂詩箋の引く晋本〈後晋の官書本〉は「渓迴」。渓迴《たにはる》かにして。

2〔蒼鼠竄古瓦〕建物はくずれ、地上に〔古瓦〕が散乱するのに、人影におどろいた野鼠、こそこそと竄《もぐ》りこむ。〔蒼鼠〕サウ・ソ cāng shǔ と双声の語で鼠をいうこと、同時の李白の「冬の日に旧山に帰る」にも、「床を払えば蒼鼠走る」。しかし「文選」の文学には、見えない。またそもそも〔鼠〕が文学に現れるのは、のちの「北征」50の「野鼠は乱穴に拱《きょう》す」とともに、「詩経」「魏風」の「碩鼠」以来、久しぶりである。私の全集十三巻「蘇東坡と鼠」参照。〔竄《ざん》〕は「説文」に、「匿《かく》る也、鼠の穴の中に在るに従う」。字形の本来が〔鼠〕の行為。〔古瓦〕の語、「佩文韻府」、この詩をはじめとする。

3〔不知何王殿〕ここが太宗の離宮であったことを、詩人は知らぬ筈がない。しかるにあえて〔何んの王の殿なるを知らず〕とは、大胆の語である。そういってよい程の荒廃であったとしたい。ただし暗に体制の浪費への批判を含むという説のあること、余論に。なお雪嶺永瑾の「杜詩抄」には、何に基づくか不明だが、一本は「不知何玉殿」、何んの玉殿なるかを知らず。誤本に過ぎまい。

4〔遺構絶壁下〕いかなる王の作ったものとも分からぬ。見るのは〔遺《のこ》〕された〔構〕築が、〔絶壁の下〕にあること。〔遺構〕の語、「佩文韻府」これ以前の詩の用例をあげぬ。〔絶壁〕は、きり立った岩壁の意として、「文選」では二十二、宋の謝霊運の「石門の最高頂に登る」の、「晨《あした》に策《つえ》つきて絶壁を尋ぬ」など。

5〔陰房鬼火青〕北むきの部屋を〔陰房〕ということ、晋の陸雲《りくうん》の「登台の賦」に、「陰房に歩めば夏も涼し」。それは鄴都《ぎょうと》の宮殿のすずしいそれ、今は陰鬱な〔鬼火《きか》〕が〔青〕く燃える。〔鬼火〕北宋人の旧注、「淮南子《えなんじ》」の「氾論訓」、「人の血を燐と為す」の許慎《きょしん》注の逸文、「兵に死するものの血を鬼火と為す、燐とは鬼火の名なり」を引く。案ずるに「詩経」「豳風《ひんぷう》」「東山」の「熠耀《ゆうよう》宵に行《なが》る」も、〔鬼火〕と解する説があったこと、孔穎達《くようだつ》の「正義」に見える。われわれの民俗にいう人魂としてよいであろう。さきだつ文学としては、〈「楚辞」、〉漢の王逸《おういつ》の「九思」の「哀歳」に、冬の夜の情景として、「神光は熲熲《けいけい》として、鬼火は熒熒《けいけい》たり」。今は昼間から〔青〕く燃えている。新しいイメージ、のちの李賀《りが》をみちびき、あらかじめそれを超える。

6〔壊道哀湍瀉〕かつては離宮の中の、谷川に沿っての道であった。今や〔道〕は出水に〔壊〕され、谷水が〔哀〕しげな音の〔湍《はやせ》〕となって、無遠慮にその上を〔瀉《そそ》〕ぎ流れる。イメージの新しさ、前句とあい対し、〔壊道〕も〔哀湍《あいたん》〕も、「文選」その他に見えない。〔湍〕は「広韻」に「急なる瀬也、他端の切」、tuān。

7〔万籟真笙竽〕かつては管楽器、たとえば十三管の〔笙《しょう》〕、三十六簧《こう》の〔竽《う》〕、それらがなりひびいた空間、今はただ〔廻る渓〕に鳴る〔松風〕、〔壊れた道〕にむせぶ〔哀湍〕、自然の〔万《よろず》〕の〔籟《ひびき》〕のみがある。それら自然の〔万〕の〔籟〕こそ人工の〔笙竽〕にもまさって、〔真〕にこれこそまことの〔笙竽〕と、皮肉の句。「荘子」「斉物《せいぶつ》論《ろん》」篇に、「人籟」「地籟」「天籟」をつぎつぎに説き、「吹きざまは万に同じからず」、しかしおなじく〔籟〕であるというのをふまえること、北宋の旧注以来説くごとくだが、発想のより近い先蹤は、「文選」にある。杜修可《としゅうか》が引くのは、五、晋の左思の「呉都の賦」に、林の木木のざわめき、「鳴る条《えだ》は律《ひびき》暢《の》び、音を飛ばすこと響亮にして、蓋《けだ》し琴筑の幷《なら》び奏し、笙竽の倶《とも》に唱うに象《に》たり」、二十二、晋の殷仲文《いんちゅうぶん》の「南州桓公九井の作」の、「爽籟は幽律を警《お》こし、哀壑《あいがく》は虚牝を叩く」。いま案ずるに、十九、宋玉の「高唐の賦」にも、密林に群生する植物のさやぎを、「纖《ほそ》き条《えだ》の悲しげに鳴く、声は竽の籟に似て、清濁相い和し、五変し四会す」。二十二、晋の左思の「招隠の詩」〈その一〉に、「必ずしも糸と竹のみに非ず、山水に清音有り。何事ぞ嘯歌《しょうか》を待たんや、灌木自のずと悲吟す」。ことに人人の知るのは、さいごの例。いかにもそれら過去の文学のいうとおり、〔真〕に今やここでは〔万籟〕が〔笙竽〕である。なお〔笙竽〕を呉若の一本は「竽瑟」に作り、文苑英華は「笙瑟」、注に引く「集」が〔笙竽〕。案ずるに、「荘子」の〔万籟〕

が風を中心としての議論なのをかえりみれば、絃楽器の瑟をまじえるよりも、〔笙竽〕と管楽器二つであるのが、よろしかろう。陳の姚察《ようさつ》の「明慶寺に遊びて悵然《ちょうぜん》として古を懐う」に、「風を含みて万籟響く」、同じく陳の張正見《ちょうせいけん》の「風は翠竹の裏《うち》に生ずるを賦し得たり応教」に、「聊《いささ》か万籟の響きに因り」。

8〔秋色正蕭洒〕上の句の聴覚の皮肉に対し、下の句は視覚の皮肉。空虚な空間において、〔秋〕の自然の〔色〕のみ、今や〔正〕に、〔蕭洒〕と爽潔の絶頂にある。〔蕭洒〕セウ・シヤ xiāo sǎ を、諸本あるいは「蕭灑」「瀟灑」に作るのは、表記の差異。「文選」では四十三、斉の孔稚珪《こうちけい》の「北山移文」に、「蕭灑たる出塵の想い」。この句五字、シウ・シヨク・セイ・セウ・シヤ qiū sè zhèng xiāo sǎ と、歯音のみなのが、〔蕭洒〕さを一そうにする。ただし〔秋色〕を王琪以外の諸宋本の一本は「秋気」、呉若と草堂詩箋の更なる一本は「秋光」。また呉若の一本は〔正〕を「極」。文苑英華は本文を「秋光極蕭灑」、注に引く「集」が王琪本と同じ。〔秋色〕「秋気」「秋光」みな「文選」に見えず、北周の王褒《おうほう》の「関山月」の、「関山夜月明らかに、秋色孤城を照らす」も、ここの〔秋色〕でない。何でもなく見える語、唐詩に至って活潑となった一つであろう。

9〔美人為黄土〕建築の荒廃への感慨から、人間無常の悲哀へと、展開する。むかし太宗がここに行幸したとき、それに侍った美女たちも、黄いろい土と為りはてている。宋の趙次公は、何かこの離宮にまつわる女性の物語りがあり、今は明らかでないその話を、杜は知っていたとし、太宗側近の女性のうち、「輦《れん》に随って死して葬らるる者有らん矣。惟《た》だ公は相い去ること近きゆえに、能く之れを知りしならん」。朱鶴齢、仇兆鰲《きゅうちょうごう》、浦起龍、楊倫など、清人の諸注みなそれを引くが、そこまで考える必要はあるまい。往日の遊幸を色どり、もっとも自己を主張した人間として、まず思い浮かべられるのが、側近の〔美人〕たちであったとしてよい。「文選」の似た句としては、三十一、梁の江淹が晋の潘岳の妻の死をいたむ詩に擬して、「美人は重泉に帰しぬ」。〔美人〕は、「詩経」「楚辞」以来の語。〔黄土〕の語は「文選」に見えず、それに代る語は「黄壌」。草堂詩箋が、〔美人〕をもって、殉葬の木偶とするのは、もっとも非。槐南がそれに牽かれ、一そう奇妙な説を立てるのは、どうしたことか。

10〔況乃粉黛仮〕冷徹の語。〔美人〕たちの顔にのっかった〔粉《ふん》〕おしろい、〔黛《たい》〕眉ずみ、それらはそもそも〔仮《いつわり》〕の附加であった。〔美人〕その人の肉体さえも〔黄土〕となったいま、況《いわ》んや乃《すなわ》ちいつわりのそれらをや。〔況〕に〔乃〕を添えて、語調を強める。〔粉黛〕宋の諸注、「列子」「周穆王」篇の美人のよそおい、「粉は白く黛は黒し」を引く。

11 12〔当時侍金輿、故物独石馬〕太宗遊幸の〔当時〕、黄金をちりばめた皇帝の輿《くるま》に侍ったのは、〔美人〕であり、官僚たちであり、彼ら彼の女らを乗せる名馬であった。今やすべては虚無。故《ふる》き物としてあるのは、ただ独り石彫の馬。〔金輿〕「史記」の「礼書」に、「人体は駕《くるま》に乗るを安しとす。金輿錯衡を為《つく》りて、以って其の飾りを繁くす」。裴《はい》駰《いん》の「集解《しっかい》」、「周礼」に見えた王の「五つの路《くるま》」の一つ「金路」をもって充て、鄭玄《じょうげん》の注を引いて、「金を以って諸《こ》れを末に飾る」。「文選」では十六、梁の江淹の「恨みの賦」に、趙王張敖《ちょうごう》のさいごを、「艶姫と美女に別れ、金輿と玉乗を喪《うしの》う」。そこにも「美女」の語があるのが、ここの〔美人〕を生んだかも知れぬ。〔故物〕「文選」〈二十九、〉「古詩十九首」〈その十一〉の有名な部分が、必ず意識にある。「四もを顧りみるに何んぞ茫茫たる、東風百草を揺るがす。遇う所すべて故物無し、焉《なん》ぞ速かに老いざるを得んや」。

13〔憂来藉草坐〕せまり来る悲哀、〔憂い来たりて〕、地上にあるのは、ただ雑草、それを藉《し》きものとして坐り込む。「文選」二十七、魏の武帝曹操の「短歌行」に、「憂いは中従《よ》り来たり、断絶す可からず」。おなじ巻、その子文帝曹丕の「善哉行」に、「憂いの来たるはさだまれる方無く、人は之れを知る莫《な》し」。また十一、晋の孫綽の「天台山に遊ぶ賦」に、「萋萋《せいせい》たる繊草を藉く」。

14〔浩歌涙盈把〕悲哀の爆発は、浩《おお》ごえの歌。涙は落ちてそれを把《すく》おうとする手のひらに盈《み》ちあふれる。「楚辞」「九歌」「少司命」に、「風に臨みて怳《きょう》として浩歌す」。王逸注、「大歌」と釈する。他の詩人には普通でなく、杜にはしばしばな行為、また語。〔涙は把に盈《み》つ〕といういい方も、このままの先例を知らぬ。

15〔冉冉征途間〕詩は無常感を惜しみなく放出して、終る。冉冉《ぜんぜん》とうつろいゆく〔征途〕たび路《じ》の〔間《なか》〕にある諸存在。〔冉冉〕rǎn rǎn と音声によって、ものが流れゆく時間の上に伸びうつろう形容。ぐんぐん、ずんずん。早く「楚辞」「離騒《りそう》」に「老いは冉冉として其れ将《まさ》に至らんとす」、同じく「惜誓」に「寿は冉冉として日に衰う」。〔征途〕たび路は人生のそれでもあり、離宮の荒廃に示される歴史のそれでもある。更にはおのれもまた鄜州に赴く〔征途〕にある。

16〔誰是長年者〕そうした時間の流れの〔間《なか》〕で、〔長年〕永遠の時間の〔者〕存在であるのは、誰《だれ》、誰《なに》。離宮、〔美人〕、〔金輿〕、すべてはそれでない。例外は独り〔石馬〕。永遠の生命を〔長年〕ということ、「文選」十六、晋の陸機の「嘆逝の賦」に、「嗟《ああ》人生の短かき期なる、孰《た》れか長年を能く執《たも》たん」。zhe の上声〔者〕を韻脚にふむこと、含蓄無限である。

双声　蒼鼠-竄　古瓦　真-笙　秋色-正-蕭洒　時-侍　藉草-坐　誰是

畳韻　松風

余論の一。この詩、わが国人の愛読書である明の李于鱗《りうりん》の「唐詩選」にも収めること、しかもその書は杜の五言古詩ただ二つを収めるのが、「後出塞五首」の一つ〈巻七55その二〉を摘むのとこれであること、それによっても、人人の耳に熟する。主題は、無常感であって、建物の荒廃から歌いおこし、やがて人間の無常を、〔美人も黄土と為る〕を頂点として、〔誰れか是れ長年の者ぞ〕と広汎に歌い収める。体制の奢侈浪費の無意味に対する批判が、暗黙のうちにあるとしても、さきの「九成宮」の詩のごとく表面にはない。杜としてはむしろ珍らしく政治への関心を抑制して、人間の悲哀に終始することが、李于鱗の美学にかなったと思われる。しかしなお問題となるのは、3の〔知らず何んの王の殿ぞ」である。太宗の旧殿であること、杜が知らぬ筈はない。それを捨象させての悲哀と見得ること、注で説くごとくだが、別にまた太宗がこの離宮を作った際の無理が、この句を生んだのであり、それへの批判を含むとする説も、宋の趙次公以来ある。すなわち太宗によるこの離宮の創建には、当時いろいろ批判があった。徐賢妃《じょけんひ》は、太宗後宮の賢女であるが、「旧唐書」の「后妃伝」上に、彼の女の上奏を載せるのを、趙氏は引く。長安の宮殿の増築、終南山《しゅうなん》における翠微宮《すいびきゅう》の新設のあと、又もやこの玉華宮がいとなまれたのを諫《いさ》めて、「窃《ひそ》かに見るに土木の功《わざ》は、兼《あわ》せ遂ぐ可からず。北闕初めて建ち、南に翠微を営みてより、曾《か》つて未まだ時を逾《こ》えざるに、玉華も制を創《はじ》む。復《ま》た山に因り水に藉《よ》ると雖も、架築の労無きには非ず、之れを損《つづま》しくし又た損しくするも、頗《すこぶ》る工力の費え有り」。たとい自然の地形を利用するとしても、国家の経済、徴発された人民の労働、みな浪費というのである。批判者は徐賢妃のみではなかったであろう。従来の注の引かぬ資料として、宋の宋敏求《そうびんきゅう》の編んだ「唐大詔令集」百八に、太宗の弁解の語二つを載せる。その一、「玉華宮を宜君県の鳳凰谷に建つる詔」にいう、近ごろの朕は多病である、「而うして頃《さき》の年以来、憂労煩結、茲歳《ことし》に曁《およ》んで、風疾は時に弥《わた》る」、ことに夏の暑さに堪えきれない、さきに群臣のすすめにより、南に翠微宮を、それもせいぜい質素に営んだばかりではあるが、更に涼しい空間を求めて、この玉華宮を作ることにした。「想うに志士哲人も以って言と為さざらん」。知識人よ批判するなと、甚だ歯切れが悪い。日附けは六四七貞観二十一年の七月。その二、翌二十二年二月、「玉華宮成りて宜君県に曲赦する制《みことのり》」にはいう、朕の従来の避暑の場所は、杜のさきの詩にいう九成宮であったが、それは前王朝隋が、「日に檕《せま》り雲に臨み」、「珠を銜《ふく》み璧《たま》を帯《めぐ》らして」、ぜいたくの限りを尽くしたものであり、隋の亡国も、それを原因とする。それをそのまま継承するのは面白くないと思っていたところへ、朕の体調はいよいよ悪い。ことに夏期には、「寒泉に対すと雖も、頭痛の坂を升《のぼ》る如く、或いは珍簟《ちんたん》のむしろに居るも、炎火の林を渉《わた》るが若《ごと》し」なのを、臣下たちがいろいろ心配してくれる。いかにも朕の体は、朕一人のものでない。「身は己が有に非ず、自ずから軽んず可からず」。すなわちこの新しい避暑の離宮を、せいぜい質素にしつらえる理由である。その竣功も間近ゆえ、地もと宜君県の人民に特赦を与える云云。同じく弁解の辞であるが、さきの3の詩にも見えたような、九成宮のぜいたくさが、この詔勅にも見えるのが、注意される。その翌年、貞観二十三年の五月、太宗はなくなる。「旧唐書」によればよわい五十二、「新唐書」によれば五十三。そうして二年後の六五一永徽二年、継嗣の高宗によって離宮は廃棄されたこと、題注にいうごとくである。英雄太宗晩年の強引な土木は、これまた無用の浪費であったこととなる。〔何んの王の殿なるかを知らず〕、たとい句の中心となる意識はそこにないにしても、体制の浪費への批判、いかにもこの句にも含まれているかも知れぬ。

余論の二。この詩いま一つの問題がある。無常感の又一つの頂点として、〔当時金輿《きんよ》に侍す、故物独《ひと》り石馬〕ということである。〔石馬〕は原則として墳墓の前のものであり、離宮のものでない。ここに一つの説が派生している。すなわちここには四世紀、五胡十六国の時代、前秦《ぜんしん》国の皇帝を僭称して、華北に雄を称した苻堅《ふけん》の墓があったのであり、詩は離宮の廃頽のみならず、この梟雄をもとむらったとする説である。説のはじまりは、詩史や分門集注に、宋の梅堯臣《ばいぎようしん》、字《あざな》は聖兪《せいゆ》の説として引用するものにある。いわく、「苻堅の墓は此の宮の前に在り」云云。草堂詩箋などもそれを承けていう、「甫は苻堅安《い》ずくに在りやと傷《いた》む。美人は化して黄土と為り、宮も亦た頽廃すること此の若《ごと》し」。清人にも、黄生《こうせい》の「杜詩説」のごとく、「按ずるに詩は行殿を詠ずるの作には非ず。梅聖兪謂う、宮の近きに苻堅の墓有りと。或いは然らん」と、詩を全く離宮から切り離す説、また王嗣奭《おうしせき》の「杜臆《とおく》」の如く、〔何んの王の殿なるかを知らず〕というのからいって、唐の宮殿でなく、苻堅の作った宮殿およびその墓への感慨とする説などがある。今案ずるに、それらの説は、非である。まずいわゆる梅堯臣の説は、それと合致する文献、他に見あたらない。のみならず、「晋書」の「載記」十四によれば、苻堅は、次の梟雄姚萇《ようちよう》によって、邠州新平県の仏寺で縊り殺されたのであり、「元和郡県図志」三によれば、その墓は新平県の東南二里に在る。さきに杜が通りすぎて、李特進から馬を借りようとした邠州の附近であり、ここにはない。またそもそも梅堯臣の説を引くのは、詩史、分門集注であるが、二書は共に宋の俗本であり、引用する文献、必ずしもあてにならない。これも、二書がしばしば引く蘇東坡説が決定的に偽本であるのと似た関係にあり、よい位な説を、北宋詩の大家である梅氏に偽託した疑い充分である。九家注がそれを引かないのは、偽蘇注を全く引かないのとともに、見識といってよい。私の前注も、いわゆる梅堯臣説を、いくぶん顧慮したが、今は撤回する。ことに不都合なのは、11の〔金輿〕の語であって、それは太宗のごとき正統の皇帝には施し得ても、苻堅のように、唐人の歴史意識からは僭主であり、自分免許の皇帝であった人物をとむらうのに、施すべきではない。

余論の三。ただ私の前注「杜甫II」が、巻尾の補注で言及した説は、なお附記にあたいしよう。ここ玉華宮が、すなわちその創建者太宗終焉の地であったとする説の存在である。もしその説が杜にも影響したとすれば、この詩は太宗をもとむらっての無常感を含むこととなろう。もっともそれは有力な説でなく、唐の何延之《かえんし》の「蘭亭記」に、次の形で見える。太宗は、王羲之《おうぎし》の「蘭亭序」の真蹟を、会稽《かいけい》の僧弁才《べんざい》が所持するのに執心し、側近の蕭翼《しょうよく》に命じ、智略をもってだまし取らせた。いわゆる「賺《たん》蘭亭」の話であり、甚だ小説的な文章であるが、やがて太宗は臨終の病床で、苦心入手した「蘭亭序」を、わが陵に陪葬せよと、子の高宗に遺言する。遺言の場所を、何延之の「記」は、ここ玉華宮においてのこととする。「貞観二十三年、聖躬豫《やすら》がず、玉華宮の含風殿に幸《みゆき》したまいしが、崩ずるに臨みて、高宗に謂いたまうらく」云云。吉川忠夫「王羲之」昭和四十七年東京清水書院参照。このこと、「旧唐書」の太宗本紀、「新唐書」の太宗本紀の記載とは、合致しない。両正史ともに、太宗の死の場所を、終南山の離宮である翠微宮の含風殿だとし、玉華宮とはしない。事実はむろん正史のいうごとくでなければなるまい。しかし何延之の「蘭亭記」も、開元十年〈七二二〉の作と自署し、ややのち中唐の時期に編まれた張彦遠《ちょうげんえん》の「法書要録」三にも、全文を収める。そのいうごとく太宗の崩地を玉華宮とする俗説も、当時にはあった。南の翠微宮、北の玉華宮、矢つぎばやの新営が、徐賢妃から批判されたこと、前にいうごとくなのが、混乱を生み、俗説発生の原因であったか。杜もそうした俗説を承けて、この離宮における太宗の死に思いいたり、まず当時太宗にはべった美人たちも、すべて〔黄土〕と化したといった上、当時太宗の黄金の輿《くるま》に侍った諸存在、故《もと》のままなる物は、独り〔石馬〕のみ、それは実際にはそこになく、詩としての造型であるかも知れないが、そうした句を作った可能性、全くなくはない。

余談の一。朱鶴齢注は、この離宮につき、他の注の引かない資料二つを引く。第一は「唐会要」を引いて、「玉華宮の正殿は瓦もて覆うも、余は皆な之れに葺くに茅《かや》を以ってす。貞観二十三年、玉華宮の銘を御製し、太子以下をして皆な和せしむ」。太宗御製の銘は伝わらず、太子すなわちのちの高宗の「玉華宮山の銘」のみが、「全唐文」十五に見える。なお朱鶴齢が、銭謙益とともに引く「唐会要」は、往往にしてのち清朝聚珍版の重輯本には見えない逸文を含む。第二は、宋の張珉《ちょうびん》の「玉華山に遊ぶ記」であって、「玉華宮は、其の初め九殿五門有りき。正殿を玉華と為し、其の上を排雲《はいうん》と為し、又た其の上を慶雲と為し、其の正門を南風と為す。南風の東を太子の宮と為して、其の殿を耀《よう》和《わ》と曰い、其の門を嘉礼と曰い、又一つの門を金飇《きんぴょう》と曰う。其の外は得て考うる莫《な》し」。後者は出処を知らぬ。

余談の二。詩史や分門集注が梅堯臣の説として引くものが、信ずるに足りないこと、前述のごとくとして、梅氏には、「杜甫の玉華宮に擬す」と題して、次の詩があるのを、附記する。

松深溪色古　松深《まつふか》くして渓《たに》の色古《いろふる》び
中有鼯鼠鳴　中《うち》に鼯鼠《ごそ》の鳴《な》く有《あ》り
廢殿不知年　廃殿《はいでん》　年《とし》を知《し》らず
但與蒼崖平　但《た》だ蒼崖《そうがい》と与《とも》に平《たい》らかなり
鬼火出空屋　鬼火《きか》　空屋《くうおく》より出《い》で
未繼華燭明　未《い》まだ華燭《かしょく》の明《めい》を継《つ》がず
暗泉發虛竇　暗泉《あんせん》　虚竇《きよとう》より発《はっ》し

似作哀絃鳴　哀絃《あいげん》の鳴《な》るを作《な》すに似《に》たり
黄金不變土　黄金《おうごん》は土《つち》に変《へん》ぜざるも
玉質空令名　玉質《ぎょくしつ》　空《むな》しく令名《れいめい》
當時從輿輦　当時《とうじ》　輿輦《よれん》に従《したご》うもの
石馬埋棘荊　石馬《せきば》　棘荊《きょくけい》に埋《うず》む
獨來感舊物　独《ひと》り来《き》たりて旧物《きゅうぶつ》に感《かん》じ
煎懷如沸羹　懐《むね》を煎《に》ること沸《わ》く羹《あつもの》の如《ごと》し
區區人世間　区区《くく》たる人世《じんせい》の間《あいだ》
誰免此虧盈　誰《た》れか此《こ》の虧盈《きえい》を免《まぬが》れん

梅氏の「宛陵先生集」十二に、「晏《あん》相公の坐中にての探賦」、すなわち宰相晏殊《あんしゅ》宅の詩会での課題作と注して、「王維の観猟に擬す」「陶潜《とうせん》の止酒に擬す」「韋応物《いおうぶつ》の残燈に擬す」と、ならび収める。原詩そのままをなぞっての擬作であり、詩としてはすぐれないが、杜詩の声価が確立した北宋の中ごろ、詩壇の名家、この詩に対する理解である。またこの詩すでに人口に膾炙したことを示す。ややのち蘇東坡の重要な弟子の一人である張耒《ちょうらい》も、甚しくこの詩を好み、懸命に追随しようとして及ばず、その「黄州を離る」と題する作が、「稍《や》や之れに似るか」として、後輩に示したという話を、南宋の洪邁《こうまい》の「容斎随筆」十五に載せる。

扁舟發孤城　扁舟《へんしゅう》　孤城《こじょう》を発《はっ》し
揮手謝送者　手《て》を揮《ふる》って送《おく》る者《もの》に謝《しゃ》す
山回地勢卷　山回《やまめぐ》りて地勢《ちせい》巻き
天豁江面瀉　天豁《てんひろ》くして江面《こうめん》瀉《そそ》ぐ

中流望赤壁　中流《ちゆうりゆう》　赤壁《せきへき》を望《のぞ》めば
石脚插水下　石脚《せききやく》は水《みず》に挿《さしはさ》みて下《くだ》る
昏昏煙霧嶺　昏昏《こんこん》たる煙霧《えんむ》の嶺《みね》
歴歴漁樵舍　歴歴《れきれき》たる漁樵《ぎよしよう》の舎《いえ》
居夷實三載　夷《い》に居《お》ること実《じつ》に三載《さんさい》
鄰里通假借　隣里《りんり》　仮《か》り借《か》しを通《つう》ず
別之豈無情　之《こ》れに別《わか》るるは豈《あ》に情《おも》い無《な》からんや
老涙爲一洒　老涙《ろうるい》　為《た》めに一《ひ》とたび洒《そそ》ぐ
篙工起鳴鼓　篙工《ふなびと》　起《た》ちて鼓《つづみ》を鳴《な》らせば
輕櫓健於馬　軽櫓《けいろ》　馬《うま》よりも健《すこや》かなり
聊爲過江宿　聊《いささ》か江《こう》を過《す》ぎての宿《やど》りを為《な》せば
寂寂樊山夜　寂寂《せきせき》たり樊山《はんざん》の夜《よ》る

内容は全く別であるが、同じく上声「馬」の韻を用い、「此れ其の音響節奏、固《まこと》に之れに似たり矣」と、洪邁は評する。なお洪が、張の詩にさきだって、杜詩の全首を引くうち、今本との異文としては、〔遺構〕が「遺締」になっている。

6 晩行口號

1 三川不可到
2 歸路晩山稠
3 落鴈浮寒水
4 飢烏集戍樓
5 市朝今日異
6 喪亂幾時休
7 遠媿梁江摠
8 還家尙黑頭

晩行《ばんこう》の口号《こうごう》

三川《さんせん》 到《いた》る可《べ》からず
帰路《きろ》 晩山稠《ばんざんしげ》し
落雁《らくがん》 寒水《かんすい》に浮《う》かび
飢烏《きう》 戍楼《じゆろう》に集《あつ》まる
市朝《しちよう》 今日異《こんにちこと》なり
喪乱《そうらん》 幾時《いくじ》か休《や》まん
遠《とお》く愧《は》ず梁《りよう》の江総《こうそう》の
家《いえ》に還《かえ》りて尚《な》お黒頭《こくとう》なるに

夕暮れの旅の即興
三川《さんせん》県　辿りつけそうになく
藪入りの道にぎっしりと夕暮の山
雁舞いおりて　つめたき川面《かわも》に浮き
ひもじの鴉　トーチカにつどう
きのうに変る城下のもよう
騒動の収まるは　いつ
うらやましや江総《こうそう》どの

くろぐろとした頭での帰館

以下二首は、鳳翔から鄜州への旅の途中、どこかの地点での即興の五言律詩。〔晩行〕は夕ぐれの旅路。〔口号〕は口ずさみ。即興の詩をこの語でいうこと、梁の簡文帝蕭綱《しょうこう》の「衛尉新渝《しんゆ》侯の巡城の口号に和す」に始まるとされ、杜もときどき詩題にこの二字を加える。〔号〕は平声の háo と鏡銓。韻脚は、「広韻」下平声「十八尤」「十九侯」の「同用」。宋某氏本、呉若本、銭謙益注、十、九家注十九、詩史六、分門集注十二紀行下、草堂詩箋十一、千家注三、分類千家注二紀行下、通四、分類集注十六五言律紀行類、輯注四、論文八、闡五、詳注と鈴木注五、心解三之一、鏡銓四、雪嶺抄四。また文苑英華二百九十一、詩百四十一、行邁三。

1〔三川不可到〕家族のいる鄜州三川県。趙次公、「到る可からざる所以の者は、山稠《しげ》きを以っての故也。山稠くして到る可からざる者は、時は喪乱に当たり、盗賊を憂うる也」といった上、「北征」の詩の諸句を引く。なお文苑英華の本文は「不可望」、注に「集は到に作る」。

2〔帰路晩山稠〕故郷の家への路が〔帰路〕。陶淵明の詩〈「庚子歳五月中」云云二首その一〉に、「行く行く帰路に循《したが》い、日を計りて旧居を望む」。しかしいまゆく手にあるのは、たたなわる夕暮れの山なみ。〔晩山〕の語、使用の前例を見いださぬ。杜もここのみに用いる。〔稠《ちゅう》〕は多き也、密なる也。ぎっしり。「北征」の27にいわゆる「前《すす》みて寒山の重なるに登る」。

3〔落雁浮寒水〕この聯二句、夕暮れの旅の風景。趙次公がいうように、「地は喪乱を経、寂乎《せきこ》として人無くして然る也」。人影は見えず、鳥のみがいる。〔落雁〕瀟湘《しょうしょう》八景の「平沙落雁」によって、われわれに親しいイメージだが、陳の江総《こうそう》の「幷《へい》州羊腸坂」の「風起こって朔雁落つ」、庾信の「華林園馬射の賦」の序の「吟猿落雁」など、六朝末から現われる。「文選」には見えない。〔寒水〕「文選」二十二、梁の沈約の「沈道士の館に遊ぶ」の「衿《えり》を開いて寒水に濯《そそ》ぐ」は、気もちのよいそれ、ここの〔寒水〕はつめたく光るわびしい水であること、杜の他の詩とおなじ。

4〔飢烏集戍楼〕詳注が〔飢えし烏《からす》〕につき、陳の張正見の詩を引くのは、誤引。〔戍楼《じゅろう》〕は、梁の元帝蕭繹《しょうえき》の「隄に登りて水を望む」に「江槎《こうさ》は戍楼を擁す」。邵宝《しょうほう》いう、「戍楼は兵士の居る所。今ま饑烏《きう》の集まる所と為る。兵敗れ国破るること知る可し」。雪嶺永瑾の「杜詩抄」覆製本第四冊に附した嵯峨寛氏の「札記」にいう、「「落雁浮寒水、飢烏集戍楼」の聯は、孟浩然《もうこうぜん》の五律、「赴京途中遇雪」の「落雁迷沙渚、飢烏噪野田」が本家で、杜甫のは分家であろう。孟浩然は清詞麗句伝えるに堪えたる詩人として老杜が尊重するところ、この二句に関しては、本家に軍配を挙げなければなるまい」。

5〔市朝今日異〕〔市《し》〕すなわち下町の商店街と〔朝《ちょう》〕すなわち政府機関の官庁街とが、首都の構成要素であることは、「周礼」「考工記《こうこうき》」「匠人」の、「朝を面《まえ》にし市を後にす」以来のこと。しかしその二ついずれのもようも、〔今日〕いまはかつての平常の状態と〔異〕なっている。「文選」では、三十、斉の謝朓が呉の大帝孫権の遺跡をとむらつた詩の、「参差《しんし》として世祀忽《おろそ》かに、寂漠として市朝変ず」が、この句と似る。またのち78の注で言及する江総の「修心の賦」にも、梁朝末期の紛乱を、「華と戎と弁《わか》ち莫《な》く、朝と市は傾き淪《しず》む」。

6〔喪乱幾時休〕乱世の紛乱を〔喪乱〕でいうのは、「詩経」の語。「大雅《たいが》」「桑柔《そうじゅう》」に、「天は喪乱を降す」。「小雅」「節南山」に、「喪乱弘《おお》いに多し」。それが〔休〕止して、「小雅」「常棣《じょうてい》」にいうごとく、「喪乱既に平らぎて、既に安らかに且つ寧《やす》らぐ」ことになるのは、〔幾時《いつ》〕か。なお以上「詩経」の諸句につき、唐の孔穎達の「正義」は、「死喪乱国」「死喪禍乱」と釈する。しからば〔喪〕の字は、死亡を意味する場合の平声のサウ sāng であり、詳注のいうごとく亡失を意味する場合の去声のサウ sàng ではない。〔幾時〕は何時と同義。

78〔遠媿梁江揔、還家尚黒頭〕〔媿〕は愧と同字。はずかしい。たたなわる山道、わびしい夕暮れの風景、不安定な世の中、その中での帰郷、おなじ帰郷でも、百何年前、梁王朝の文学者〔江揔《こうそう》〕が、おのれのように白髪あたまでなく、黒黒した頭で家に還ったという幸福がうらやましく、それに対しはずかしく思う。そうした句意であるが、いろいろと考証が附随する。〔江揔〕梁武帝天監十八年五一九―隋文帝開皇十四年五九四。六朝末の梁から隋へかけての高名な文士。より多く江總すなわち江総と、糸へんの字で表記される。その事跡のうち、どの部分がうらやまれたかについて、説が分かれるのである。江総の伝は「陳書」に見え、「南史」は遠祖である宋の江夷《こうい》の伝に附する。梁の武帝の治世の末年、すでに文学にひいでた青年貴族官僚であったが、侯景《こうけい》の反乱によって、首都建康すなわち南京が陥落すると、東して会稽すなわち浙江紹興《せっこうしょうこう》の龍華寺が、遠祖江夷の宅址であるのに、避難し、ついで遠く南して、母方のおじ蕭勃《しょうぼつ》が広州すなわち広東にいるのを頼り、十数年ののち、梁の後継王朝である陳の、建康の朝廷に召し還され、浮艶の文芸によって、後主《こうしゅ》〈陳叔宝《ちんしゅくほう》〉の寵遇を受け、その尚書令、すなわち宰相でもあったこと、杜も他の詩〈「秋日夔府詠懐」云云〉で「江令」と呼ぶごとくである。やがて陳が隋に亡ぼされて、又もや建康が陥落し、南北一統の世となると、北して長安の隋の朝廷の高官となった。更にもっとも晩年、七十余歳で南に還り、江都すなわち揚州でなくなる。宋の呉曾《ごそう》の「能改斎漫録」六は、かくさいごの長安から南方への帰還が、この詩の〔還家〕であるとし、しからばその時期の江総はもはや白頭であったこと、その「南に還りて草市の宅を尋ぬ」の詩にも、「白首もて轘轅《かんえん》に入る」云云と、みずからいうごとくであり、この詩が〔黒頭〕というのを、解し難いとする。草堂詩箋もおなじ。また宋末の杜詩の批評家として有名な劉辰翁《りゅうしんおう》は、〔梁の江揔〕とわざわざいうのは、転転と異朝に仕えたことへの皮肉だとした。そうした旧説への是正を試みたのは、清初の大儒顧炎武《こえんぶ》の「日知録《にっちろく》」二十七であって、梁の太清三年〈五四七〉、三十一歳で建康が陥落してから、十四五年の南方放浪ののち、陳の天嘉三年〈五六二〉、建康すなわち南京の政府へ帰ったのは四十五歳、それが〔家に還りて尚お黒頭〕であるとする。また〔梁の〕というのは、はじめ梁の官僚であったからにすぎぬと、劉辰翁の説をしりぞける。銭謙益の説も、ほぼ同じい。そうした清初の説を、更に是正しようとするのは、清の中ごろ、浦起龍の「読杜心解」であって、さいしょ建康を脱出し、遠祖江夷の遺構である会稽の龍華寺にたどりついたのが、この詩にいう〔家に還る〕であって、そのときの作「修心の賦」に、「寺域は則ち宅の旧基」といい、「寔《まこと》に豫章の旧圃」というのも、それを〔家〕と見なしての措辞であり、それは三十代のことだから、たしかに〔黒頭〕だったろう。もし顧炎武のいうように、広州から建康の朝廷への帰還ならば、「還朝」であっても〔還家〕でない。且つ年齢すでに四十五歳、〔尚お黒頭〕であった保証はないとする。案ずるに、論理的には、浦説もっともすぐれよう。楊倫の「杜詩鏡銓」も、浦説を采る。またさきの5の〔市朝今日異なる〕が、そこの注でいうように、江の「修心の賦」に出るとすれば、杜の念頭にあった江氏の〔還家〕、会稽の旧宅に辿りついた時のことと、一そうなる。更にまた考慮を払うべきは、〔黒頭〕の語である。それは単に壮年を意味せず、若くして顕要の地位にいる人物に施すのが、常である。「晋書」の王導《おうどう》伝に附した王珣《おうじゅん》の伝に、長官の桓温《かんおん》が、若い事務官であったその人に期待して、「王掾は当《まさ》に黒頭公と作《な》るべし」、白髪の年に至らずして最高の重臣となろう、は、その一例。杜が江総をうらやむのは、〔還家〕の年の若さのみでなく、「修心の賦」に見るような貴族的雰囲気を、おのれの境涯と比較してうらやむとすれば、浦説は一そう賛成しやすい。なおかく異代ないしは同代の人物に対し〔愧《は》〕ずかしく思うという発想は、「文選」二十三、魏の嵇康《けいこう》の「幽憤の詩」の、「昔は柳恵《りゅうけい》に慙《は》じ、今は孫登《そんとう》に愧ず」に出る。いま〔遠く愧《は》ず〕というのは、江総との間の時間的距離が、〔遠〕の字になったというよりも、境涯の距離の〔遠〕さを〔愧〕じるのであろう。似た表現として、梁の鍾嶸《しょうこう》の「詩品」下に、晋の張載《ちょうさい》の詩を、弟の張協と比較して、「乃ち遠く厥《そ》の弟に慙《は》ず」。

双声　三川　集-戍

7　獨酌成詩

独酌《どくしゃく》して詩《し》を成《な》す

燈花何太喜　燈花《とうか》　何《な》んぞ太《はなは》だ喜《よろこ》ぶや
酒綠正相親　酒《さけ》の緑《みどり》なるに正《まさ》に相《あ》い親《した》しむ
醉裏從爲客　酔裏《すいり》　客《きゃく》と為《な》るに従《まか》せ
詩成覺有神　詩《し》成《な》りて神有《しんあ》るを覚《おぼ》ゆ
兵戈猶在眼　兵戈《へいか》　猶《な》お眼《め》に在《あ》り
儒術豈謀身　儒術《じゅじゅつ》　豈《あ》に身《み》を謀《はか》らんや
共被微官縛　共《とも》に微官《びかん》の被《た》めに縛《しば》らる
低頭媿野人　頭《あたま》を低《た》れて野人《やじん》に愧《は》ず

ひとり酒くみてよみいでしうた
なぜそうはしゃぐぞ燈芯《とうしみ》
生《き》一本こそがわが相手
酒のめば　旅の憂《う》さままよ
よみいでし歌　どうやら神がかり
戦争　まだ目の前にぶらさがり
学問では食えそうにない飯
安月給にしばられる身は

〔独酌して詩を成す〕のち蜀での「独酌」と題する詩に、「歩屧《ほしょう》深林の晩れ《く》、樽を開いて独酌遅し」というのは、野外のそれ、これは宿を借りた家の燈下でのそれ。〔成詩〕詩中4に、〔詩成りて神有るを覚ゆ〕。浦起龍の「心解」、楊倫の「鏡銓」など、みな旅程がほぼ終点の鄜州に近づいてからの作と見る。韻脚は「広韻」上平声「十七真」。諸注でのあり場所、分門集注十燕飲、分類千家注十五燕飲、分類集注二十五言律燕飲類、通四、論文七、そのほかは、前詩に同じ。文苑英華には収めない。

1〔燈花何太喜〕燈芯の火ばな〔燈花〕がはぜるのは吉兆である。早く「西京雑記《せいけいざつき》」三、漢の博学者陸賈《りくか》の語に、「燈火華さけば銭財を得」。今晩の〔燈の花〕よ、〔何〕ゆえそんなに〔太《いた》〕く〔喜〕びはしゃぐのか。おまえは何の吉兆ぞ。〔太〕は今語とおなじく、あまりにも。

2〔酒緑正相親〕さきの巻三8、賊中での「雪に対《むか》いて」の、「瓢は棄てられて樽に緑無し」とおなじく、〔緑〕は酒の色。ただし諸宋本、みな一本は「酒色」。さけのいろ。それも面白い語であり、同時の岑参《しんじん》の「虢《かく》州の西亭にて端公の宴集に陪す」にも、「瓶を開けば酒の色嫩《わか》し」。はしゃぐ〔燈花〕の下での酒の色、ないしはその緑の色は、〔正しく〕これこそは〔相い親しむ〕べく、親密な感情をもつべきである。〔燈花〕のはしゃぎの予告した吉事は、ほかでもなくこのことであった。旅中の吉事といえば、せいぜいが酒、そうした気もちがあろう。明の邵宝の分類集注、「燈花は喜びを報ずと雖も、逆旅《げきりょ》にては」、旅宿では、「一つの喜ばしき懐《おも》いだにも無し。但《た》だ緑酒と相い親しみて、以って自ずから遣《や》る耳《のみ》」。しからば〔正〕は、この時代の言語にしばしばなように、止におきかえ、但におきかえてよい。なお趙次公は、前引の陸賈によれば、〔燈花〕は銭財の前兆であり、「酒食を得る」前兆は、「目瞤《まばた》く」なのに、詩がかくいうのは、大まかに吉兆としていったまでと、こまかな穿鑿をする。

3〔酔裏従為客〕前聯の〔酒緑〕を承けて、〔酔いの裏《なか》〕にはいったがさいご、〔客と為るに従《まか》す〕、趙次公、「客《たびびと》と為るに任せ従いて、辞せざる也」。

4〔詩成覚有神〕題に〔独酌して詩を成す〕というように、〔酔いの裏《うち》〕にできあがった詩に、〔神《しん》〕超自然の力がわが身にのりうつったごとき超越、それが〔有〕るのをみずから〔覚〕える。北宋の旧注いう、「神助有るが如き也。公嘗《か》つて詩有りて云う、書を読みて万巻を破り、筆を下せば神有る如しと」。すなわち巻一冒頭の韋《い》左丞丈に贈る詩の二句である。のち「八哀」の詩で、汝陽《じょよう》王李璡《りしん》の文学をたたえても、「篇什は神有るが若《ごと》し」。いずれも「文選」三十七、漢の孔融《こうゆう》が禰衡《でいこう》を推薦する書簡の、「思いは神有るが若《ごと》し」に出る。

5〔兵戈猶在眼〕いまわしい〔兵戈〕戦争は、ひきつづいて〔猶〕お今も〔眼〕前の存〔在〕である。「文選」二十二、宋の謝霊運の詩〈「斤竹澗《きんちくかん》従《よ》り嶺を越え渓行す」〉に、「山の阿《くま》の人を想見するに、薜蘿《へいら》は眼に在るが若《ごと》し」。

6〔儒術豈謀身〕儒学的な方法また実践が〔儒術〕。趙次公、「荀子」「富国」篇を引き、「儒術誠に行なわるれば、則ち天下大いにして富む」。〔豈《あ》に身を謀らんや〕三字は二様に読めよう。草堂詩箋、似た句として、これも巻一韋左丞丈に贈る詩の「儒冠多く身を誤る」を引くのは、儒学的方法は、一身の栄達を謀るのには役に立たないと、読むのであり、諸注おおむねそれに傾く。しかしまた「論語」「衛霊公《えいれいこう》」篇の、「君子は道を謀りて食を謀らず」をかえりみ、その「食を謀る」が、ここの〔身を謀る〕とすれば、〔儒術〕はそもそもが〔豈に〕これ一〔身〕の好都合を〔謀〕り得べきものならんや、の意となる。何にしてもおのれの信奉する〔儒術〕、実際の生活には便利でない。

7〔共被微官縛〕酒と詩のよろこびはあっても、なお〔兵戈〕のうちつづく世に、わが身のためには役立たぬ〔儒術〕にかじりつき、従八品門下省左拾遺という〔微〕小な〔官〕職にしばられるおのれ。句首の〔共〕の字、読みにくい。強いて読めば、志を同じくする同僚たちと〔共〕に、ということになろうか。宋某氏と呉若の一本、また詩史、分門集注、草堂詩箋の本文は、「苦」。その方が読みやすい。クルシクモ、アヤニクニ、ハナハダ、日本語ではそれらの訓に分裂するものを、兼ね含む。〔微官〕「文選」二十三、晋の欧陽建《おうようけん》の「臨終の詩」に、「責めを抱いて微官を守る」。二十六、晋の潘岳の「河陽県の作」〈その二〉に、「豈に敢えて微官を陋《いや》しとせんや、但《た》だ恐る荷《にの》う所を忝《はずか》しむるを」。

8〔低頭媿野人〕以上のような生活をするおのれは、自由な生活をする〔野人〕すなわち百姓、それは今夜の宿の主人であるらしいが、その前に〔頭〕を〔低《た》〕れて〔媿《は》〕じ入るばかりである。〔媿〕は前詩におけると同じく、愧と同字。詩史、分門集注の何氏いう、「低頭とは愧《は》じて仰視する能わざるを言う也」。明の張綖の「杜詩通」いう、「遇う所の時に非ずして、志を行のうを得ず。強顔の一官、野人の疎散に愧ずる有る也」。前の「晩行口号」の詩ではわが身の老いを江総の若さにむかって愧じ、この詩ではわが身の束縛を、〔野人〕の自由にむかって愧じる。〔野人〕はもと「左伝」僖公二十三年また定公十四年の語。農民を愛重していう語として、杜は屢用する。〔頭を低《た》れる〕のは、〔野人〕の自由をうらやむゆえに、それにむかって頭を下げるのであって、いくつかの注が、平常上官にむかって平身低頭していることを、〔野人〕にむかって〔愧〕じるとするのは、偽蘇東坡注の詩史と分門集注に見えるのが、例によって典故を臆造するのに出るらしいが、当たらない。知識人権力者のマネリスムが、却って人民の純朴に及ばないとするのは、「書経」「五子之歌」篇に、「愚夫愚婦も、一とえに能く予《わ》れに勝《まさ》る」というのなど、〔儒術〕のもつ伝統的な思想である。

双声　花‐何　正‐相親　詩成　低頭

はしがき四

以上、鳳翔《ほうしよう》から鄜《ふ》州に至る途上の諸作、「九成宮」「玉華宮」の名作を含みつつも、この旅の生んだ文学として、なお重要でない。重要なのは、全集第一の雄篇とされる長詩「北征《ほくせい》」である。北への征《たび》。全七百字、七十聯、百四十句。単に長さからいっても、全集中第二に位する。のち夔《き》州での「秋日夔府詠懐一百韻」は、長さこれに踰《こ》えて一千字、しかし拘束の多い長律の詩型であり、内容もさまで重大でない。これは最も重大な内容を盛るのであり、社会の良心としての詩人の責務を、拘束の少ない古体詩の詩型によって、縦横に果す。公的なそれは、政治への批判、私的なそれは家族への愛。批判は硬質の議論となり、愛は柔軟の叙述となる。しかもしかく議論と叙述をまじえつつも、これは確実に詩であること、のちに再び論じよう。

あらかじめ内容のあらましをいえば、1「皇帝二載の秋」から20「憂虞《ゆうぐ》何んの時にか畢《おわ》らん」までは、第一部分、時局への発言、皇帝への勧告である。21「靡靡《ひひ》として阡陌《せんぱく》を踰《こ》え」から56「残害せられて異物と為る」までは、第二部分、三百キロの行程での見聞である。戦争による人民の惨禍、それに超然たる自然の様相、前者は深刻に、後者は繊細に、叙述される。57「況《いわ》んや我れは胡塵に堕《お》ち」から92「生理焉《な》んぞ説くを得ん」までは、第三部分、妻子と再会を遂げての喜びの叙述、幼いむすこむすめたちの振る舞い、ことに活潑である。93「至尊尚お蒙塵」から、さいごの140「樹立甚だ宏達」までは、第四部分、再び時局への批判と勧告である。さきの巻一39「京自《よ》り奉先《ほうせん》県に赴く詠懐五百字」が、これとあい並ぶが、更に拡大した規模にこれはある。

それを文学史の中におき、過去の文学を比較の媒介とするとき、この詩の意義は、更に増大する。まず量的に、類似の長篇は、これまでの詩の歴史から、容易には見出だされない。もし単に長さだけならば、漢の無名氏の「古詩、焦仲卿《しょうちゅうけい》の妻の為めに作る」、一名「孔雀東南に飛ぶ」は、全一千七百四十五字、長さ古今の詩に冠絶するが、若い小吏夫婦の悲恋についての物語り詩であり、おのずと別のジャンルに属する。また六朝末から唐初へかけての文士が、時に五百字詩、千字詩を競作したのが、杜の意識となにがしか連続するであろうこと、さきの巻一「詠懐五百字」の題注で説くごとくだが、今は伝わらないそれらが、単なる美文であったろうのと、これは非連続である。もし強いて先蹤を求めるならば、後漢末の薄倖の女性蔡文姫の「悲憤の詩」が、掠奪されて匈奴の妻となり、子を生み、やがてその子をふりすてて中国に帰るまでの身の上を叙して、五百四十字の五言詩なのが、感情の激越これと近いののみが、想起される。

更に重要なのは、従前の文学の意識に与えた変革である。従前の文学の意識では、この詩のような議論と叙述、したがって長篇の言語であることは、そもそも詩の任務でなかった。その任務を担当するジャンルは、別にあった。長篇の韻文、「賦」である。

「楚辞」の後裔である「賦《フ》」の文学は、敷《フ》、布《フ》を近似の音声とすることによっても示されるように、叙述の羅列、また議論が、任務であった。またそのゆえに長篇である。それに対し、詩は「詩経」の子孫として、刹那的な感情の燃焼の表現を任務とし、したがってまた、百字内外の短篇なのを原則とした。三世紀晋の陸機の「文の賦」〈「文選」十七〉は、二つのジャンルの任務を規定していう、「詩は情に縁《よ》りて綺靡《きび》、賦は物を体《うつ》して瀏亮《りゅうりょう》」。「情」とは内なる感情、「物」とは外なる存在である。少なくともそれが原則であるとする意識は、六朝を通じ、また唐初に及んでいる。

しかるにこの「北征」の詩は、従来は「賦」の任務として来たものを、詩に導入する。

またそのことは、杜の自覚にもあった。「北征」という題が、それを示す。この題は、漢の班彪《はんぴょう》の「北征の賦」にならうからである。班氏のその賦は、「文選」の賦の部分のうち、九、紀行の類に収め、前後漢交替の紛乱期、長安から甘粛《かんしゆく》の涼《りよう》州への旅の、感慨を伴なっての叙述である。また「文選」同じ巻の「東征の賦」は、彪のむすめ班昭《はんしよう》が、洛陽から陳留《ちんりゆう》への旅を叙述し、次の十に収める「西征の賦」は、晋の潘岳が、洛陽から長安への旅を叙述する。それらが「征」を賦の名とするのにならって、この詩も「北征」なのである。名をおそうばかりではない、賦の内容であり任務であったものをも、奪ってここに移す。より小さな類似としては、杜が馬を詠じた諸詩、巻一12「高都護驄馬行」、13「天育驃騎の歌」、36「沙苑行」、37「驄馬行」、みな詩としては先蹤に乏しく、「文選」の文学では、十四、宋の顔延之の「赭白馬《しやはくば》の賦」が、むしろその祖先となる。

「賦」も脚韻をふんだ言語である点では、韻文である。しかし「物を体《うつ》す」のを任務とする点では、散文の要素をもつ。杜が「賦」の任務を奪って詩に移したということは、散文の要素を詩に導入して、詩を新しくしたことである。このこと杜詩全体にも関係する。杜の詩が議論と叙述をしばしば拒否せず、花鳥風月に終始しないゆえんであり、その代表となろうのが、この詩である。以後の文学史への関係としては、次代の韓愈と白居易《はくきよい》が、この方向を拡大して、あるいは「文を以って詩と為す」といわれ、更には次の宋代の詩における一そうの拡大が、「理を以って詩と為す」といわれるのの、大きなきっかけも、この詩にあろう。しかしまたこの詩は、韓白二氏の詩、ないしは宋人の詩が、そのために時に枯燥して、詩としてのうるおいを減ずるごとくでない。抽象の議論には終始しない。熾烈の眼、人間についても、自然についても、ささやかな個物にまずそそがれ、感情の燃焼によって、波紋を、詩のもっとも任務とする無限定の世界との接触へとひろげる。事がらは、現代における詩と散文の関係を考えようとする人人にも、啓示を与えるであろう。

以上のこと、一九六七、京都大学を退くにあたっての最終講義、「杜甫の詩論と詩」でも、言及した。全集十二巻六〇七頁以下。近人では、胡小石《こしようせき》氏の「杜甫《北征》小箋」に、同様の論がある。一九六三中華書局「杜甫研究論文集」三輯。私はさきの講義をしたとき、胡氏の説を見のがしていたが、先んじて我が心を獲る。なお私事ながら、私は一九三一年の春、南京で胡氏にお目にかかり、黄侃《こうかん》氏訪問の紹介者となって頂いたことがある。

話を再び長さの点にもどせば、以後の唐詩のうち、白居易の「長恨歌」が八百四十字、「琵琶行」が六百二十六字なのは、一おう別として、しばしば並称されるのは、韓愈の「南山」千二十字である。岩波「中国詩人選集」11、清水茂「韓愈」一五四頁以下。しかしそれは終南《しゅうなん》山脈を種種の側面からうたいあげて、言語の描写の能力を検証しようとするものであり、この詩の切実とは異質であること、早く宋人に議論がある。趙次公いう、「北征」をよしとする孫覚《そんかく》と、「南山」をよしとする王安国《おうあんこく》とが、議論をたたかわせたとき、まだ弱年であった山谷《さんこく》、すなわち黄庭堅《こうていけん》がいった、「若《も》し工巧を論ずれば、則ち北征は南山に及ばず。若《も》し一代の事を書し、以って国風雅頌と相い表裏を為すべきは、則ち北征は無かる可からずして、南山は作らずと雖も未だ害あらざる也」。論争はかくて決着したと。趙氏はまた蘇軾《そしょく》が、「北征の詩は、君臣の大体を識《し》る。忠義の気は、秋色と高きを争う。貴ぶ可き也」と評したのと、「新唐書」杜甫伝の筆者である宋祁《そうき》がこの詩を読んでの感想をうたった詩とをあげる。いずれも賞賛の早く北宋の時代にあったものである。うち孫覚らの議論は、「苕渓漁隠叢話《ちょうけいぎょいんそうわ》」前集十二に引く范温《はんおん》の「詩眼」に見え、宋祁の詩は、「宋景文集」七に見えるが、蘇軾の語は、出処をさがしあてぬ。〈宋の羅大経《らだいけい》の「鶴林玉露《かくりんぎょくろ》」丙編六、「李杜」に、蘇軾の語としてこの文を引く。また宋の恵洪《えこう》「冷斎夜話」二、「老杜、劉禹錫《りゅううしゃく》、白居易の詩に妃子《ひし》の死を言う」にも、蘇軾の語と指定はしないが、やはりこの文を引いている。〉文苑英華その他、早い時期の選集が、この詩を収めないのは、その非美文性が、詩に対する当時の常識に叶わなかったからであろう。

8　北征

皇帝二載秋
閏八月初吉
杜子將北征
蒼茫問家室
維時遭艱虞
朝野少暇日
顧慙恩私被
詔許歸蓬蓽
拜辭詣闕下
怵惕久未出
雖乏諫諍姿
恐君有遺失
君誠中興主
經緯固密勿
東胡反未已
臣甫憤所切
揮涕戀行在

北征《ほくせい》

皇帝二載《こうていにさい》の秋《あき》
閏八月初吉《うるうはちがつしょきつ》
杜子《とし》　将《まさ》に北《きた》に征《ゆ》き
蒼茫《そうぼう》として家室《かしつ》を問《と》わんとす
維《こ》れ時《とき》は艱虞《かんぐ》に遭《あ》い
朝野《ちょうや》　暇日《かじつ》少《すく》なし
顧《かえ》って慙《は》ず恩私《おんし》を被《こうむ》り
詔《みことのり》して蓬蓽《ほうひつ》に帰《かえ》るを許《ゆる》すを
拝辞《はいじ》して闕下《けつか》に詣《いた》り
怵惕《じゅってき》して久《ひさ》しく未《い》まだ出《い》でず
諫諍《かんそう》の姿《すがた》に乏《とぼ》しと雖《いえど》も
君《きみ》に遺失《いしつ》有《あ》るを恐《おそ》る
君《きみ》は誠《まこと》に中興《ちゅうこう》の主《しゅ》
経緯《けいい》　固《もと》より密勿《みつぶつ》なり
東胡《とうこ》　反《はん》して未《い》まだ已《や》まず
臣甫《しんほ》の憤《いきどお》り切《せつ》なる所《ところ》
涕《なみだ》を揮《ふる》うて行在《あんざい》を恋《こ》い

18 道途猶恍惚
19 乾坤含瘡痍
20 憂虞何時畢
21 靡靡踰阡陌
22 人煙眇蕭瑟
23 所遇多被傷
24 呻吟更流血
25 廻首鳳翔縣
26 旌旗晩明滅
27 前登寒山重
28 屢得飲馬窟
29 邠郊入地底
30 涇水中蕩潏
31 猛虎立我前
32 蒼崖吼時裂
33 菊垂今秋花
34 石戴古車轍
35 青雲動高興
36 幽事亦可悦

道途《どうと》　猶《な》お恍惚《こうこつ》たり
乾坤《けんこん》　瘡痍《そうい》を含《ふく》む
憂虞《ゆうぐ》　何《な》んの時《とき》か畢《おわ》らん
靡靡《ひひ》として阡陌《せんぱく》を踰《こ》ゆれば
人煙《じんえん》　眇《びょう》として蕭瑟《しょうしつ》
遇《あ》う所《ところ》は多《おお》く傷《きず》を被《こうむ》り
呻吟《しんぎん》して更《さら》に血《ち》を流《なが》す
首《こうべ》を鳳翔県《ほうしょうけん》に廻《めぐ》らせば
旌旗《せいき》　晩《ゆうべ》に明滅《めいめつ》す
前《すす》みて寒山《かんざん》の重《かさ》なれるに登《のぼ》れば
屢《しば》しば飲馬《いんば》の窟《いわや》を得《う》
邠郊《ひんこう》は地底《ちてい》に入《い》り
涇水《けいすい》　中《なか》に蕩潏《とういつ》す
猛虎《もうこ》　我《わ》が前《まえ》に立《た》ち
蒼崖《そうがい》　吼《ほ》ゆる時《とき》　裂《さ》く
菊《きく》は今秋《こんしゅう》の花《はな》を垂《た》れ
石《いし》は古車《こしゃ》の轍《わだち》を戴《いただ》く
青雲《せいうん》　高興《こうきょう》を動《うご》かし
幽事《ゆうじ》　亦《ま》た悦《よろこ》ぶ可《べ》し

37 山果多瑣細
38 羅生雜橡栗
39 或紅如丹砂
40 或黑如點漆
41 雨露之所濡
42 甘苦齊結實
43 緬思桃源內
44 益歎身世拙
45 坡陀望鄜畤
46 巖谷互出沒
47 我行已水濱
48 我僕猶木末
49 鴟鳥鳴黃桑
50 野鼠拱亂穴
51 夜深經戰場
52 寒月照白骨
53 潼關百萬師
54 往者散何卒
55 遂令半秦民

山果《さんか》　瑣細《ささい》多《おお》く
羅生《らせい》　橡栗《しょうりつ》に雑《まじ》わる
或《ある》いは紅《あか》きこと丹砂《たんしゃ》の如《ごと》く
或《ある》いは黒《くろ》きこと点漆《てんしつ》の如《ごと》し
雨露《うろ》の濡《うるお》す所《ところ》
甘苦《かんく》　斉《ひと》しく実《み》を結《むす》ぶ
緬《はる》かに桃源《とうげん》の内《うち》を思《おも》い
益《ます》ます身世《しんせい》の拙《つたな》きを嘆《なげ》く
坡陀《はた》として鄜畤《ふじ》を望《のぞ》めば
巌谷《がんこく》　互《たが》いに出没《しゅつぼつ》す
我《わ》が行《あゆ》みは已《すで》に水浜《すいひん》なるに
我《わ》が僕《ぼく》は猶《な》お木末《ぼくまつ》
鴟鳥《しちょう》　黄桑《こうそう》に鳴《な》き
野鼠《やそ》　乱穴《らんけつ》に拱《きょう》す
夜《よ》る深《ふか》くして戦場《せんじょう》を経《ふ》れば
寒月《かんげつ》　白骨《はくこつ》を照《て》らす
潼関《どうかん》　百万《ひゃくまん》の師《し》
往者《さき》には散《さん》ずること何《な》んぞ卒《にわ》かなるや
遂《つい》に半秦《はんしん》の民《たみ》を令《し》て

56 殘害爲異物
57 況我墮胡塵
58 及歸盡華髮
59 經年至茆屋
60 妻子衣百結
61 慟哭松聲廻
62 悲泉共幽咽
63 平生所嬌兒
64 顏色白勝雪
65 見耶背面啼
66 垢膩脚不襪
67 牀前兩小女
68 補綻纔過膝
69 海圖拆波濤
70 舊繡移曲折
71 天吳及紫鳳
72 顚倒在裋褐
73 老夫情懷惡
74 嘔泄臥數日

残害《ざんがい》せられて異物《いぶつ》と為《な》らしむ
況《いわ》んや我《わ》れは胡塵《こじん》に堕《お》ち
帰《かえ》るに及《およ》びて尽《ことごと》く華髪《かはつ》
年《とし》を経《へ》て茆屋《ぼうおく》に至《いた》れば
妻子《さいし》　衣《ころも》　百結《ひゃくけつ》
慟哭《どうこく》　松声《しょうせい》廻《めぐ》り
悲泉《ひせん》　共《とも》に幽咽《ゆうえつ》す
平生《へいぜい》　嬌《きょう》する所《ところ》の児《こ》
顔色《がんしょく》　白《しろ》きこと雪《ゆき》に勝《まさ》る
耶《ちち》を見《み》て　面《おもて》を背《そむ》けて啼《な》き
垢膩《こうじ》　脚《あし》は襪《たび》はかず
床前《しょうぜん》の両　小女《りょうしょうじょ》
補綻《ほたん》　纔《わず》かに膝《ひざ》を過《す》ぐ
海図《かいず》　波濤《はとう》を拆《さ》き
旧繡《きゅうしゅう》　曲折《きょくせつ》を移《うつ》す
天呉《てんご》と紫《し》鳳《ほう》と
顚倒《てんとう》して裋褐《じゅかつ》に在《あ》り
老夫《ろうふ》は情懐《じょうかい》悪《あ》しく
嘔泄《おうえい》して臥《が》すること数日《すうじつ》

75 那無囊中帛
76 救汝寒凜慄
77 粉黛亦解苞
78 衾裯稍羅列
79 痩妻面復光
80 癡女頭自櫛
81 學母無不爲
82 曉粧隨手抹
83 移時施朱鉛
84 狼籍畫眉闊
85 生還對童稚
86 似欲忘飢渴
87 問事競挽鬚
88 誰能卽嗔喝
89 翻思在賊愁
90 甘受雜亂聒
91 新歸且慰意
92 生理焉得說
93 至尊尙蒙塵

那《な》んぞ囊中《のうちゅう》の帛無《はくな》からんや
汝《なんじ》の寒《さむ》くして凜慄《りんりつ》たるを救《すく》わん
粉黛《ふんたい》も亦《ま》た苞《つつ》みを解《と》き
衾裯《きんちゅう》　稍《や》や羅列《られつ》す
痩妻《そうさい》の面《おもて》は復《ま》た光《かがや》き
痴《ち》女《じょ》は頭《あたま》を自《み》ずから櫛《くし》けずる
母《はは》を学《まな》んで為《な》さざる無《な》く
暁粧《ぎょうしょう》　手《て》に随《したが》いて抹《まつ》す
時《とき》を移《うつ》して朱鉛《しゅえん》を施《ほどこ》し
狼籍《ろうぜき》　眉《まゆ》を画《え》がくこと闊《ひろ》し
生還《せいかん》して童稚《どうち》に対《たい》す
飢《き》渇《かつ》を忘《わす》れんと欲《ほっ》するに似《に》たり
事《こと》を問《と》うて競《きそ》うて鬚《ひげ》を挽《ひ》く
誰《た》れか能《よ》く即《すなわ》ち嗔喝《しんかつ》せん
翻《かえ》って賊《ぞく》に在《あ》るの愁《うれ》いを思《おも》い
甘《あま》んじて雑乱《ざつらん》の聒《かまびすし》きを受《う》く
新帰《しんき》　且《か》つは意《い》を慰《なぐさ》む
生理《せいり》　焉《な》んぞ説《と》くを得《え》ん
至尊《しそん》　尚《な》お蒙塵《もうじん》

幾日休練卒　幾《いつ》の日《ひ》か卒《そつ》を練《ね》るを休《や》めん
仰看天色改　仰《あお》いで看《み》るに天色《てんしょく》改《あらた》まり
旁覺妖氣豁　旁《あまね》く妖気《ようき》の豁《かつ》たるを覚《おぼ》ゆ
陰風西北來　陰風《いんぷう》　西北《せいほく》より来《き》たり
慘澹隨廻鶻　惨澹《さんたん》として廻鶻《かいこつ》と随《とも》にす
其王願助順　其《そ》の王《おう》　助順《じょじゅん》を願《ねが》い
其俗善馳突　其《そ》の俗《ぞく》　馳突《ちとつ》に善《よ》し
送兵五千人　兵《へい》を送《おく》ること五千人《ごせんにん》
驅馬一萬匹　馬《うま》を駆《か》ること一万匹《いちまんひき》
此輩少爲貴　此《こ》の輩《はい》　少《すく》なきを貴《とうと》しと為《な》し
四方服勇決　四方《しほう》　勇決《ゆうけつ》に服《ふく》す
所用皆鷹騰　用《もち》うる所《ところ》　皆《み》な鷹騰《おうとう》
破敵過箭疾　敵《てき》を破《やぶ》りて箭《や》の疾《すみや》かなるに過《す》ぐ
聖心頗虚佇　聖心《せいしん》　頗《すこぶ》る虚佇《きょちょ》し
時議氣欲奪　時議《じぎ》　気《き》奪《うば》われんと欲《ほっ》す
伊洛指掌收　伊洛《いらく》　掌《たなごころ》を指《さ》して収《おさ》め
西京不足拔　西京《せいけい》は抜《ぬ》くに足《た》らず
官軍請深入　官軍《かんぐん》　請《こ》う深《ふか》く入《い》り
蓄銳伺倶發　鋭《するど》きを蓄《たくわ》えしを伺《うかが》いて倶《とも》に発《はっ》せよ

113 此擧開青徐
114 旋瞻略恆碣
115 昊天積霜露
116 正氣有肅殺
117 禍轉亡胡歲
118 勢成擒胡月
119 胡命其能久
120 皇綱未宜絕
121 憶昨狼狽初
122 事與古先別
123 姦臣竟菹醢
124 同惡隨蕩析
125 不聞夏殷衰
126 中自誅褒妲
127 周漢獲再興
128 宣光果明哲
129 桓桓陳將軍
130 仗鉞奮忠烈
131 微爾人盡非

此《こ》の挙《きょ》　青徐《せいじょ》を開《ひら》き
旋《たちま》ち瞻《み》ん恒碣《こうけつ》を略《りやく》するを
昊天《こうてん》　霜露《そうろ》を積《つ》み
正気《せいき》　粛殺《しゆくさつ》有《あ》り
禍《わざわい》は胡《こ》を亡《ほろ》ぼす歳《とし》に転《てん》じ
勢《いきおい》は成《な》る胡《こ》を擒《とら》う月《つき》
胡《こ》の命《めい》　其《そ》れ能《よ》く久《ひさ》しからんや
皇綱《こうこう》　未《い》まだ宜《よ》ろしく絶《た》ゆべからず
憶《おも》う昨《か》つて狼狽《ろうばい》の初《はじ》め
事《こと》は古先《こせん》と別《べつ》なり
姦臣《かんしん》　竟《つい》に菹醢《しよかい》
同悪《どうあく》　随《したが》って蕩析《とうせき》す
聞《き》かず夏殷《かいん》の衰《おとろ》え
中《うち》より自《み》ずから褒妲《ほうだつ》を誅《ちゆう》するを
周漢《しゆうかん》　再興《さいこう》を獲《え》て
宣光《せんこう》　果《はた》して明哲《めいてつ》
桓桓《かんかん》たる陳将軍《ちんしようぐん》
鉞《えつ》に仗《よ》りて忠烈《ちゆうれつ》を奮《ふる》う
爾《なんじ》　微《な》かりせば人《ひと》は尽《ことごと》く非《ひ》

132 于今國猶活
今《いま》に于《お》いて国猶《くにな》お活《い》く

133 凄涼大同殿
凄涼《せいりょう》たり大同殿《だいどうでん》

134 寂寞白獸闥
寂寞《せきばく》たり白獣闥《はくじゅうたつ》

135 都人望翠華
都人《とじん》　翠華《すいか》を望《のぞ》み

136 佳氣向金闕
佳気《かき》　金闕《きんけつ》に向《む》こう

137 園陵固有神
園陵《えんりょう》　固《もと》より神有《しんあ》り

138 埽灑數不缺
掃灑《そうさい》　数欠《すうか》けず

139 煌煌太宗業
煌煌《こうこう》たる太宗《たいそう》の業《ぎょう》

140 樹立甚宏達
樹立《じゅりつ》　甚《はなは》だ宏達《こうたつ》

北への旅

すめらぎ二年の秋
うるう八月ついたち
杜なにがし　北へ旅立つ
おぼつかなくも家族見舞わんため
まこと時代はくるしみに沈み
官民ともにひまなる時間とぼしきに
はずかしくも特別のおん思し召しこうむり
しずが伏せ屋へ帰ってよろしとのみことのり

おんいとま乞いに御所へまかり出れば
ものおもいにじっと立ち去りかねる
忠告者としての資質には乏しきながら
大君おんまちがえがあってはと心配する
大君はまことに中興の英主
政策むろん精密におわしませど
東方のえびすどもの叛乱　終熄に至らぬのこそ
やつがれ胸せまるいきどおり
涙はらはらと行在所したわしく
みちみちもなお夢心地
あめつちの含むは傷
うれいの果てるはいつ
とぼとぼとあぜ道たどれば
かまどのけむり　かなたにわびしく
であうは　おおむね　傷病兵
うめきとともにしたたる血
鳳翔《ほうしょう》県をふりかえれば
旗ざしもの　夕やみに明滅する
つめたき山なみたたなわるをよじれば

馬に水かう泉　いくつか出あう
邠州《ひん》の野　大地の底にのめりこみ
涇《けい》のながれ　その中にはためく
おそろしき虎　わが前につっ立ち
けむる崖《がけ》　さけびに裂ける
菊　この秋の花を垂れ
石だたみ　のっけるは昔の車のわだち
あお雲　遠きものおもいいざない
自然はかにかくに楽し
山のくだもの　くさぐさにかあゆく
どんぐりにいりまじって　むらがり生いる
丹砂のごとく赤きもあれば
漆をおとしたごとく黒きもあり
雨つゆのめぐみ
甘いの　苦いの　一せいに実をむすぶ
この世ならぬ仙境おもいやり
いよいようらめしきは　この身のめぐりあわせのつたなさ
やがてうねうねと見えて来たは鄜《ふ》のやしろ
いわおと谷に見えつ隠れつ

わが歩み　川ぷちなるに
わが従者はまだ森のこずえ
ふくろう　黄ばめる桑に鳴き
野ねずみ　あちこちの穴からお辞儀する
夜ふけ　戦場をとおりかかれば
つめたき月　白き骨を照らす
潼関《どうかん》百万の兵隊
このあいだの潰滅のあわただしさ
おかげで陝西《せんせい》半分の人民
むざんやな亡者となった
ところでこちらは賊軍のけがれにおちこみ
帰って来はしたものの　すっかりの白髪《しらが》
久しぶりにたどりついたあばらや
妻も子も着ているものはつぎはぎだらけ
わっと泣く声　松風にからみ
悲しげな泉　ともどもにむせび泣く
むかし甘やかせてそだてた男の子
顔の色　雪よりも白かったのが
パパを見ると　そっぽをむいて泣き出し

垢　あぶら　靴下さえはいていない
ベッドの前の娘二人は
やっと膝までのおんぼろ
海の図柄　波がしら　へし折り
かつての刺繡の線はあらぬかた
海の神さまも　鳳凰も
でんぐり返ってブラウスに鎮座する
おやじは気分が悪くなり
吐いたり下したり　何日かねていたが
ようし　カバンの中には絹がある
寒さにふるえるおまえたちを救おう
おしろい　まゆずみ　それも包みをほどき
蒲団　蚊帳　だんだんにならべる
骨ばった妻　顔のつやとりもどし
おさない娘　自分で頭に櫛を入れる
母親のまねして　えたりかしこしと
手あたり次第にぬたくった朝化粧
念入りに紅おしろいをつけていたが
おやまあ　とんだ太い眉だね

生きて帰って　幼いものを前にすれば
貧乏のうさも　ふっとびかける
話をせがんで　めいめい　ひげをひっぱるのを
誰れが叱りとばせようぞ
賊軍にいた頃のつらさを思い返せば
てんやわんやの騒ぎも　うれしい辛抱
さて帰ったばかりしばらくは気も晴れたが
生活のほどは　お話にならない
天子はいまだに亡命中
兵士の訓練はいつ終る
ふりあおげば空の色ことように
おかしきいぶき　あまねく晴れゆくごとし
つめたき風　西北より吹き来るは
おどろおどろとウイグルのさきがけ
彼らのかしら帰順をねがい出
彼らの得意は突撃
来援の五千名
一万頭の馬の勢子《せこ》
この連中は少数精鋭

がむしゃら　あたりをふるいあがらせ
手あたり次第の　鷹のはばたき
敵とりひしぐすばやさ　飛ぶ矢にもまさると
大御心　なかなかの御期待
世論　あれよあれよというばかり
伊水《いすい》　洛水《らくすい》　図星の回復
長安城の奪還は朝めし前
官軍よ　どうかどんどんつっ込んで
積もる英気　いざ発散されよともどもに
かくてこのいくさ　うちなびけるは青《せい》州徐《じょ》州
恒山碣石《こうざんけっせき》の奪還も目前
あまつ神　しも露　積みあげ
正義のエネルギーにあるは粛正
まがつみ　蛮族絶滅の年と変じ
形勢　蛮族捕縛の月となる
蛮族の運命　長かるべきはずなく
あまつ日つぎ　ちぎれはてなんためしなし
そも騒動のそもそもを思いめぐらすに
次第はむかしの歴史と別

邪悪の大臣　年貢をおさめ
悪党ばらも一しょにちりぢり
夏《か》のくに　殷《いん》のくに　末路のとき
みかどみずから妖婦誅戮《ちゅうりく》したまいしとは聞かず
周《しゅう》のくに　漢《かん》のくに　見事なる再興ぶり
世つぎのみかどは　げにも名君
たくましや陳玄礼《ちんげんれい》隊長
大太刀ふりかざして忠義のふるまい
あなたがいなければ　われわれみんな　だめなところを
国の姿は今も健在
わびしやな大同御殿
人影もなき虎の御門
都民　錦のみはた待ちうけ
宮居にたなびくめでたき気流
歴代のみささぎ　みいづしるきに
掟通りにつかえたもうよ
げにかがやかしきは　そのかみ太宗《たいそう》陛下がみ国づくり
基礎のかための　ひろくゆたけき

〔北征〕王琪本、題下に、〔帰至鳳翔墨制放往鄜州作〕と注する。帰りて鳳翔に至り、墨制もて放たれて鄜州に往きての作。銭謙益の用いた呉若本と草堂詩箋も同じ。自注とみとめられる。うち〔帰りて鳳翔に至る〕とは、鳳翔の行《あん》在所《ざいしょ》への到着を、当然の帰着の場所と意識しての措辞である。また〔墨制もて〕とは、正式な手続きを経ない特別の詔勅をいう。「資治通鑑」中宗紀神龍元年の条に、類似の語として「墨勅」が見えるのに、元の胡三省《こさんせい》注して、「墨勅とは禁中より出で、中書と門下を由《とお》さず」。趙次公いう、「行在倉卒の間の用うる所也」。また〔放たれて鄜州に往く〕の〔放〕は、左拾遺の職務からの解放の意であるが、放逐のひびきをももつとすれば、みずからの頑固さによって、行在所から体《てい》よくおっぱらわれたという、不平の意をも含まないでないであろう。全七十韻、韻脚は -t を音尾とする入声《にっしょう》であること、さきの巻一39「京自《よ》り奉先県に赴く詠懐五百字」と同じであり、いずれも韻脚の音声の重重しさによって、内容の重大さを増幅する。「広韻」では「五質」「六術」「七櫛」「八物」「十月」「十一没」「十二曷」「十三末」「十四黠《かつ》」「十六屑」「十七薛《せつ》」の諸類にわたる。124の〔析〕がこのままならば、-k の「二十三錫」に属して不都合だが、手へんの「折」に改めれば、それも「十七薛」。なお〔北征〕の題、漢の班彪の「北征の賦」に出ること、はしがきで弁じたが、更にさかのぼっては、「楚辞」「九歌」「湘君」に、「飛龍を駕《の》りものとして北に征き、吾が道を洞庭《どうてい》に邅《めぐ》らす」。王逸注して、「征は行く也」。王琪本、呉若本、銭謙益注、二、九家注三、詩史六、分門集注十一紀行、草堂詩箋十一、千家注三、分類千家注一紀行上、その全書の第一首。通五、分類集注一五言古紀行類、輯注四、論文八、闡六、詳注と鈴木注五、説一、心解一之二、鏡銓四、雪嶺抄四、槐南講義下。なお私の旧文「北征」は、至って意を尽くさない。全集十二巻三八九頁以下。

1〔皇帝二載秋〕以下20までは、はしがきでも略説したように、鳳翔出発にあたっての皇帝へのいとま乞い、それに際しての時局の憂え。わが〔皇帝〕すなわち粛宗、位に即きたまいての第二の載《とし》の秋。荘重の歌い出しである。年号では至徳〔二載《さい》〕。父玄宗の天宝三載〈七四四〉以来、何年といわず何載《さい》ということに改めたのは、「爾雅」の「釈天」篇に、シノニムを列挙して、「載は歳也。夏《か》には歳《さい》と曰い、商《しょう》には祀《し》と曰い、周には年と曰い、唐虞《とうぐ》には載と曰う」、「唐虞」すなわち堯舜《ぎょうしゅん》の時代の用語にまねたのであって、唐の国家は、堯の後裔であり、その再現であるという意識の表示の一つであったろう。また〔皇帝〕が、中国の統一君主の称号であるのは、周知のように、秦の始皇帝以来のことであるが、更にさかのぼっては、「書経」「呂刑」篇、「皇帝は庶《もろもろ》の戮《つみびと》の辜《つみ》あらざるを哀《かな》しみ矜《あわ》れむ」、また「皇帝は清らかに下民に問う」、いずれも堯をいうのを意識にのぼせれば、これまた太古の聖帝堯と現王朝と、血の連続を示唆するものとなる。〔秋〕陰暦では、七、八、九の三か月が、秋である。

2〔閏八月初吉〕この年の陰暦は、八月ののちに、もう一ど〔閏《うるう》の八月〕があった。陰暦の暦法が、大たい三年目ごとにもつ調節としてである。その〔初吉〕すなわちついたち。「詩経」「小雅」「小明」の篇に、やはり旅立ちの日づけを、「二月初吉」。「毛伝」に、「初吉は朔日也」。なお「詩経」のその詩の上の句にも、「我れ征《ゆ》きて西に徂《ゆ》く」と、〔征〕の字があらわれる。この年の〔閏八月初吉〕、陳垣《ちんえん》氏の「二十史朔閏表」によれば、陽暦七五七の九月十八日。なおかく歌い出しに、旅立ちの日をおもおもしくいうのも、「文選」の紀行の諸賦からの継承。〈九、〉班昭の「東征の賦」の歌い出しは、「惟《こ》れ永初《えいしょ》の七有るや、余《わ》れは子に随って東に征《ゆ》く。時に孟春の吉日、良き辰《ひ》を撰んで将《まさ》に行かんとす」と、旅立ちが後漢安帝永初七年正月にあったのを示し、〈十、〉潘岳の「西征の賦」の歌い出しは、「歳は玄枵《げんきょう》に次《やど》り、月は蕤賓《ずいひん》に旅《つら》なり、丙丁は日を統《す》べ、乙未は辰を御するとき、潘子軾《しょく》に憑《よ》りて西に征《ゆ》き、京自《よ》り秦に徂《ゆ》く」と、旅立ちが晋の恵帝元康二年五月十八日にあったのを示す。はしがきでいったように、この詩が、「文選」の「征」の賦の文学の継承であり、転移であることは、ここにも示される。またこの句、〔閏八月／初吉〕と、上三下二であり、普通の五言の句が、上二下三なのとことなるのを、胡小石氏の「小箋」に注意する。破格の句法、いよいよ歌い出しを荘重にする。

3〔杜子将北征〕やはり荘重の語気。〔杜子〕の〔子〕は孔子、孟子、老子とともに、男子の重重しい美称。それを自称とするのは、知識人としての自負。杜詩ではここのみに見えるが、かつての散文では、長安の書生であったころの「雑述」「秋述」に、「杜子曰わく」、「杜子、病に長安の旅次に臥す」など。自称をも、議論の散文におけるごとく、重重しくした。前引の潘岳「西征の賦」歌い出しの自称も、「潘子」。〔将《まさ》に北に征《ゆ》かんとす〕前引の班昭「東征の賦」の歌い出しも、「良辰を撰んで将に行かんとす」。

4〔蒼茫問家室〕北に征《ゆ》く旅の目的は、久しく別れたままの〔家室〕すなわち家族の、訪問慰問にある。それに〔蒼茫〕サウ・バウ、cāng máng をかぶせるのは、問わるべき家族の状態を中心として、この旅の前途、あてもない不安さにあるのを、形容する。〔蒼茫〕の語、無限定な不安のひろがりをいうものとして、杜が愛用すること、巻一28「楽遊園の歌」注20参照。草堂詩箋の一本が「蒼芒」なのは、同音同意であり、単なる表記の異だが、分門集注があわただしき意の「蒼忙」なのは、ふさわしくない。また「楽遊園の歌」におけるとおなじく、趙次公が「荒寂の貌」と注するのは、この語の意を尽くさない。家族を〔家室〕でいうのは、「詩経」「周南」「桃夭《とうよう》」篇など。

5〔維時遭艱虞〕以下四句、国家危急の際にもかかわらず、この旅行を許された皇帝の恩恵への感謝。〔維〕は唯と同字。句のはじめに位する強調の助字。維《コ》レ時ハ、まことに時代は、と、冒頭以来のおもおもしい口吻が、持続される。そうして〔維時〕の二字は、wéi shí と畳韻。〔遭〕遭遇する。〔艱虞〕なやみ多き困難の時期。「文選」四十六、梁の任昉《じんぼう》の「王文憲集の序」に、「宋の末は艱虞にして、百王の澆季《ぎょうき》なりき」。呉若と草堂詩箋の一本は、「艱危」。

6〔朝野少暇日〕〔艱虞〕な時代ゆえ、朝廷も民間も、のんきな時間〔暇ある日〕は少ない。草堂詩箋に、「軍興こりてより、公私とともに安らぎ処《お》るに遑《いとま》あらざるを謂う也」。〔朝野〕の語、さきの前編4長孫九侍御を送る詩にも。〔暇日〕「荀子」「修身」篇に、「其の人と為りや暇日多き者は、其の人に出《す》ぐること遠からず矣」。のち夔州で楊監《ようかん》の画に題した詩〈「楊監又た画鷹十二扇を出だす」〉にも、「干戈は暇日少なし」。

7〔顧慙恩私被〕〔顧《しか》るに〕おのれは〔慙《は》ずかしく〕も〔恩私〕皇帝特別の思し召しを〔被り〕いただき、休暇を頂戴した。〔顧〕はカエッテと訓じ、乃、反、却、などと義相い近いが、「漢書」など散文に多く見え、やはり角ばった論理の語。〔慙〕は慚と同字。愧也。皇帝の特別の恩情を〔恩私〕でいうのは、魏の曹植の「聖皇篇」など。

8〔詔許帰蓬蓽〕上の句にいう〔恩私〕の内容。〔詔〕は題下の自注にいわゆる〔墨制〕。特別の詔勅をもって、〔蓬蓽《ほうひつ》〕いぶせきあばらやへの〔帰〕還を〔許〕可された。宋の杜修可、「文選」二十五、晋の傅《ふ》咸《かん》が、在朝の何劭《かしょう》と王済《おうせい》に別れて帰郷する際の詩、無能なおのれは、「身を蓬蓽の廬に帰す」を引く。李善注が更に引くのは、漢の劉向《りゅうきょう》の「雅琴の賦」の「蓬廬の中に潜み坐す」と、「礼記」「儒行」篇の孔子の語、「華門圭窬《けいとう》」。

9〔拝辞詣闕下〕以下八句、旅立ちの暇乞いに宮門にまかり出ての感慨。ただし必ずしも、粛宗に拝謁し得たようでない。暇乞いの記帳をしたにすぎぬように見える。〔拝辞〕おんいとま乞い。王琪以外の諸宋本の一本は「奉辞」。〔詣〕は至也と訓ずる。まかり出る。〔闕下〕は宮門の下。草堂詩箋の一本は「閣下」、呉若の一本は「閣門」、詩史と分門集注の一本は「閣門」、さらに九家注は「闔門」。「文選」の詩でこの句と似るのは、三十、斉の謝朓が、尚書省から他へ転任した際の詩、「始めて尚書省を出づ」の、「事に趨《おもむ》かんとして宮闕を辞す」。

10〔怵惕久未出〕宮門にひれふしたおのれは、万感胸にせまり、じっと〔久〕しく退〔出〕するにいたら〔未《な》〕い。〔怵惕〕ジュツ・テキと入声を重ねる。「楚辞」の「九弁」に、「心は怵惕して震い盪《ゆらめ》き、何んぞ憂うる所の方《みち》多きや」。王逸の注に、「思慮は惕動して、沸くこと湯の若き也。内《こころ》に君父と兄弟とを念《おも》う也」。

11〔雖乏諫諍姿〕以下、〔怵惕《じゅつてき》〕の内容である。まずこの句では、左拾遺として〔諫諍《かんそう》〕の職務を仰せつけられながら、その〔姿〕資質に〔乏〕しいわが身ではあるけれども、と謙遜する。〔諫諍〕の語、「文選」では、四十七、漢の王褒の「聖主の賢臣を得る頌」に。また〔姿〕は、資質を意味する常語。

12〔恐君有遺失〕しかしおのれとしては〔君〕主たる陛下に政治上の〔遺失〕がお〔有〕りになるのを〔恐〕れ心配する。それを拾って〔諫諍〕するのが、左拾遺たるおのれの任務である。さきの房琯《ぼうかん》の罷免、またこの詩がのち97

以下にいうウイグルの援兵のうけ入れ、杜の考えでは、みな粛宗の〔遺失〕である。なおこの語、「文選」には見えない。

13〔君誠中興主〕前の行の〔君〕の字が、くりかえしてこの行のはじめに現われる。陛下は〔誠〕に、周の宣王、漢の光武帝にも比すべき〔中興〕の君〔主〕におわします。〔中興〕の〔中〕を、zhòng と去声に読むべきことは、巻三19「行在所に達するを喜ぶ」その三の注8参照。

14〔経緯固密勿〕〔経緯〕は大きな政治の方策。「左伝」昭公二十八年に、「天地を経緯す」。「文選」四十八、漢の班固の「典引」に、漢の政治を賛美して、「乾坤《けんこん》を経緯す」。いま粛宗のそれも、〔固〕もとより、まことに、〔密勿〕ミツ・ブツと入声を重ねた擬態語、周到に緻密に勤勉におわします。〔密勿〕「漢書」の劉向伝に、「密勿として事に従う」と見え、それは「詩経」「小雅」「十月之交」篇の句、今のテクストでは「黽勉として事に従う」なのを、「韓詩」学派のテクストによって引いたとされる。つまり〔密勿《みつぶつ》〕は類似音の「黽勉《びんべん》」と同義であり、周到な努力。「文選」では前引の「典引」に見えるほか、三十八、晋の傅亮《ふりょう》の上表に、将軍劉穆之《りゅうぼくし》の功績を、「軍国に密勿す」。

15〔東胡反未已〕しかしそうした陛下の御努力にも拘らず、〔東〕方の〔胡〕人の〔反〕乱は、まだ〔已《や》〕み終熄するに至ら〔未《な》〕い。父の禄山《ろくざん》の死後も、安慶緒《あんけいしょ》はなお洛陽で、皇帝を僭称している。

16〔臣甫憤所切〕〔臣甫〕を自称とするのは、明の鍾惺《しょうせい》が「唐詩帰」十三でいうように、「章奏の字面」であり、天子に奏上する散文の用語なのを用いて、句を重くした。反乱の未終熄こそ〔臣甫《わたくしほ》〕めの〔憤〕りの〔所《そこ》〕に〔切〕実な点でございます。〔憤〕は心のもりあがりという原義を、いつも何がしかおびる。

17〔揮涕恋行在〕杜の足はやっと宮門をはなれた。しかし時局を憂える涕《なみだ》を手で揮《はら》いのけつつも、恋恋と気にかかるのは、行在所の事どもであった。〔揮涕《きてい》〕「文選」では五十八、漢の蔡邕《さいよう》の「陳太丘の碑文」に見え、李善注、「孔《こう》子家語《しけご》」「曲礼子夏問《きょくらいしかもん》」篇の王粛《おうしゅく》注を引いて、「涕を揮うとは、涕《なみだ》流るるをば手に以って之れを揮《はら》う也」。

18〔道途猶恍忽〕かくて杜はいよいよ〔北征〕の旅の〔道途〕たびじにいる。しかし心は猶お〔恍忽《クワウコツ》〕とうつろであった。〔恍忽〕の表記、王琪本による。他本は「恍惚」。蕭滌非《しょうできひ》氏「杜甫研究」にいう、「身は途中に在るも、心は闕下に懸かる。心神恍惚たる所以なり」。クワウ・コツ、huǎng hū と双声の語、古くは「老子」〈上篇二十一章〉に、「道の物為《た》る、惟《こ》れ恍に惟れ惚」。「文選」では二十八、宋の鮑照《ほうしょう》の「升天行」に、世の無常を、「恍惚として朝の栄《はな》に似たり」など。不明確不安定の形容。北宋人の旧注の「心憂うるを言う也」は、不充分である。〔道途〕の語、「文選」に見えない。呉若と草堂詩箋の一本は「道路」。

19〔乾坤含瘡痍〕時局への憂慮を大きくしめくくる。天地をいう「易」の語が〔乾坤〕、今やそれが大きく含むのは戦争のきず。〔瘡痍《そうい》〕の語の歴史については、前編6杜亜《とあ》を送る詩19の注でいうように、「史記」季布《きふ》列伝に、漢初の状態を、「今に於いて創痍未《い》まだ瘳《い》えず」。なお呉若の引く陳浩然の本と詩史は、〔含〕を「合」に作り、明の邵宝の分類集注も同じ。案ずるに、晩年、湖南での盧十四弟侍御を送る長律にも、「万姓瘡痍合」と、似た句があり、「合」の字も可能性をもつが、劣ろう。また「合」であっても、この晩年の長律とにらみあわすとき、合《アマネ》ク瘡痍スであり、私の前注、また全集二十二巻四九頁以下の旧文がいうように、合《マサ》ニ瘡痍スベシではあるまい。謹んで旧説を撤回する。

20〔憂虞何時畢〕〔憂虞《ゆうぐ》〕二字ともに、また二字複合して、うれい。もと「易」の語ゆえに、やはり重重しい。「繋辞伝」上に、「悔吝なる者は憂虞の象也」。また「左伝」哀公五年では、斉の暗君景公が臣下にむかい、そう心配してばかりいては病気になるぞ。「二三子よ、憂虞に間《はば》まるれば、則ち疾疢《しっちん》有らん。亦た姑《しば》く楽しみを謀れ」。そこにはそういうけれども、おのれの、またおのれをとりまく〔乾坤〕の、〔憂虞〕はいつ〔畢《おわ》〕るか。

21〔靡靡踰阡陌〕以下56〔残害せられて異物と為る〕に至るまで十八聯三十六句、すべて旅の途中の状況見聞。行在所を離れた杜の足は、〔靡靡《ひひ》〕ぼつぼつふらふらと、思いきりわるく田の中の縦横のあぜみち〔阡陌《せんぱく》〕を、〔踰《こ》〕え、とおり過ぎ、またいでゆく。「詩経」「王風」「黍離《しょり》」の篇に、「行き邁《ゆ》くこと靡靡たり」。「毛伝」に、「靡靡は猶お遅遅のごとき也」。「詩経」のそれも、「中心揺揺」たる亡国の人のあゆみである。〔阡陌〕は共に田の間の道、「文選」二十、魏の曹植の「応氏を送る詩」に、「遊子は久しく帰らず、陌と阡を識らず」。李善注、漢の応劭《おうしょう》の「風俗通」を引いて、「南北なるを阡と曰い、東西なるを陌と曰う」。北宋の旧注が「古楽府」の「君子行」として、「陌を越え阡を度る」を引くのは、ここの〔阡陌を踰ゆ〕と、意もっとも近い。〈「文選」二十七、魏の武帝曹操の「短歌行」に、「陌を越え阡を度る」の句があり、李善注はやはり「風俗通」を引いて、「里語に云えらく、陌を越え阡を度り、更《こも》ごも客主と為る」という。〉

22〔人煙眇蕭瑟〕農村は内戦によって荒廃している。かまどの煙もめったに見えぬ。前条の注に引いた「文選」の曹植の詩にはつづけていう、「中野何んぞ蕭条たる、千里人煙無し」。また二十七、魏の王粲《おうさん》の「従軍の詩」〈その五〉に、「悠悠として荒路を渉《わた》り、靡靡として我が心愁う。四もに望めば煙火無く、但だ林と丘を見る」。〔人煙〕が、人家のかまどの煙であること、「文選」の注、「東観漢記」を引いて、「北の夷《えびす》の寇《あだ》を作《な》してより、千里に火煙無し」。〈巻六13「弟を憶う二首」その二、巻七33「人の軍に従うを送る」などにも見える。〉〔蕭瑟〕セウ・シツは、sの子音を重ね、わびしさの形容。呉若の一本は「蕭索」。〔眇《びょう》〕は微とも訓じ、遠とも訓ずる。ここは両義を兼ねるとすれば、遠くはるかなるあたりまで見はるかしても、かまどの煙は〔蕭瑟〕とわずかである。

23〔所遇多被傷〕鳳翔行在所のそばも戦場であり、遭遇する所《もの》たち多くは傷を被る。傷病兵。

24〔呻吟更流血〕負傷による〔呻吟《しんぎん》〕うめき、更には傷口からの流血。〔呻吟〕シム・ギムと畳韻の語、「文選」にはまだ現われない。

25〔廻首鳳翔県〕傷病兵の惨状を目にするにつけても、心にかかるのは、さっき〔涕《なみだ》を揮って〕辞去した鳳翔県の行在所。その方をふりかえる。〔首〕はくびでなく、あたま。何里かの〔阡陌〕を〔踰〕え、感慨のうちに、出発の日の旅程を終ろうとする。時刻は次の句に〔晩《ゆうべ》〕というように、夕方でなければならない。

26〔旌旗晩明滅〕鳳翔の行在所の方をふりむけば、はるか地平のかなたに、〔旌旗《せいき》〕行在所の表示である旗ざしものが、〔晩〕夕ぐれの光線の中に、その姿を〔明滅〕させている。杜でなければいえない句。〔明滅〕する〔旌旗〕、複雑な感情を移入する。杜の神経は、光線の変化に対して、いつも鋭敏であり、ひろくしては物象を、流動の形でとらえようとすること、ここでも顕著である。〔明滅〕の語さえも、従前の文学には乏しいらしく、詳注が引くのは、梁の沈約の「竟陵王の薬名に和し奉る」の「雲華乍《ただ》ちに明滅」。杜は晩年夔州での「雨」にも、「明滅して洲の景は微に、隠見して巌の姿露《あら》わる」。胡氏の「小箋」も、それを引き、「亦た茲《こ》の妙を同じくす」。〔旌旗〕「文選」一、漢の班固の「東都の賦」に、「旌旗は天を払う」というのも、天子のそれ。

27〔前登寒山重〕鳳翔を出発したその日は、行在の〔旌旗〕の〔明滅〕がなお望見されるあたりで、宿をとったであろう。以下は、翌日以後の行程。〔前登〕は、さむざむとした山が〔前〕にあるのへ〔登〕るとも読め、〔前《すす》〕みゆいてそれに〔登〕ったとも読める。ともあれ登りゆくみちとして、前にそびえるのは、〔重〕なりたたなわった〔寒《つめた》き山〕のむれ。さきの本編3「九成宮」の詩に、「蒼山入ること百里」というように、重畳する山岳地帯の旅。草堂詩箋いう、「重畳して一つの山に非ざるを謂う也。其の跋渉《ばっしょう》の労苦知る可き也」。けだしすでに何日かの旅であった。〔寒山〕は、「文選」の語でなく、詳注が引くのは、六朝末、陳の陰鏗《いんこう》の「晩に新亭に出づ」の「寒山は但《た》だ松のみを見る」。〈「文選」にも、二十六、宋の謝霊運の「華子崗《かしこう》に入る、是れ麻源の第三谷」の「桂樹　寒山を淩ぐ」など、いくつかの用例が見える。〉

28〔屢得飲馬窟〕たたなわる〔寒山〕のみちみち、しばしば得《みいだ》すのは、軍馬の飲料として、水をたたえた洞窟。〔飲〕は他動詞。ミズカウ。漢代の「楽府《がふ》」の歌謡に、「飲馬長城窟行」を題名とするのがあり、その「文選」二十七に見えるものの李善注に、北魏酈道元《れきどうげん》の「水経注《すいけいちゅう》」を引いて、「余《わ》れ長城に至るに、其の下に往往にして泉窟有りて、馬を飲《みずか》う可し。古詩の飲馬長城窟行は、信《まこと》に虚《いつわり》ならざる也」。いまは賊軍屯営のあとをいうとして読みたい。〈杜詩では、巻三7「悲青坂」にも、「天寒くして馬を飲う太白の窟」。〉なお次の句にいう〔邠郊《ひんこう》〕に達するまでに、麟遊県を途中で通過した筈であり、3「九成宮」は、そこでの作である。

29〔邠郊入地底〕〔邠〕は地名、邠州。次の句にいう〔涇水〕の南岸にある。その近郊の地形は、すりばちの底のように、〔地底〕にむかってめり込んでいた。清の朱鶴齢の注に、「地形の卑下を言う也」。重畳たる〔寒山〕を越え、幾多の〔飲馬の窟〕をとおりすぎて、そこへ到達したのは、鳳翔出発後、三四日を経てであろう。鳳翔の東北一百六十二華里と、宋の楽史の「太平寰宇記」三十四。〔邠郊〕の語、杜の遠祖の一人、後漢の杜篤《ととく》の「都を論ずる賦」に、光武帝が西巡の途次、天を祭った場所として、「邠郊に礼す」と見え、「後漢書」の杜篤伝にその賦を載せるのの、李《り》賢《けん》の注に、「甘泉は天を祭るの所也。邠の地の郊に在り」。しからば「文選」七、揚雄《ようゆう》の「甘泉の賦」にいうように、武帝以来、漢の皇帝が天を祭った祭壇「甘泉の泰畤《たいじ》」に近く、〔地底〕の語も、揚雄の賦に、成帝のそこへの行幸のようすを、「地底を窺って上に回る」。また「文選」十五、漢の張衡の「思玄の賦」にも、「荒忽を地底に追う」。更にまた「文選」二十八、晋の陸機「苦寒行」の、「俯しては穹谷の底に入り、仰いでは高山の盤《わだか》まるに陟《のぼ》る」は、状況もっともこの詩と似る。草堂詩箋が〔地底に入る〕の三字を、その地が賊軍に占領されていた比喩とするのは、誤解であり、事実にも即しない。なお〔邠〕の地は、周王朝の遠祖公劉《こうりゅう》の居所として見える豳《ひん》ですなわちあるが、玄宗の開元十三年〈七二五〉、字形が幽州の幽の字とまぎれやすいというので、同音の字を用いて、邠州と改めたと、唐の李吉甫の「元和郡県図志」三。

30〔涇水中蕩潏〕〔邠郊〕の地形を、上から見おろしての印象。すり鉢の底のような地形の〔中〕央を貫いて、〔蕩《とう》潏《いつ》〕とはためき流れるのは、渭水の最大の支流である〔涇水〕。邠州州庁のある新平県の北を、西から東へ流れる。激動を意味する〔蕩潏〕、さきだっては陳子昂《ちんすごう》の「感遇」〈その二十二〉に「雲海方《まさ》に蕩潏」。〔蕩〕は動く也と訓じ、

〔滴〕は「広韻」に「水の流るる貌、余律の切」。さきの巻三3三川県での洪水を歌った詩35の「蕩汨」、また「文選」十二、晋の木華の「海の賦」の「蕩𩗗」と、表記を異にしつつ、同語。草堂詩箋がそれを「兵戈の未まだ静まらざるを言う也」と釈するのは、杜の心理の深奥にあったものと連ならせるとすれば、上の〔地底に入る〕についてのその書の解ほどには、見当ちがいでない。なおこのあたりまでは徒歩で来たが、ここ邠州で李特進から馬を借りようとしたこと、さきの本編4「徒歩帰行」。ただし馬を借りおおせたか否かは、疑問であり、以後の旅も、むしろ騎馬のようでない。

31〔猛虎立我前〕我がゆく手をさえぎってつっ立つ猛虎。逆まく涇水につらなっての激烈の事件。必ずしもそらごとのイメージでないかも知れぬ。このあたりはこの詩から千年後の十七世紀でも、虎の出没する地帯であった。さきの九成宮の遺蹟、そこへ欧陽詢書の「醴泉銘」の拓本を取りに行くためには、虎に対する防備が必要だと、清の林侗《りんとう》の「来斎金石刻考略」下にいう。そうしてまた晋の陸機の詩とのつらなりもあろう。「文選」二十八、「苦寒行」に、「猛虎は林に憑《よ》って嘯《うそぶ》く」、また二十六、「洛に赴く道中の作」〈その一〉に、「孤獣は更に我が前」。草堂詩箋が〔猛虎〕を盗賊の喩えとするのは、あたらない。槐南講義が、岩石の形とするのは、一そうあたらない。のち蜀中で、やはり家族を見舞いに帰る途中の詩「閬《ろう》中を発す」にも、「前には毒蛇有り後には猛虎、渓を行くこと尽日にして村塢《そんお》無し」。

32〔蒼崖吼時裂〕〔猛虎〕のうなりに、〔蒼《あお》〕ずんだ〔崖《がけ》〕も〔裂〕ける。〔蒼〕は古びた青。「蒼山」「蒼岑」が「文選」に見えるが、〔蒼崖〕は見えぬ。〔吼《コウ》〕は「説文」の「㖃」と同字。「厚く怒る声」。呼后の切、hǒu。この聯、さきの巻一8「玄都壇の歌」の7「子規《ほととぎす》夜る啼《な》けば山の竹裂く」と似た発想でありながら、一そう激烈である。

33〔菊垂今秋花〕しかし動物の暴虐のみが、途中にあるのでなかった。ここからの八聯十六句は、もっぱら植物の可憐。山路のそばに咲く野生の〔菊〕は、戦乱の世にも、いつもの秋と同じく、清潔な〔今〕年の〔秋〕の〔花〕を、〔垂〕れている。植物的自然の秩序こそは、不変である。

34〔石戴古車轍〕〔石〕とは山道に敷きつめられた石だたみと解したい。それが上に〔戴〕き、のっけるのは、〔古〕くからきざみこまれた〔車〕の〔轍《わだち》〕。前句の〔菊〕が自然の秩序の不変であるのと同じく、人間の生活にも不変なものがあるのを、それは示唆する。〔石は戴く〕の二字は、さきの前編6杜亜の西辺への赴任を送る詩の29「孤峰石は駅を戴き」とともに、「詩経」「周南」「巻耳《けんじ》」の「毛伝」に出る。ただし王琪以外の諸宋本の一本は「帯」、詩史と分門集注の本文、および呉若の更なる一本は「載」。また上の句の〔今秋ノ花〕と対句となるためには、〔古車ノ轍〕と、〔古車〕の二字を連読したいが、〔車轍〕という連語も、「左伝」昭公十二年に見える。周の穆王の大規模な旅行を、「天下に周行して、将《まさ》に皆な必ず車轍馬跡有らしめんとせり焉」。

35〔青雲動高興〕人事にも自然と同じく不変の秩序の存在を感じ、ややにやすらいだ心が、見上げるのは、秩序の源泉である天空。そこにうかぶ〔青き雲〕が、わが〔高興〕はしゃぐ思い、自然に対するそれを、ゆり〔動〕かす。「文選」二十二、晋の殷仲文の「南州桓公九井の作」に、「独り清秋の日有りて、能く高興を使《し》て尽くさしむ」。

36〔幽事亦可悦〕大ぞらの〔青雲〕を中心としてある清潔な自然の事象が、〔幽事〕である。杜詩における〔幽〕の字は、しばしば清潔な自然。それも〔亦《ま》〕た〔悦《よろこ》〕ぶ〔可〕き、うれしいものと、しみじみおもう。〔幽事〕の語、「文選」には見えない。〈杜詩では、巻七1「秦州雑詩二十首」その九の「稠畳《ちゅうじょう》　幽事多し」など三例。〉なお草堂詩箋の一本は「幽士」に作り、それにちなんで、このあたりが漢の四人の隠者、四皓《しこう》の住まいであったという説をのせるのは、俗。

37〔山果多瑣細〕〔幽事〕のよろこびに眈ろうとする目は、更に可憐な小さな植物にそそがれ、以下の数聯を作る。自生する山の木の実、〔多く〕さまざまの〔瑣細〕さ。〔山果〕詳注、晋の僧支遁《しとん》の「詠懐詩」〈その四〉を引いて、「芳泉を甘醴《かんれい》に代え、山果は時珍を兼ぬ」。〔瑣細〕サ・サイ suǒ xì と双声の語、詩語としての前例を見いだせぬが、杜は他にも用いる。なお分門集注の表記は「鎖細」。

38〔羅生雑橡栗〕〔橡栗《しょうりつ》〕はどんぐりであり、普通にある木の実である。のち二年、乾元《けんげん》二年〈七五九〉の秋、同谷《どうこく》県にさまよった時の「同谷七歌」〈巻八後編14その一〉にも、「歳に橡栗を拾いて狙公に随う」。それに対し、上句にいう〔山果〕は、やがて次にいうように、あるいは紅くあるいは黒く、めずらかな色とかがやきを見せ、その〔瑣細〕さに可憐さを感ずるのであるが、彼等は、凡庸な〔橡栗〕のなかに〔雑《まじ》〕りつつ、〔羅《つら》〕なり〔生〕いている。「文選」二、漢の張衡の「西京の賦」に「珍物羅生」、また十九、宋玉の「高唐の賦」に「芳草羅生」。

39 40〔或紅如丹砂、或黒如点漆〕どんぐりのむれの中に羅《つら》なり生いる可憐な〔山果〕たち、あるものは仙薬の材料である〔丹砂〕のように赤く、あるものは〔漆〕を〔点《おと》〕したように〔黒〕い。趙次公が、似た表現の先例として、漢の王逸が美玉の色をたとえた句、「赤きは鶏冠の如く、黒きは純漆の如し」を引くのは、「芸文類聚《げいもんるいじゅう》」八十三に見えた「正部論」の逸文。上の句の〔如〕を、草堂詩箋のみ「若」に作る。なおかく〔或いは〕〔或いは〕と重ねる技法、胡小石氏の「小箋」に、早くは「詩経」「小雅」「北山」に、官吏の勤勉不勤勉のさまざまを、「或いは燕《やす》らぎ燕らぎて居り息い、或いは尽瘁《じんすい》して国に事《つこ》う」云云と、十二の〔或〕を重ねるの復活であり、また降っては、韓愈の「南山」の詩、すなわちしばしばこの〔北征〕と対比される長詩が、岩石さまざまの分裂を、「或いは連なりて相い従うが若《ごと》く、或いは蹙《ちぢ》まりて相い闘うが若《ごと》し」と、無慮五十二の〔或〕を畳むのを、開いたとする。

41〔雨露之所濡〕あるいはまっ赤、あるいはまっ黒に、それぞれの生を遂げる〔山果〕の上に、杜は宇宙の神秘を感ずる。「淮南子」の「泰族訓」に、万物の生育を説いて、「日以って之れを暴《さら》し、夜以って之れを息《やす》め、風以って之れを乾かし、雨露以って之れを濡おす。其の物を生ずるや其の養う所を見る莫《な》くして物長ず」。

42〔甘苦斉結実〕かくて人間の口に適する〔甘〕いのも、適しない〔苦〕いのも、〔斉《ひと》〕しく〔実〕を〔結〕ぶ。北宋の旧注にいう、「言うこころは山中の草木は、皆な其の生を遂ぐるに、而かも人は寧《やすら》ぎ止まるに遑《いとま》あらず」。清の盧元昌「杜詩闡」にいう、「物の生じて斉一なる此の如し、人事の参差《しんし》を何とか謂わん」。参差はちぐはぐ、不合理な分裂。「文選」十一、魏の何晏の「景福殿の賦」に、「実を商秋に結び、華を青春に敷く」。呉若と草堂詩箋の一本は「甘酸」。

43〔緬思桃源内〕以下二句、〔山果〕に象徴される自然の平和と対比して、わが身の上をなげく。〔緬〕は miǎn という音声とともに、「邈《はる》か也」、また「思う貌也」。自然の〔幽事〕から触発されて、〔緬《はる》〕かに〔思〕いやるのは、かの陶淵明が、「桃花源の記」また「桃花源の詩」によってえがく仙境。〔内〕の字を下したのは、〔桃源〕を俗界からは隔絶された内部世界とするのであろう。〔緬〕を呉若の一本は「縹」、意は同じく、はるか。

44〔益嘆身世拙〕しかし〔桃源〕はもとより緬《はる》かかなたにあり、わが〔身〕は乱離の〔世〕にいる。いよいよ〔益〕ます、わが〔身〕とわが〔世〕との関係の〔拙《まず》〕さを、〔嘆〕息せざるを得ない。呉見思の「杜詩論文」いう、「苟《いや》しくも能く早く隠遁を為さば、何んぞ身世の飄流するに至らん乎《や》」。かくて、しばらく〔幽事〕に目をたのしませたのが、やがてわが身の上の感慨へとたちもどること、いつものごとくであり、それが同時に以上の小段落を結束する。〔身世〕shēn shì と、sh の子音をかさねて、個人と社会の関係、ことにその矛盾の関係をいう語、「文選」では二十一、宋の鮑照の「詠史」の詩に、漢の隠者厳君平《げんくんぺい》をうたって、「身世両《ふた》つながら相い棄つ」。また三十九、漢の鄒陽《すうよう》の獄中の上書に、「身は世に容れられず」。なお宜君県にある玉華宮を過ぎて、本編5の詩を作ったのは、このあたりの行程においてであったろう。

45〔坡陀望鄜畤〕前の句が旅程の小段落なのを承けての句。十何日かの泊まりを重ね、依然として〔坡陀《ハタ》〕でこぼこと山坂の重畳する地形を行くうち、その一つとしてはるかに望見されたのは、〔鄜畤《ふじ》〕。いにしえ秦の始皇の先代、秦の文公が天を祭ったという祭壇。それこそわがめざす鄜州三川県が近づいて来たしるしである。「漢書」の「郊祀志」上に、「文公の夢に、黄なる蛇天自《よ》り下りて地に属《つ》き、其の口は鄜《ふ》の衍《たに》に止まる。文公、史《ふひと》の敦《とん》に問う。敦曰わく、此れは上帝の徴《しるし》なり、君其れ之れを祠《まつ》れと。是《ここ》に於いて鄜畤を作り、三つの牲を用いて白帝を郊祭す焉」。張縦の「杜詩通」にいう、「時の地は高し。遠くよりも先ず見ゆる也」。〔坡陀〕ハ・タ pō tuó は「陂陀」とも表記し、「平らかならざる貌」。漢の司馬相如の「二世を哀しむ賦」の「陂陀たる長き阪を登り」以下、いろいろと用例があること、巻一35「橋陵詩」7の注をも参照。

46〔巌谷互出没〕この句、従来の注、必ずしもそういわないが、ちらと見えそめた〔鄜時〕の祭壇の山、谷ひくまり岩そびえる中に、顔を出しまた没することを、交互にするのであるまいか。〔巌谷〕を王琪、呉若本以外の本文と呉若の一本は逆にして「谷巌」。詳注は、隋の薛道衡《せつどうこう》の応詔の詩〈「渭源に臨むに和し奉る」〉の「鸞旗《らんき》は谷巌を歴《ふ》」を引くが、その原本は〔巌谷〕。

47 48〔我行已水浜、我僕猶木末〕我が行《あゆ》みはもはや已《すで》に下方の水《かわ》の浜《きし》べなのに、随行の我が下僕は、猶おまだ上方の森の木の末《こずえ》にいる。草堂詩箋、張綖の「杜詩通」、盧元昌の「杜詩闡」、詳注の引く王嗣奭の「杜臆」、みな家が近づいたゆえ、主人の歩みおのずからに早いのだとする。それとともに〔巌谷〕の高まり低まる複雑な地形も、おのずからにして示される。〔僕〕をしたがえているのは、ぜいたくでない。旧時の中国の旅行は、寝具食器の一切を、たずさえねばならず、それらをかつがせるためにも、〔僕〕は必須であった。〔水浜〕はもと「左伝」僖公四年の語。〔木末〕は「楚辞」「九歌」「湘君」篇の語。〔我行〕は、「詩経」「小雅」の篇名に、「我れ其の野を行く」。〔我僕〕は、おなじく「詩経」「周南」「巻耳」に、「我が僕痡《や》めり矣」。

49〔鴟鳥鳴黄桑〕家に近づいて、杜の歩みは早い。しかし目は又もや道傍の景物にそそがれる。このたびはさきの〔菊〕と〔山果〕の可憐でない。無気味な小動物のふるまい。〔鴟鳥《しちょう》〕ふくろうは、「詩経」「豳風」の「鴟鴞《しきょう》」以来、「悪鳥」である。呉若、九家注、詩史、分門集注の一本は「鴟梟」、草堂詩箋の一本は「梟鳥」。それが〔黄ばんだ桑〕に〔鳴〕く。「詩経」「衛風」「氓《ぼう》」に、「桑の落つるや矣、其れ黄ばみて隕《お》つ」。

50〔野鼠拱乱穴〕小動物の一そう奇怪なふるまい。〔乱穴〕の語は前例を見ないが、あちこちに無秩序に掘られた穴の意であろう。その中で野ねずみが、人間のようにつっ立って、お辞儀をしている。〔拱〕は拱手《きようしゆ》であって、手を前にくみあわせ、ややもちあげて敬意を表するおじぎ。「説文」が「鼠」の字に注して、「穴虫の総名」というように、がんらい穴居の動物だが、今は人間をからかう。〔野鼠〕の語、「文選」では、十一、宋の鮑照の「蕪城の賦」に、「野鼠城狐」。

51 52〔夜深経戦場、寒月照白骨〕道をいそぐゆえに、旅は夜もつづけられ、戦争のあった空間を、夜ふけて通過すれば、つめたい月が照らすのは戦死者の白骨。〔夜深〕王琪以外の諸宋本の一本は「夜中」。〔戦場〕は「文選」二十九、漢の蘇武の詩〈その三〉に、「行役して戦場に在り」。〔白骨〕は、二十三、魏の王粲の「七哀詩」〈その一〉に、「門を出でて見る所無く、白骨の平原を蔽うのみ」。〔寒月〕は、唐詩の語であろう。詳注が晋の張華《ちようか》の「平台寒月色」を引くのは、出処を知らぬ。〈「初学記」二等に引く梁の張率《ちようそつ》の「霜を詠ず」に見える。〉何にしても、出発の〔初吉〕ついたちは闇夜であったのに、今は月を見る。旅程すでに十日以上である。胡小石「小箋」に、下弦の月、つまり閏八月後半の月光とする。

53 54〔潼関百万師、往者散何卒〕眼前の〔白骨〕の悲惨から、昨年六月の〔潼関《どうかん》〕の敗戦に慷慨する。そこには哥《か》舒翰《じよかん》にひきいられた〔百万〕の〔師〕兵隊がいたのだが、〔往者〕過去のその時間、何んとあわただしく潰散したことか。〔卒〕は倉卒。〔往者〕は過去の時間をいう語として、「文選」の散文にしばしば。歴史書は、哥舒翰にひきいられ、全滅した兵士の数を、二十万とする。〔百万〕は詩的誇張といえるが、庾信の「哀江南の賦」にも、「豈《あ》に有らんや百万の義師の一朝にして甲《よろい》を巻くこと」。〔散〕を呉若の一本は「敗」に作る。

55〔遂令半秦民〕〔遂〕は「因って也」を常訓とし、それが原因となってのとうとう。〔令〕は使役の助動詞。潼関のあわただしい陥落を原因とし、その結果として、陝西の地帯半分の人民が〔令《あ》〕った目は、次の句にいうように死。陝西はむかしの〔秦〕の地。ゆえに〔秦に半ばする民〕。

56〔残害為異物〕〔残〕も〔害〕もソコナウと和訓する。〔残害〕と二字を連ねた先例として、詳注があげるのは、宋の何承天《かしょうてん》の「辺を安んずるを上《たてまつ》る論」に、やはり人民の異族による被害を、「残害剝辱」。〔異物と為る〕とは、人間以外の存在となりはてる、つまり死。「文選」十三、漢の賈誼《かぎ》の「鵩鳥の賦」に、「化して異物と為る」。また四十二、魏の文帝曹丕の「朝歌令の呉質《ごしつ》に与うる書」に、阮瑀の死をいたんで、「元瑜《げんゆ》は長逝し、化して異物と為る」。いずれもの李善注、更に「荘子」「大宗師《だいそうし》」篇を引く。

57〔況我堕胡塵〕以下の十八聯三十六句、92の〔生理焉《な》んぞ説くを得ん〕までは、第三部分、家族と再会の情況を説く。さきの部分の終りで、陝西人民全体の受難を、〔残害せられて異物と為る〕といたんだのを承け、〔況《いわ》んや我れは胡塵に堕《お》ち〕、賊軍の捕虜となって、そのけがらわしい塵の中に堕っこちていたと、話をわが身の上に移すはじめとするのであり、〔況〕の字はこの転折のためにあるが、ここの〔況〕の字、普通の場合のように、マシテヤの意に読むと、この句、読みにくくなる。捕虜の屈辱も不幸ではあるけれども、陝西半分の人民の死よりもひどい不幸とはいい難いからである。杜詩における〔況〕の字、ときどきは話頭を転ずるための助字、而、乃、その他に置きかえてよい場合があると、現在はまだ資料がととのわないけれども、感ずる。ここもそうであるとして読みたい。人民たちの死は悲惨の極として、トコロデおのれもまた悲しくも、〔胡塵に堕ちて〕いた。〔胡塵〕の語の先例として、詳注が引くのは、「晋書」「劉曜載記」の「論」のそれ。呉若と九家注の一本は「胡塵に随う」。

58〔及帰尽華髪〕賊中での苦しみの結果、今こうやってやっと帰って来はしたものの、わが髪はすっかりしらが。帰ルニ及ンデと和訓する〔及〕jip の字、強く読んでよい。〔華髪〕の語、「後漢書」の「文苑伝」下、辺譲《へんじょう》の条の、蔡邕がその人を推薦した文章に見え、章懐太子の注に「白き首《あたま》也」。

59〔経年至茆屋〕年を越えて〔至〕りたどりついた〔茆屋《ぼうおく》〕かやぶきのあばらや。すなわちさきの巻三14「幼子を憶う」で、「柴門老樹の村」と思いやった家族疎開の居。〔茆〕は茅と同字。〔経年〕の語、普通には何年かの時間を経ての意に用い、のち蜀中での「杜鵑《とけん》」の詩の、「我が病いは年を経るに値《あ》う」、祁《き》録事を送る「短歌行」の、「人事は年を経るも君が面を記《おぼ》ゆ」、みなそれだが、ここは妻子との別れ、昨年の夏以来であり、実は一年なにがしなのに、しかもこの語を使うのは、物理的時間よりも心理的時間の重さによろう。

60〔妻子衣百結〕まず目を射たのは、家族たちの身につけているもののみじめさ。やぶれた布を結びあわせた個所が百。のち蜀中での「簡を成華両県の諸子に投ず」〈巻十〉にも、「弊《やぶ》れし衣は何んぞ啻《た》だ百結を聯《つら》ぬるのみならんや」。「文選」の語ではない。北宋の旧注、「董《とう》先生の衣は百結」というのは、晋の隠者董京《とうけい》がこと、王隠《おういん》「晋書」の逸文に、「残砕の繒《きぬ》を得ては、輒《すなわ》ち結びて以って衣と為し、号して百結と曰う」。

61〔慟哭松声廻〕お互いにまずあるのは喜びよりも〔慟哭〕、それをめぐって、〔松〕風の〔声《おと》〕が旋廻した。杜の生還、必ずしも家族の予期になかったこと、のちの9「羌村《きょうそん》三首」第一首にも、「妻孥《さいど》は我がいきて在るを怪しみ、驚き定まって還《ま》た涙を拭《ふ》く」。〔松声〕の語、「文選」では十九、宋玉の「高唐の賦」に。〔慟哭〕は四十三、斉の孔稚珪の「北山移文」に、「朱公の哭を慟す」。〔廻〕を九家注と草堂詩箋の一本が「回」に作るのは、同字だが、詩史、分門集注の本文と、呉若の一本は「迥《けい》」、ハルカ。劣ろう。

62〔悲泉共幽咽〕悲しげなひびきをたてる泉も、われわれと〔共〕に、また〔松声〕と〔共〕に、〔幽咽〕むせび泣いてくれる。「文選」十四、宋の鮑照の「舞鶴の賦」に、「皎皎《こうこう》たる悲泉」。また陶淵明の「歳暮に張常侍に和す」の詩に、「驟驥《しゅうき》は悲泉に感ず」。また無名氏の古歌謡に、「隴頭《ろうとう》の流水は、鳴く声の幽咽す」。イウ・エッと近い双声であるのが、悲哀を増幅する。呉若と草堂詩箋の一本は「鳴咽」。〈巻六4「留花門」では、あしぶえの音色を形容して、「哀笳　曙に幽咽す」。〉

63〔平生所嬌児〕かねてからのやんちゃな甘えん坊。すなわち賊中の「遣興」、また「幼子を憶う」、巻三5また14、それらの詩で思いやられた次男驥子《きし》であろう。〔平生〕は過去の継続した時間。〔嬌《きょう》〕を、九家注、詩史、分門集注は

「驕」に作るが、意味は同じ。親の方からいえば甘やかす子、子供の方からいえば甘える。〔児〕は男の子。晉の左思に「嬌女の詩」があり、この詩この部分の先蹤なのでは、二人のやんちゃな娘。むすめとむすこと違いはあるけれども、〔嬌〕の字はそれから出よう。余論の三参照。陶淵明の「挽歌の詩」〈その一〉にも、「嬌児は父を索《もと》めて啼《な》く」。

64〔顔色白勝雪〕この末の男の子、今はあかだらけだが、がんらいは雪にも勝《まさ》る白い顔の、器量よしであった。左思の「嬌女の詩」にも、「吾が家に嬌女有りて、皎皎と頗る白皙」。この句、別の解として、明の王嗣奭の「杜臆」は、飢えのために青白い顔をしているとし、雪嶺永瑾の「杜詩抄」に引く心華《しんか》の説も同じいが、劣ろう。上の句の〔平生〕はここにもかかるのであり、次の聯の下句の〔垢膩《こうじ》して脚には襪《たび》はかず〕と対照させるため、〔平生〕かつての日の、器量よしをいうのである。男の子についても白皙をよしとしたことは、次の第五巻、翌乾元元年の春、貴公子李舟《りしゅう》に与えた「李校書を送る二十六韻」に、必ずしも白皙でないその人を弁護しての、「人間の好少年は、必ずしも白皙なるを須《ま》たず」が、裏から示す。北斉の盧士深《ろししん》の妻が、雪と桃の花びらで、子供の顔を洗い、雪のごとく白かれ、桃の花のごとくあえかにと、祝福した話もある。「太平御覧《たいへいぎょらん》」二十、私の「帰林鳥語」その十六、岩波版また全集筑摩版二十四巻。

65〔見耶背面啼〕そのかあいい末っ子が、〔耶《ちち》〕を〔見〕ると、どこかの見知らぬおじさんがやって来たと、〔面《かお》〕を〔背《そむ》〕けて〔啼《な》〕きだした。〔耶《や》〕は爺と同字。今語の yé。父の俗語。パパア。巻一11「兵車行」4「耶娘」の注参照。〔背〕は動詞。そっぽをむく。次の「羌村」の詩第二首の、「嬌児は膝を離れず、我れを畏《おそ》れて復《ま》た却《しりぞ》き去る」が、この句と応ずること、その注で再論する。〔背面〕は、晩唐の李商隠《りしょういん》の「無題」の詩にも、少女を詠じて、「十五にして春風に泣き、面を背く鞦韆《ぶらんこ》の下」。

66〔垢膩脚不襪〕そうしてかつては雪よりも白い顔をしていたこの末の男の子が、〔垢《こう》〕あか、〔膩《じ》〕あぶら。むきだしの〔脚〕には〔襪《くつした》〕さえはいていない。〔垢膩〕宋の杜修可、初唐の沈佺期《しんせんき》が弾劾され下獄したときの詩、「窮囚は垢膩多く、愁坐は蟣蝨《きしつ》饒《おお》し」を引く。杜はのち最晩年、湖南に放浪しての「廻棹《かいとう》」にも、「火雲は垢膩を滋《ま》す」、「舟中苦熱」に、「垢膩は溉《あら》い灌《すす》ぐ可し」。杜のすきそうなリアルな語。〔韈《べつ》〕「足衣也」。靴の下にはく靴下、足袋。今語の袜子 wà zi。それすらはかず、素足なのは、極度の窮乏。過去の中国人は、素足をきらい、羞恥とした。

67〔牀前両小女〕次には、〔両小女〕おさない二人の娘。〔牀〕は床と同字。ベッド。室内の家具の中心。夜の寝台となるばかりでなく、敷物のない裸の床《ゆか》の部屋ならば、子供の昼の遊び場ともなる。〔牀前〕の語、李白の「静夜思」にも、「牀前に月光を看る」。唐代の常語であったろう。分門集注は「牀頭」に作る。〔小女〕の語は、あまり見かけないが、「文選」三十六、王融の「永明九年秀才を策する文」〈その三〉の李善注に引く漢の班固の「詠史」の詩の断片に、父の死罪に代ろうとした娘の話を、「小女は父の言を痛み」。私の全集六巻二五八頁参照。

68〔補綻纔過膝〕彼女らの着ているものは、やっと膝がしらまでの継ぎはぎだらけ。「礼記」の「内則」篇に、嫁たちの長上への奉仕を説いて、「衣裳綻び裂くれば、紉《いと》と箴《はり》もて補い綴らんと請う」。鄭玄の注に、「綻は猶お解く也」。つまり〔補綻〕は、綻《ほころ》びを補《つくろ》う。〔纔《さい》〕はワズカニと和訓し、やっと、せいぜい。呉若本が「才」なのは、表記の異。〔過膝〕垂れた手が膝を過ぎるとは、三国の劉備《りゅうび》や、五胡の劉曜《りゅうよう》や姚襄《ようじょう》など、英雄の異相だが、それを着物のちんちくりんに施したのは、この詩をはじめとしよう。当時のスカートはもとよりミニでない。長く垂れて地に接すべきであった。

69〔海図拆波濤〕娘自身の着物か、母親の晴れ着か、そこに元来あった海の図柄が〔海図〕だと、諸注の説。つぎはぎの結果、その図柄となっていた〔波濤〕、小波大波、〔拆《さ》〕けくだけ分裂している。

70〔旧繡移曲折〕もともとあった刺繡が〔旧繡〕、その〔曲折〕の線も〔移〕動して、原形をとどめない。

71〔天呉及紫鳳〕もとは〔海図〕の図柄にちりばめられていた二つの形象。〔天呉〕は海の神である怪物。「文選」十二、晋の木華の「海の賦」に、「天呉は乍《たちま》ち見えて髣髴たり」。李善注、「山海経《せんがいきょう》」を引いて、「朝陽の谷の、神を天呉と為す。是れ水の伯為《かしらた》り」。「海外東経」の篇であり、そのありさま、「八つの首《かしら》にして人面、八つの足にして八つの尾、皆な青黄なり」。土岐善麿「杜甫」は意訳してカッパ。〔紫鳳〕は宋の杜修可、「山海経」を引いて、「丹穴の山に鸑鷟《がくさく》有り、鳳の属也。鳳の如くにして五色、而うして紫多し」。今の「山海経」には見えない。草堂詩箋は「三輔決録」を引き、普通の鳳は赤色であり、紫色なのは鸑鷟と呼ばれるとする。

72〔顚倒在裋褐〕それら〔天呉〕の神さまも、紫の鳳凰も、〔顚倒〕とんぼがえりをうって、〔裋褐《じゆかつ》〕ワンピースに〔在〕くっついている。〔顚倒〕は「詩経」「斉風」「東方未明」に、やはり衣服に関することとして、時ならぬ早朝の出勤命令にあわてた官吏が、「衣と裳とを顚倒す」。diān dǎo、dではじまる双声。〔裋褐〕「漢書」の貢禹《こうう》伝に、その上書をのせて、「妻と子は糠《ぬか》と豆さえも贍《た》らわず、裋褐さえも完《まつ》たからず」。顔師古《がんしこ》の注に、「裋とは僮豎の着る所の布の長き襦を謂う也。褐は毛布の衣也。裋の音は豎《じゆ》」。ただし王琪以外の諸宋本の本文と呉若の一本は「短褐」。趙次公は、いくつかの用例をあげ、その方を主張する。また詩史と分門集注の一本は「衽褐」。案ずるに杜詩にこの語の見えるところ、いつも両様のテクストがあり、既に説いた詩では、巻一35「橋陵詩」51もその一つだが、ここは貢禹伝と同じく、妻子の窮状だから、子供の着物の〔裋褐〕が適しよう。

73〔老夫情懐悪〕いつものように、四十をこえた身分ある人の自称が〔老夫〕。〔情懐〕気分というほどの語だが、使用の先例を見いださぬ。〈晋の陸雲の「霽《は》るるを喜ぶ賦」に、「情懐憤《つも》りて懌《よろこ》び無し」。また南朝の民歌「子夜歌《しやか》」に、「歓《きみ》が好き情懐を憐《いとお》しみ、居を移して郷里と作《な》す」など。〉似るのは、前編4長孫九侍御を送る詩の18「我れを令《し》て懐抱悪からしむ」。

74〔嘔泄臥数日〕気分が悪くなった私は、はいたり下したり、何日か寝込んだ。〔嘔泄《おうえい》〕「漢書」の厳助《げんじよ》伝に引く淮《わい》南《なん》王安の上書に、南越遠征軍の兵士の苦しみを、「欧泄霍乱《かくらん》の病」。顔師古の注では、「泄は吐也、音は弋制の反」。エイ。しからば二字ともに、吐くことになるが、〔泄〕は普通には下痢。二字を、呉若の一本は「嘔咽」、草堂詩箋の一本は「嘔吐」に作り、また更に大きな異文として、王琪をも含んで宋の諸本の一本は、「数日臥嘔泄」、また詩史のみ「数月臥嘔泄」。それだと〔泄〕に私列の切、セツの音があるのを、韻脚に使ったことになる。その方が、同字を韻脚に重用しないという法則に合致する。〔日〕の字は、すでに上の6で〔朝野少暇日〕と使われている。

75 76〔那無囊中帛、救汝寒凜慄〕臥床数日ののち、気分おちつき、土産物をカバンの中から取り出した。まず帛《きぬ》。〔那無〕は何無、焉無と同義。那《ナ》ンゾ囊中ノ帛《ハク》ノ無カランヤ、カバンの中には絹があるぞ、それでおまえたちの凍えを救おう、汝ノ寒クシテ凜慄《リンリツ》タルヲ救ワン、そう読むのが妥当である。草堂詩箋の一本は、「能無囊中帛」、能ク囊中ノ帛無カランヤ、意は同じ。呉若、九家注、詩史、分門集注の一本が、「那能囊中帛」なのは、非。それだと意味が変り、那ンゾ能ク囊中ノ帛ノ、汝ノ寒凜慄タルヲ救ワン。カバンの中に絹はないことになる。しかしそれでは次の句の〔粉黛《ふんたい》も亦た苞《ほう》を解く〕の〔亦〕の字が浮く。誤本としてよい。また明の邵宝、清の盧元昌、わが雪嶺永瑾の如く、〔那無〕のままでも、〔那〕を奈だとし、囊中ノ帛無キヲ奈《イカン》センと読む説があり、やはり絹は土産物に含まれなかったことになるが、非である。〔帛《きぬ》〕は、衣料でもあるとともに、当時の貨幣でもある。〔凜慄〕リン・リツという擬音語、先だつ使用を見出さぬ。

77〔粉黛亦解苞〕カバンの中は、〔帛《きぬ》〕のみでない。鳳翔みやげの化粧品もあった。〔粉〕おしろい、〔黛〕まゆずみ、それらも包装を〔解〕く。〔苞〕は包と同字。〈南朝の民歌「採桑度」に、「姿容　春に応じて媚《なまめか》しく、粉黛　飾を加えず」。〉

78〔衾裯稍羅列〕「詩経」「召南」「小星」の「毛伝」によれば、〔衾《きん》〕は「被也」、かけぶとん。〔裯《ちゆう》〕は「襌被也」、上からかけるシーツ。またその「鄭箋《ていせん》」によれば、〔裯〕は「床帳也」、かや。それらも〔囊中〕にあったのを、〔稍〕ぼつぼつと、〔羅列〕ならべた、というのが普通の説。あるいは上の句にいう〔粉黛〕をベッドの〔衾裯〕の上にならべてやったという解も、可能かも知れぬ。なお余談として、雪嶺永瑾の「杜詩抄」が、上の句を、夫の留守中は化粧をしなかった貞女の妻が、久しくなおざりにしていた〔粉黛〕の包みを解いて、化粧をはじめたとするのは、まだしもとして、下の句を、「ヤガテ寝ル用意ヲス。杜ガ妻、衾裯ヲ持ツ也、アヤシイ、江西一笑也」というのは、「詩経」「小星」の「衾と裯とを抱く」が、妾の君主への奉仕をいうのから思いついたのであり、うち「江西一笑也」というのは、五山の先輩である江西龍派が、夫婦の共寝を予想して、くすりと笑ったというのである。のちの9「羌村」その一の終り、心華元棣《しんかげんてい》のおなじく「一笑」と連なるが、この句の解としては、誤解である。

79〔痩妻面復光〕とり出した〔粉黛〕の効果として、〔痩せた妻〕の楊氏、二男二女の母として、世帯にやつれていたのの〔面《かお》〕が〔復《ま》〕た〔光り〕をとりもどした。〔痩妻〕の二字、先例を見ず、杜もここのみに用いる。

80〔痴女頭自櫛〕二人の娘は、みやげのくしをもてあそび、自分で〔頭〕を〔櫛《す》〕いている。〔櫛〕は動詞。〔痴女〕が、がんぜない娘たちなのは、のち10「彭衙行《ほうがこう》」9にも。

81〔学母無不為〕以下四句、なおも〔痴女〕たちのふるまい。この長詩のうちでも、もっともいきいきした部分。〔母〕さんの〔学《まね》〕をして、〔為《な》さざる無し〕。でたらめのメーキャップ。

82〔暁粧随手抹〕寝おきの朝化粧〔暁粧〕、同意の「朝粧」とともに、斉梁以来の艶体の詩に、屢見する。それをいま〔痴女〕の行為に施したのは、パロディであり、ユーモアである。〔随手〕手あたりしだいに。「文選」では、十七、晋の陸機の「文の賦」の序に、文体変化の自由さを、「随手の変」。〔抹〕なすりつける。

83〔移時施朱鉛〕彼等は〔時を移し〕時間をかけて念入りに、〔朱〕べに、〔鉛〕おしろい、による加工を、顔に〔施〕している。〔移時〕の語、「文選」では、五十九、梁の沈約の「斉の故の安陸昭王の碑文」に見え、〔鉛〕おしろいと〔朱〕べにによる化粧は、十九、宋玉の「登徒子好色の賦」などに。

84〔狼籍画眉闊〕時間をかけての〔暁粧〕の出来あがり。何ともでたらめな、おばけのように〔闊《ふと》〕く〔画〕いた〔眉〕。乱雑、不整をいう〔狼籍〕、「文選」では三十五、晋の張協の「七命」に、「瀾漫狼藉」。銭謙益は、明の鎦績《りゅうせき》の

「霏雪録《ひせつろく》」を引き、太い眉は、唐代の化粧の常、のち張籍《ちょうせき》の「倡女の詞」の「軽き鬢は叢《みだ》れ梳《す》き闊く眉を掃く」などもそうだというが、そう解しては、幼女の無邪気な行為、むしろ面白くなくなる。またこのあたりと、晋の左思の「嬌女の詩」との関係については、余論の三。

85〔生還対童稚〕さきの巻三19「行在所に達するを喜ぶ」その二で、「生還は今日の事」と、感慨を籠めた語が、ここにも使われている。まして今は対《まえ》にするのは、〔童稚〕おさなきものたち。「文選」十六、晋の潘岳の「閑居の賦」に、「児童稚歯」。李善注、「爾雅」「釈言」篇を引いて、「幼は稚也」、また〈漢の揚雄の〉「方言」を引いて、「稚は小也」。

86〔似欲忘飢渇〕帰っては来たものの、飢えと渇《かわ》きは、おのれ、また家族の上にある。しかし子供たちとの再会はそれをも忘れさせそう。〔忘れんと欲するに似たり〕と屈折したいい方を、明の譚元春《たんげんしゅん》は、「唐詩帰」十三で、「虚辞妙なり」。〔飢渇〕はもと「詩経」「王風」「君子于役《くんしうえき》」篇の語。

87〔問事競挽鬚〕子供たちは〔事を問い〕みやげ話をせがみ、競争でわたしのあごひげを挽《ひ》っぱる。男の子二人、女の子二人、そっぽをむいていた次男も、はやなついた。この一段の中でも、もっとも活潑な描写。〔鬚〕を詩史と分門集注は「鬢」。

88〔誰能即嗔喝〕それを即《す》ぐあっさり叱り飛ばすことなど、誰に可能ぞ。子供の頑是ない行為に、杜は自然な人間の真実を見ている。〔今秋の花〕を戴く〔菊〕を愛し、〔山果〕の〔瑣細〕を愛したのと共に。〔嗔喝《しんかつ》〕の二字、使用の先例を知らぬ。

89〔翻思在賊愁〕賊軍の中に在ってその捕虜となっていたときの憂愁を思い翻《かえ》せば。カエッテと和訓する〔翻〕は、反対の状態への思考としては、「却」の義であるが、より速度をもつ。

90〔甘受雑乱聒〕それを思い返せば、この子供たちのさわぎ〔雑乱〕を、甘受しよう。陶淵明の「飲酒」の詩〈その十四〉に、これは子供でなく、百姓のおやじたちと、「父老の雑乱の言」。杜ものちの成都で「田父に遭いて泥飲す」の詩では、百姓たちの言語を、「語は多くして雑乱なりと雖も」。〔聒《かつ》〕は「説文」に、「讙語也」。

91〔新帰且慰意〕かくてこんどの新しい帰還、且つは何はともあれ、わが意《こころ》の慰めであると、ここまでの再会の喜びを、この聯の上の句、結束する。〔新帰〕〔慰意〕みな先例を知らぬ語。分門集注が妻を意味する「新婦」なのは、誤字。〈梁の鮑泉《ほうせん》の「湘東王の春日に和す」に、「新燕始めて新たに帰り、新蝶復に新たに飛ぶ」。〉

92〔生理焉得説〕しかしこれからさきの生活はどうなるか。〔焉《な》んぞ説くを得ん〕、今語の不成話《プチエンホア》であり、お話にならない、そうした悲観の語として読んだ。上の句の〔慰意〕は、〔且つ〕とりあえずであり、家族の生活の現実は依然として苦しいのである。〔生理〕大たいは生活の意だが、さきの〈巻一 39〉「奉先県に赴く詠懐」25の「茲《こ》こを以って生理を悟る」が、人生の現実のやむを得ない理法、それを意味する如くであったのを顧りみれば、一そうそうなる。晩年、雲安《うんあん》での「客居」の詩、「我れは路の中央に在り、生理は論ずるを得ず」が、ここと似る。呉若の一本と、草堂詩箋の引く魯訔の本は、〔説〕を「脱」に作り、生理焉《な》んぞ脱するを得ん。生活の苦しさは私をとらえて離さない。要するに、のちの「羌村」第二首にいうように、「家に還るも歓趣少なし」、「事を撫して百慮を煎《い》る」である。家庭での私生活の叙述は、この聯で終る。すなわち第三部分の結束である。そうして以下の公的な発言へと転ずる。

93〔至尊尚蒙塵〕以下篇末に至るまでの二十四聯四十八句は、第四部分。すべて時局への公的な発言。この詩の眼目であり、結論である。まずいうのは、〔至尊〕すなわち天子は、今も〔尚お〕地方にあって塵に蒙《まみ》れていられる。成都の玄宗、鳳翔の粛宗、いずれをも意識するであろう。つまり現在の時局のもつ最も悲観的な条件。まずそれをいうのは、さきの部分の終りに、わが生活はお話にならない、〔生理焉《な》んぞ説くを得ん〕と私的な不幸をいったのに、連結させ、それを生むもっとも大きな理由、大きな外廓としてである。槐南の「杜詩講義」、この転折の句における〔尚〕の字の効用を、力説する。天子の亡命を〔蒙塵〕ということ、「左伝」僖公二十四年に、周の襄王の鄭《てい》への亡命をとむらって、魯の臧文仲《ぞうぶんちゅう》、「天子は塵を外に蒙る」。天子を〔至尊〕をもっていうのは、「文選」の常語。

94〔幾日休練卒〕こうした状態の中で、世の中が平和になり、兵隊の訓練が休止されるのは、いつか。〔幾日〕は「何日」と同義だが、よりやわらかな言葉つき。杜ここのみに用いる。〔休〕はヤスムでなく、ヤム。〔練卒〕この語、「宋書」「恩倖伝」の徐爰《じょえん》伝に見えるのを、趙次公引く。「文選」の語は、「練兵」(兵練)。なお〔卒〕の字は韻脚として、さきの54にも〔往者散何卒〕と使われているが、さきは倉卒の意ゆえに「倉没の切」、ここは兵卒の意ゆえに「臧没の切」、意味のちがいによって音がちがい、異字と意識されるゆえに、同字重押の禁忌にふれない。さきの「奉先県に赴く詠懐」でも、〔卒〕の字は、以上の二義二音のほか、更に卒去死去の意となる「子聿の切」をも加えて、三度使われていること、かの詩の注98。

95〔仰看天色改〕しかしまた好条件もある。ふり仰いで看れば、天《そら》の色、いままでの陰鬱とは異なり改まり、時局好転のしるしを見せると、前聯の悲観をはね返して、楽観の提出。やがて詩が帝国の復興を強く主張するのはじまりである。〔看〕を呉若本は「観」に作り、一本が〔看〕。〔天色〕の語、あまりよい先例ない。

96〔旁覚妖気豁〕そうして周辺を見わたして旁《あまね》く覚えるのは、今まで立ちこめていた妖《あや》しき気はい、賊軍によるそれが、豁然《かつぜん》とひらき消えゆくこと。次聯以下にいうウイグル族の来援によってであり、上の句の〔天色の改まり〕も、またこの新情勢の反映となる。ただし以上は通説であり、異説もあること余論の二に。〔旁〕を呉若本は「坐」、ソゾロニ、その一本が〔旁〕。〔気〕を王琪以外の諸宋本の一本は「氛《ふん》」。また〔妖〕の字が王琪本、呉若本では「祆」、草堂詩箋では「袄〈祆〉」であること、やはり余論に。

97〔陰風西北来〕以下108〔時議気奪われんと欲す〕までは、六聯十二句を費し、時局を好転させる条件として、ウイグル族来援の状況。ただし杜はその来援を無条件には歓迎せず、彼等が勇敢と同時に、暴虐の部隊であることを心配する。危惧はこのはじめの句にも、すでにあろう。来援の前兆としてあるのは、陰の風《きた》、西北のかたより吹き来たること。〔陰風〕はおとなしく読めば北風であるが、陰惨の風でもある。のち甘粛での「両当《りょうとう》県呉十侍御の江上の宅」〈巻八後編16〉に、「陰風は千里より来たる」。「文選」では、二十七、宋の顔延之の「北のかた洛に使いす」に、「陰風は涼《つめた》き野に振う」、三十、斉の謝朓の「郡内登望」に、「切切たる陰風の暮れ」。みな佳語でない。

98〔惨澹随迴鶻〕〔惨澹〕サム・タム、cǎn dàn と、畳韻の語は、陰鬱な沈静の形容。〔陰風〕の形容でもあり、ウイグル族の形容でもあろう。サム・タムたる〔陰風〕が西北から吹いて来るのは、サム・タムと気味悪い〔迴鶻《かいこつ》〕ウイグル族に〔随《したが》〕い、彼等と〔随《とも》〕に、やって来るのである。さきの巻三16「哀王孫」の注24をも参照。羽田亨「唐代回鶻史の研究」〈「羽田博士史学論文集」上、東洋史研究会、一九五七年〉によれば、当時のウイグルの王は、磨延啜《まえんせつ》可汗《かかん》 Tängridä bulmïš il itmiš bilgä xaran といった。昨七五六至徳元載七月、粛宗が霊武《れいぶ》で即位すると、さっそく友好関係を唐の方から申し入れたが、今年二月、可汗はその太子の葉護《ヤブク》に、「国を助けて逆を討つ」べく、兵馬四千余衆をひきいて来援させ、粛宗の子の広平王すなわちのちの代宗《だいそう》と、義兄弟の契をむすんだと、「旧唐書」の「迴紇伝」、「新唐書」の「回鶻伝」下。なお〔迴鶻〕はその漢字による表記の一つであるが、王琪、九家注、詩史、分門集注の一本は「胡紇」に、呉若の一本と草堂詩箋の本文は「回紇」に、また草堂詩箋の一本は王琪を除く諸宋本の本文と共に「回鶻」に作り、更なる一本が「相紇」。九家注の趙次公、〔迴鶻〕と書くのは、のちの徳宗《とくそう》の時代以後のことゆえ、杜のころは「回紇」と書いたはずという。それはともかくとして、「旧唐書」の「迴紇伝」に、「改めて迴鶻と為すは、その義、迴旋して軽捷なること鶻の如きに取る也」。猛禽に似ての命名。

99〔其王願助順〕東方の逆賊に対し、唐の王室は〔順〕の存在なのを助けたいと、ウイグルの王は願っている。「易」の「繋辞伝」上に、「天の助くる所の者は順也。人の助くる所の者は信也」。「文選」四十四、魏の陳琳《ちんりん》の「呉の将校部曲に檄する文」にも、「夫《そ》れ天道は順を助け、人道は信を助く」。いまや異族の王も、天道にしたがおうとする。

100〔其俗善馳突〕ウイグルの習俗は、〔馳突〕馬上の突撃を得意とする。〔善〕は長ずる也。王琪と呉若以外の諸宋本は、「馳突を喜ぶ」。〔馳突〕の語、さきの巻三7「悲青坂」4にも。ところでこの句、その武勇をたたえるごとくであるが、実はその残虐さへの警告である。「旧唐書」に、「其の俗は驍強」〈「廻紇伝」〉といい、「性は凶忍にして、騎射を善くし、貪婪《どんらん》尤も甚し。寇抄を以って生と為す」。「新唐書」〈「回鶻伝」上〉に、「水草を逐うて転じ徙《うつ》り、騎射を善くし、盗鈔を喜ぶ」。杜がこの句で〔馳突を善くす〕というのも、「寇抄」「盗鈔」つまり掠奪の習俗への嫌悪を随伴しよう。危惧はやがてこの部族の助力によって、長安洛陽の両京が奪還されてのち、戦後の事態として実現すること、次巻〈巻六4〉の詩「留花門《りゅうかもん》」に。〔馳突〕の語も、巻三7「悲青坂」では、安禄山軍のそれとして用いられた。

101 102〔送兵五千人、駆馬一万匹〕ウイグルの兵四千余が、太子葉護を引率者として〔送〕られて来たことは、上引の新旧「唐書」に見える。概数にすれば〔五千人〕。兵士一人が馬二頭ずつを〔駆〕りたてて来たとすれば、〔一万匹〕。

103〔此輩少為貴〕〔此の輩《ともがら》〕とは、いやしめていう。〔少為貴〕の三字は、二様に読める。この表現を含む古典は、「礼記」の「礼器」篇であって、「礼」の規定のうち、「天子は七廟、諸侯は五、大夫は三、士は一」のように、尊者ほど数の多いのは、「多きを以って貴しと為す」であり、逆に、食事の量を、「天子は一食、諸侯は再、大夫士は三」のように、尊者ほど数が少ないのは、「此れ少きを以って貴しと為す也」であるとする。それをそのまま使ったとすれば、この部族の特長は、少数なればこそ貴い、つまり少数精鋭の意となる。呉見思の「杜詩論文」はその説であり、兵五千、馬一万、まさしくその〔少《わず》かさ〕だとする。それともまた、元来少数精鋭なのに、五千の兵、一万の馬は、一そう無気味ということにもなろう。一方またもし〔少〕を少数の意でなく、少年、わかものの意に用いたとすれば、若もの優位、それが〔此の輩《ともがら》〕の習俗と指摘したとなる。中国のように敬老の風習がないのを、蛮族の習性とする認識は、「史記」の「匈奴列伝」に、「壮健を貴び、老弱を賤《いや》しむ」という以来のことであり、且つウイグルは匈奴の後裔とされる。ただし後説の場合、〔少〕の字は、少数を意味する上声のshǎoでなく、わかものを意味する去声の

shǎo に発音されねばならないが、その音を指定するのは、明の邵宝の分類集注のみである。またわが雪嶺永瑾の「杜詩抄」は、少《スクナキヲ》為レ貴、少《ワカキヲ》為レ貴と、二訓をあげ、後の訓をよしとする。いま私の訳は、しばらく前説。ただし後の説も成立しないではなく、私も前注ではそうであったのを、しばらく改める。

104〔四方服勇決〕〔四方〕とはウイグル周辺の他部族をいおう。唐初に強大であった突厥《トルコ》族の没落後、西南のチベットとともに、もっとも強大なのは、西北のウイグルであった。ゆえにみなその〔勇決〕になびき〔服〕している。のちの「留花門」〈巻六4〉は、ウイグルの乱暴をうたう詩だが、それにも、「北門の天の驕子、肉に飽きて気は勇決」。その語、さきの前編8郭英乂を送る詩にも使われているが、六朝の用例は見あたらぬ。

105〔所用皆鷹騰〕「所有」がアラユル、「所在」がイタルトコロであるように、使役されるところ、至るところでが、〔所用〕であろう。どこでも〔鷹〕のごとくはね〔騰《あが》〕る。同意の「鷹揚」の語が、「文選」その他に頻見するが、それは王師の武力をたたえ、夷狄《いてき》には施しがたいのが、〔鷹騰〕と新語を作らせたか。

106〔破敵過箭疾〕敵を破るすみやかさは、とびゆく〔箭《や》〕の〔疾《はや》〕さにも〔過〕ぎる。〔箭〕は当時もっとも速度をもつ存在であった。詳注に、隋の煬帝が、桃竹白羽箭を仏羅族の酋長に賜わったときの語として、「此の事は宜ろしく速かなるべきこと、箭の如く疾かるべし」といったというのは、出所をまださがしあてぬ。〈「隋書」「北狄伝」に見える。〉〔過〕を王琪以外の諸宋本の一本は「如」。

107〔聖心頗虚佇〕以上ウイグルの勇敢を数聯をついやして述べたあと、粛宗のそれに対する期待を、危惧をまじえつついう。〔聖心〕は、全知全能の聖人であるべき天子の心、すなわち粛宗の心を意味する。分門集注は、粛宗その人を意味して「聖人」。〔虚佇《きょちょ》〕ウイグルの援助を、虚心に期待していられる。〔佇〕は待と訓ずる。粛宗は、昨至徳元載の秋、使者として派遣した皇族邠《ひん》王李承寀《りしょうさい》にウイグルの王女をめとらせて、友好のしるしとし、今年二月、ウイグルの太子葉護が援軍四千をひきつれて到着すると、「宴賜甚だ厚し」であったなど、新旧「唐書」に見え、杜の危惧にもかかわらず、期待なかなかであった。〔頗〕は少也と訓ずる。イササカであり、ハナハダではない。粛宗の期待〔虚佇〕、実は甚大であったと思われるが、それに〔頗《いささ》か〕の字を下したのは、措辞の妙であり、君主の軽率な失徳をおおいかくそうとしての礼儀でもある。〔虚佇〕の語、先だつ用例を、まだ見いださぬ。〈「宋書」「隠逸伝」の宗《そう》炳《へい》伝に引かれる宋の武帝が宗炳等の隠者を辟召する書に、「席を丘園に傾けて、良《まこと》に虚佇を増す」。また「世説新語《せせつしんご》」「仮譎《かけつ》」篇に、「桓は悵然として失望し、向《さき》の虚佇は、一時に都《す》べて尽く」。〉

108〔時議気欲奪〕こうした粛宗の一方的な期待に対し、危惧を抱くのはおのればかりでなく、〔時議〕時の世論も、気を呑まれて、あれよあれよというばかりだというのが、〔気は奪われんと欲す〕であるとして読んだ。趙次公いう、「言うこころ、主上は心を虚《むな》しくして、以って其の賊を破るを待ちたまうと雖も、然れども時の議は畢竟《ひっきょう》害を為さんと恐る。気奪われんと欲する所以也」。詩のはじめ12に、〔君に遺失有るを恐る〕というのも、ウイグルの申し出でをあまりにも安易にうけ入れたことを、粛宗の〔遺失〕とするであろう。〔気奪わる〕といういい方、詳注、魏の王粲の「羽猟の賦」の、「禽獣は振い駭《おどろ》き、魂亡び気奪わる」などを引く。

109〔伊洛指掌収〕しかし皇帝がその意思である以上は、やむを得ない。かくウイグルの助力もある上は、東西二京の奪還、いと容易であろうと、危惧を抑えての希望的観測を、以下には述べ、篇末で楽観が大きく増大するのへとみちびく。〔伊〕も〔洛〕も、河南省の川の名、東京洛陽はその流域。その地帯もわが〔掌〕を〔指〕すごとく容易に回〔収〕されよう。事がらのたやすさを〔指掌〕でいうこと、「礼記」の「仲尼《ちゅうじ》燕居」篇の孔子、礼の掟による政治の容易さを説いて、「其れ諸《こ》れを掌に指すが如き而已乎《のみか》」。

110〔西京不足抜〕まして東都洛陽よりもこちらにある〔西京〕長安は、〔抜〕く、奪還するというのにも〔足〕らわぬほど容易に、奪還されよう。「漢書」の高帝紀に、その挙兵のはじめ、「碭を攻めて三日にして之れを抜く」。顔師古の注に、「抜とは城邑を破りて之れを取る。樹木を抜いて並びに其の根本を得る若《ごと》きを言う也」。

111〔官軍請深入〕しかしながら、かくウイグルの援助のみに頼るのは、危険を伴ない、国家の体面をもきずつける。主体はあくまでも〔官軍〕であるべきである。あなたたち官軍は、〔請う〕どうか、東西二京よりも更に〔深〕く、賊の本拠に突〔入〕してほしい。「文選」三十七、諸葛亮《しょかつりょう》の「出師《すいし》の表」に、「深く不毛に入る」。

112〔蓄鋭伺倶発〕そうして官軍は、それまでに〔蓄え〕た〔鋭〕気を、機会を〔伺《うかが》〕って、ウイグルと〔倶《とも》〕に〔発〕動するべきである。〔伺〕を王琪本は「何」に作るが、誤字とみとめ、従わぬ。九家注、詩史、分門集注、草堂詩箋、みな〔伺〕に作り、うち草堂詩箋の一本は「可」。銭謙益本すなわち呉若本は、本文を「何」に作り、「一に可に作る、陳浩然の本は伺に作る」と注する。また詩史は〔倶〕を「具」に誤まる。

113〔此挙開青徐〕官軍を主体とするそうした作戦行動が〔此の挙〕である。〔青徐〕は、「書経」の「禹貢《うこう》」篇が天下を九州に分かつのの二つ。「海より岱《たい》」、すなわち泰《たい》山までは「惟《こ》れ青州」、つまり山東。また「海と岱より淮《わい》に及ぶまでは惟《こ》れ徐州」、つまり江蘇北部。いずれも東都洛陽より更に東方で、賊の占拠する地帯。その克復を、〔開く〕の語でいうのは、「書経」「費誓」篇の序に、やはり東方の反乱を、「徐と夷と並び興こりて、東郊開かず」とあるのを、うらがえした。

114〔旋瞻略恒碣〕〔旋《セン》〕は同じく子音sの即《ソク》也と訓じ得るが、より速度感をともなったスナワチ、タチマチ。官軍の行動は〔青徐を開く〕のみならず、あっという間に〔瞻《み》〕るであろうのは、〔恒〕山と〔碣〕石山を中心とする河北山西の地帯、すなわち賊のもっとも本拠とする地帯を、攻〔略〕しおおせること。〔恒碣〕も上の句の〔青徐〕と同じく、「書経」の「禹貢」篇をふまえる。「太行《たいこう》と恒山とは、碣石に至りて、海に入る」。杜が最古の地理書である「禹貢」篇に現われる地名を好んで用いること、巻二後編9「兗《えん》州の城楼に登る」、その「浮雲は海岱に連なり、平野は青徐に入る」につき、そこの余論でも説いた。ここはことに重厚の効果。〔略〕を取る也、奪う也、の意に用いるのは、早く「左伝」の用法。

115〔昊天積霜露〕以上の希望的観測、その実現の可能を、宇宙の形勢、占星術的なそれをも交えて強調するのが、以下の三聯六句。まず今や時節は秋。ゆらい秋は、刑罰の季節、武力の季節とされるが、〔昊天《こうてん》〕すなわち「詩経」「周頌」「昊天に成《さだま》れる命有り」の「鄭箋」によれば、「天の大号也」。それが〔積〕みかさねるのは、厳粛な〔霜〕と〔露〕。二十四節気のこよみでは、陰暦八月の節が「白露」、九月の節が「寒露」、九月の中が「霜降」。

116〔正気有粛殺〕宇宙の正しいエネルギーが〔正気〕であり、のち宋の文天祥《ぶんてんしょう》の「正気の歌」に、「天地正大の気」ということによって、人人に熟した語となるが、杜のころは、文氏の用法が倫理の原泉としての自然法なのとは、ニュアンスをややことにして、より多く術数、すなわち占星術につらなったであろう。漢代の神秘の書である「緯書《いしょ》」にしばしばそれが見える。たとえば「春秋演孔図」に、「正気を帝と為し、間気を臣と為し、秀気を人と為す」。それは宇宙の正義のエネルギーであるゆえ、〔粛殺〕厳粛な殺戮を必要とする場合には、それを要素の一つとして所〔有〕する。〔昊天〕が〔霜露を積む〕今の季節は、この要素のまさに発動すべき季節。シュク・サツとsの子音と入声の音尾をきびしく重ねた〔粛殺〕、「漢書」「礼楽志」の「西顥《せいこう》」の歌に、「秋の気は粛殺」。

117〔禍転亡胡歳〕次の句とともに、一そう占星術の語であろう。〔胡《えびす》を亡《ほろ》ぼす歳〕と呼ばれる年まわりが、当時の占星の書に見えたのであろうが、残念ながら、対応すべき資料を見いださぬ。従来の国家の〔禍〕は、めでたきその〔歳〕へと、うつり〔転〕ずるであろう。「漢書」の呪術の学者、李尋《りじん》の語〈「漢書」李尋伝〉に、天が政治への警告として与える災害に対処し、「禍を転じて福と為す」のを、君主の任務とする。

118〔勢成擒胡月〕〔勢〕の字は漠然と形勢の意か、それともやはり占星家の術語か。〔成〕は完成。それが完成するのは、〔胡〕を〔擒〕捕虜とする〔月〕まわり。三字も占星家の術語と思われる。

119〔胡命其能久〕上の〔亡胡歳〕〔擒胡月〕と二つの〔胡〕の字を含む聯を承けて、〔胡〕族の運〔命〕、星占とも応ずるそれ、〔其れ能く久しからんや〕と、結束する。〔其〕は強勢の助字。〔胡命〕の語につき、北宋の旧注、「新唐書」の「逆臣伝」上、史思明《ししめい》の条に、安慶緒のあと賊軍の首領であった彼が、むす子の史朝義《しちょうぎ》に殺される直前、奇妙な夢を見たと語り、側近のフールたちから、「胡の命尽くる乎《か》」とうわさされたのを、ややのちのことだが、引く。

120〔皇綱未宜絶〕更に大きな結束。宇宙の情勢から見ても、胡の運命は〔其れ能く久しからんや〕であり、わが唐王朝の〔皇《おお》いなる綱《みいづ》は未《い》まだ宜ろしく絶ゆべからず〕、断絶するはずそもそもない。この重量ある断定、あだかも全詩の百二十句目に下される。そうして以下には、この断定を可能にすべきものとして、このたびの事件の当初における王室の倫理的態度の正しさを述べる。正統の王朝の永続する綱紀を〔皇綱《こうこう》〕の語でいうのは、「文選」に屢見。四十五、漢の班固の「賓の戯れに答う」に、漢の国勢を、「帝紘《ていこう》を廓《ひろ》め、皇綱を恢《おお》いにす」。十、晋の潘岳の「西征の賦」に、後漢光武帝の中興を、「皇綱を振いて更に維《つな》ぐ」。

121〔憶昨狼狽初〕〔皇綱〕の宜ろしく絶ゆべからざる理由として、昨《か》つての〔狼狽〕あわただしき騒動のさい初の時間、そのときのことを憶いおこすと、その刹那での王室の倫理的態度の正しさを強調するのが、以下128の〔宣光果して明哲〕までの四聯八句。楊貴妃一族の謀殺が、その内容の中心である。〔昨〕とは去年天宝十五載〈七五六〉六月、玄宗亡命のはじめの時間、「説文」に、「昨は累《かさ》なる日也」。過去の時間は、すべて〔昨〕。それが以後の〔狼狽〕紛乱の〔初まり〕であった時間。〔狼狽〕の語、「文選」に二度見え、láng bèi と一種の擬音によって、不安定、紛乱、をいう。宋の諸注、唐の段成式《だんせいしき》の「酉陽雑俎《ゆうようざつそ》」十六によって、〔狽〕という動物は〔狼〕にのっかって歩くからというのは、俗説。

122〔事与古先別〕〔狼狽〕紛乱の当初において、事態はすでに〔古先〕過去の類似の場合と別《こと》なっていた。いかに別《こと》なるかは、以下に述べられる。〔古先〕「文選」五、晋の左思の「呉都の賦」に、「古先帝代」、四十九、晋の干宝《かんぽう》の「晋紀総論」に「古先哲王」。

123〔姦臣竟葅醢〕姦邪の臣下とは、楊貴妃の従兄であり、玄宗の宰相であった楊国忠《ようこくちゅう》。無能、貪欲、そうして無定見な拡張政策、不行跡、しかも外戚としての権勢を、さきの巻一27の「麗人行」でそしられた楊国忠が、〔竟《つい》に〕とうとう年貢の納めどきと、〔葅《しょ》〕つけもののように、また〔醢《かい》〕しおからの肉片のように、きりきざまれて死んだのは、〔狼狽の初め〕として、彼が玄宗と楊貴妃につきしたがって、長安を脱出した翌日、天宝十五載六月十四日、長安の西百華里の馬嵬《ばかい》駅において、禁衛軍の兵士たちによってである。くわしくは三巻はしがき二。そうして〔葅醢〕の語は、殷の紂《ちゅう》が諸父《おじ》に加えた極刑を、「楚辞」「九章」「渉江」に、「比干《ひかん》は葅醢にさる」というのに出るが、楊の死は、誇張でなく、そうであった。「資治通鑑」にいう、「会《たま》たま吐蕃《チベット》の使者二十余人、国忠の馬を遮り、訴うるに食無きを以ってす。国忠未まだ対《こと》うるに及ばず。軍士呼《さけ》んで曰わく、国忠は胡虜と反を謀ると。或いは之れを射て鞍に中《あ》つ。国忠走りて西門の内に至る。軍士追いて之れを殺し、肢体を屠り割き、槍を以って其の首を駅門の外に掲ぐ」。〔姦臣〕の語、「文選」は、五十二、魏の曹冏《そうけい》の「六代論」では、秦の李斯《りし》と趙高を、五十三、晋の陸機の「弁亡論」上では、後漢末の董卓《とうたく》を、二十、晋の陸雲の「大将軍の宴会の詩」では、趙王倫を。なお「新唐書」に「姦臣列伝」があるが、楊国忠はその中に列せられるには至っていない。〔竟〕の字、九家注、詩史、分門集注は「競」。それならば兵士たち、さきを争って、国忠をずたずたにした、ということになる。

124〔同悪随蕩析〕楊国忠と〔同〕じく〔悪〕事をはたらいたものどもも、そのとき馬嵬駅において、楊国忠の死に〔随〕い、彼と〔随《とも》〕に〔蕩析〕始末された。そうした句意。「資治通鑑」は上引の兵士たちによる楊国忠殺害のあとに、「并《なら》びに其の子の戸部侍郎の暄《けん》、及び韓国秦国夫人を殺す」。二夫人は楊貴妃の姉妹である。しかし〔悪を同じく〕する人とは、それら末端者でなく、次の聯で褒姒《ほうじ》と妲己《だつき》に比せられた楊貴妃その人をこそいおう。杜の貴妃に対する態度、ここにおいて最も峻烈である。かつての「哀江頭」巻三15における感傷はない。〔同悪〕の語、「文選」では、四十四、魏の陳琳の「呉の将校部曲に檄する文」に、「同悪相い救いて、並びに脣歯《しんし》と為る」、三十五、漢の潘《はん》勗《きょく》の「魏公に九錫《きゅうしゃく》を冊する文」に、「同悪相い済《すく》う」。後者の李善注、「逸周書」太公望《たいこうぼう》の語、「同悪は相い助け、同好は相い趨《おもむ》く」を引く。ところでこの句の韻律の問題は、〔蕩析〕の二字である。二字は、もと「書経」「盤庚《ばんこう》」篇下に、「今ま我が民は用《も》って蕩析離居す」と見え、もとの住居を失なって分散流浪する意。「文選」三十六、斉の王融の「永明十一年秀才を策する文」〈その五〉が、「書経」にもとづき「関河蕩析」というのも、更にはまた杜自身、晩年夔州での「又た後園の山脚に上る」で、「蕩析して川に梁《はし》無し」というのも、みな同意である。楊氏一族の死をいうには、必ずしもふさわしくない。更にまた〔析〕の字の音は「先撃の切」、セキであって、kで終る音であり、この詩の韻脚が、全音tで終る音で貫かれているのから、はずれる。いま諸本を検するに、詩史と分門集注は、「同悪随蕩折」と、手へんの「折」に作る。それならばセツもしくはゼツ、tで終る音であり、韻脚としては無理がない。ただ「折」の字は、前の70に、〔旧繡移曲折〕と、既に使われている点が、問題となるが、「広韻」を検すると、「折」の字に二音あり、「常列の切」の音なのは、「断ちて猶お連なる也」折レテイル、「旨熱の切」の音なのは、「拗折」ネジリ折ル。もし異音異義として使ったとすれば、さきの94の注でいった〔卒〕の字が、一どは〔往者散何卒〕と、倉卒の義の「倉没の切」、再びは〔幾日休練卒〕と、兵卒の義の「臧没の切」であるのと、同じ関係となる。以上の理由から、この句、元来は「同悪随蕩折」でなかったかと疑うが、「蕩折」なる語、先例を知らないのが、なやみである。〈杜の「故相国清河房公を祭る文」にも、「赤心蕩折」の語がある。〉

125 126 〔不聞夏殷衰、中自誅褒妲〕この聯は措辞に問題がある。〔事は古先と別《こと》なる〕中心として、悪女楊貴妃が、たとい禁衛軍の強要によるとはいえ、〔中〕とは皇帝を意味し、玄宗自身であるが、その自《み》ずからの手によって誅《ころ》されたこと、古代の歴史でも、聞いたことがない美挙と、たたえるには違いない。夏ト殷ノ衰エシトキ、中ヨリ自ズカラ褒《ホウ》ト妲《ダツ》ヲ誅《チユウ》スルヲ聞カズ。ところで問題となるのは、上の句には、古典時代の三王朝夏殷周のうち、〔夏と殷と〕をいいながら、下の句で誅せられた二悪女は、夏と殷のそれでなく、殷と周のそれである。〔妲《だつ》〕すなわち妲己は、殷王朝滅亡の際の王である紂をまどわせ、のち紂と共に周の武王に誅戮された悪女だから、それはよいとして、並挙された〔褒《ほう》〕すなわち褒姒は、周の幽王をまどわせて亡国に至らせた皇后である。上下句の間に矛盾があるとし、上の句〔夏殷の衰え〕を、「商周の衰え」と改めようとするのは、宋の胡仔《こし》の「苕渓漁隠叢話」前集十二である。商は殷王朝の又の名。銭謙益本も、呉若によるか否か、「当《まさ》に殷周に作るべし」と注する。また下の句の〔褒妲〕を、「妹妲」と改め、夏の末王桀《けつ》の寵姫妹喜《まつき》を、殷の妲己と並挙したとするのは、清の仇兆鰲の杜詩詳注である。しかしそれらの説は、いずれも機械的にすぎよう。わが雪嶺永瑾の「杜詩抄」にいう、「此両句ハ工《タクミ》ニ三代ト三夫人ヲ挙グル也。上ノ句ノ夏ノ字ハ下ノ句ヲシテ末喜ヲ含マシメ、下ノ句ノ褒ノ字ハ上ノ句ヲシテ周ノ世ヲ含マシム」。清の顧炎武の「日知録」二十八の説も、全くそれと同じい。「周と言わず、妹喜と言わざるは、此れ古人互文の妙。八股《はっこ》の学興こりて自《よ》り、人の此の文法を解する無し矣」。五山の禅僧はいみじくも、この「文法を解し」ていた。もっとも浦起龍のように、興に乗っての筆、偶然の書き誤りと、あっさり片づける注もある。また近ごろ、浦江清《ほこうせい》、呉天五《ごてんご》二氏の「杜甫詩選」が、顧炎武説にもとづきつつ、ここで必要なのは〔褒〕の字であって、楊貴妃が安禄山の乱を招いたのは、周の褒姒が犬戎《けんじゅう》の乱を招いたのにひとしいからだとし、しかるに上の句に周をいわないのは、すぐ次の句が、〔周漢〕でおこるのを避けたとするのは、説得力をもつ説。

127 128〔周漢獲再興、宣光果明哲〕かくわが王室は、歴史にも先例を見ぬほど、自己批判に忠実でおありになった結果として、〔周〕王朝は厲《れい》王失政のあと宣王により、〔漢〕王朝は王莽《おうもう》の簒奪のあと光武帝により、それぞれ〔再興〕を〔獲〕得したごとく、わが〔再興〕の君主である今上粛宗皇帝も、〔果〕して人人の期待どおり、〔明哲〕賢明におわします。詩のはじめ13に〔君は誠に中興の主〕というのが、ここと応ずる。〔中興〕と同義の〔再興〕は、「文選」には見えぬが、「国語」の「周語」下に見えた晋の叔向《しゆくきよう》の語に、「一つの姓は再び興らず」、それが歴史の定石だが、「今ま周は其れ興らん乎《か》」というのをふまえよう。〔明哲〕「書経」「説命《えつめい》」篇上に、「之れを知るを明哲と曰い、明哲は実に則《のり》を作る」。〔哲〕は智と訓ずる。

129〔桓桓陳将軍〕以下二聯四句は、そのとき馬嵬駅における、楊国忠誅殺、更には楊貴妃誅殺の進言者であり、実行者であった近衛師団長陳玄礼《ちんげんれい》の果敢さをたたえる。〔桓桓《クワンクワン》〕はすぐれたる武人の形容。「詩経」「周頌」「桓」に、周の武王姫発《きはつ》をたたえて、「桓桓たる武王」。〔陳将軍〕陳の職名は、禁衛軍の指揮官として、龍武大将軍であった。

130〔仗鉞奮忠烈〕陳は、特命の将軍に専断許与の象徴として皇帝から与えられる〔鉞《えつ》〕大まさかりに、重重しく仗《よ》りかかりつつ、忠勇義烈のおこないを奮いたたせた。その次第、さきの巻三はしがき二、また15「哀江頭」の余論で説いたが、もう一ど「資治通鑑」を引けば、「丙申《ひのえさる》のひ」、天宝十五載の六月十四日である。「馬嵬駅に至るに、将士は飢え疲れて、皆な憤怒す。陳玄礼、禍いは楊国忠に由《もとづ》くを以って、之れを誅せんと欲し、東宮の宦者李輔国《りほこく》に因りて、以って太子に告ぐ」。太子はのちの粛宗。「太子は未まだ決せず」であったが、兵士たちの矢がはやくも国忠に飛び、むざんに〔葅醢《しょかい》〕にされる。しかし兵士たちの騒ぎは、なお収まらない。「上《みかど》」、玄宗である。「高力士《こうりきし》を使《し》て之れを問わしむ」。高は側近の宦者。「玄礼対《こた》えて曰わく、国忠は反を謀れり。貴妃も宜ろしく供奉《ぐぶ》すべからず。願わくは陛下、恩《いつく》しみを割きて法を正したまえと」。かくて楊貴妃はくびり殺される。「尸《しかばね》を輿《か》ぎて駅の庭に寘《お》き、玄礼等を召し、入りて之れを視しむ。玄礼等、乃ち冑《かぶと》を免《ぬ》ぎ甲《とりもの》を釈《す》て、頓首して罪を請う」。貴妃の死の強要への謝罪。「上《みかど》、之れを慰労し、軍士に暁《さと》し諭《さと》さ令《し》む。玄礼等、皆な万歳を呼び、再拝して出《い》づ。是こに於いて始めて部伍を整え、行く計《てだて》を為す」。要するに〔姦臣〕楊国忠、また〔同悪〕楊貴妃の殺害、みな〔桓桓たる陳将軍〕こそ、立て役者であった。〔仗鉞〕あるいは「杖鉞」は、もと周の武王の軍師であった太公望呂尚《りょしょう》が、紂を征伐した際のふるまい。「史記」の斉太公世家に、「左に黄鉞を杖つき、右に白旄《はくぼう》を把《と》り、以って誓いて曰わく」。〔鉞〕は〈「太平御覧」六百八十、儀式部一に引く〉「説文」に「大いなる斧也」。その将軍への賜与については、前編8郭英乂を送る詩の注39。〔忠烈〕はそのままでは「文選」に見えないが、五十七、晋の潘岳の「馬汧督《ばけんとく》の誄《るい》」の序に、「忠孝義烈の流《ともがら》」。

131〔微爾人尽非〕以下二句、以後の時局が破滅に至らず、〔中興〕のよろこびに向かいつつあるのは、これ全く

〔狼狽の初め〕におけるあなた陳玄礼の果敢さ、それこそ契機であったと、感謝する。〔爾〕なんじ、きみ、すなわち陳玄礼〔微《な》かりせば〕という仮定法は、「論語」「憲問」篇の「管仲《かんちゅう》微かりせば、吾れ其れ髪を被り衽《えり》を左にせん矣」、また「左伝」昭公元年の「禹《う》微かりせば、吾れ其れ魚たらん乎《か》」にまねる。陳将軍よ、もしもあなたがいなかったら、われわれ人民、すべてがひどい目にあっていたろうというのが、〔人尽《ことごと》く非〕の三字と読める。ただし三字、本づく所ありとすれば、知らぬ。次句の〔国猶《な》お活く〕も同断。

132〔于今国猶活〕〔于〕は於と同字。上につづき、あなた陳玄礼がいたればこそ、今の時間に于《お》いて、国家は猶おも生存し存在し得ている。陳玄礼へのこの賞讃、馬嵬駅の事件の立て役者として、当時の世評をあつめていたか。それとも杜と個人的な関係があったか。ないしは杜の敬愛する玄宗の、子がいの将軍であったからか。陳玄礼の事蹟、「旧唐書」は列伝五十六、「新唐書」は列伝四十六、いずれも王毛仲《おうもうちゅう》の伝に附記する。七一〇景龍四年、玄宗が不倫のおば韋《い》皇后をクー・デターによって誅したとき、若い下級士官として協力して以来、ずっと玄宗の身辺にあり、他の古い功臣はだんだんと失脚したにも拘らず、素樸の性格によって信頼され、この時も数少ない扈従者のなかに、龍武大将軍、すなわち近衛師団長としての彼がいた。

133〔凄涼大同殿〕以下四聯八句、猶お活きる国家、その〔中興〕実現への期待を拡大する。まず思いやるのは、賊軍占領下の長安の宮殿、その〔凄涼〕〔寂寞〕とわびしき模様。長安の三つの内裏には、おびただしい建造物が、「千門万戸」としてあるうちから、代表としてとりあげるのが、二つの場所。この句の〔大同殿〕は、南内《なんだい》、すなわち玄宗が部屋住みの皇子であったころの旧邸を、南の内裏として、興慶宮《こうけいきゅう》と名づけ、常の住まいとしたのの建物の一つ。清の徐松《じょしょう》の「唐両京城坊攷」一によれば、李将軍と呉道子《ごどうし》の壁画をもち、また老子の像をいつきまつる場所でもある。七四八天宝七載には、柱に玉芝が生えるという瑞祥もあった。また毎年上巳《じょうし》の節句には、大奥の女たち、その前で家族と面会をゆるされた。特にそこの〔凄涼〕さを思いやったのは、玄宗への思慕として、まず浮かびあがる空間なのである。

134〔寂寞白獣闥〕寂寞たる白獣闥《はくじゅうたつ》。これはことに玄宗の経歴に重大にかかわる空間。この詩より四十七年前の景雲元年七一〇、二十六歳の玄宗、当時は臨淄《りんし》王李隆基《りりゅうき》であったのが、伯父中宗の皇后韋氏が夫の皇帝を弑逆《しいぎゃく》したのを討伐すべく、クー・デターをおこし、攻め入った宮門が、すなわち白獣門である。クー・デターの成功によって、韋皇后は殺され、玄宗の父睿宗《えいそう》がまず即位したが、更に二年後の譲位が、以後四十五年にわたる玄宗の治世の開幕となる。「資治通鑑」、事件の始末を記す条に、白獣門の名が見えるのに、元の胡三省、注して、「即ち白獣闥、即ち杜甫の北征の詩に謂う所の寂寞白獣闥なる者、是れ也」。他の朝代ならば、百虎門と呼ぶべきところを、皇室の遠祖李虎《りこ》の実名を敬避して、虎の字を〔獣〕におきかえたのであり、門を〔闥《たつ》〕といいかえたのは、韻脚のため。「説文」の新附に「闥は門也」。徐松の「唐両京城坊攷」一に、当時の御所である西内《せいだい》にあろうが、くわしい場所は不明とする。なお「通鑑」によれば、青年の玄宗にクー・デターを慫慂《しょうよう》した「果毅」、すなわち近衛武官のむれの中に、当時は玄宗同様に若ものであった陳玄礼の名が見える。なお胡小石氏の「小箋」には、この二つをとりあげたのは、やがて顕在化する玄宗粛宗父子の不和、それを先取して、思慕を玄宗にかたよらせたとする。そこまでのことはなかろうが、玄宗への思慕にはちがいない。

135〔都人望翠華〕首都長安の人民たちは、そうした宮殿の〔凄涼〕〔寂寞〕を悲しみ、〔翠華〕天子のみ旗の帰還を、期待をもって望《なが》め待っている。蕭滌非氏「杜甫研究」にいう、かつて長安で賊軍の捕虜であった杜は、そうした状況をよく知っていたと。いかにも賊中の作、巻三6「悲陳陶」にも、「都人は面を廻らし北に向かって啼き、日夜更に望む官軍の至るを」。いずれもの〔都人〕の語、「詩経」「小雅」「都人士」に出る。天子の旗を〔翠華〕というのは、「文選」八、漢の司馬相如の「上林の賦」に、「翠華の旗を建つ」。翡翠《かわせみ》の羽根を上方にかざった旗なのが原義。

136〔佳気向金闕〕そうしてまた〔都人〕の希望にそうべき予兆として、めでたき空気が、黄金の宮門に向かってたなびいている。〔佳気〕は、さきの巻三16「哀王孫」にも、「五陵の佳気時として無きは無し」。以下の句が皇陵のことを述べるのからいって、ここも諸陵から発源するそれであろう。〔金闕《きんけつ》〕「史記」の「封禅書《ほうぜんしょ》」に、東方の海中にある蓬萊《ほうらい》、方丈、瀛洲《えいしゅう》の三神山は、「黄金と銀もて宮闕と為す」。東方朔《とうぼうさく》の著と伝える「神異経」に、「東北の大荒の中に、金闕有り、高さ百丈」。仙境の門をいう語で、長安の宮門にたとえた。

137〔園陵固有神〕庭園を帯びた皇帝の陵が〔園陵〕であり、「後漢書」郎顗《ろうがい》伝の語。それは〔金闕〕への〔佳気〕を生むべく、〔固《もと》〕より〔神〕秘な霊力をもって、王室と国家とを守護したまう。再び「哀王孫」をかえりみれば、「五陵の佳気無き時は無し」。

138〔掃灑数不欠〕また先代皇帝の神霊の加護を得るべく、〔園陵〕に対する後代の皇帝の奉仕も、〔掃灑《そうさい》〕墓掃除を象徴的事例として、その〔数《さだ》め〕通りに欠けるところはない。今しばらくはたとい前編8郭英乂を送る詩26の「園陵には殺気平らかなり」であり、不充分であるにしても、平時はそうでない。かく御孝養至れりつくせりである以上は、神霊の加護、期して待つべし。私の前注、趙次公や朱鶴齢にひかれ、将来回復後の事態としたのを、撤回する。〔数〕は、趙のいうように「礼数」、礼の数《さだ》め、定例。〔掃灑〕の〔灑〕は洒と同字。水をまく。ほうきで土地を掃《は》くにさきだっての手順。さきの巻三17「大雲寺賛公の房」その四3の注参照。詳注、「旧唐書」の玄宗本紀を引いて、「天宝十載春正月」、それはすなわち杜が「三つの大礼の賦」にうたった三つの大祭祀が行なわれた時間であるが、「太廟に内官を置き、諸陵廟の灑掃に供す」。内官は宦官。もししかく〔園陵〕の〔掃灑〕は、玄宗の時代から特に念を入れられたとすれば、そのことが句の背後にあろう。

139〔煌煌太宗業〕七百字の長詩、さいごの聯、国家の不滅、〔中興〕の可能を、王朝の歴史のそもそもはじめにさかのぼり徴して、強調する。王朝の創始者である太宗皇帝李世民、その〔煌煌《クワウクワウ》〕とまばゆきばかりの御業績よ。杜との距離は百五十年。本居宣長と東照神君家康ほどの時間にあるが、この英雄への杜の景仰は、かつてその陵にもうでの作が、おしみなく吐露する。巻二前編17「行きて昭陵に次《やど》る」、また18「重ねて昭陵を経《へ》て」。ここもその陵の〔神《しん》〕への想念が、前聯につらなって、何ほどかあろうが、句の中心はそれでなく、太宗の文武両面にわたるかがやかしき〔業〕。その字は、「業を創《はじ》め統を垂る」という成語があるように〈「孟子」「梁恵王」篇下〉、継承の可能また必然をおのずからにして含意する。〔煌煌〕大いなる光輝。「文選」一、漢の班固の「東都の賦」の末の「明堂の詩」に、「聖皇の宗祀は、穆穆《ぼくぼく》煌煌」。李善注、「詩経」「大雅」「仮楽」の「穆穆皇皇、君たるに宜ろしく王たるに宜ろし」を引く。

140〔樹立甚宏達〕いよいよ最後の句、継承され発展さるべき太宗のおん〔業〕、それはその〔樹立〕のはじめにおいて、甚だ宏大に闊達であった。「文選」をかえりみれば、四十九、晋の干宝の「晋紀総論」に、西晋の早い滅亡は、そもそものさいしょの〔樹立〕が当を失したからだとするが、わが王朝は、そうでない。〔宏達〕「文選」一、漢の班固の「西都の賦」に文臣たちを「大雅宏達」、四十七、晋の陸機の「漢の高祖の功臣の頌」に、陳平《ちんぺい》を「曲逆《くぐう》は宏達」。みな臣下へのほめことばであるが、今はそれを創業の君主に用いた。かく帝国創業の歴史に徴し、〔皇綱の未まだ宜ろしく絶ゆべからず〕であることは、いよいよ確実であると、大きな楽観をもって、七百字の長詩は結ばれている。

双声　載-秋　子-将　茫-問　時-遭　艱虞　蓬蓽　諍-姿　恐君　有-遺　反-未　甫-憤　所切　道途
恍忽　乾坤　蕭瑟　吟-更　晩-明滅　地底　中-蕩　瑣細　生-雑-橡　之-所　甘苦　身世-拙
巌谷　木末　戦場　百万　者-散　為-異　況-我　及帰　妻子　松声　幽咽　生-所　勝-雪　背面
不襪　牀前　呉-及　顚倒　在-裋　嘔泄　嚢中　凜慄　羅列　痩妻　面-復　痴女頭　自櫛　母-無
不　粧-随手　施-朱　対-童稚　飢渇　即-嗔　思在賊愁　受-雑　慰意　至尊-尚　仰看　廻鶻
助順　俗-善　馳突　万匹　方-服　箭疾　聖心　指掌-収　官軍　請-深　挙-開　青徐　旋瞻　積

‐霜 粛殺 勢成 不聞 漢‐獲 光‐果 爾‐人 今‐国 大同殿 寞‐白 佳気 金闕 掃灑‐数
畳韻 八月 蒼茫 維時 密勿 寒山 坡陀 出没 已‐水 黄桑 秦民 平生 旧繍 移時‐施 慰意 惨
澹 鷹騰 皇綱 与古 寂寞‐白

余論の一。この長篇、〔菊は今秋の花を垂る〕〔山果多く瑣細〕、あるいは〔野鼠は乱穴に拱《きよう》す〕と、至って微細な自然を、さしはさむ。また〔狼籍眉を画きて闊《ひろ》し〕〔事を問うて競いて鬚を挽《ひ》く〕など、至って微細な人事をさしはさむかと思えば、篇末の一大段は、国家の大事を論ずる。清の黄生の「杜詩説」に、「大筆有り、細筆有り、閑筆有り、警筆有り、放筆有り、収筆有り、変換すること意の如く、出没神有り」。そうして黄氏は、「闕を辞する一段、路に在りての一段、家に到りての一段、時事の一段」と、全詩を四部分に分かつこと、私のはしがきに同じいが、もっともすぐれるのは、さいごの「時事」の一段であるとする。それはさいしょ鳳翔の行在所を辞去するとき、すでに懐抱した時局論なのを、さいごにもって来て、「以って一篇の大局を成す」であるとする。その通りであろう。

余論の二。最後の時局論の部分のうち、95 96〔仰いでは看る天色の改まるを、旁《あまね》く覚ゆ妖気の豁《かつ》たるを〕については、通説によって説き、異説を余論にゆずるとしたが、異説は次の如くである。まず〔天色改まる〕を、そらの色、めでたくよい方へ改まる吉兆とせず、あやしく悪い方へ改まる凶兆とする。また下の句の〔旁く覚ゆ妖気の豁たるを〕を、賊軍の妖気の退散でなく、これまた次聯以下のウイグルの来援を先取して、ウイグルによる妖気の拡散とする。つまり〔豁〕をヒラクでなく、ヒロガルと読むのである。雪嶺永瑾の「杜詩抄」、その説であって、「天下ノ安危ヲ心ニカクルホトニ仰看天文アツ妖怪ノ気ノアルコソ怪ケレ回紇ハ雖レ助レ順ツメテハ御敵ニナツテ乱ヲ作《オコ》サウスラント云意カ在レ底也」。また清の盧元昌の「杜詩闡」にいう、「仰ぎ観て天色已《すで》に改まり、旁眺するに妖氛亦た豁《ひろ》し。天意改まり、妖氛豁《ひろ》まるは、則ち陰風の来たりて、回紇の至るなり矣」。実は私の前注もそうであったが、今は前後の文脈から再思三思して、通説によることとする。宋の草堂詩箋に、「祅氛の漸く息《や》んで、天宇の澄清なるを言う也」。また詩史や分門集注に引く偽蘇東坡注が、例のごとく典故を臆造しつつ、「張子房曰わく、幾《いつ》の日か妖気開豁して、天宇明静ならん」というのも、それである。ただしなお注意すべきことがある。本文の〔妖気〕、おおむねの本みなそうなのに従って、それを私の本文ともしたが、最古の王琪本は「袄気」であり、銭謙益の用いた呉若本も同じ。衣へんに夭であるが、この字は諸字書に見えない。草堂詩箋のように示へんの「祅〈祆〉」ならば、エウ、妖と同音同義であり、表記の異となるが、もし示へんに天の「祆」のつもりであるとするならば、すなわち拝火教、ゾロアスター教の意となる。「広韻」に、「胡の神、呼煙の切」、ケン、xiān。西方の宗教であり、ウイグルとむすびつく可能性をもつ。胡小石氏の「小箋」が、拝火教でなく摩尼《マニ》教としてであるけれども、それとウイグルとの関係を論じているのも、銭謙益本によってである。それらの点、なお幾分の捨て難さを感ずる。〔妖気〕の方は、晩年、江陵《こうりよう》での長律「舟中」云云に、「社稷《しやしよく》に妖気纏う」、湖南での長律「盧十四弟侍御を送る」云云に、「戎狄は妖気に乗ず」。また王琪本をのぞき、他の宋の諸本の一本の「妖氛」は、本編1「家書を得たり」に、「北闕に妖氛満つ」。

余論の三。中間の「家に到りての一段」、子供たちの振る舞いを写すくだり、もっとも精彩を発揮する。児童を詠ずる詩ないしは文学においても、杜は画期であること、さきの巻三5「遣興」の詩の余論で、一端を発しておいたが、ここはもっともそうである。杜の稀な先蹤の一つとして、そこの余論でも言及したのは、晋の左思の「嬌女の詩」、すなわち「三都の賦」の著者でもある三世紀の文学の大家が、その娘二人、姉の名は蕙芳《けいほう》、妹の名は紈素《がんそ》を、詠じたものであって、しばしばこの詩との関係がいわれる。ことにその発端、妹の方を詠じて、

吾家有嬌女　吾《わ》が家《いえ》に嬌女《きようじよ》有《あ》り
皎皎頗白皙　皎皎《こうこう》として頗《すこぶ》る白皙《はくせき》
小字爲紈素　小字《おさなな》を紈素《がんそ》と為《な》し

口歯自清歴　口歯《こうし》は自《おの》ずと清歴《せいれき》
鬢髪覆廣額　鬢髪《びんぱつ》は広《ひろ》き額《ひたい》を覆《おお》い
雙耳似連璧　双《ふた》つの耳《みみ》は璧《たま》を連《つら》ぬるに似《に》たり
明朝弄梳臺　明《あけ》の朝《あさ》には梳台《そだい》を弄《もてあそ》び
黛眉類掃迹　黛《まゆずみ》の眉《まゆ》は掃《ほうき》の跡《あと》に類《に》たり
濃朱衍丹唇　濃《こ》き朱《べに》は丹《あか》き唇《くちびる》に衍《の》び
黄吻瀾漫赤　黄《き》なる吻《くちばし》の瀾漫《らんまん》と赤《あか》し

朝の鏡台の前での化粧の結果、箒ではいたような眉というの、この詩84〔狼籍として眉を画がくこと闊《ひろ》し〕に近づく。しかし左思の詩、そこからあともなお長くつづくのの全体の調子は、娘二人のおてんばぶりを戯画化するのであり、この詩のこまやかな愛情ではない。なお左思の詩については、私の「続人間詩話」岩波新書附録、もしくは全集七巻二五八頁以下参照。

右の「北征」は、集中第一の雄篇として、鳳翔から鄜州への旅の生んだ大文学であるが、次の〔羌村《きょうそん》三首〕は、いわばその外篇。帰省のもよう、家族たちのふるまい、隣人たちのふるまいを、三つの側面から歌う。詩形は同じく五言古詩ながら、「北征」が-tの入声《にっしょう》を脚韻とし、重厚の体なのと異なり、気易い歌謡調、用語も平易をむねとするのに傾く。〔羌村〕は、鄜州三川県の小地名としなければならない。ただし草堂詩箋は、「鄜州図経」を引いて、「州は洛交《らくこう》県に治す。羌村は洛交の村墟なり」。しからば厳密には、洛交県に属したか。分門集注十二述懐上、うちさいごの一首は別に「又吟」と題する。また分類千家注二述懐上、分類集注二五言古述懐類、闡五。そのほかは、諸注でのあり場所、「北征」と同じ。文苑英華にも、三百十八、詩百六十八、居処八、村墅に、「荒村三首」と題して収める。

荒の字はおそらく明版英華の誤字。

9　羌村三首

1 崢嶸赤雲西
2 日脚下平地
3 柴門鳥雀噪
4 歸客千里至
5 妻孥怪我在
6 驚定還拭淚
7 世亂遭飄蕩
8 生還偶然遂
9 隣人滿牆頭
10 感歎亦歔欷
11 夜闌更秉燭
12 相對如夢寐

羌村三首《きょうそんさんしゅ》

崢嶸《そうこう》として赤雲西《せきうんにし》し
日脚《にっきゃく》　平地《へいち》に下《くだ》る
柴門《さいもん》　鳥雀噪《ちょうじゃくさわ》ぎ
帰客《ききゃく》　千里《せんり》より至《いた》る
妻孥《さいど》　我《わ》が在《あ》るを怪《いぶ》かり
驚《おどろ》き定《さだ》まって還《ま》た涙《なみだ》を拭《ぬぐ》う
世《よ》乱《みだ》れて飄蕩《ひょうとう》に遭《あ》い
生還《せいかん》　偶然《ぐうぜん》に遂《と》ぐ
隣人《りんじん》　牆頭《しょうとう》に満《み》ち
感嘆《かんたん》して亦《ま》た歔欷《きょき》す
夜《よ》る闌《たけな》わにして更《さら》に燭《しょく》を秉《と》り
相《あ》い対《たい》して夢寐《むび》の如《ごと》し

羌《きょう》のむらにて三首

その一

ぎしぎしと赤き雲　西にかたむき
日の脚　平地に垂れさがる
柴のとぼそ　雀ども騒ぐは
旅人　千里のかなたよりの帰着
妻子　わが生存を不思議がり
気をおちつけてから　ぬぐう涙
時代の荒波に　いたぶられ
命あっての帰還は　偶然の結果
近所の衆も　垣根一ぱいに乗っかり
ためいきつきつつ　もらい泣きする
夜ふけて　又もや火をかざせば
むかいあっているのが　夢のよう

1〔崢嶸赤雲西〕第一首の脚韻、だいたいは「広韻」去声《きょしょう》「六至」、10の〔欷〕のみ「八未」。家に還りついたばかりの日の感懐。「北征」に比しては軽い詩であるけれども、やはり堂堂の歌い出し。晩秋の山岳地帯、たかだかとそそり立つ赤き雲、西へとうごき傾くころ。〔崢嶸〕サウ・クワウ zhēng róng と、畳韻。「文選」一、漢の班固の「西都の賦」に、漢の宮苑を、「金石崢嶸」、李善、〈漢の揚雄の〉「方言」の郭璞注を引いて、「高峻也」。〔赤雲〕は、夕やけに燃える雲とすべきであり、甚だ新鮮に感ぜられる。宋人の旧注、「楚辞」にその語見えるというのは、早く趙次公が駁するように、「九嘆」「遠遊」の原文は「赤霄」。〈語の先例としては、魏の武帝曹操の「陌上桑《はくじょうそう》」に、「紅蜺《こうげい》に駕し、赤雲に乗る」、「玉台新詠」三、晋の楊方《ようほう》の「合歓詩五首」その四に、「青敷は翠彩を羅《つら》ね、絳葩《こうは》は赤雲に象《に》たり」。〉〔西〕は西す、西へうごくとして読んだ。旧訓は、「崢嶸たる赤雲の西」とし、次句〔日脚〕の位置をいうとするが、物足りない。せいぜいものを運動の形で見るのが、杜詩の常と思う。近ごろ胡小石氏の「杜甫《羌村》章句釈」の説、私と同じい。前詩の注で引いた同氏の「《北征》小箋」とともに、「杜甫研究論文集」三輯、一九六三北京中華書局。「西は此ここに在りては、僅かに是れ方位の字ならず、当《まさ》に動詞と為して読むべし。山の如きの大いなる雲の西に向かいて動くは、其の時の東風為るを知る。赤しと言う者は日に映ずるの故なり」。また次句を説いて、「雲の隙より日脚を漏出す。日脚の地に下るとは、将《まさ》に暮れんとするを言う也」。

2〔日脚下平地〕太陽の光線がビームをなすのが〔日脚〕。それが〔平地〕にそそぐのが〔下〕る。そのような風景を、かつて信州の夕方の高原で見たのが、私をしてこの句をそう解させること、「帰林鳥語」その十二参照。岩波版もしくは全集筑摩版二十四巻。〔日脚〕の語、杜ここのみに用いるが、「駢字類編《べんじるいへん》」六が、唐宋詩における用例を、丹念に集めるうち、宋の陸游《りくゆう》の「病起の偶晴」に、「川雲忽《たちま》ち破れ散り、平地に日脚を見る」というのは、情景こことあい近い。鈴木虎雄注が、〔下〕の字をもって、夕方ゆえに太陽そのものの位置が低まるとするごとくなのに、従わない。〔平地〕「漢書」晁錯《ちょうそ》伝、「平地浅草」、おなじく呉王濞《ひ》伝、「車騎は平地に利《よ》ろし」などは、いずれも兵法の語、こことは連ならぬ。何にしてもさきの「北征」の詩に、「年を経て茆屋《ぼうおく》に至った」のは、そうした時間、そうした風景の中においてであった。

3〔柴門鳥雀噪〕さきの巻三14「幼子を憶う」で「柴門老樹の村」とおもいやった柴のとぼそ。鳥がやかましく鳴くのは、旅人が帰って来る予兆と、本編7「独酌成詩」の注に引いた「西京雑記」の陸賈の語に、「乾鵲噪《さわ》ぎて行人至る」。〔鳥雀〕「文選」三十、宋の謝霊運の「斎中読書」に、「空庭に鳥雀来たる」。〔噪〕は「説文」の喿の字。口三つが木の上にあり、「鳥の群れ鳴く也」。李白の「裴《はい》十八図南《となん》の嵩山《すうざん》に帰るを送る」の、「日没して鳥雀喧《かまびす》し」を思いあわせれば、これまた夕方の風景。

4〔帰客千里至〕みずからの帰宅を、客観化して〔帰客〕、キ・キャクと双声。「文選」では二十、宋の謝霊運の「孔令を送る詩」に、「帰客は遂に海嵎」。王琪を含む諸宋本の一本は「客子」。文苑英華は本文が「客子」、注に引く「集」が〔帰客〕。草堂詩箋の一本が「妻子」なのは、誤字。呉見思の「杜詩論文」にいう、「蓋《けだ》し柴門は久しく人の至る無し。故に人至りて鳥雀喧し。先に鳥雀を聞き、後に客の至るを見る者は、家人の耳目の中従《よ》り写し出だす」。

5〔妻孥怪我在〕〔妻孥《さいど》〕は妻子。〔怪〕いぶかる、不思議がる。〔在〕生存。主人の生者としての帰還、もとより妻子の待ちのぞむところだったが、今日こうした形でとの予期はなかった。清の黄生の「杜詩説」いう、「喜ぶと曰わずして怪しむと曰う、情事又た一層を深くす」。呉見思の「論文」いう、「兵乱崎嶇《きく》、一は生き万は死す。反《かえ》って尚お在《い》きたるを以って怪事と為す」。のちの元の戯曲では、思いがけぬ帰還を、「鬼《クイ》」幽霊と疑う場面しばしば。

6〔驚定還拭涙〕はじめはただ〔驚〕くばかりであった。それが〔定〕まりおちつくと、彼等は〔還《あらた》〕めて〔涙〕を〔拭《ぬぐ》〕った。諺にいわゆる痛定思痛、更是一痛、「痛ましさ定まりて痛ましさを思うは、更に是れ一つの痛ましさ」。〔定〕を九家注の本文と呉若の一本「走」なのは、形近くしての誤字であろう。びっくりしたとて、逃げ出す法はない。

7〔世乱遭飄蕩〕おのれが遭遇したのは、おのれを水上の浮游物のごとく飄《ただよ》わし蕩《ゆさ》ぶった世の乱れ。〔世乱〕「文選」では、二十八、宋の鮑照の「出自薊北門行」に、「世乱れて忠良を識《し》る」など。〔飄蕩《ひょうとう》〕は、杜詩に八度見えるが、「文選」には見えない。

8〔生還偶然遂〕「北征」でも「生還して童稚に対す」といった。ここでもまたその語。文苑英華の本文は「生帰」、一本が〔生還〕。九家注が「生理」なのは、誤字であろう。偶然に完〔遂〕された結果として、この〔生還〕はある。蕭滌非氏「杜甫研究」にいう、「杜甫は賊に陥ること数月、以って死す可し。賊より脱して亡《に》げ帰る、以って死す可し。疏もて房琯を救い、怒りに粛宗に触る、以って死す可し。即《たと》い此の次《たび》の郷に回《かえ》るも、一路の上の、風霜疾病、盗賊虎豹、也《ま》た以って死す可からざる無し。現在は竟《つい》に生還を得たり。豈《あ》に是れ太《はなは》だ偶然ならざらん嗎《や》。妻子の怪しむは、又た何んぞ怪しむに足らん呢《ぞ》」。

9〔隣人満牆頭〕わが〔生還〕への〔驚き〕は、家族のみでない、町内の事件でもあった。牆《かきね》の頭《うえ》一ぱいに満ちる隣人、わが帰還をのぞいている。〔隣人〕の語、「文選」では、十六、晋の向秀《しょうしゅう》の「思旧の賦」に。蘇仲翔《そちゅうしょう》氏の「李杜詩選」にはいう、このあたりの住居は、おおむね穴居、いわゆる「窰戸《ようこ》」であること、現今も然り、杜の家も隣家もそうであるなかでの〔牆頭《しょうとう》〕であろうと。

10〔感嘆亦歔欷〕近所の衆も、ためいきをつき、われわれと同じく〔亦た〕、すすり泣いてくれる。〔歔欷〕キヨ・キ xū xī と双声の語、「楚辞」「九章」の「悲回風」の王逸注に、「啼く貌」。「説文」の小徐本に、「悲泣し気咽《むせ》びて息を抽《ひ》く也」。

11〔夜闌更秉燭〕騒動も収まり、おりて来た夜のとばり。あとは家族たちとの団欒。〔夜闌〕は夜深と同義。夜がふかまってのちも、ねむりに就かず、〔更に〕もう一ど、〔燭を秉《と》り〕、火をともして、語りつづける。〔秉燭《へいしょく》〕は、「文選」二十九、「古詩十九首」〈その十五〉の「昼は短かくして夜は長きに苦しむ、何んぞ燭を秉《と》りて遊ばざる」が意識にある。宋の陸游の「老学庵筆記」六、この句を解していう、「夜は已《すで》に深し矣。宜しく睡るべくして而かも復《ま》た燭を秉《と》る。以って久しかりし客《たびびと》の帰るを喜ぶの意を見《あら》わすなり」。かく〔更〕の字は、そのおおむねの場合の意であり音である去声の gèng に読んでよい。宋の旧注は、僧恵洪の「冷斎夜話」の説を、「漁隠叢話」前集六によって引き、ここの〔更〕の字は、平声の gēng、かわるがわるの意であり、家族とおのれと代る代る火を手にしててらしあうとし、詩史と分門集注に引く偽蘇注も同説だが、陸游がしりぞけるように、「妄也」。

12〔相対如夢寐〕杜甫と家族とは、夜深のともしびの下で、〔対《むか》〕い〔相〕いつつも、なお夢心地であった。〔夢《む》寐《び》〕の語で夢をいうのは、「文選」に屢見。たとえば三十、梁の沈約の謝朓に和した詩に、「神《たましい》の交わりは夢寐に疲れ、路は遠くして思いの存するを隔つ」というのは、あいさかった人間は、〔夢寐〕でのみ交通が可能だというのである。李善注、「荘子」「斉物論《せいぶつろん》」篇の子綦《しき》の語を引いて、「其の寐《い》ぬるや魂交われど、其の覚むるや形《み》は開《さか》る」。いまは、形《み》も開《さか》らずして、確実に〔相い対し〕ている。しかしなおこれまで魂のみであい交わった〔夢寐〕の中にいる〔如〕くであった。

双声　雀-噪　帰客　怪我　歔欷　夢寐
畳韻　崢嶸　遭-飄　隣人

余談の一。最後の聯二句につき、雪嶺永瑾の「杜詩抄」が、心華元棣の「臆断」を承けて、上の句〔夜闌更秉燭〕の〔更〕の字を、カワルガワルでなく、サラニと訓ずべきを主張するのはよいとして、長く別れていた夫妻は、一どむつみあったあと、〔更に〕もう一ど燭を秉《て》にして対《むか》い相ったとするのは、想いを非非に入れすぎる。「心華講ジテ之ニ及ビテ云、アツ怪シ、、寐ル時ノ事ハアヤシ、ト云テ、御笑アツタト申ス」。坊さんというものは、なかなかエロスが、おすきらしい。

余談の二。この聯にからまる挿話として、趙次公、二つをいう。ある人が夢で天帝のところへ行ったところ、扇面の上にこの二句が書いてあったという話。案ずるに、胡仔の「苕渓漁隠叢話」前集六に、畢仲詢《ひっちゅうじゅん》の「幕府燕間録」を引くのでは、夢を見たのは、北宋の仁宗の宰相盛度《せいど》となっている。又一つは、宋の梅堯臣の詩「夜賦」に、「宮燭は剪《き》れば更に明らかに、相い看ること応《まさ》に夢に似るべし」というのは、この聯の無意識な作りかえと、劉攽《りゅうひん》がいったという話。案ずるに、梅の「夜賦」の詩は、「宛陵集」二十に見えるが、宮中での宿直を歌ったものであり、この詩と似た句というだけで、内容的には、あい渉らない。また明の張綖の「杜詩通」には、宋の陳師道《ちんしどう》が、妻の里にあずけてあった三人の子が帰って来たのを迎えての喜びの詩「三子に示す」に、「了《つい》に是れ夢ならざるを知るも、忽忽《こつこつ》として心は未まだ穏かならず」が、この詩から出るのをあげ、「意を翻して亦た妙なるも、杜の語の自然なるに如《し》かず」。陳は、蘇東坡の弟子のうちでも、黄庭堅とともに、もっとも杜詩を尊崇した人物である。

1　晩歳迫偸生　　晩歳《ばんさい》　生《せい》を偸《ぬす》むに迫《せま》られ
2　還家少懽趣　　家《いえ》に還《かえ》るも歓趣《かんしゆ》少《すく》なし
3　嬌兒不離膝　　嬌児《きようじ》　膝《ひざ》を離《はな》れず
4　畏我復却去　　我《わ》れを畏《おそ》れて復《ま》た却《しりぞ》き去《さ》る
5　憶昔好追涼　　憶《おも》う昔《むかし》好《よ》し涼《りよう》を追《お》わんと
6　故繞池邊樹　　故《つね》に池辺《ちへん》の樹《き》を繞《めぐ》りしを
7　蕭蕭北風勁　　蕭蕭《しようしよう》として北風《ほくふう》勁《つよ》く
8　撫事煎百慮　　事《こと》を撫《ぶ》して百慮《ひやくりよ》を煎《い》る
9　頼知禾黍收　　頼《さいわい》に知《し》る禾黍《かしよ》収《みの》ると
10　已覺糟牀注　　已《すで》に糟床《そうしよう》の注《そそ》ぐを覚《おぼ》ゆ
11　如今足斟酌　　如今《じよこん》　斟酌《しんしやく》に足《た》る
12　且用慰遅暮　　且《か》つ用《も》って遅暮《ちぼ》を慰《なぐさ》めん

その二

年くった身　でたらめな生活に追い立てられ
家へ帰っても　愉快な気分にはなりにくい
やんちゃ坊主　ひきよせようとすれば
わたしをこわがって　又もやあとじさりする
ほれ前には　ようし夕すずみだと
池のまわりの林　いっつも散歩したのを覚えていないか
ざあざあと　北風きびしく
あたり見まわせば　むらぎもの心わきたつ
うれしいたよりは　黍《きび》の収穫
簀《す》の子に汁がしたたるのを聞く思い
さしあたっての飲み代《しろ》は充分
これぞ中年男　せめてものなぐさめ

1〔晩歳迫偸生〕第二首の韻脚は、「広韻」去声「九御」「十遇」「十一暮」。まずいう、年をくってからも、よいくらいな生活に迫《お》いまくられ。〔晩歳〕は一生の年齢の晩《おそ》き暮れ方。次巻の「李校書を送る」に、おのれは「晩節慵《ものう》さ転《いよ》いよ劇《はげ》し」といい、王琪本以外の諸宋本の一本が〔晩歳〕であるのも、同意。胡氏の「章句釈」が、杜はこのときまだ老人ぶる年でないから、〔晩歳〕は一年の晩《くれ》、歳暮だとするのは、従いがたい。〔偸生《とうせい》〕ただ生命の時間を偸《ぬす》むだけのよい位な生活。「楚辞」「卜居」に、「寧《むし》ろ正言して諱《はばか》らず以って身を危うくせん乎《か》、将《は》た俗に従い富貴にして以って生を媮まん乎《か》」。「文選」四十一、漢の李陵の「蘇武に答うる書」に、みずからを「豈に生を偸むの士にして、死を惜しむ人ならん哉《や》」。〔迫偸生〕は、そういったよい位な生活の圧迫から。〔偸生〕を分門集注は「逾生」。〈巻六19「石壕の吏」にも、「存する者も且つ生を偸む」。〉

2〔還家少懽趣〕〔還家〕の語、さきの6「晩行口号」8にも使う。〔懽〕は歓と同字。せっかく家へ還ったものの、歓《たの》しい趣《きもち》は少ない。梁の何遜《かそん》の「野の夕べに孫郎擢《てき》に答う」に、「虚館は賓客無く、幽居は歓趣に乏し」。何遜は、杜の愛した詩人。

3 4〔嬌児不離膝、畏我復却去〕「北征」63の「平生嬌する所の児」が、ここの〔嬌児〕である。やはりおそらく次男驥子《きし》をいうであろう。かつてはわたしの〔膝を離れず〕、父親にばかりくっついていたその甘えん坊が、〔我れを畏れ〕私をこわがり、こちらへ来ようとしては、〔復《ま》た却《しりぞ》き去る〕、又もやあとじさりしてあっちへ行ってしまう。「北征」65の「耶《ちち》を見ては面を背《そむ》けて啼《な》く」である。仇兆鰲の詳注にいう。「膝を離れずとは、乍《たちま》ち見しときは而《すなわ》ち喜ぶなり。復た却き去るは、久しく視ては而ち畏るるなり」。上の句を過去のこととせず、現在のこととするのは、私とことなるが、下の句の解は同じ。そうしていう、「此れ幼子の情状を写して最も肖《に》たり」。何にしても父帰るばかりのちぐはぐさとして、上の〔家に還りて歓趣少なし〕に連なる。ただし別の説もある。下の句を、我ガ復《マ》タ却《カエ》ッテ去ルヲ畏ル、父がまたもやどこかへ行ってしまいはしないかと心配すると、そのように読み、その故に上の句の膝ヲ離レズがあるとする。草堂詩箋、明の邵宝、清の呉見思、金聖嘆《きんせいたん》、楊倫ら、その説であり、近ごろでは蕭滌非氏が、強くそれを主張される。「杜甫研究論文集」二輯また三輯。一九六三中華書局。しかし私はやはり前説である。〔却去〕が前説を充実すべき唐代の俗語であること、さきの巻三19「行在所に達するを喜ぶ」その一2の「却廻」と同じであろう。浦江清氏ら「杜甫詩選」の訓は、退去、躲開。このことなお余論に。なお〔膝〕の字は、「孝経」「聖治章」の「故に親は之れを膝下に生む」と、何ほどか連なろう。

5〔憶昔好追涼〕以下二句、かつての日の家庭生活の〔歓趣〕を思いおこす。〔憶〕の字は、次の〔故繞池辺樹〕までを補語とする。〔憶〕い出す〔昔〕は、遠い過去でない。〔涼を追う〕といえば、おそらく去年の夏、疎開地としてここを選んだばかりの頃。そのころは、さあ子供たち、池へ涼みに行こうと、よく散歩に出かけたものだったというのが、〔好追涼〕の三字であるとして読んだ。〔好〕は今の語で、行動を起こそうとしてはずむ場合、ハーオと、相手に声をかけるそれであろう。日本語の、よし来た、英語の well, let us。ただし呉若の一本は「多」、しばしば。〔追涼〕乗涼、納涼と同義。趙次公、梁の庾肩吾《ゆけんご》の「晋安王が薄晩逐涼に和す」の、「夕に向かって粉諠屛《ふんけんひそ》まり、涼を飛観の中に追う」を引く。ここの〔追涼〕も、夕涼みであろう。隋の李徳林《りとくりん》の「夏日」の詩にも、「夏の景《ひ》は煩蒸多く、山水に暫く涼を追う」。

6〔故繞池辺樹〕そのころの親子づれの散歩のもようを思いおこす。〔池の辺《そば》の樹〕を〔繞《めぐ》〕ったとは、〔樹〕が単数であれば、鬼ごっこかも知れぬ。また複数の〔樹〕であれば、池をめぐってある林を、めぐり歩いたとなろう。句首の〔故〕の字、ゆえ有ってそうする故意にであり、コトサラニ、わざわざ、の意かと思っていたが、浦江清氏らが「常常」と訓ずるのを賢明とし、今はそれによることとする。

7〔蕭蕭北風勁〕しかし今は閏八月の末、もしくは九月の、わびしい季節、またわびしい生活。〔蕭蕭〕セウ・セウ xiāo xiāo は、昨年は夕涼みの場所であった〔池辺の樹〕に吹きつける〔勁《つよ》〕い〔北風〕の、擬音をも含めての形容。「楚辞」「九歌」「山鬼」に、「風颯颯《さつさつ》として木蕭蕭」。〔北風〕の語、最も早くは、「詩経」「邶風」の篇名。〔勁〕ケイ、jìng は強キヤウ qiáng と同子音でありつつ、音声の感じ、よりつよい。〔風勁〕といういい方、同時の王維の「猟を観る」にも、「風勁くして角弓鳴る」。

8〔撫事煎百慮〕手が周辺のものを撫《な》でまわすがごとく、周辺の事象を、〔蕭蕭たる北風〕から触発されて、わが心に撫でまわす。あるのは、きびしく冷たき〔北風〕のごとき事象ばかりであり、〔百《くさぐさ》〕の〔慮《おも》〕い、火にかけて

〔煎《あぶ》〕られるごとく、いらだつ。〔撫事〕の語、「文選」では三十六、宋の武帝劉裕《りゅうゆう》が北伐の途次、漢の功臣張良《ちょうりょう》の廟が荒廃しているのを修復したとき、傅亮が作った「宋公の為めに張良の廟を修むる教」に、「管微《な》かりせばの嘆き、事を撫して弥《いよ》いよ深し」と、似た用法が見える。また三十一、梁の江淹が晋の劉琨《りゅうこん》の「乱を傷む」に擬した作の、「枕を撫して百慮を懐《いだ》く」は、こことさわめて似た句。〔百慮〕はもと「易」「繫辞伝」下の語。陶淵明の「九日閑居」に、「酒は能く百慮を祛《のぞ》く」。この詩でも、以下は新酒への期待となる。

9〔頼知禾黍収〕〔百慮〕をはらうものは、酒。その材料となる〔禾《いね》〕と〔黍《きび》〕は、今秋も〔収〕穫があると、〔頼《たよ》〕りになる喜ぶべき情報として〔知〕った。同時にまた〔頼〕の字は、それを〔知〕ることに〔頼《よ》〕って、と、次の句の〔已《すで》に糟床《そうしょう》の注ぐを覚ゆ〕をおこしもする。巻一31「戯れに鄭広文《ていこうぶん》に簡す」の78「頼有蘇司業、時時与酒銭」が、ここの用法と似る。なお〔頼知〕を詩史と分門集注は「頼如」。〔禾黍《かしょ》〕稲ときび。ただし王琪の一本は「黍林」、呉若、九家注、詩史の一本は「黍秫《しょじゅつ》」、きびともちあわ。文苑英華の本文も同じく、注に引く「集」は「黍禾」。呉若の更なる一本と、分門集注の一本は「黍稌《しょと》」、きびともちいね。草堂詩箋は本文が「黍稌」、一本が「黍秫」、またの一本が〔禾黍〕。酒ずきの陶淵明が、彭沢《ほうたく》県令となったとき、公田に秫稲を植えさせたという話〈「宋書」「隠逸伝」陶淵明の条〉をかえりみれば、秫の字を含むテクストがよいか。

10〔已覚糟牀注〕上の句の情報は、〔已《はや》〕くも酒をしぼるしたたりの喜びを感じさせる。〔牀〕は床と同字。〔糟床〕は酒をしぼる簀《す》の子。のち晩唐の陸亀蒙《りくきもう》の「新醅《しんぱい》を圧するを看る」に、「暁に糟床を圧すれば漸く声有り」。ここの〔注《そそ》〕ぐを〔覚〕ゆも、注ぐ声《おと》を聞くごとくなのであろう。やはり晩唐の詩人で、陸亀蒙の詩友であった皮日休《ひじつきゅう》の「酒中十詠」のうち、「酒床」の一首は、〔糟床〕の情状をよく伝える。「糟床は松の節を帯び、酒の膩《あぶら》肥えたること羜《こひつじ》の如し。滴滴と連なりて声有り、空しく疑うらくは杜康《とこう》の語るかと」。杜康は酒の氏神。「眉は開く既に圧するの後、指は染む偸《ひそ》かに嘗《な》むる処。此《こ》れ自《よ》り公田を得れば、渾《す》べて黍を種《う》うるに過ぎじ」。

11〔如今足斟酌〕さしあたっての呑みしろは充分。〔如今〕はさしあたっての今の時間をいう俗語。ここの〔斟酌《しんしゃく》〕はその原義のままに、酒を樽から汲んで呑む。「文選」二十九、漢の蘇武の詩〈その一〉に、「我れに一罇の酒有り、以って遠人に贈らんと欲す。願わくは子《きみ》留まりて斟酌し、此の平生の親を叙せよ」。

12〔且用慰遅暮〕ともかくそれこそが、〔歓趣少なき〕ここの生活の慰め。〔且〕は聊と同義。いささか、まずは、とにかく。〔用〕は以と同義。それによって。〔遅暮〕はもと「楚辞」の語。「離騒」に、「美人の遅暮を恐る」。王逸は「年老暮晩」をもって解するが、不得意の人の不得意の晩年をいうのに用いられる。

双声　却去　北風　事-煎　黍-収　糟牀　斟酌　用-慰

畳韻　憶昔

余論。4の〔畏我復却去〕について、両説あること、さきに説くごとくだが、父が復《また》もやどこかへ行ってしまうかと幼児が心配すると読む第二説、必ずしも明清人にはじまらず、宋人にもあった。宋の陳師道の「三子に別る」は、生活の困難から、三人の子を妻の里方にあずけるべく、送り出す際の別離の詩であり、陳の名作の一つであるが、別れにのぞんでの娘の様子を、

有女初束髪　女《むすめ》有りて初《はじ》めて髪《かみ》を束《つか》ねしのみなるに
已知生離悲　已《はや》くも生離《せいり》の悲《かな》しみを知《し》り
枕我不肯起　我《わ》れを枕《まくら》として肯《あ》えて起《お》きず
畏我従此辞　我《わ》れの此《こ》れ従《よ》り辞《さ》るを畏《おそ》る

この詩の〔畏我〕の句を、第二説のように読んでの所産であり、そもそも陳は、杜詩の祖述者をもってみずから任ずる詩人であった。またその注釈者である宋の任淵《じんえん》の「后山詩注」にも、注釈していう、「老杜の詩にいう、嬌児不

離膝、畏我却復去」と。注釈者任淵の理解も同じであったのであり、且つ句を、「我れの却って復《ま》た去るを畏る」と訓じ得るように引く。第二説を主張される蕭滌非氏のためには、一証を添えるわけであるが、私は依然として、〔我れを畏れて復《ま》た却《しりぞ》き去る〕という第一説の方を、愛する。

1　群雞正亂叫　　群鶏《ぐんけい》　正《まさ》に乱《みだ》れ叫《さけ》び
2　客至雞鬭爭　　客《きゃく》至《いた》りて　鶏《にわとり》闘争《とうそう》す
3　驅雞上樹木　　鶏《にわとり》を駆《か》りて樹木《じゅもく》に上《のぼ》し
4　始聞扣柴荊　　始《はじ》めて柴荊《さいけい》を扣《たた》くを聞《き》く
5　父老四五人　　父老《ふろう》四《し》五人《ごにん》
6　問我久遠行　　我《わ》が久《ひさ》しく遠行《えんこう》するを問《とぶろ》う
7　手中各有攜　　手中《しゅちゅう》に各《おの》おの携《たずさ》うるもの有《あ》り
8　傾榼濁復清　　榼《こう》を傾《かたむ》くれば濁《にご》りて復《ま》た清《きよ》し
9　苦辭酒味薄　　苦《ねんごろ》に辞《じ》すらく酒《さけ》の味《あじ》薄《うす》きは
10　黍地無人耕　　黍地《しょち》　人《ひと》の耕《たがや》す無《な》し
11　兵革既未息　　兵革《へいかく》　既《すで》に未《い》まだ息《や》まず
12　兒童盡東征　　児童《じどう》　尽《ことごと》く東征《とうせい》すと
13　請爲父老謌　　請《こ》う父老《ふろう》の為《た》めに歌《うた》わん
14　艱難媿深情　　艱難《かんなん》　深情《しんじょう》に愧《は》ず
15　歌罷仰天歎　　歌罷《うたおわ》りて天《てん》を仰《あお》いで嘆《たん》じ

16

四座涙縦横　　　四座《しざ》　涙縦横《なみだじゅうおう》たり

その三

鶏《とり》ども　けんめいに鳴き立つるは
来客ゆえの　鶏《とり》の喧嘩
鶏《とり》をば木に追いあげて
やっと聞こえた　木戸のノック
お年より五六人
わが長旅を見舞わんと
手にはそれぞれ　何かを提《さ》げ
樽をあければ　どぶろく　清酒
御丁寧なご挨拶は　酒のうすさ
きび畑　耕すやつも居らんでの
戦争がまだ収まらぬゆえ
子供たちみな東の方へ行ってしもうた
いやよろしい　お年よりたち　一ふし歌わせて貰いましょう
難儀な世の中　うれしいのは人のなさけと
歌いおわれば　空ふりあおいでの　ためいき
一座の涙　せきを切る

1〔群鶏正乱叫〕第三首の韻脚は、「広韻」下平声「十二庚」「十三耕」「十四清」。さきにわが帰還を、「牆頭に満ちて」歓迎してくれた隣人たちの、酒樽をさげての来訪。にわとりの複数が〔群鶏〕。杜の家のそれである。彼等はなぜか今をせんどと〔乱〕れ〔叫〕んでいる。突忽たる起句である。事がらが頂点にあるのをいう副詞が〔正〕。マサニ。王琪以外の諸宋本の一本は、「忽」。タチマチ、不意に。文苑英華は本文が「忽」、一本が〔正〕。

2〔客至鶏闘争〕前の句の原因の説明。鶏どものいりみだれた〔叫〕びは、客人がやって来たために、びっくりして、けんかを始めたのであった。〔闘争〕の二字を、呉若、詩史、分門集注の一本が「正生」なのは、ちょうど卵を生んでいた際の意か。そうしてその「正」の字は、上の句の〔正〕が「忽」であれば、重ならない。文苑英華の本文も「正生」、注に引く一本が〔闘争〕。

3〔駆鶏上樹木〕さわぎたてる鶏を樹木のうえに追い上げると、と、次の句をおこす。鶏が木の上にいるのは、漢の「楽府」の歌謡「鶏鳴」に、「鶏は鳴く高樹の巓《いただき》、狗《いぬ》は吠ゆ深宮の中」。胡小石氏の「章句釈」に、北中国のにわとりは、南中国のそれと違い、木にのぼる、今もそうだと、考証がある。

4〔始聞扣柴荊〕鶏を追いやって、〔始〕めてやっと〔聞〕こえたのは、柴の戸をノックする音。〔柴荊《さいけい》〕柴門と同意。「文選」二十六、宋の謝霊運の「初めて郡を去る」に、「装を促《ととの》えて柴荊に反《かえ》る」。李善、おなじ巻の梁の范雲《はんうん》の「張徐州稷《しょく》に贈る」の、「客有りて柴扉を款《たた》く」の「柴扉」が同意なのと、あわせ解し、「礼記」「儒行」篇「篳門《ひつもん》」の鄭玄注、「荊竹もて織りし門也」を引く。〔扣《こう》〕は叩と同字。たたく。上に引く范雲の詩の「款」も同義。

5〔父老四五人〕訪問の〔客〕は、村の年よりたち数人であった。単なる年よりでなく、郷村自治の指導者である長老、おとな。「公羊伝」宣公十五年、漢の何休《かきゅう》の注に、政治の理想形態を説くうち、一一の村落、「其の耆老《きろう》にして高徳有る者を選び、名づけて父老と曰う」。「史記」「漢書」にも屢見。

6〔問我久遠行〕〔久〕しくの〔遠〕い〔行《たび》〕から帰って来た私の慰〔問〕、それが〔父老〕たち来訪の目的であった。この場合は酒であるように、慰問が品物を伴うこと、清の黄生の「杜詩説」に、「問候して物を以って之れに将《とも》のうを問と曰う。左伝に多く此の字を用う」。案ずるに「左伝」は、成公十六年、楚子が敵将郤至《げきし》の礼儀の正しさに感心し、「之れに問《おく》るに弓を以ってす」など。杜預《どよ》の注に、「問は遺《おく》る也」。また「礼記」「曲礼」篇上に、「凡《およ》そ弓剣苞苴《ほうしょ》箪笥を以って人に問《おく》る者は」。鄭玄の注に、「問は猶お遺というがごとき也」。「論語」「郷党」篇にも、「人に問《おく》るに他の邦に於いてするときは」。

7〔手中各有携〕四五人の〔父老〕、〔各〕おの〔手〕の〔中〕に、〔携〕えるものが〔有〕る。すなわち以下にいう酒樽。〔携〕は、和訓タズサエル。手にぶらさげる。「説文」に「提《さ》ぐる也」。

8〔傾榼濁復清〕〔榼《カフ》〕「説文」に「酒器也」。それを〔傾〕けると、流れ出たのは〔濁〕酒また〔清〕酒。〔復〕は又と同意。草堂詩箋いう、「酒の或いは清く或いは濁れるは、各おの携うる所に随う。其の村民の淳朴を見るに足る也」。文苑英華〔榼〕を「蓋」に作るのは、蓋《ふた》を傾けあければの意となるか。

9〔苦辞酒味薄〕〔父老〕たちが〔苦《ねんごろ》に〕懇命に〔辞《いいわけ》〕するのは、酒の味の薄さ。文苑英華は「莫辞酒味薄」に作り、注の一本が〔苦〕だが、劣る。呉若の一本も「莫」。

10〔黍地無人耕〕酒の薄い弁解として懸命にいう、酒の原料である黍《きび》畑を耕す人間がおりませんからな。〔黍地〕の語、「佩文韻府」この詩のみを引く。

11〔兵革既未息〕何しろ戦争がまだやみませんでな。戦争が未《ま》だ終熄しないという現実が、〔既〕にかくも存在する以上はと、このあたり〔父老〕の口吻をそのまま写す。

12〔児童尽東征〕子供は全部、東の方へ出征しておりますじゃ。呉若と草堂詩箋の一本は、より俗語である「児郎」。文苑英華の本文も同じく、注の一本が〔児童〕。

13〔請為父老謌〕〔謌〕は歌と同字。ここまで〔父老〕の言葉を聞いていた杜、〔請う〕よろしいひとつ、お年よりたちの為めに、歌わせて下さい。〔請〕を文苑英華が「詩」に作るのは、誤字であろう。

14〔艱難媿深情〕次の「彭衙《ほうが》行《こう》」の41にも「艱難の際」というように、むつかしい世の中。その中で示されたこの〔深〕い〔情〕は、感謝のほかはない。せめて歌をお礼にしましょう。愧と同字の〔媿〕は、これらの場合、感謝の意。のちの通俗文学の語の「慚愧《ツアヌクイ》」。〔深情〕の語、杜詩ここのみに用いる。呉若、草堂詩箋および文苑英華の一本が「余情」なのは、劣る。

15〔歌罷仰天嘆〕〔歌〕の〔罷《おわ》〕ったあと、〔天を仰いで嘆ずる〕のは、杜、父老、いずれをも主格としよう。〈「文選」二十一、魏の曹植の「三良詩」に、「涕《なみだ》を攬《ぬぐ》いて君が墓に登り、穴に臨み天を仰いで嘆ず」。〉

16〔四座涙縦横〕かくて一座の涙はしとど。四方に座を占める人たちを、歌の聴き手とするのは、漢の「古詩」に、「四座且つ諠《かまびす》しき莫《な》かれ、願わくは一言を歌うを聴け」。ほしいままに飛び散る涙を、〔縦横〕をもって形容すること、「文選」の文学には見えない。

双声　群鶏　駆鶏　上-樹　傾榼　辞-酒　味-薄　革-既　深情　天-嘆　四座

畳韻　既-未　艱難

余論。宋の趙次公、評していう、「此の詩、一篇の中、賓主既に具わり、問答了然たり」。そうして陶淵明「飲酒二十首」の一つ〈その九〉が、「清晨《せいしん》に門を叩くを聞き、裳を倒《さかさ》にして往きて自ずから開く。子《きみ》は誰れと為す与《や》と問えば、田父に好懐有り」云云と、おなじく村人から酒をおくられた詩なのに比擬する。案ずるに、淵明の農人に対する愛は、その詩を通じ、至って顕著であるが、杜のそれもおさおさ淵明に劣らぬ。従八品左拾遺という末輩とはいえ、官人の一人には相違ないのに、来訪の父老を迎えて、完全に同等のつきあいである。近ごろ郭沫若《かくまつじゃく》氏の「李白与杜甫」が提出する異議にもかかわらず、杜はやはり人民の友であり、人民の詩人であるであろう。

10　彭衙行

1 憶昔避賊初
2 北走經險艱
3 夜深彭衙道
4 月照白水山
5 盡室久徒歩
6 逢人多厚顔
7 參差谷鳥吟
8 不見遊子還
9 癡女飢咬我
10 啼畏虎狼聞
11 懷中掩其口
12 反側聲愈嗔
13 小兒強解事

彭衙《ほうが》行《こう》

憶《おも》う昔《むか》し賊《ぞく》を避《さ》けし初《はじ》め
北《きた》に走《はし》りて険艱《けんかん》を経《へ》たり
夜《よ》るは深《ふか》し彭衙《ほうが》の道《みち》
月《つき》は照《て》らす白水《はくすい》の山《やま》
尽室《じんしつ》　久《ひさ》しく徒歩《とほ》し
人《ひと》に逢《お》うて厚顔《こうがん》多《おお》し
参差《しんし》として谷鳥《こくちょう》は吟《ぎん》ずれど
遊子《ゆうし》の還《かえ》るを見《み》ず
痴女《ちじょ》は飢《う》えて我《わ》れを咬《か》み
啼《な》きては虎狼《ころう》の聞《き》くを畏《おそ》る
懐中《かいちゅう》にして其《そ》の口《くち》を掩《おお》えば
反側《はんそく》して声《こえ》愈《いよ》いよ嗔《いか》る
小児《しょうじ》は強《あなが》ちに事《こと》を解《かい》し

14 故索苦李飡
15 一旬半雷雨
16 泥濘相牽攀
17 既無禦雨備
18 徑滑衣又寒
19 有時經契闊
20 竟日數里間
21 野果充糇糧
22 卑枝成屋椽
23 早行石上水
24 暮宿天邊煙
25 少留周家窪
26 欲出蘆子關
27 故人有孫宰
28 高義薄曾雲
29 延客已曛黑
30 張燈啓重門
31 煖湯濯我足
32 剪紙招我魂

故《ことさら》に苦李《くり》を索《もと》めて飡《くろ》う
一旬《いちじゅん》　半《なか》ばは雷雨《らいう》
泥濘《でいねい》に相《あ》い牽攀《けんはん》す
既《すで》に雨《あめ》を禦《ふせ》ぐ備《そな》え無《な》く
径《みち》は滑《なめら》かにして衣《ころも》も又《ま》た寒《さむ》し
時《とき》有《あ》りては契闊《けつかつ》を経《へ》
竟日《きょうじつ》にして数里《すうり》の間《かん》
野果《やか》　糇糧《こうりょう》に充《あ》て
卑枝《ひし》　屋椽《おくてん》と成《な》る
早《あした》に行《ゆ》く石上《せきじょう》の水《みず》
暮《く》れに宿《やど》る天辺《てんぺん》の煙《けむり》
少《すこ》しく周家窪《しゅうかあ》に留《とど》まり
蘆子関《ろしかん》を出《い》でんと欲《ほっ》す
故人《こじん》に孫宰《そんさいあ》有り
高義《こうぎ》は層雲《そううん》に薄《せま》る
客《きゃく》を延《ひ》きて已《すで》に曛黒《くんこく》なるに
燈《ともしび》を張《は》りて重門《ちょうもん》を啓《ひら》く
湯《ゆ》を煖《あたた》めて我《わ》が足《あし》を濯《すす》ぎ
紙《かみ》を剪《き》りて我《わ》が魂《たましい》を招《まね》く

33 從此出妻孥　此《こ》れ従《よ》り妻孥《さいど》を出《い》だし
34 相視涕闌干　相《あ》い視《み》て涕闌干《なみだらんかん》たり
35 衆鶵爛漫睡　衆鶵《しゅうすう》　爛漫《らんまん》として睡《ねむ》る
36 喚起沾盤餐　喚《よ》び起《お》こして盤餐《ばんさん》に沾《うる》おわしむ
37 誓將與夫子　誓《ちか》って将《まさ》に夫子《ふうし》と
38 永結爲弟昆　永《なが》く結《むす》びて弟昆《ていこん》と為《な》らんと
39 遂空所坐堂　遂《つい》に坐《ざ》する所《ところ》の堂《どう》を空《むな》しくして
40 安居奉我懽　安居《あんきょ》　我《わ》が歓《よろこ》びを奉《ささ》ぐ
41 誰肯艱難際　誰《た》れか肯《あ》えて艱難《かんなん》の際《さい》に
42 豁達露心肝　豁達《かったつ》として心肝《しんかん》を露《あらわ》すものぞ
43 別來歳月周　別来《べつらい》　歳月周《さいげつめぐ》り
44 胡羯仍構患　胡羯《こけつ》　仍《な》お患《わざわ》いを構《かま》う
45 何當有翅翎　何《い》つか当《まさ》に翅《し》翎《れい》有《あ》り
46 飛去墮爾前　飛《と》び去《ゆ》きて爾《きみ》の前《まえ》に堕《お》ちん

彭衙《ほうが》の長歌

そう　せんだって　疎開のはじめ
北への旅は　難行苦行
彭衙街道の夜ふけ

月すさまじき白水《はくすい》の山
家じゅうのもの　ずっと徒歩《かち》
いずれもさまにも　まっぴら御免
谷の鳥は　あちこちに鳴けど
こっちへ帰る旅人には逢わず
聞きわけのない娘は　腹をへらして　わたしに咬みつき
泣き声　虎おおかみに聞かれてはならじと
ふところに入れて　口をふさげば
いよいよ　のけぞって　わめき立てる
下のむすこは　一ぱしの物しり顔
食べられもせぬ李《すもも》を　取れとせがむ
十日のうち半分は　雨　かみなり
泥んこの中を手をとりあう
雨具の用意もないうえに
すべっこい道を　着物はひとえ
難所にさしかかったときなどは
一日かかって　やっと何町
野のくだものが　飯がわり
木の下枝が　屋根のたるき

朝は石の上の水をわたり
夕べの宿りは　かなたの霞
周家窪《しゅうかあ》のむらに足をとめたは
蘆子《ろし》の関を越えゆくつもり
ここに旧友孫宰《そんさい》どの
たなびく雲をもしのがん俠気
日も暮れたのに　われらを呼び入れ
提燈《ちょうちん》あかあか　門八文字
お湯をわかして　足をすすがせ
御幣を切って　厄払い
そのうえ御家族たちも　出て来られて
顔見あわせて　涙ぽろぽろ
ぐっすり寝ていた子供たち
ゆりおこされて　ご馳走にありつく
よしこれからは　あんた先生と
義兄弟の契り　いつまでもと
せっかくの表座敷あけわたし
のんびりせよと　友情のおくりもの
こうした難儀な世の中に　そも一たいどこの誰が

腹うちわってのこの気っ腑
お別れしてから　まるまる一年
毛唐の横着　なおやまぬ
羽根がわたしに生えるのはいつ
飛んで行って　あんたの前に舞いおりたい

〔彭衙行〕彭衙《ほうが》の長歌。五言古詩。〔彭衙〕はのちに説くように陝西《せんせい》北部白水《はくすい》県附近の古地名。昨天宝十五載五六月の交、戦乱を避けるため、妻子とともに、奉先《ほうせん》県を去って、北のかた白水県におもむき、更に北して三川《さんせん》県におもむいたことは、巻三の早い部分に収めた諸詩が示す。この〔行《こう》〕すなわち長歌は、家族の旅行が、豪雨による出水のため、難渋をきわめたのを、途中、周家窪《しゅうかあ》なる小地名において、孫宰《そんさい》なる人物から、その家を宿舎として提供された好意を、追憶し、感謝する。当時その地域での洪水のすさまじさ、巻三3「三川にて水の漲《みなぎ》るを観る」が詳叙するが、その中を家族づれの旅行の苦しみは、この追憶の歌に至って、はじめて活写される。詩のおわりに近い43に、〔別れて来《よ》り歳月周《めぐ》る〕というのからして、一年後のこの年、すなわち七五七至徳二載夏以後の作。いま「北征」の旅をおえ、妻子の無事な顔を見てから、昨年、彼等の上に加えられた旧友の厚誼を追憶するとして、ここに排列する。近く蕭滌非氏らの説も同じ。後述するように、宋以来の諸注でのあり場所さまざまであり、あるいは鳳翔での作、あるいは「北征」の旅途上の作とするのには、従わない。〔彭衙行〕を題とするのは、この地名、「春秋」に見える古戦場であり、すでに感慨を伴のう。「春秋経」文公二年に、「晋侯と秦の師《つわもの》と彭衙に戦う。秦の師敗績す」。今も陝西省白水県の東北に、彭衙堡なる地名があるよし。日本史の比率でいえば、日本武尊の戦いの場所として「記」「紀」に見える碓氷峠、伊吹山のごとくである。３４の聯〔夜は深し彭衙の道、月は照らす白水の山〕も、そうした歴史をもつ土地の、夜の道であり、月であり、山であるという感慨を含むとしてよい。韻脚は「広韻」上平声「二十文」「二十三魂」「二十六桓」「二十七刪」「二十八山」、また下平声「一先」「二仙」にひろくわたる。44の〔患〕は、普通には去声、この詩では平声であるべきこと、その注に。王琪本二、九家注三は、ややおそい部分にまじえ、銭謙益注二は、呉若本の旧次か否か別として、「北征」の前におく。詩史六、草堂詩箋十は、鳳翔の作とし、「述懐」の次におく。分門集注十一紀行。千家注三が甚だ早く昨年三川県での作とするのは、誤認。分類千家注一紀行上、分類集注十三歌行紀行類、輯注四、論文五、闡五、詳注と鈴木注五、説一、心解一之二、鏡銓四、槐南講義下。

1〔憶昔避賊初〕題注にいうように、詩は七五七至徳二載の作。〔憶いおこす昔〕とは、昨七五六天宝十五載の夏、賊の勢力を避けて疎開する旅の初めとなった時間。「北征」121「憶う昨《か》つての狼狽の初《はじ》め」と同じ句法。

2〔北走経険艱〕それは奉先から白水、更に白水から三川へと、〔北〕へむかっての〔走〕りであり、〔経〕験し〔経〕過したのは、物理的また心理的に〔険《けわ》〕しさ〔艱《なや》〕みであった。くわしくは次聯以下に詳叙するのを、まず総括する。「左伝」僖公二十八年、晋の文公の亡命のくるしみを、「険阻艱難、備《つぶ》さに之れを嘗《な》めたり矣」。

3〔夜深彭衙道〕題注にいうように、古戦場〔彭衙〕の〔道〕の〔夜深〕の時間。呉若と草堂詩箋の一本は、「彭衙の門」。

4〔月照白水山〕月光、またその下に照らされる山山、〔白水〕という陰気な語感の県名とともに、物すごく、気味わるくあった。

5〔尽室久徒歩〕その空間また時間を、杜自身、妻の楊氏、二人の男の子、二人の女の子と、〔尽室〕家族全部が、馬も車も利用できず、〔徒歩〕すること、すでに〔久〕しかった。〔尽室〕の語、「左伝」文公十四年また成公二年〈、襄公二十三年〉に。

6〔逢人多厚顔〕困難な旅行は、出あう人人に対し、〔厚顔〕な、面の皮を厚くした、あつかましい、いつもならばしないであろう要請を、〔多〕くさせた。鈴木注の説、そうでないのに従わない。要請はしかし空しかったという意を裏にもち、やがて孫宰の好意が、例外として出現するのの伏線となる。〔逢人〕の二字が、出あう人ごとにの意なのは、のち晩唐の詩壇の佳話として、楊敬之《ようけいし》が項斯《こうし》の詩に感心し、出あう人ごとに吹聴したのを、「到る処人に逢うては項斯を説くなり」〈「唐詩紀事」四十九〉。〔厚顔〕「書経」の「五子之歌」篇に、「鬱陶乎たる予《わ》が心、顔厚くして忸怩《じくじ》たる有り」。「孔伝」に、「顔厚しとは色愧《は》ずるなり」。「詩経」「小雅」「巧言」に、無恥の人を、「顔の厚き矣」。北宋の旧注いう、「羞愧の情、面貌に見え、面皮厚きが如く然り。故に顔厚を以って色愧ずと為す」。

7〔参差谷鳥吟〕〔参差〕シム・シ cēn cī と発音される「双声」同子音の語、「詩経」第一篇の「関雎《かんしょ》」に、入りみだれる水草の形容として見えるが、いま入りみだれて〔吟《うた》〕うのは、谷の鳥のみであった。「詩経」「小雅」「伐木」に、「鳥の鳴くこと嚶嚶《おうおう》」、「幽谷自《よ》り出づ」。ただし〔谷鳥〕とつらなるのは、唐詩の語らしく、李白、王維、韋応物にも見えるが、「文選」には見あたらぬ。〔吟〕王琪はじめ諸宋本の一本は「鳴」。

8〔不見遊子還〕鳥だけは鳴いている。また、こちらからむこうへ行く避難者はあっても、むこうから〔還〕って来る旅人の姿は見あたらない。旅人を〔遊子〕というのは、「古詩十九首」以来のこと。〈本巻前編5「樊二十三侍御の漢中の判官に赴くを送る」の注34参照。〉

9〔痴女飢咬我〕以下描写は、切実に精細をきわめる。〔痴女《ちじょ》〕「北征」の詩67に「床前両小女」という二人の娘のうちの一人。〔癡〕は痴と同字。おろか、ききわけもない。彼の女は腹をへらして、父の〔我《わたし》〕に〔咬〕みつく。

10〔啼畏虎狼聞〕娘の〔啼《な》〕きごえを、〔虎〕や〔狼〕が〔聞〕きつけては大へんと〔畏〕れて、と次につづく。詩史と分門集注の本文、また呉若の一本と草堂詩箋の引く陳浩然本は「猛虎」。九家注の旧注と草堂詩箋が、それを実際の猛獣でなく、盗賊のたとえとするのは、穿鑿にすぎる。

11〔懐中掩其口〕泣き叫ぶ彼の女を、〔懐《ふところ》〕の〔中〕に入れ、彼の女の〔口〕を〔掩《おお》〕い、泣き声をとめようとすれば。

12〔反側声愈嗔〕ねがえりをうつ、ころげまわるのが、〔反側〕。もと「詩経」「周南」「関雎」、また「小雅」「何人《かじん》斯《し》」の語。ふところに入れて口をふさがれた幼児は、身もだえして、〔声〕を〔愈《いよ》〕いよ〔嗔《たけ》〕らせる。〔嗔〕の字、「広韻」に、「怒る也、昌真の切」シン chēn、「説文に曰わく、盛んなる気也、徒年の切」テン tián の二音あるうち、この詩の韻脚としては、後者が適する。

13〔小児強解事〕娘についで〔小〕さな〔児《むすこ》〕というのは、おそらく次男の驥子《きし》。前二聯の〔痴《あどけな》き女《むすめ》〕よりは、年上であり、すこしは〔事《もの》〕が〔解《わか》〕っている。本当にわかるのでなく、生半可にわかる。〔強《し》〕いて〔強《あながち》〕に。宋の鄭卬《ていこう》の「釈文《しやくもん》」に「巨両の切」、qiǎng。〔解事〕従来の詩語でない。

14〔故索苦李飡〕故《コトサラ》ニ苦《ニガ》キ李《スモモ》ヲ索《モト》メテ飡《クラ》ウ。〔索〕は求也。〔飡〕を、呉若、九家注、詩史、分門集注、草堂詩箋は「餐」。案ずるに二字は通用し、共に七安の切、音サン cān、食らう也。食べられもしない果物を、あれをとって飡《た》べたいとせがみ立てる。〔苦李〕については次の話が、「世説新語」「雅量」篇に見える。晋の名士の王戎《おうじゆう》、七歳のころ、友達はみな道ばたの李を取りに行ったが、彼一人は、「樹は道の辺に在りて、而かも子《み》多し、此れ必ず苦李ならん」、そういって、じっとしていた。うちの子は、王戎のようにかしこくない。

15〔一旬半雷雨〕〔旬〕は十日。その〔半〕ばが、〔雷〕を伴のう〔雨〕であった。

16〔泥濘相牽攀〕どろんこの中を、手をひきあって進んだ。〔泥濘〕「文選」では、五、晋の左思の「呉都の賦」に見え、李善、「左伝」の杜預注を引いて、「濘は泥也」。同義の字を重ねてデイ・ネイ ní nìng と双声。〔牽攀《けんはん》〕は、魏の武帝曹操の「秋胡行」に、「去り去りて追う可からず、長く恨みつつ相い牽攀す」。詩史、分門集注、草堂詩箋は「攀牽」。

17〔既無禦雨備〕〔既〕の字、次の句の〔又〕とにらみあって、not only...but also の意。雨を禦《ふせ》ぐ準備も無い既《うえ》に。

「詩経」「小雅」「都人士」に「台笠」の語見えるのに、「毛伝」注して、「笠は以って雨を禦ぐ所也《もの》」。ここも、まんじゅう笠であったろう。ただし、呉若、九家注、詩史、分門集注の一本は「禦湿」。草堂詩箋は本文が「湿」、一本が〔雨〕。

18〔径滑衣又寒〕〔径《みち》〕は〔滑〕るし、着物も〔又た〕その上にうすく〔寒〕い。

19〔有時経契闊〕〔時有りて〕は今語の有時候児《ヨウシホル》。ある場合には。〔契闊〕しんどい苦労。ケツ・クワツとkの子音を重ねた「双声」。もと「詩経」「邶風」「撃鼓」に見え、「毛伝」に「勤苦也」。そうした状況、また場所を、〔経〕過し、ないしは〔経〕験した場合の時間には、と、次の句にかかる。王琪以外の諸宋本の一本は、「有時最契闊」、時有りて最も契闊なる場合には。案ずるに〔経〕の字は、冒頭の2に、〔北走経険艱〕と、すでに使われ、重複をきらう。「最」がまさろう。

20〔竟日数里間〕その場合は、〔竟《まる》〕一〔日〕かかっての行程、わずか〔数里〕の〔間〕隔の距離であった。〔竟日〕の語、「文選」には見えず、「晋書」の謝安《しやあん》伝など。〈庾信の「画屏風を詠ずる詩」二十四に、「竟日　春台に坐す」。杜詩では、巻七32「安西の兵の過ぎて関中に赴きて命を待つを観る二首」その二などにも見える。〉〔数里〕わが荻生《おぎう》徂徠《そらい》の「度量衡考」によれば、唐の一里は今の四町十歩。また当時の軍隊の行軍の標準は、一日に三十里であった。

21〔野果充糇糧〕次男のほしがる〔苦李〕は食べられなくとも、他の〔野〕の〔果《くだ》〕ものは、〔糇糧《こうりよう》〕食糧に〔充〕当された。〔野果〕の語、「北征」37の「山果」と共に「文選」には見えぬ。〔糇糧〕はもと「詩経」「大雅」「公劉」に、「乃《すなわ》ち餱糧を裹《つつ》む」。その「釈文」に「餱は食也」。旅中の食物。「文選」二十二、晋の左思の「招隠の詩」〈その一〉に、山中の隠者の清潔な生活を、「秋菊は糇糧を兼ぬ」。この句、そのパロディとなる。〔糇〕を、九家注、草堂詩箋など「餱」に作るのは、同字。

22〔卑枝成屋椽〕樹下の野宿、〔卑《ひく》〕く垂れさがった〔枝〕が、〔屋〕根の〔椽《たるき》〕を完〔成〕した。「文選」二十二、魏の文帝曹丕「芙蓉池の作」に、「卑枝は羽蓋を払う」。それは宮苑を行く馬車のアンブレラをかすめる下枝、この句もそのパロディと、やはりなろう。

23〔早行石上水〕次句の〔暮〕に対して、〔早〕は朝の早い時間。旅行が〔石上の水〕を〔行〕ったこと、巻三3三川県洪水の詩と、あい応ずる。

24〔暮宿天辺煙〕〔天《そら》〕の一〔辺〕、つまり地平線のかなたにたちこめる〔煙《もや》〕、そのあたりが〔暮《ゆうべ》〕に〔宿〕る場所であった。〔天辺〕は平面の遠さをいうのであり、鈴木虎雄注のように高さをいうのではない。また〔煙〕は詳注のいうように、人家の炊煙ではなく、カスミ、モヤ、はるかなるそこでの野宿を意味すると、私は解する。

25〔少留周家窪〕この小地名、諸地志に見えない。白水県から北、三川県にむかう途中にあったか。あるいは次の句にいうように、はるか北方の〔蘆子関《ろしかん》〕をめざして、〔少《しばら》〕くそこに足を〔留〕めたとすれば、三川県よりも更に北にあるか。宋の鄭卬の「釈文」に、「窪は烏瓜の切」、wā。九家注、詩史、分門集注、草堂詩箋は〔周家窪〕を「同家窪」に作り、また銭謙益は呉若本によってであろう、晋の本〈後晋の官書本〉は「固家窪」に、更なる一本は「同家窪」に作ると注する。

26〔欲出蘆子関〕〔蘆〕は芦と同字。〔蘆子関〕は、今の延安の北方、延水の上流にある要害。そこを〔出〕て、粛宗が亡命政府をさいしょに作ったオルドスの霊武県に行こうとするのが、杜の本来の意図であった。唐の李吉甫の「元和郡県図志」三、延州延昌県塞門鎮の条に、「蘆子関は夏州に属し、北のかた鎮を去ること一十八里」。また「塞《そく》蘆子《ろし》」の詩〈巻六5〉にはいう、「延州は秦の北の戸、関防猶《な》お倚《よ》る可し。焉《い》ずくにか一万人を得、疾駆して蘆子を塞《ふさ》がん」。〔欲出蘆子関〕の五字は、蘆子関ヲ出デント欲スとも読め、蘆子関ニ出デント欲ス、その方向にむかおうとしたとも読める。

27〔故人有孫宰〕そのあたりに住む旧友に、〔孫宰〕なるものがあった。北宋の旧注、「故人とは故旧の人也」。邵宝の分類集注は、〔孫〕を姓、〔宰〕を地方官の意とし、「孫は時に三川の宰為《た》り」というが、朱鶴齢は、「或いは曰わく人名」。しからば姓が〔孫〕、名が〔宰〕。

28〔高義薄曾雲〕孫宰の人がらをたたえる。〔曾〕は層と同字。〔曾《たたな》〕わる〔雲〕に〔薄《せま》〕るほどの〔高〕き正〔義〕の人物。「文選」五十、梁の沈約の「宋書謝霊運伝論」に、屈原《くつげん》らの文学を、「高義は雲天に薄る」と似た表現があるのを、北宋の旧注、陸機とあやまり引く。

29〔延客已曛黒〕旧友孫宰が、〔客《たびびと》〕である杜の一家を、その家へ〔延《みちび》〕きいれたのは、〔已《すで》〕にはや〔曛黒《くんこく》〕夕やみの時間であった。田舎の夜は危険であり、すべての行動は停止される。にも拘らず、あえてそうした。北宋の旧注に、「曛黒は薄暮也」と注し、「文選」三十、宋の謝霊運の「擬鄴中集詩」〈その三の魏の陳琳に擬した詩〉に、魏の王室の文酒の宴をうたって、「朝の遊びは曛黒に窮《いた》る」を引く。クン・コクと双声。

30〔張燈啓重門〕あかあかとした点燈が〔燈を張る〕であり、二字、これまでの憂鬱をふきとばす。燈光のもとに、つぎつぎと〔啓《ひら》〕かれた何〔重〕かの〔門〕。「易」の「繫辞伝」下に、「重門撃柝《げきたく》、以って暴客に待《その》う」。孫宰は地方の土豪である。その家も、そうであった。

31〔煖湯濯我足〕〔煖〕は暖と同字。まず〔湯〕を〔煖《あたた》〕めて〔我が足〕を〔濯《あら》〕わせたこと、日本旧時の旅舎が、客を迎えるのと同じであった。今の中国人も、外出から帰って寝に就く前に、よく湯で足を洗う。日本人ならば風呂をわかしてやるところである。

32〔剪紙招我魂〕紙ヲ剪《キ》リテ我ガ魂ヲ招ク。〔魂〕は人間の精神の中枢、辛労の旅がそれを肉体から遊離させたのを、〔招〕きかえす。その方法としての〔紙を剪《き》る〕民俗学の対象となるべき事がら、委細を知らぬ。草堂詩箋、「盗賊の充ち斥《み》つるうちを、身は艱苦を渉《わた》り、魂魄之れが為めに沮喪す。故に孫宰は、紙を剪りて旐《はた》と為し、以って其の魂を招く也」。近ごろ浦江清、呉天五二氏の「杜甫詩選」は、「些《いささか》の白き紙の条児《ふだ》を剪り、貼《は》りて門外に在り、行人の給《ため》に魂を招く」。事がらの古典となるのは、「楚辞」「招魂」篇。放浪する屈原の魂を、弟子の宋玉が招きかえす。王逸の注に、「魂なる者は、身の精也。宋玉は屈原の、忠にして斥《しりぞ》け棄てられ、山沢に愁い懣《もだ》えて、魂魄の放佚《ほういつ》し、厥《そ》の命の将《まさ》に落ちんとするを憐れみ哀《かな》しみ、故に招魂を作りて、以って其の精神を復し、其の年寿を延ばさんと欲す」。

33〔従此出妻孥〕〔此れ従《よ》り〕の二字、それから。足をすすがせ、魂《たま》よばい、つまり厄ばらい、それらをしてくれた上、〔妻孥《さいど》〕は妻と子、孫宰のそれを、奥から〔出〕て来させ、引きあわせた。唐のころもそうであったか否か、前世紀までの中国の風習、妻が出て来て客に顔を見せるのは、よほどの親友どうしの間でない限り、ないことであった。

34〔相視涕闌干〕両方の家族、〔相〕い〔視〕て、ともに〔涕《なみだ》〕を〔闌干〕と流した。ラン・カン lán gān と畳韻の形容詞、趙次公が考証するように、いろいろの場合に使われるが、総じては「断えざる貌《さま》」。涙を形容する例として、銭謙益注が引くのは、「漢書」の息夫躬伝《そくふきゅう》の「絶命の辞」、「涕泣流れて萑蘭《かんらん》たり」の臣瓚《しんさん》の注、「萑蘭は泣涕の闌干たる也」。

35〔衆雛爛漫睡〕〔鶵《すう》〕は雛と同字。鳥のひな。その複数である〔衆雛《しゅうすう》〕、「文選」十三、漢の禰衡の「鸚鵡《おうむ》の賦」に「衆雛の無知なるを愍《あわ》れむ」。今は杜の子供たちに施した。しんどい旅に疲れた彼ら彼の女ら、親たちの挨拶をよそに、〔爛漫《ランマン》〕ぐっすりと、あどけなく、睡っている。「鸚鵡の賦」の李善注、「爾雅」「釈鳥」篇の「生まれて噣《ついば》むは雛」を引いた上、「鳥の子の初めて生まれ、能く自ずから食を啄《ついば》むを、総名して雛と曰う也」。しからば〔衆《おお》くの雛〕を、次の句では食べ物にありつく子供たちに施すこと、ふさわしい。〔爛漫〕ラン・マン làn màn と畳韻。「鏡銓」、申涵光《しんかんこう》の評を引いて、「二字は稚き子の睡態を写して神に入る」。

36〔喚起沾盤餐〕その彼ら彼の女らを〔喚《よ》〕び〔起〕こし、〔盤《さら》〕の〔餐《めし》〕のわけまえに〔沾《うる》〕おわせ、あずからせた。ただし〔餐〕の字は、王琪、詩史、分門集注がそう作るのよりも、呉若、九家注、草堂詩箋が「飧」、音ソンに作るのにしたがうべきである。何となれば音サンcānの〔餐〕は、さきの14に、〔故《ことさら》に苦李を索《もと》めて湌《くろ》う〕と使った〔湌〕が、すなわち〔餐〕と同字であり、あるいはただちに「故索苦李餐」に作る本もあること、かしこの注でいった。韻脚としての同字の重用は、禁忌であり、ここが再び「七安の切」の字であってはならない。夕偏の字「飧」が、音孫《ソン》sūnなのをよしとする。そうして〔盤飧〕の語は、もと「左伝」僖公二十三年に、僖負羈《きふき》の妻が晋の公子にとどけた贈り物として見え、陸徳明の「釈文」に、「説文に云う、餔也、字林に云う、水澆飯也」。つまり〔盤《さら》〕に盛った湯づけの飯というのが、原義。

37 38〔誓将与夫子、永結為弟昆〕あなた〔夫子《ふうし》〕と、〔弟昆〕兄弟と〔為〕る〔結《かた》〕めを〔永〕遠にしようと〔誓〕ったというこの聯、〔誓〕う主格は主人孫宰であり、相手の〔夫子〕は杜であるとする説に、したがう。明の王嗣奭の「杜臆」以後、清の諸注みなそうである。そうであってこそ、やがて42で〔豁達《かったつ》として心肝を露《あら》わす〕と、孫宰の人柄をたたえるのが生きる。またすぐ次の39〔遂に坐する所の堂を空しくし〕も、この聯が孫宰の語なのを承け、その結果としての行為であるゆえに、〔遂に〕というのである。宋の師尹、また草堂詩箋が、〔誓う〕主格を杜とし、孫宰を〔夫子〕と呼んだとするのは、非。〔弟昆〕弟と昆《あに》。普通には「昆弟」なのを、韻脚の都合からひっくりかえした。兄弟分の契りをすることと、「水滸」その他、後代の遊侠文学に普遍。ここの孫宰も、遊侠の徒であったかも知れぬ。杜の一生は、後年の追憶の詩「壮遊」などにも見えるように、遊侠の世界と無縁でない。

39 40〔遂空所坐堂、安居奉我懽〕〔遂〕は「因って也」と訓じ、前聯の誓いの実行として、孫宰は彼が平生〔坐〕っている〔所〕の〔堂〕すなわち表座敷を〔空〕っぽにして、あけわたし、そこでの〔安〕らかな〔居〕すなわち気楽な生活を、〔我《わたくし》〕の〔懽《よろこ》び〕への〔奉〕仕とした。〔奉〕は捧と同義。〔懽〕は歓と同字。〔安居〕の〔居〕、古典の用語としては、気楽な私的な生活でのすわり方、「踞」あぐらと同意となることがあり、たとえば「孝経」の「仲尼居す、曾子侍す」なども、それとされる。それに対し〔坐する所の堂〕という〔坐〕の方は、きちんとしたすわり方。いつもはその場所である表の〔堂〕客間をあけわたして、杜の一家をくつろがせた。

41 42〔誰肯艱難際、豁達露心肝〕この二句も一連。「詩経」「大雅」「抑」に、「天の方《まさ》に艱難なる、曰《ここ》に厥《そ》の国を喪《ほろ》ぼす」、「鄭箋」に、「災異を下し、兵寇《へいこう》を生み、将《まさ》に以って滅亡せんとするを謂う」。この詩の時の情勢も、まさにそうした〔際〕極限的な時間にあった。「説文」に〔際〕の原義を説いて、「壁の会《あ》わせめ也」。そうしたとんがった時間において、あなたのごとく、〔肯《すす》〕んで、〔豁達〕と、おおらかに、からりと、〔心肝〕心の奥底を〔露〕呈する人物、他に〔誰れ〕があろうぞ。「文選」十、晋の潘岳の「西征の賦」に、漢の高祖をたたえて、「豁達大度」。クワツ・タツと音尾を同じくする畳韻。〔心肝〕「文選」二十三、魏の王粲の「七哀の詩」〈その一〉、晋の欧陽建の「臨終の詩」などにこの語見えるが、句として似るのは、二十五、宋の謝霊運が従弟謝恵連《しやけいれん》に酬いた詩の、「顔を開いて心胸を披《ひら》く」。ここの動詞〔露〕は、より強く、心を洗いざらいむき出しにする。

43〔別来歳月周〕孫宰と〔別〕れたのは、おそらくその翌朝であった。それ以〔来〕、こよみの〔歳月〕は一〔周〕した。詩がその翌年の作であること、この句から決定される。

44〔胡羯仍構患〕一年の〔歳月〕は流れたが、蛮族の反乱はなお平定せず、〔仍《な》お〕依然として害毒をつみかさねている。〔胡羯《こけつ》〕二字ともに北方の蛮族。〔羯〕はまた南北朝では「五胡」の一つ。いまは安慶緒軍を意味するこというまでもない。〔構患〕禍害を構築する。先に引いた「文選」二十三、魏の王粲の「七哀の詩」〈その一〉に、漢末の紛乱を、「豺虎《さいこ》は方《まさ》に患いを遘う」、李善注、遘は〔構〕と同字とする。また似たいい方として、「詩経」「小雅」「四月」に、乱世のなやみを、「我れらは日びに禍いを構えられ、曷《い》つか云《ここ》に能く穀《よ》からん」。「毛伝」に「構は成すなり」、「鄭箋」に「構とは猶お合わせ集むといわんがごとき也」。〔患〕は憂い也。禍害也。普通は去声のクワン huàn だが、ここは韻脚に使っているから、平声のクワン huán でなければならぬ。鄭印の「釈文」に、「胡官の切」。ただし「広韻」に、その音は見えない。

45〔何当有翅翎〕〔何当〕は何時と同義の詩語。いつの時か、鳥のごとく、わが身も〔翅翎〕二字ともに、鳥のつばさなのを〔有《も》〕ち、そうして。

46〔飛去堕爾前〕鳥となったわが身が、〔飛び去〕って、〔爾《あなた》〕の〔前〕に、つぶてのように飛び〔堕《お》〕ちて、あなたと再会する、それは〔何当《いつ》〕可能か。残念ながら、世の中はまだ騒がしい。「詩経」「邶風」「柏舟《はくしゅう》」に、「静かに言《わ》れ之れを思うに、奮い飛ぶ能わず」。その「毛伝」に、「鳥の如く翼を奮いて飛び去ること能わず」。それを発想の祖とするこというまでもないが、〔堕〕飛び落ちるという速度感、〔爾前〕あなたのまんまえにという空間の緊迫感、杜詩ならではのものである。もしなお強いて先蹤を求めれば、魏の曹植の「野田黄雀行」に、猟師から受けた難儀を少年に救われた雀が、「飛び飛びて蒼天を摩し、来たり下りて少年に謝す」が、思いおこされる。また鳥の飛下を〔堕〕でいう例を、強いて求めれば、後漢の馬援《ばえん》が、その遠征した南方瘴癘《しょうれい》の地を回顧しての言葉、「仰いで視るに飛鳶《ひえん》は跕跕《ちょうちょう》と水中に堕つ」〈「後漢書」馬援伝〉。

双声　賊-初　経-険艱　水-山　尽室　参差　痴女　飢-咬我　其口　側-声　強-解　泥濘　経-契闊　枝-成　石上水　孫宰　高義　曛黒　張燈　湯-濯　剪紙-招　従此-出-妻　相視　衆雛　誓将　所坐　肯-艱

畳韻　憶昔　禦雨　卑枝　天辺-煙　留-周　家窪　闌干　爛漫　盤餐　艱難　豁達

余論。黄生の「杜詩説」の評に、「此の詩は本《も》と孫宰を懐《おも》う。後の人もし題を製すれば、必ず某人を懐うと云わん矣」。これはそうでなく「彭衙の行《うた》」を題とする。「然れども先ず途に在りての一節、饑寒困苦の状を叙せざれば、則《すなわ》ち此の人の情意の濃さと、並びに己れの感激の忱《まこと》を顕わすに足らず」。すべては凡手の呆筆《たいひつ》の及ぶところでない。

はしがき五

七五七粛宗皇帝至徳二載の閏八月一日、すなわち杜自身の語では、「皇帝二載の秋、閏八月初吉」、鳳翔の臨時政府を辞して、「北征」の旅に就いた杜が、家族の疎開さきである鄜《ふ》州の田舎に到着し、彼等との再会を楽しんだのは、旅程半月を要したとして、同じく閏八月の中旬である。そうしてあくる九月にも、杜はなおその田舎で家族と共にいる。「羌村」の詩で、「蕭蕭《しょうしょう》と北風の勁《つよ》き」を聞いているからである。

かく杜が北方の田舎で幸福を享受していた時間、そうして鳳翔の政府を留守にしていた二か月の期間は、同時にまた、国家の運命も、急速に好転した時間であった。何よりの問題であった首都長安の奪還に、官軍がついに成功するからである。

西方鳳翔の臨時政府を拠点とする官軍と、東方長安を占領してそれを拠点とする賊軍とは、この春二月、政府が鳳翔に移って以来、半年の対峙をつづけ、一勝一敗であるうち、官軍しだいに優勢となった。その間の経過を、「資治通鑑」によって叙べれば、杜がそのついたち、「北征」の旅に出発した閏八月の末、戊辰の日、すなわち二十三日、粛宗は将軍たちを慰労する宴会を開いて、長安への進発を議し、名将郭子儀《かくしぎ》にいった、「事の済《な》ると否とは、此のたびの行にこそ在る也」。郭は奉答した、「此のたびの行もし捷《か》たずんば、臣必ず之れに死せん」。決死の覚悟でございます。そうして三日後の辛未、二十六日には、崔光遠《さいこうえん》の部隊が、長安の苑門に達した。これは賊の返りうちにあい、成功しない。鄜州の家についた杜が、はいたり下したり数日ののち、土産物をとり出した頃である。

決戦の態勢がととのったのは、翌九月中旬、ウイグル族援軍の来着が、重要な契機となる。官軍の総司令官としては、粛宗の皇子である広平《こうへい》王李俶《りしゅく》、すなわちのちの代宗が、天下兵馬元帥、副元帥は郭子儀、九月丁亥十二日、郭の部隊である朔方《さくほう》等の軍、ウイグルまた西域諸部隊の援軍、あわせて十五万を、二十万と号し、鳳翔を進発した。杜が「羌村」で、「蕭蕭たる北風」を聞き、村の父老たちとさかもりをもった頃である。来援のウイグルの部隊は、酋長懐《かい》仁可《じんか》汗《かん》の子葉護《ヤブク》が、元帥広平王と義兄弟のちぎりを結んでいるのに、ひきいられていたが、東進して扶風《ふふう》県に達すると、副元帥郭子儀が、歓迎のため、三日間の宴を開いた。葉護はいった、「国家に急有るを、遠く来たりて相い助く。何んぞ食を以って為さんや」。御馳走がめあてでありません、そういって行軍をせき立てた。

かくて官軍は、二十五日庚子、扶風県を発し、二十七日壬寅、長安の西郊に達すると、香積寺《こうしゃくじ》の北、灃水《ほうすい》の東に陣を布き、賊将安守忠《あんしゅちゅう》、李帰仁《りきじん》のひきいる敵兵十万と戦うこと、正午から酉の刻すなわち午後八時まで、賊六万を斬って、大勝をおさめた。その夜、賊の勢力は、張通儒《ちょうつうじゅ》にひきいられて、長安を撤退し、東に逃げた。翌癸卯二十八日、広平王のひきいる官軍の本隊のみが、長安城内にはいり、ウイグルと西域の部隊は、掠奪のおそれのため、城外にとどめられた。捷報が鳳翔の臨時政府に達したのは、更に翌甲辰二十九日、つまり九月の末日である。昨七五六天宝十五載六月の失陥から、一年三か月を経てのちの恢復であった。

以上の大きな展開を、杜は、目のあたりにしていない。勝利確定の九月末には、なお鄜州におり、鳳翔の政府に帰還したのは、翌十月のことだからである。しかし長安奪還の情報は、日ならずして鄜州の田舎にも達したのであり、二つの祝福の詩を作っている。いずれも五言の律詩であって、まず二十韻四十句の長律、「官軍の已《すで》に賊寇に臨むと聞くを喜ぶ」は、長安奪還の直前、形勢の確定を聞いての喜びであり、ついで三首の短律「京《けい》を収む」は、奪還直後、やはり鄜州での作と認められる。その二つを説いて、この巻の終りとする。それはまた一昨七五五天宝十四載十一月、安禄山の旗あげによって、叛乱がさいしょに勃発して以来、あしかけ三年にわたる乱離の時間の一結束でもある。

11　喜聞官軍已臨賊寇二十韻

1 胡虜潜京縣
2 官軍擁賊壕
3 鼎魚猶假息
4 穴蟻欲何逃
5 帳殿羅玄冕
6 轅門照白袍
7 秦山當警蹕
8 漢苑入旌旄
9 路失羊腸險
10 雲横雉尾高
11 五原空壁壘
12 八水散風濤
13 今日看天意

官軍《かんぐん》已《すで》に賊寇《ぞくこう》に臨《のぞ》むと聞《き》くを
喜《よろこ》ぶ二十韻《にじゅういん》

胡虜《こりょ》　京県《けいけん》に潜《ひそ》み
官軍《かんぐん》　賊壕《ぞくごう》を擁《よう》す
鼎魚《ていぎょ》　猶《な》お息《いき》を仮《か》り
穴蟻《けつぎ》　何《い》ずくに逃《のが》れんと欲《ほっ》する
帳殿《ちょうでん》　玄冕《げんべん》を羅《つら》ね
轅門《えんもん》に白袍《はくほう》照《て》る
秦山《しんざん》　警蹕《けいひつ》に当《あ》たり
漢苑《かんえん》　旌旄《せいぼう》入《い》る
路《みち》は羊腸《ようちょう》の険《けわ》しきを失《うしな》い
雲《くも》は雉《ち》尾《び》に横《よこ》たわりて高《たか》し
五原《ごげん》　空《むな》しく壁塁《へきるい》
八水《はっすい》　風濤《ふうとう》を散《さん》ず
今日《こんにち》　天意《てんい》を看《み》るに

遊魂貸爾曹
乞降那更得
尙詐莫徒勞
元帥歸龍種
司空握豹韜
前軍蘇武節
左將呂虔刀
兵氣回飛鳥
威聲沒巨鼇
戈鋋開雪色
弓矢向秋毫
天步艱方盡
時和運更遭
誰云遺毒螫
已是沃腥臊
神行羽衞牢
花門騰絕漠
拓羯渡臨洮

遊魂《ゆうこん》　爾《なんじ》が曹《ともがら》に貸《か》す
降《くだ》るを乞《こ》うも那《な》んぞ更《さら》に得《え》ん
詐《いつわ》りを尚《とうと》びて徒労《とろう》する莫《な》かれ
元帥《げんすい》は龍種《りゅうしゅ》に帰《き》し
司空《しくう》　豹韜《ひょうとう》を握《にぎ》る
前軍《ぜんぐん》　蘇武《そぶ》の節《せつ》
左将《さしょう》　呂虔《りょけん》の刀《かたな》
兵気《へいき》　飛鳥《ひちょう》を回《めぐ》らし
威声《いせい》　巨鼇《きょごう》を没《ぼっ》す
戈鋋《かせん》　雪色《せっしょく》を開《ひら》き
弓矢《きゅうし》　秋毫《しゅうごう》に向《む》こう
天歩《てんぽ》　艱《なや》み方《まさ》に尽《つ》き
時和《ときやわら》ぎて運更《うんさら》に遭《あ》う
誰《た》れか云《い》う毒螫《どくせき》を遺《のこ》すと
已《すで》に是《こ》れ腥臊《せいそう》を沃《すす》ぐ
睿想《えいそう》　丹墀《たんち》近《ちか》く
神行《しんこう》　羽衛牢《うえいかた》し
花門《かもん》　絶漠《ぜつばく》に騰《あが》り
拓羯《たくけつ》　臨洮《りんとう》を渡《わた》る

33 此輩感恩至
此《こ》の輩《はい》　恩《おん》に感《かん》じて至《いた》り

34 羸俘何足操
羸俘《るいふ》　何《な》んぞ操《と》るに足《た》らん

35 鋒先衣染血
鋒先《ほうさき》んじて衣《ころも》は血《ち》に染《そ》み

36 騎突劒吹毛
騎突《きとつ》して劒《つるぎ》は毛《け》を吹《ふ》く

37 喜覺都城動
喜《よろこ》び都城《とじょう》の動《うご》くを覚《おぼ》え

38 悲連子女號
悲《かな》しみ子女《しじょ》を連《つら》ねて号《さけ》ぶ

39 家家賣釵釧
家家《かか》　釵釧《さいせん》を売《う》り

40 只待獻春醪
只《た》だ春醪《しゅんろう》を献《けん》ぜんと待《ま》つ

官軍はやくも賊兵にまむこうと聞きての
よろこび二十脚韻

あらえびす　都にひそみいるを
みいくさ　仇の堀かこむ
鍋の魚　なお息すれど
穴の蟻　いずちのがれん
行在《あんざい》に　黒き冠のひとつらなり
宮門にかがやく白き直垂《ひたたれ》
秦《しん》の山　警蹕《けいひつ》の声むかえ
漢《かん》のみそのに　旗じるし入る

つづら折りの　けわしさ消え
雉尾《ちび》の扇に　かすみたなびく
五つの原　とりで空しく
八つの川　波風さやか
いまぞ知る神のみこころ
汝ら　しばし　さまようまぼろし
ゆるしたまえと　いうも仇なり
たばかり好みて　骨折り損すな
総大将は　神のみすえぞ
軍略めぐらす　太政大臣
前なる部隊は　蘇武《そぶ》の旗
左の将軍　呂虔《りよけん》の太刀
いくさのいぶき　鳥もたじろぎ
雄たけびに　大亀ももぐらん
槍のきっさき　雪の色なし
弓矢のまとは　鵜《う》の毛のすえ
世界のあゆみ　危機いま終り
平和の時間　またもめぐり来る
まがつみなおもと　いうは誰《た》そ

けがれはすでに　掃いおえしぞ
大御心　宮居まぢかに
おん旅路　護衛たのもし
ウイグル　かなたの沙漠にきおい
西のえびす　臨洮《りんとう》の川わたりぬ
このやから　みめぐみしたいてぞ来ぬ
ひよわき醜草《しこぐさ》　いかでものかは
先陣の衣　血しぶき浴び
突撃の剣　毛をも斬る
喜びげにも都どよもし
女子供　心たかぶりて　泣くもあり
家ごとに　かんざし腕輪　売りはらい
春のうまざけ　ささげん　と待つ

〔官軍已に賊寇に臨むと聞くを喜ぶ二十韻〕はしがきでいったように、長安奪還成功直前、その情報を鄜州の田舎で得ての作。〔賊寇〕長安を占領して寇《あだ》なす賊軍。「書経」「舜典」篇に、「寇賊姦宄《かんき》」。草堂詩箋「賊境」に作るのに、朱鶴齢以下、清人の諸注したがうが、劣ろう。〔臨〕はそれへの接近制圧。なお王琪の宋本の編次はおかしく、この時の作とせず、さかのぼって杜が長安で賊の捕虜であった時期の近体詩の最後とする。九家注もそれを承けるが、共に妥当な編次でない。今年の四月まで杜が「賊中」にいたとき、官軍の形勢は、たとい希望的観測としても、この詩にいうごとく有利でない。更にその編次の非を決定するのは、詩の18に、郭子儀を〔司空〕と呼ぶことである。郭がこの職名を与えられたのは、そこの注でも再説するように、今至徳二載の四月、あだかも杜が「賊中」からのがれて来た月のことであり、それまでの彼はこの職名でない。またそもそも詩が、整然たる対句の長律であることも、囲城の中での作なのに、ふさわしくない。韻脚は「広韻」下平声「六豪」。韻律の病いとして、同字の重用は、2と19の〔軍〕、4と34の〔何〕、6と31の〔門〕、11と18の〔空〕、13と25の〔天〕。王琪本九、銭謙益本はおそらく呉若本の旧次を変更してであろう、十、九家注十九、詩史六、分門集注十五時事下、草堂詩箋十一、千家注三、分類千家注五時事下、通五、分類集注三五言古時事類、輯注四、論文八、闡六、詳注と鈴木注五、心解五之一、鏡銓四、雪嶺抄四。

1〔胡虜潜京県〕以下4まで〔二十韻〕の排律の第一単位。状勢の総括として、〔官軍〕の包囲する長安城における賊軍の憐れむべき状態。〔胡〕は東胡、〔虜《りよ》〕は北虜、いずれも少数民族をいやしめていう語。かれらが〔京県《けいけん》〕首都にいるのは、こそこそとした潜伏。雪嶺永瑾の「杜詩抄」、「充満シテアルニ潜《ヒソマル》ト云、面白シ」。〔胡虜〕「文選」二十七、魏の曹植の「白馬篇」に、「辺城は警急多く、胡虜数《しば》しば遷移す」。王琪はじめ九家注以外の諸宋本の一本は「胡騎」。「騎」の字のち36の〔騎突剣吹毛〕と重複し、劣る。〔京県〕「文選」二十七、斉の謝朓の「晩に三山に登り京邑を還望す」に、当時の首都建康を、「河の陽《きた》より京県を視る」。

2〔官軍擁賊壕〕賊は長安の周辺に塹壕を作っているのを、今や官軍、ぐるりととり擁《かこ》む。〔官軍〕の語、杜詩にはしばしばだが、〔賊壕〕とともに「文選」の語でない。

3〔鼎魚猶仮息〕すっぽりと〔官軍〕に包囲された賊の兵士たちよ。汝らは猶おまだ仮りの息をするだけの鼎《なべ》の中の魚。〔鼎魚《ていぎょ》〕〔仮息〕いずれも典故がある。前者は、「文選」四十三、梁の丘遅が、敵国の北魏に亡命した将軍陳伯《ちんはく》之《し》に与えた書簡に、あなたは「魚の沸鼎の中に遊び、燕の飛幕の上に巣くうがごとし」。李善注、更に袁崧《えんすう》の「後漢書」に見えた朱穆《しゆぼく》の上疏、「魚を沸鼎の中に養い、鳥を烈火の上に棲ましむ。之れを用うること時ならずして、必ずや焦爛《しょうらん》せん」を引く。〔仮息〕は、「文選」六十、晋の陸機の「魏の武帝を弔う文」に、「宮魄の未まだ離れざるに迨《およ》びて、余息を音翰に仮る」。草堂詩箋が、ここに近い用例として引くのは、「後漢書」の来歙《らいきゅう》の伝に、光武帝の最後の対立者であった公孫述《こうそんじゅつ》の運命をいって、「命を延ばし息を仮るのみ」。また旧注が引くのは、「後漢書」「方術伝」上、謝夷吾《しゃいご》の条、占いの名人のその人が、ある人の寿命を予言して、「遊魂の息を仮るのみ」。

4〔穴蟻欲何逃〕また喩えれば、〔穴〕の中の〔蟻〕、つまり袋の中の鼠。何《どこ》へ逃げようとは欲《す》るぞ。趙次公、六朝の志怪の書の一つである宋の劉敬叔《りゅうけいしゅく》の「異苑」八、晋の桓謙《かんけん》が、武装した小人の武士が、穴の中から出て、机によじかまどにのぼるのを見、道士にたのんで、熱湯を穴の中にそそがせたところ、大きな蟻のむれが死んでいた話をあげる。果してこの詩の意識にあった典故かどうか。「文選」では、五十九、梁の沈約の「斉の故の安陸昭王の碑文」に、極微の空間を、「螻蟻《ろうぎ》の穴も遺《のこ》す靡《な》し」。李善によれば、それは更に「尸子《しし》」にもとづく。

5〔帳殿羅玄冕〕以下8まで第二単位。賊軍の窮状とは逆に、政府軍の威勢よき有様。〔帳殿〕テントばりの仮り御殿ということで、鳳翔の行在所を意味させる。そこに綺羅星の如く〔羅《つら》〕なり並ぶのは〔玄《くろ》き冕《かんむり》〕の高級文官たち。〔帳殿〕の原義は、軍中にある天子のテント。銭謙益、庾信の「馬射の賦」の、「帷宮宿《あらかじ》め設け、帳殿に筵を開く」を引いた上、「大唐六典《だいとうりくてん》」十一、「殿中省」「尚舎局」の条に、唐代のその制度を記すのを引く。晩年の「八哀の詩」の、王思礼《おうしれい》の部分にも、このころの粛宗の政府を、「兵を鳳皇山に屯《たむろ》し、帳殿は涇渭に闢《ひら》く」。〔玄冕《げんべん》〕絹でつつんだ長方形の板を上にくっつけた冠が〔冕〕であるが、玄《くろ》い絹で板の表面をよそおったそれ。古典「周礼」「春官」「司服」によれば、高官である「卿大夫《けいたいふ》」第一公式の服装。「文選」二十、魏の曹植の「躬を責むる詩」、また三十七、おなじ作者の「自試を求むる表」、ともに「朱紱《しゅふつ》」と対《つい》させ、二十四、晋の潘岳の陸機に贈る詩は、「丹裳」と対《つい》させる。また二十六、晋の陸機の詩〈「呉王の郎中たりし時梁陳に従いて作る」〉に、朝士の威儀をのべて「玄冕には醜士無し」。唐の実際の制度としては、朱鶴齢の注意するように、「旧唐書」の「輿服志」に引く武徳年間の「令」が、十階級の冠を列挙するのの一つ。

6〔轅門照白袍〕上の句が、文官なのに対して、これは武官。〔轅門《えんもん》〕野外の本陣の門。両がわに車をおき、〔轅《ながえ》〕をあおむけて〔門〕の代りにする。古く「周礼」の「天官」「掌舎」に、旅行中の王の宿舎の設営を、「車宮轅門を設く」。鄭玄の注に、「謂うは王行きて阻険の処に止宿すれば、非常に備え、車を次《つら》ねて藩《かき》と為す。則ち車を仰むけ其の轅を以って門を表わす」。そこに〔照〕りかがやくのは、〔白袍《はくほう》〕、白き陣羽織。但し古典の語でない。趙次公以下、「梁書」の陳慶之《ちんけいし》伝に、梁の武帝のために北魏の首都洛陽をおとしいれたその武将、「麾下《きか》のもの悉《ことごと》く白袍を著け、向こう所披靡《ひひ》」したため、「千兵万馬も白袍を避けん」という童謡が発生したのをあげる。詳注は胡夏客《こかきやく》の説を引き、援軍のウイグルは、みな白い上衣だったのをいうとする。案ずるに、この詩、後半では、大いにウイグルの援助を賞揚するから、胡説、あながちにしりぞけがたい。

7〔秦山当警蹕〕東進する官軍、むこうところ敵なし。〔秦山〕は秦すなわち陝西の地帯の山の代表である終南山をいおう。さきの巻二後編26「何《か》将軍の山林に遊ぶ」その八にも、「坐して対す秦山の晩」。その山山が、天子の車駕の移動を知らせる非常警戒の掛け声〔警蹕《けいひつ》〕に〔当《まむ》こう〕。〔警蹕〕「文選」では、十四、宋の顔延之の「赭白馬《しやはくば》の賦」その他に見え、李善注、「漢儀」を引き、「皇帝の輦《くるま》動けば、則ち左右の帷幄《いあく》に侍る者、警を称す。出づれば則ち蹕を伝う。行人を止め、道を清むる也」。

8〔漢苑入旌旄〕唐の宮苑を漢のそれに見立てて〔漢苑〕ということ、さきの巻三19「行在所に達するを喜ぶ」その二の「凄涼たり漢苑の春」と同じ。わびしかったそこへも今や進み〔入る〕のは、天子の〔旌旄《せいぼう》〕はたさしもの。その語も〔漢苑〕とともに「文選」に見えない。趙次公いう、「旌旄なる者は、羽を析《さ》きて之れを為《つく》る。九つの旗の一つ也。旄は則ち幢《とう》也。詩に、孑孑《げつげつ》たる干旄、また孑孑たる干旌と」。詩すなわち「詩経」を引くのは、「鄘《よう》風」「干旄」。上の句の〔秦山《シンザン》〕が双声なのに対し、この句の〔漢苑《カンエン》〕が畳韻なのは、声律のこまかさ。

9〔路失羊腸険〕以下12まで第三単位。自然の条件も、官軍の優勢を増強する。うちこの〔路は羊腸の険を失のう〕句については、説が分かれるうち、しばらく宋の黄鶴《こうかく》の説を、よしとしたい。羊の腸のごとく、まがりくねった険阻な路、それに官軍がなやんだのは過去の事態、すなわち粛宗さいしょの即位の地である霊武から、ここ鳳翔までの間は、山岳重畳であるゆえ、そうした路があったが、これからさき、長安までの路は平坦であるから、そうした羊腸の険岨は失なわれ無くなるであろうとし、下の句が〔雲は横たわりて雉尾《ちび》高し〕と、天子の行列の平穏をいうのを開くとする。趙次公は、固有名としての〔羊腸〕の阪が、山西の太原附近にあるのをとりあげ、今年二月、太原城を守る名将李光弼による賊軍の撃退をいうとするが、牽強の説である。〔険を失のう〕北宋人の旧注、「後漢書」光武紀の賛に、統一王朝の完成をいって、「金湯も険しきを失ない、車書は道を共にす」を引く。章懐太子李賢の注に、「光武の撃つ所、皆な其の険固を失のう也」。〔失〕の字、王琪を含む諸宋本の一本は「湿」。劣ろう。詩史と分門集注は本文が「湿」、注に引く一本が〔失〕。

10〔雲横雉尾高〕かくて皇帝還都の行列は、粛粛と進み、めでたき雲の横にたなびくあたりに、〔雉尾《ちび》〕、皇帝の行列の装飾の一つとして、雉のしっぽの羽根で作られた長い柄の扇、左右一対なのが、高高とそびえるであろう。「新唐書」「儀衛志」に、「雉尾障扇」「小団雉尾扇」「方雉尾扇」、また「雉尾扇」「小雉尾扇」など。宋人の旧注、晋の崔《さい》豹《ひょう》の「古今注」を略引するのの全文をあげれば、「雉尾扇は殷の世に起こる。高宗には雊《な》く雉の祥有りて、服章多く翟《きじ》の羽を用う。周制は以って王后夫人の車服と為す。輿輦《よれん》に翣《しょう》有り。即ち雉の羽を緝《つづ》りて扇翣と為し、以って風塵を障翳する也。漢朝は輿服の後に乗せ、以って梁の孝王に賜う。魏晋以来、用いて常の準《おきて》と為す」。この聯の声律も、上の句のヤウ・チヤウ yáng cháng、この句のチ・ビ zhi wěi ともに同音尾の畳韻。

11〔五原空壁塁〕この句についても、しばらく黄鶴の解にしたがおう。〔五原〕とは、粛宗さいしょの即位の地であるオルドスの地帯を、漢代の郡名によっていう。その地帯にあった〔壁塁〕要塞、今やむだに空しく不用となった。

つまり一つ前の聯と同じく、上の句が過去の悪条件の解消なのを承け、下の句の現在の好条件が、それを因としてあるとするのである。〔五原〕についての別説として、北宋の旧注は、鳳翔の近傍にある五丈原《ごじょうげん》、すなわち諸葛亮陣歿の地とし、ついで趙次公は、長安近郊の五つの高原、宋敏求の「長安志」に、「畢原《ひつげん》、白鹿原、少陵原、高陽原、細柳原、之れを五原と謂う」であるとするが、劣ろう。〔壁塁〕「漢書」の英布《えいふ》伝に、「深溝壁塁」。「文選」では三十四、漢の枚乗の「七発」に、「壁塁重なりて堅し」。李善注、「太公陰符」を引き、「我が勇力を弁せ、壁塁を重堅にす」。何にしてもそれが〔空〕しくなった、無用になったとは、「礼記」「曲礼」篇上に、「四郊に塁多きは、此れ卿大夫の辱《は》じ也」をふまえる。鄭玄の注に、「塁は軍壁也。数《しば》しば侵伐さ見《る》れば則ち塁多し」。今はそうでなくなった。

12〔八水散風濤〕この句も、黄鶴にしたがい、上の句に過去の悪条件の解消をいうのを承け、これから進みゆく畿内の自然のめでたさを、八つの水《かわ》、風をうけての濤《なみ》しぶきを散らす、と読みたい。〔八水〕は、すなわち「文選」八、漢の司馬相如の「上林の賦」にいう「八川」。畿内陝西の地理をのべて、「蕩蕩乎《とうとうこ》として八つの川は分かれ流れ、相い背《そむ》きつつ態を異にす」。李善の注に、潘岳の「関中記」を引いて、「涇《けい》と渭《い》と灞《は》と滻《さん》と酆《ほう》と鄗《こう》と潦《ろう》と潏《けつ》と、凡そ八つの川」。〔風濤《ふうとう》を散ず〕を、北宋の旧注では、「寇乱の漸く平らぐ」たとえとし、趙次公も、「風波の止まり息《や》むの意を言う」とするが、〔散〕を収息の意とするのには、無理が感ぜられる。むしろ皇帝帰還の祝福として、畿内の八つの川、再び自由にエネルギーを発散すると読みたい。〔風濤〕の語の「文選」に見えるのは、趙次公も引くように、二十二、宋の顔延之が宋の皇帝の揚子江沿いの行幸に侍した詩〈「車駕の京口に幸して蒜山《さんざん》に侍遊する作」〉の、「春江に風濤壮《さか》んなり」であるが、それもあしき活動の象徴でなく、よき活動の象徴である。

13〔今日看天意〕以下16まで、第四単位。以上のような自然の善意を、戦局好転の徴証として、賊軍を更にきめつける。〔羊腸〕の険阻の消失、〔雉尾〕の扇にたなびく雲、八つの川の〔風濤〕、みな天の意向である。今日、それらを看さだめるに。〔天意〕「文選」の散文では、四十九、晋の干宝の「晋紀」の「晋の武帝の革命を論ず」に、「豈《あ》に人事なる乎《か》、其れ天意なる乎《か》」。

14〔遊魂貸爾曹〕今や、遊《さまよ》う魂としてだけの存在が、賊軍よ、爾曹《なんじたち》には貸し与えられているに過ぎない。「易」の「繫辞伝」上に、「精気は物を為し、遊魂は変を為す」。純粋な「気」すなわちエネルギーの結集が「物」すなわち存在であり、エネルギーの分散のゆえに、崩壊におもむき死におもむくのが〔遊魂〕であると、唐の孔穎達の「正義」に説明する。北宋の旧注、東晋の元帝が、北方からの石勒《せきろく》の入寇に際し、発した檄文に、「逆賊石勒は、虐を河朔に肆《ほ》しいままにし、誅《ちゅう》を逋《のが》るること載《とし》を歴て、遊魂縦逸す」〈「晋書」元帝紀〉というのを、引く。「文選」では、四十三、晋の孫楚《そんそ》が敵国の呉に与えた書簡に、なんじら呉と蜀の二国は、「仮気遊魂」にすぎぬ。〔爾曹《じそう》〕おまえら、「文選」では二十八、宋の鮑照の「升天行」に、この語見える。なおこの聯、完全な対句でないのを、明の王嗣奭、「此の詩は二十韻、字字犀利に、句句雄壮、真に是れ筆は千軍を掃う者」であるなかで、この聯、および下の33 34〔此輩感恩至、羸俘何足操〕が、わざと対句でないのは、「更に精神の頓《とみ》に起こりて、鋒は先に騎は突するを覚ゆ」と、この詩自身の語彙を用いつつ、ほめる。

15〔乞降那更得〕〔那〕はnaの平声。いつものように安、焉、何と同義。降参を乞《ねが》っても、いま更、どうしてそれを獲得しようぞ。〔乞降〕は歴史書の語であるが、従前の詩の語とはなっていないようである。

16〔尚詐莫徒労〕たとい〔詐〕術を〔尚《とうと》〕び尊重しても、むだだから、そうした〔徒労〕はする〔莫《な》〕かれ。いつわりの降参の申し入れなど、小細工を弄するな。「書経」「周官」篇に、「徳を作《な》せば心逸《たのし》みて日に休《よ》ろしく、偽りを作《な》せば心労して日に拙《つたな》し」。

17〔元帥帰龍種〕以下20まで第五単位。〔天意〕によってもあきらかな賊の窮状とは反対に、官軍陣容の整備を、指揮官四人を列挙していう。まずいう〔元帥〕総司令官は〔龍種〕竹の園生の皇族に〔帰〕おちついた。はしがきでいうように、粛宗の皇子の李俶、のちの代宗が、天下兵馬元帥であった。「大唐六典」五に、「凡そ親王の戎《いくさ》を総《す》ぶれば、則ち元帥と曰う」というのによれば、〔元帥〕の称号は、そもそも皇族のもの。それを〔帰〕帰着した、おちついた、というのは、この任命、ある経緯があったのを、反映するか。「資治通鑑」によれば、昨至徳元載九月、父粛宗がまだ霊武にいた頃、父は、弟の建寧王李倓《りたん》に天下兵馬元帥の称号を与えたかったが、群臣に諫《いさ》められて、長男の李俶に与えた。やがて父の側近の女性張良娣《ちょうりょうてい》が、宦官李輔国と共謀して、失意の弟は兄を怨んでいると、父をそそのかし、弟は父の不興をうけて殺される。そうした葛藤をのりこえて、このたびの長安奪還の総攻撃にあたっても、広平王李俶が、依然ゆるぎなく、天下兵馬元帥であった。〔龍種〕の語は、さきの巻三16「哀王孫」14にも、「龍種は自《お》のずと常人と殊なり」。

18〔司空握豹韜〕また天下兵馬副元帥であり、〔司空《しくう》〕の称号をもつ名将郭子儀が、手に握るのは、兵法の奥儀である〔豹韜《ひょうとう》〕。〔司空〕は、中央政府における名目的な本官として郭に与えられた職名。もっとも重要な職名である「三公」、すなわち太尉、司徒、司空の一つ。「大唐六典」一に、正一品。「資治通鑑」、この年四月の条に、「上《みかど》、郭子儀を以って司空、天下兵馬副元帥と為す」。もっとも厳密にいえば、その翌月、郭は、長安の西郊、清渠《せいきょ》における敗戦の責任を負って、〔司空〕を辞退し、左僕射《さぼくや》、従二品におとされているが、この名将に対する杜の信頼は、一時的な降職を無視させた。〔豹韜〕兵法の古典である「六韜《りくとう》」、すなわち、いわゆる「武経七書」の一つとして、周の文王武王父子と、軍師太公望呂尚との問答を記録した形の書が、「文韜」「武韜」「龍韜」「虎韜」「豹韜」「犬韜」の六巻から成るうち、〔豹韜〕をもって上の句の〔龍種〕と対《つい》を作る。同時の劉長卿《りゅうちょうけい》が、元侍郎某の豫章採訪への赴任を餞する詩にも、「時平らかにして豹韜を偃《や》む」。呉若の一本は、〔握〕を「擁」に作るが、その字はすでに上の2に〔官軍擁賊壕〕と使われており、非。

19〔前軍蘇武節〕前方部隊の指揮官にちなむのは、漢の忠臣蘇武の忠義の象徴となる節《はた》。草堂詩箋以来の諸注、忠直の将軍、李嗣業をいうとする。「資治通鑑」その他の史書、みなこのときの官軍の隊形を説いて、「李嗣業を前軍と為し、郭子儀を中軍と為し、王思礼を後軍と為す」。前編8郭英乂を送る詩58の「前軍は旧京を圧す」も、李嗣業とされること、かしこの注でいうごとくである。「旧唐書」列伝五十九、「新唐書」列伝六十三を案ずるに、もと西域で苦しい戦争に堪えた軍人であり、しかも当時の諸将のうち、もっとも誠実に廉潔であった。その人格と仕事は、十九年間、匈奴にあって、漢の使者のしるしである〔節〕を手放さなかった〔蘇武〕に比するのに、ふさわしかったのであろう。また漢に帰朝後の蘇武は、諸少数民族の係りである典属国の官であった点からも、嗣業が諸部族ににらみをきかしているのにふさわしかったとする説もある。なおさきの4「徒歩帰行」の「李特進」が果して嗣業とすれば、杜と無縁の人でなくなる。王琪を含み諸宋本の一本は〔前軍〕を「前旌」に作る。劣ろう。且つ「旌」の字は、すでに前の8に〔漢苑入旌旄〕と使われている。

20〔左将呂虔刀〕また左がわの将軍は、呂虔《りょけん》の名刀。具体的に誰を指すか、はっきりしない。典故に使われた〔呂虔の刀〕は、晋代きっての名族である瑯琊《ろうや》の王氏の始祖王祥《おうしょう》が、まだ出世しないころ、長官の呂虔から、これは名刀、佩《お》びるものは必ず大臣になる、君はその資格があるから、といって、刀をもらい、のち果して重臣となった話〈「晋書」王祥伝〉。従来の注にその説はないが、この時の三軍の構成を、諸史が説くうち、「後軍」の将であったのは、王思礼であること、前条の注。それを、王祥とおなじく王姓であるのにちなんで、かく比喩したと、私は思う。その人は、「旧唐書」列伝六十、「新唐書」列伝七十二に、「守計に善《た》け、攻戦を短とするも、然れども法を持すること厳整にして、士敢えて犯さず」、ゆえに「時議之れを称す」と、評判のよい将軍である。且つ杜の友人房琯の引き立てをうけ、杜と個人的接触もあった。晩年夔州で八人の知己を追慕する連作の長詩「八哀の詩」の第一は、「贈司空王公思礼」である。従来の説はちがい、趙次公と草堂詩箋は、この句も上の句と同じく李嗣業のこととし、李が「陌刀《はくとう》」という新しい武器の使い手であり、この時の戦争にも、それで奮戦したと、新旧「唐書」その他にいうのを根拠とするが、一聯の上下二句ともに李嗣業一人に費やされること、句法としておかしい。且つ「陌刀」のがむしゃらな武勇は、〔呂虔の刀〕という典雅な故事とむすびつかない。また、清の銭謙益は更に別説を立て、のちやがて謀叛人となる軍人僕固《ぼくこ》懐恩《かいおん》とする。根拠は、この時の戦闘に、「資治通鑑」が、「朔方左廂兵馬使僕固懐恩」の奪戦を記すことであって、以後の清人の注も、おおむねそれを採用するが、「左廂」云云の官名をもって、ただちに〔左将〕にむすびつけるのは、根拠薄弱である。且つ〔左将〕が、むしろ天上の星の名にむすびつく高貴の措辞である点でも、この時の僕固のような下級者にふさわしくない。「漢書」の「天文志」に、「河鼓《かこ》の大星は上将、左は左将、右は右将」。また「晋書」の「天文志」上に、「一に三武と曰う、天子の三将軍を主《つかさど》る。中央の大星を大将軍と為し、左の星を左将軍と為し、右の星を右将軍と為す」。

21〔兵気回飛鳥〕以下24まで第六単位。四人の名将にひきいられた官軍の士気、いよいよのさかんさ。〔兵気〕武器の発散するエネルギー、飛ぶ鳥をもひき回《かえ》さす。のち秦州での五律、「安西《あんせい》の兵の過りて関中に赴きて命を待つを観る」その二〈巻七32〉にも、「飛鳥は轅門を避く」と、似た発想がある。草堂詩箋が〔兵気〕を「兵馬」に作るのは、次の〔威声〕と対《つい》しない。

22〔威声没巨鼇〕またその〔威の声《とき》〕は、〔巨〕大な〔鼇《うみがめ》〕をも水中に〔没《もぐ》〕らせ、首をすっこませる。「文心雕《ぶんしんちょう》龍《りゅう》」の「檄移」篇に、「震う雷は曜《かがや》く電《いなずま》に始まり、師《いくさ》を出だすは威声を先にす」。しからば戦争の開始にさきだってのときの声。〔巨鼇《きょごう》〕「文選」では、五、晋の左思の「呉都の賦」、十二、晋の木華の「海の賦」に見え、注に、「巨鼇は大いなる亀也」と訓じた上、渤海《ぼっかい》にある五つの神山を、この動物が頭の上に支えていると、「列子」「湯問」篇の話を引く。ここは巨大な悪人のイメージ。

23〔戈鋋開雪色〕〔戈《か》〕ほこ〔鋋《せん》〕やりのきっさき、雪の色を展開する。「文選」一、漢の班固の「東都の賦」に、天子の狩猟をのべて、「戈鋋は雲を彗《はろ》う」、李善注、「説文」を引いて、「鋋は小矛也、音澶」。chán。近ごろ敦煌《とんこう》から出た俗曲集にも、「万邦は事無くして戈鋋を減ず」。Pelliot 3821. それが〔雪の色を開く〕ということ、やや似た場合として、王維の「老将行」に、「試みに鉄衣を払えば雪の色の如し」。

24〔弓矢向秋毫〕弓矢がねらい向こうところは、秋の獣の毛ほどの細微さをも。呉若の本文と草堂詩箋の引く晋本〈後晋の官書本〉が〔向〕を「尚」に作るのは、従い難い。〈〔秋毫〕については巻三1「奉先の劉少府の新たに画がきし山水障の歌」の注22参照。〉

25〔天歩艱方尽〕以下28まで第七単位。時局好転の強調。「詩経」「小雅」「白華」に、「天の歩みは艱難なり」というような不幸な状態、いまや〔方《まさ》〕に〔尽〕き、なくなった。「文選」五十八、斉の王倹《おうけん》の「褚淵《ちょえん》の碑文」に、「是の時や天歩初めて夷《やすら》ぐ」というのなどが、表現の先例。なお「詩経」「白華」は、周の幽王が褒姒を不当に寵愛したことからおこった紛乱をいたむ詩とされ、鄭玄の「箋」は、「天歩艱難」の句をも、それに関係させる。さきの「北征」の詩で、楊貴妃を、褒姒に見たてたのを思いあわせれば、〔艱《なや》み方《まさ》に尽く〕うちには、貴妃の誅戮《ちゅうりく》による秩序の回復をも、含意するかも知れない。

26〔時和運更遭〕〔時〕歴史の時間が平〔和〕になり、〔運〕人間を支配する歴史の流れが、よい方向にむくのに、〔更《あらた》〕めて〔遭〕遇する。宋の趙次公以来、「文選」三十八、晋の庾亮《ゆりょう》の「中書令を譲る表」の「嘉運に遭遇す」を引く。そこには注がないが、六、晋の左思の「魏都の賦」に見えた「時運」の語に、李善、「春秋保乾図」の「五運七変、各おの類を以って驚く」と、その宋衷《そうちゅう》の注、「五運とは五行用事の運《めぐ》り也」を引く。〔時和〕「文選」では、十九、晋の束皙《そくせき》の「補亡の詩」の序に、「時和して歳豊かなり」など。

27〔誰云遺毒螫〕毒虫の螫《さ》すような痛み、なお遺《のこ》ると云うのは誰。戦後の疲弊をいうか。それとも長安の奪還は目前でも、賊の本拠洛陽の奪還までは、この時点ではなお予期されなかったためか。〔毒螫《どくせき》〕「文選」一、漢の班固の「西都の賦」に、秦の始皇の暴政を漢帝国が除去したのを、「亡秦の毒螫を盪《あら》う」。より早くは「老子」〈下篇五十五章〉に、無邪気な赤ん坊を、「毒虫も螫《さ》さず、猛獣も拠《よ》らず、摯鳥《しちょう》も搏《う》たず」。「説文」に、「螫は虫の毒を行う也」。王琪、九家注以外の諸宋本の一本、〔遺〕を「貴」に作るのは、壊字であろう。〔螫《せき》〕を呉若、詩史、分門集注の一本は毒虫そのものを意味する「蠆《たい》」。

28〔已是沃腥臊〕そんなぜいたくを云うのは誰。已《すで》にもはや是れ、夷狄の〔腥臊《せいそう》〕なまぐささは沃《あら》い去られたぞ。その語、「文選」では十三、漢の禰衡の「鸚鵡の賦」に、その鳥みずからの肉体のなまぐささとして用いる。上の句のドク・セキが類似の音尾を重ねる畳韻なのに対し、このセイ・サウは同子音の双声。

29〔睿想丹墀近〕以下32まで第八単位、二聯四句。首都奪還後の天子の還幸を予想して祝福するのが前半、ウイグルの参戦をいうのが後半であるとして、なお自信を欠くが、読むこととする。二者が同じ単位の中にあるのは、この時点の杜、ウイグルの助力を、少なくとも言葉の上では、嫌悪しなかったのであろう。前半がまずいうのは、〔睿想《えいそう》〕天子の睿《さか》しきおん想いにうつろうのは、長安の宮殿の丹《あか》く鋪装された墀《ひろにわ》の近づき。北宋の旧注いう、「言うこころは将《まさ》に収め復して復《ま》た朝に坐せんとする也」。皇帝の心理を〔睿想〕と、〔睿〕の字をもっていうのは、「書経」「洪範」篇に、人間の官能の理想をのべて、「思いには睿と曰う」。その馬融《ばゆう》注に、「通也」、みとおし、洞察。なお九家注以外の諸宋本の一本は「睿思」、その方が「書経」とも合致するばかりでなく、「文選」二十二、宋の顔延之が宋の文帝の行幸に随行した詩にも、「睿思は故里に纏わる」。ただし〔睿想〕の語も、初唐の応制の詩には散見する。「文選」には見えない。〈杜詩では、巻二前編15「哥舒開府翰に投贈す二十韻」に既出。〉〔丹墀《たんち》〕は、「文選」二、漢の張衡の「西京の賦」に、宮殿のさまを「青瑣丹墀」、李善の注に、「漢官典職」なる書を引いて、「丹もて地に漆す」、また六、晋の左思の「魏都の賦」の張載の注に、「丹と蒋離とを以って合わせて用《も》って地に塗る也」。

30〔神行羽衛牢〕そうして都へ還りたまう神《みかど》の行《たび》は、矢の羽根を負った武官たちの衛《まも》り牢《かた》く堅固であろう。皇帝の旅行を〔神行〕ということ、「文選」十四、宋の顔延之の「赭白馬の賦」に、「神行の軌躅《きだく》を窮む」。二十二、おなじく顔の詩、「詔に応じて北湖の田収を観る」に、「神行は浮景に埒す」。いずれもの李善注、「列子」「黄帝」篇、黄帝が夢に華胥《かしよ》氏の国に遊んだおり、空中をゆく「其の歩みは神行而已《のみ》」を引く。〔羽衛〕「文選」三十一、梁の江淹が宋の袁淑《えんしゆく》の「従駕」に擬した詩に、皇帝の鹵簿《ろぼ》を、「羽衛は流景に藹《あい》たり」、李善注して、「羽を負える侍衛也」。〔牢〕は固也と訓ずる。

31〔花門騰絶漠〕上につづけて読めば、還幸にしたがい、長安奪還戦の協力者としては、〔花門《かもん》〕すなわちウイグル族が、絶《はる》かなる沙漠からはね騰《あ》がって来た。〔花門〕がウイグルの異称なのは、巻三16「哀王孫」25。〈巻六4「留花門」も参照。〉〔騰〕さきの「北征」105にも、ウイグルを「所用皆な鷹騰」。〔絶漠〕の語、「文選」には見えないが、斉の孔稚珪あるいは隋の煬帝の作という「白馬篇」に、「絶漠の表《かなた》に横行す」。

32〔拓羯渡臨洮〕その他、異族の勇者である〔拓羯《たくけつ》〕も、〔臨洮《りんとう》〕、甘粛省の地名、黄河の支流である洮水《とうすい》に臨み、唐と異族との接点なのを渡ってやって来た。「新唐書」「西域伝」下の康国康居都督府の条に、その国では、「勇健なる者を募りて、柘羯と為す。柘羯なる者は、猶《な》お中国にて戦士と言うごとき也」。柘と〔拓〕は同字とすれば、戦士を意味する外国語を用いたこととなる。〔臨洮〕の地名、「文選」では三十九、梁の江淹が獄中から宋の建平王にたてまつった上書で、「西は臨洮と狄道に洎《およ》び」と、極西の地域を代表させる。

33〔此輩感恩至〕以下36まで第九単位。前半二句はなおもウイグルなどの来援についていう。後半二句も、その働きの期待と読みたいこと後述。しかしまず彼等をいやしめて、〔此の輩《やから》〕ということ、「北征」103と同じ。彼等は唐王朝の〔恩〕義に〔感〕激してやって来た。「文選」二十、晋の潘岳の「関中の詩」に、「恩に感じて力を輸《いた》す」。

34〔羸俘何足操〕かく強力な援軍がある以上、羸《よわ》い敵の俘虜たち、操《と》えるのは何でもない。〔操《と》〕えるという行為を充〔足〕することが、〔何〕ゆえに必要となろうぞ。「北征」110「西京は抜くに足らず」と似た句法。またこの一聯、さきの13 14〔今日看天意、遊魂貸爾曹〕とともに、わざと対句でないのが、詩のエネルギーを増すと、王嗣奭がいうこと、かしこの注参照。〔羸俘《るいふ》〕の語、「佩文韻府」この詩のみをあげる。〔操〕の字、やや疑いを容れるが、執也と訓ずべきであろう。とらまえる。

35〔鋒先衣染血〕以下二句、さきの2324〔戈鋋《かせん》は雪の色と開き、弓矢は秋毫に向こう〕が、官軍の士気をいうのに比し、より殺伐である。専らウイグルなどの奮戦を期待すると、解しておく。〔鋒先〕より普通には「先鋒」なのを倒して、語勢をつよめた。先遣部隊としてのさきがけ。巻二前編15哥舒翰に投贈する詩7に、「先鋒百勝在り」、同16蔡希魯《さいきろ》を送る詩5に、「官は是れ先鋒もて得」。〔衣は血に染む〕とは、敵を切っての反り血。「文選」には見えそうにない発想であり措辞である。北宋の旧注が事がらの先蹤として引くのは、唐の太宗が劉武周《りゅうぶしゅう》を平らげたとき、「躬《み》ずから矢石に臨み、血は両袖を衊《けが》す」。

36〔騎突剣吹毛〕〔騎突〕やはり「突騎」という常語をひっくりかえした。「漢書」の晁錯伝に、「軽車突騎」、突撃騎兵。顔師古注して、「其の驍鋭なること用って敵人を衝《つ》き突く可きを言う也」。この句も外族についていうとすれば、その騎兵の剣のするどさ、浮游する毛をも吹きとばす。利剣を〔吹毛〕をもっていうこと、はっきりした出処を知らぬ。のちの韓愈の詩、「炭谷湫の祠堂に題す」にも、「吁《ああ》吹毛の刃無し」といい、その注に、杜詩の魯訔注の引く「呉越春秋」の、「干将《かんしょう》の剣は能く決《き》り、吹毛遊塵」を挙げつつ、その書の今本には見えぬむねを注意する。なお通俗文学では、敦煌出土の「何満子詞」に、「手に剛刀の雪の如く利《するど》きを執り、腰間に恒《つね》に垂れて毛を吹く可し」、Stein 6537をはじめ、のちの「水滸」などにも屢見する。また「碧巌百則評唱」に、「剣刃の上に毛を吹いて之れを試みるに、其の毛自のずから断つ。乃《すなわ》ち利剣なり。之れを吹毛と謂う也」とあるよし。趙次公が、仏書に出るというのは、それらをいうか。〈「吹毛剣」の語は、「景徳伝灯録《けいとくでんとうろく》」の随所に見える。〉

37〔喜覚都城動〕以下40まで第十単位。さいごのしめくくりとして、官軍の入城を迎える長安都民の喜びを予想する。その喜びかた、〔都城〕首都の城《まち》も動《ゆる》ぐのを覚える。〔都城〕の語、「左伝」隠公元年では、むしろ首都ならぬ町を意味するが、ここはむろん首都。杜詩ここのみに用いる。

38〔悲連子女号〕〔悲しみ〕とは興奮の極致としてのそれ、それは若くおさない子女《むすこむすめ》をも連なりふくめての号《さけ》びとなろう。この聯、〔喜〕〔悲〕と、まずはじめに感情の総括となる語を提出し、〔悲〕〔喜〕の原因あるいは内容をあとにいうこと、巻二後編26「何将軍の山林に遊ぶ」その五の「緑の垂るるは風の笋《たけのこ》を折り、紅の綻ぶは雨の梅を肥やす」、またのち蜀での「放船」の「青は峰巒《ほうらん》の過ぐるを惜しみ、黄は橘柚《きつゆう》の来たるを知る」などが、まず色を提出し、色の内容となるものをあとにするのと、似た句法である。銭謙益本、〔連〕を「憐」に作り、「呉は連に作る」と注するのは、底本の呉若本を意をもって更改したか。詩史と分門集注は「悲吹」に作る。

39〔家家売釵釧〕〔釵《さい》〕はかんざし。〔釧《せん》〕はうでわ。共に女の身のかざり。どの〔家家〕も、入城する官軍を慰労する費用を得るため、それらを〔売〕りはらって。

40〔只待献春醪〕只だひとえに〔待〕準備するのは、貴金属を売り払った金を、春にかもされた醪《あまざけ》に換え、官軍に献《ささ》げること。〔醪《ろう》〕はうまいどぶ酒というのが原義。〔春醪〕は陶淵明愛用の語。詩史、分門集注は「香醪」に作り、その語も他の杜詩には見えるが、劣るように思う。以上のむすびの発想のもととして、宋の旧注以来、「後漢書」董卓伝を引く。それまで長安を占領していた董卓が殺されると、「士卒は皆な万歳を称し、百姓は道に於いて歌舞す。長安中の士女、其の珠玉衣装を売りて、酒肉を市《か》い、相い慶《よろこ》ぶ者、街肆《がいし》に塡《み》ち満《み》つ」。

双声　官軍　帳殿　白袍　秦山　五原-空　水-散　尚許　左将　雪色　云-遺　腥臊　丹墀　羽衛　足操
　　　釵釧

畳韻　轅門　漢苑　羊腸　雉尾　豹韜　已是

余論。この詩、対句の工整を、いろいろとたたえる批評がある。注中に引くように、王嗣奭が、13 14の聯、33 34の聯、わざとそうでないのを、却ってエネルギーを増すとするのも、その一つである。いかにもその工整は、このあたりの前後の詩に超える。それだけにいささか工整に過ぎ、装飾に過ぎるとも、感ぜられないでない。且つ喜びとなるべき条件を、縦横に堆積しつつも、みずからの喜びを、直接には開陳しない。さいごの二聯、都民の喜悦を予想して詩をむすぶのも、わざと正面からでなく側面からの筆を着けたと見られぬでない。ひそかに疑うに、この詩、朝廷への献詩であったのでないか。大事件に際して詩を献ずるのは、文学の臣の責務である。そうした要素をもっての作詩である可能性が、ありそうである。

12 收京三首

1 仙仗離丹極
2 妖星照玉除
3 須爲下殿走
4 不可好樓居
5 暫屈汾陽駕
6 聊飛燕將書
7 依然七廟略
8 更與萬方初

京《けい》を収《おさ》む三首《さんしゅ》

仙仗《せんじょう》　丹極《たんきょく》を離《はな》れ
妖星《ようせい》　玉除《ぎょくじょ》を照《て》らす
須《す》べからく殿《でん》を下《お》りて走《はし》るを為《な》すべし
楼居《ろうきょ》を好《この》む可《べ》からず
暫《しばら》く汾陽《ふんよう》の駕《が》を屈《ま》げ
聊《いささ》か燕将《えんしょう》の書《しょ》を飛《と》ばす
依然《いぜん》たる七廟《しちびょう》の　略《はかりごと》
更《さら》に万方《ばんぽう》と与《とも》に初《はじ》めなり

首都の克復三首

その一

みはた　九重《ここのえ》よりさかり
幽霊星　玉のきざはし　照らしぬ
地下《じげ》のあゆみぞふさわしきに
いぶかしかりし天守の御座
仙境への御幸かりそめにして
いざ飛ばし見ん矢文の勧告
さながらなりや　あまつ日つぎ
雲ふすきわみ　またのはじめぞ

〔京を収む三首〕はしがきでいったように、首都長安の奪還が完全に行なわれたのは、この年、七五七至徳二載九月の月末である。情報が杜のいる鄜州に達したのは、十月の初めであったろう。それを喜んでの五言律詩三首。これには喜悦と感激、またこの喜びに際しての時局論が、前の長律とことなり、率直に歌われている。時に詩人はなお鳳翔の政府に帰らず、鄜州の田舎にいたこと、第二首が明示する。ただし第三首は、後の補作かとかつては疑ったが、そうとは限らないこと、余論に後述。なお〔収京〕の詩題は、のち七六三、代宗の広徳元年、吐蕃《チベット》軍によって占領された長安が、克復されたのを、梓《し》州で聞いたときにも、用いられている〈「収京」および「巴西にて京を収むると聞き班司馬の京に入るを送る」〉。諸注でのあり場所、王琪本はこの部分を欠き、宋某氏本の十。通には収めず、論文では九、心解では三之一なのを除き、他は前詩と同じ。

1〔仙仗離丹極〕第一首の韻脚は、「広韻」上平声「九魚」。第一句、北宋の旧注が「大駕の出幸を謂う也」というように、天子が長安を去って地方へ亡命したのを、〔仙〕人のそれにもなぞらえるべき天子の儀〔仗〕、すなわちその権威の表示として、前後にならぶ旗さしもの武器の類、その当然に定着すべき空間である長安の皇居、天上の星座に対応させれば、〔丹《あか》〕き北〔極〕なのを〔離〕れたもうたということで、表現した。父の玄宗、子の粛宗、共に地方へ亡命したが、句の意識は、より多く父上皇の上にあろう。またされぱこそ、次の聯の〔須べからく下殿の走を為すべし、楼居を好む可からず〕、また次の次の聯の〔暫く汾陽《ふんよう》の駕を屈《ま》ぐ〕、みなもっぱら玄宗に関係する。〔仗〕「広韻」に、「器仗也、直亮の切」、zhàng、儀衛の品品。〔仙仗〕の語、翌年の作「洗兵馬」〈巻六3〉にも用いるが、「文選」の語ではなく、そもそも〔仗〕の字が「文選」には見えぬ。また翌年、岑参が杜甫と共に賈至の早く大明宮に朝するに和した詩にも、「玉階の仙仗は千官を擁す」。紫微宮の北極星が、地上の帝座と対応するのを、〔丹極〕ということ、さきだっては初唐の王勃《おうぼつ》の「乾元《けんげん》殿の頌」に見え、近人蔣清翊《しょうせいよく》の「王子安集注」に、より普通には「紫極」なのの、新らしいいいかえとする。

2〔妖星照玉除〕〔仙仗〕が〔丹極〕を〔離〕れたもうたあと、長安の宮殿の〔玉の除《きざはし》〕を〔照〕らすのは、不吉な〔妖星〕幽霊星であった。宋の師尹、「禄山の京闕《けいけつ》を陥れしを言う」。安禄山は〔妖星〕の生まれ変わりという説もあったこと、前編8郭英乂を送る詩の注25参照。〔玉除〕宮殿の前のテラスにある階段をこの語でいうこと、「文選」二十四、魏の曹植の「丁儀《ていぎ》に贈る」詩に、「凝霜は玉除に依る」。李善注、「玉除は階也、説文に曰わく、除は殿階也と」、といった上、更に漢の班固の「西都の賦」として、「玉除彤庭《とうてい》」を引くのは、流布本「文選」では、「玉階」なのの異文。なお〔照〕を草堂詩箋のみ「帯」に作るのを、仇兆鰲の詳注は採用し、巻二後編17「夜る左氏の荘に宴す」4の「春星草堂を帯ぶ」と連関させるが、従いがたい。

3〔須為下殿走〕この聯二句、かく亡命を結果せざるを得なかった玄宗の失政への批判である。まず前の句の〔妖星〕を承け、かくあやしき星が出現すれば、天子はそれをみずからの失政に対する天の警告として、反省し、宮〔殿〕から下へ〔下《お》〕りて〔走〕り、それによって謹慎の意を表し、且つ厄払いをすることを、〔須《す》〕べからく〔為〕したまうべきであった。しかしそのような反省はされなかったという非難。事がらの典拠として、北宋の旧注が「世説」を、「熒惑《けいわく》もし南斗に入れば、天子は殿を下りて走る」と引くのは、現行の「世説新語」に見えない。清の銭謙益に至って、梁の武帝が、惑星出現の異変に際し、「熒惑の南斗に入れば、天子は殿を下りて走る」という諺に応ずるため、「乃《すなわ》ち跣《はだし》にて殿を下り、以って之れを禳《はら》う」をあげる。話は「資治通鑑」中大通六年の条に見え、蕃将侯景を信じた武帝が、やがて裏切られ、その朝廷を奪われる前兆であったこと、玄宗の蕃将安禄山に対する関係に似る。

4〔不可好楼居〕やはり亡命の重大な一因として、玄宗の道教愛好を、漢の武帝によそえて非難する。武帝は、道士公孫卿《こうそんけい》が、「神人は宜ろしく致《まね》く可し。且つ仙人は楼の居《す》まいを好む」というのにまどわされ、長安に飛廉桂館、甘泉に益寿延寿の館と、高楼をきずいたこと、「漢書」の「郊祀志」下に見える。また吉川「漢の武帝」「神仙」の章、岩波新書および全集六巻。玄宗がそれを真似たもうたのは、そうす〔可からざる〕行為であった。銭謙益は、玄宗についての高楼の事実として、南内興慶宮の華蕚相輝之楼、勤政務本之楼を挙げる。また朱鶴齢は、楊貴妃が入内にさきだち、形式的に女道士となったのをかえりみ、奥向きでの彼の女との愛に耽って、政治を怠ったことが、神仙愛好の生活を意味する〔楼居〕の二字に含意されていると見、のち元稹《げんじん》の「連昌宮詞」に、「上皇は正に在り望仙楼、太真同じく闌干に凭《よ》りて立つ」を、旁証とする。「太真」とは、楊貴妃の女道士としての名。なおこの一聯二句、諸宋本の一本が、「得非群盗起、難作九重居」、群盗の起こりて、九重の居を作《な》し難きに非ざるを得んや、に作るのは、拙劣な異文であり、早く趙次公が、「語は白けたれば取らず」としりぞける。

5〔暫屈汾陽駕〕玄宗の車〔駕〕の四川への亡命を、古代の聖王である帝堯が、四人の神仙を、〔汾《ふん》〕の川の〔陽《きた》〕へ訪問したという故事によそえて、婉曲にいった。「荘子」の「逍遙遊《しょうようゆう》」篇に、「堯の天下の民を治め、海内《かいだい》の政を平《ととの》うるや、往きて四子を藐姑射《はこや》の山、汾水の陽に見、窅然《ようぜん》として其の天下を喪《うしの》う焉」。「荘子」の原文における「喪天下」の三字は、四人の子《ひと》の超越的な言葉に接した堯が、天下の政治など形而下のものへの意識を喪失した意であるが、ここは帝国そのものの喪失を暗に利かせて、〔汾陽の駕〕といったとは、明の王嗣奭の「杜臆」の説。〔屈す〕とは、平生の常識の事態としてはあり得ない行為が、臨時特別の措置として行なわれること。しかしそれは〔暫く〕のことであり、玄宗の成都亡命は、昨年の七月以来、一年強で、首都は恢復された。そのうち玄宗の〔駕《みくるま》〕は長安に帰るであろう。子の粛宗もまたおなじく、〔駕〕を〔屈〕した亡命者であるが、この句は堯の典故を使うのからいって、専ら玄宗の亡命をたとえよう。玄宗の粛宗への譲位を、堯が帝位を養子の舜に禅譲したのに見立て、したがって玄宗を堯に、粛宗を舜になぞらえるのが、杜詩いつもの例である。なお「文選」での類似の句として、北宋人の旧注が引くのは、「文選」二十二、宋の謝霊運が、皇帝の行幸に従っての詩〈「京口の北固に遊ぶに従いて詔に応ず」〉の、「昔しは聞く汾水の游」。

6〔聊飛燕将書〕この句、「史記」魯仲連《ろちゆうれん》列伝の典故を用いて、賊将に対する投降勧告をいうのであるが、それをすでにあった事態とするか、これからの事態とするかは、説が分かれる。まず典故となった魯仲連列伝の話は、戦国のなかごろ、河北の燕《えん》が、山東の斉《せい》を征服しようとしたとき、燕の一人の将軍が、斉の重要な都市である聊城《りようじよう》を占領した。しかるに将軍は、祖国の燕に二心をいだくと中傷され、後続部隊を得られず、斉の将軍田単《でんたん》の包囲を受けつつ、籠城一年余に及んだ。有名な策士魯仲連が、利害得失を説いた書簡を起草し、矢にゆわえて、城中に射込むと、燕の将軍は感動して自殺し、聊城は陥落した。云云。いま安慶緒を偽帝といただく賊軍の諸将も、河北すなわち〔燕〕を本拠とする点、まさしく〔燕の将〕たちである。〔聊《いささ》か〕かりに彼等に〔書〕簡の矢文を〔飛〕ばすだけで、このたびもみごとな効果があり、長安は奪還されたというのが、宋の趙次公以来、普通の説。清の朱鶴齢はちがい、長安奪還ののちは、早速そうするがよい、賊軍の内部は分裂しているから、とする。私の前注もそれを採ったが、劣ろう。

銭謙益が、「安禄山事蹟」に、禄山がかつて官軍の将李光弼に、わが方へ寝返れと手紙を書いたというのを、この句の内容とするのは、一そう無理。何にしても、庾信の「燕歌行」に、「願わくは魯連の一箭を飛ばすを得、そを持ちて帰りを思う燕将に書を寄せん」というのは、この句の先蹤。

7〔依然七廟略〕以下むすびの聯、向後の事態への希望。〔略〕は謀也と訓じ、軍略政略。〔七廟〕は皇帝がその特権としてもつ祖先七代の霊廟。趙次公、「兵謀は、之れを廟略と謂う。蓋《けだ》し之れを廟に謀れば也」といい、軍議の行なわれる場所から〔七廟の略〕といったとするが、〔七つの廟〕に祭られる皇祖皇宗の伝統をうけついだ軍略政略の意として通じよう。その伝統が、天子の亡命によって一時中断されたのを、もとどおりにこれからは復活するのが、〔依然たる〕である。なお天子は、特権の一つとして、始祖の廟一つと、自己に近い先代の廟六つ、あわせて〔七廟〕をもち、諸侯は五廟、大夫は三廟、士は父のみを祭って一廟なのに、優越するとは、魏の王粛以来の「礼」の学説であり、歴代王朝の実際でもあった。また当時、長安と洛陽の宗廟は、賊軍の占領中に、焼かれたのを、杜のもっともの痛恨事とすること、これまでの詩でも、しばしば見たが〈本巻前編8「郭中丞兼太僕卿」云云の注29参照〉、いまや〔収京〕ののちは、それらがもとどおり再建されるであろうという当然の希望をも、〔依然たる七廟の略《はかりごと》〕というこの句は、含んでいよう。なお韻律の問題として、〔七廟略〕の三字、下の句の〔万方初〕と対《つい》するが、仄仄仄の下三連であり、律詩の常法にはずれる。もっともこれには、庾信の父庾肩吾の詩、「乱後の行《たび》に呉の郵亭を経《ふ》」に、「方《まさ》に七廟の略に憑《よ》りて、誓うて五陵の冤《うら》みを雪《すす》がん」、それからの影響があるかも知れぬ。

8〔更与万方初〕皇祖皇宗〔七廟〕の伝統を継承した施政の〔略《はかりごと》〕が、これからは〔更〕にあらためて、天下〔万《よろず》〕の地〔方〕と〔与《とも》〕に、その新らしい〔初〕めの歩みをなしたまうであろう。巻三19「行在所に達するを喜ぶ」その三のむすびに、「今朝漢の社稷《しゃしょく》、新たに数う中興の年」と喜ぶのと、同意。〔万方〕の語は、「書経」「湯誥《とうこう》」篇で、古代の聖王、成湯《せいとう》が、天子の責任を人民にむかって宣言する中に現われる。「万方に罪有れば」、その責任は、「予《わ》れ一人に在り」。逆に「予《わ》れ一人に罪有るときは、爾《なんじ》万方と以《とも》にする無し」。〔更〕の字、趙次公は平声と注するが、サラニを意味する普通の音、去声の gèng であって差支えない。

双声　星‐照　将‐書　万方

1 生意甘衰白
2 天涯正寂寥
3 忽聞哀痛詔
4 又下聖明朝
5 羽翼懐商老
6 文思憶帝堯
7 叨逢罪己日
8 霑灑望青霄

生意《せいい》　衰白《すいはく》に甘《あま》んじ
天涯《てんがい》　正《まさ》に寂寥《せきりよう》
忽《たちま》ち聞《き》く哀痛《あいつう》の詔《みことのり》
又《ま》たもや聖明《せいめい》の朝《ちよう》より下《くだ》るを
羽翼《うよく》　商老《しようろう》を懐《おも》い
文思《ぶんし》　帝堯《ていぎよう》を憶《おも》う
叨《みだ》りに己《おの》れを罪《つみ》する日《ひ》に逢《あ》い
霑灑《てんさい》　青霄《せいしよう》を望《のぞ》む

その二

うらぶれしままの　わがいのち
さいはてに　ひとりいるなり
あら　おおけなき大みこと
又もひじりの御所よりすなる
皇子《みこ》の輔弼《ほひつ》は　おとなたち

父のみかどの叡慮かしこし
身を責めたまう日にあいまつり
涙ながらに大空見つむる

1〔生意甘衰白〕第二首の韻脚は、「広韻」下平声「三蕭」「四宵」の「同用」。うらぶれに甘んずるわが生活、というこの起句、題注でいったように、鄜州で〔収京〕の消息を聞いての作であることを示す。〔生意〕は、生活情況。詳注、南朝の人である王褒が、北朝にとらえられてのちの作、「殷廷尉の歳暮に和す」に、「寂寞として灰のごとき心尽き、摧《くだ》け残《そこ》なわれて生意余《のこ》る」を引く。〈杜詩では、巻七19「廃畦《はいけい》」にも、「生意　春　昨《きのう》の如し」。〉〔衰白〕が生活の衰弱であること、「文選」五十三、魏の嵆康の「養生論」に、人間頽廃の過程を説いて、「身を措《お》くこと理を失するに至りては、之れを微に亡《うしな》い、微を積みて損を成し、損を積みて衰を成し、衰従《よ》りして白を得、白従《よ》りして老を得、老従《よ》りして終りを得」。

2〔天涯正寂寥〕へんぴな鄜州は、〔天〕球の一方の〔涯《はて》〕と表現し得る。〔正《まさ》しく〕という助字、〔寂寥〕がその頂点にあるのをいう。

3〔忽聞哀痛詔〕そうした生活の中で、〔忽《たちま》〕ち不意に〔聞〕きうけたまわったのは、天子が前非を悔いて人民を〔哀《かな》しみ痛む詔〕勅。晩年の漢の武帝、西域輪台《りんだい》地方の経略に失敗して、たびたびの外征を悔い、「末年には遂に輪台の地を棄てて、哀痛の詔を下す。豈に仁聖の悔ゆる所に非ず哉《や》」と、「漢書」の「西域伝」の賛にいうのを、典故とする。「西域伝」下の本文にも、「是の時、軍旅連《しき》りに出づ、師《いくさ》の行わるること三十二年。上乃《みかどすなわ》ち詔を下し、深く既往の悔いを陳《の》べて曰わく」云云。のち夔州での「有感五首」〈その五〉にも、「願わくは哀痛の詔の、端拱して瘡痍を問うを聞かん」。この聯、意はその上の句で完結せず、〔哀痛の詔〕、〔又もや聖明の朝より下るを聞く〕と、流水対となって、下の句につづく。

4〔又下聖明朝〕〔又もや下る〕といえば、その種の詔勅、さきだっても、またこの時にも、発せられたことになる。さきだってのそれは、昨年の八月、玄宗が成都に着いて間もなく発したそれであろう。「資治通鑑」に、その月の癸未、二日、「上皇、制《みことのり》を下して、天下に赦《ゆる》す」。このたびのそれは、諸史書に見えぬが、粛宗の名によって宣布されたであろう。諸注あるいは、粛宗還京後の二度の詔勅をもって説くのは、この詩の作、その前にあるとすれば、当らぬ。〔聖明〕は天子を完全無欠な人格としてたたえる語。「漢書」の晁錯伝に、その文帝への上書をのせて、「利は後世に施し、名は聖明と称せられん」。「文選」でも常語。

5〔羽翼懐商老〕この聯上下句、粛宗玄宗父子に対する思慕。この上の句は、粛宗について、この皇帝を輔佐し奉る臣下としては、かの漢の恵帝《けいてい》を、その〔羽翼〕として輔佐した商山の老人のごとき人物あれかしと懐《おも》う。典故はいわゆる「商山の四皓《しこう》」の故事。「史記」の留侯世家、「漢書」の張良伝に見える。恵帝がまだ創業者高祖の皇太子であったころ、父は妾の戚《せき》夫人にまどわされ、その生んだ子をあととりとしようとした。智謀の臣である張良、皇太子の生母呂后《りょこう》の依頼によって、一計を案じ、民間の隠者として、商山に住んでいた髪の皓《しろ》い老人四人を招致し、皇太子の侍従として、父に謁見させた。父はおどろき、「彼の四人之れを輔く。羽翼已《すで》に成れり。動かし難きなる矣《かな》」と、妾にむかっていい、後継者の変更を、断念したという話である。もっとも厳密にいえば、それは皇太子についての典故であり、皇帝についてのことでない。いまそれを粛宗に施すのは、父玄宗の譲位を受けたとはいえ、玄宗の子である要素を重んじてのことであろう。なおまた粛宗もっとも補佐者は、皇帝の幼な友達でありながら、民間人として終始しようとした特異な人物李泌《りひ》であるのを、「資治通鑑」など、宋人の書は盛んにいい、それこそ商山の四皓的な人物であるが、杜の彼に対する意識は、あきらかでない。何にしても、この句は粛宗を意識してのことであり、朱鶴齢が、粛宗の子の広平王李俶に関係させるのは、典故が皇子に関するのにこだわりすぎる。また〔懐〕の字を、宋某氏と呉若の一本が「慙」すなわち慚の字なのは、左拾遺であるおのれが、〔羽翼〕のはたらきを、〔商老〕のごとくなし得ないのを慚《は》じとする意となるか。

6〔文思憶帝尭〕これは玄宗への思慕を、いにしえの最高の聖王、尭にたとえつついう。「書経」の第一篇である「尭典」のそのまた冒頭に、この君主の徳性をかぞえて、「欽にして明にして文にして思にして安んずべきを安んず」。その「釈文」に引く漢の馬融によれば、天地を経緯するのが〔文〕、道徳純備なのが〔思〕。またその「正義」に引く鄭玄によれば、天地を経緯するのが〔文〕、慮り深くして通敏なのが〔思〕。なお「釈文」では、〔思〕の字に平去の二音を与えるが、この詩では平声でなければならぬ。また「書経」の諸篇に、孔子が加えたといわれる「序《はしがき》」に、「尭典」篇の由来をいって、「昔し帝尭に在りては、聡明文思もて、天下を光《おお》いに宅《おお》いしが、将《まさ》に位より遜《のが》れんとして、虞舜に譲る」と、〔文思〕の語を含みつつ、尭の舜への譲位を述べるのは、粛宗に譲位した玄宗への比擬を、一そう適切にする。〔憶〕は深い思念。その治世四十五年とともにおいそだった杜としては、玄宗はもっとも深く思念すべき対象であった。

7〔叨逢罪己日〕〔己《おの》れを罪する〕とは、君主が人民にむかい、前非を悔いての謝罪。前の3の〔哀痛の詔〕を承ける。「左伝」荘公の十一年の臧文仲の語に、「禹と湯とは己れを罪しければ、其の興こるや勃焉《ぼつえん》とさかんなり。桀と紂とは人を罪しければ、其の亡ぶや忽焉《こつえん》とあわただし」。ミダリニと和訓する〔叨《とう》〕は、忝也、濫也。普通ならば〔逢〕うはずのない〔己れを罪したまう日〕に、みだりにかたじけなくも〔逢〕いまつった。

8〔霑灑望青霄〕〔霑《てん》〕は沾と同字。〔灑《さい》〕は洒と同字。沾《うるお》い洒《そそ》ぎふりまくものが詔勅に感動しての涙であるのは、語の裏にある。宋の諸本の一本は「灑涕」涕《なみだ》を灑《そそ》ぐ。はるかに〔望〕みやる〔青き霄《そら》〕は、現実の天空でもよく、皇居をいう修辞であってもよいことは、次の巻のはじめ「臘日」の詩の「九霄」と同じ。なお〔霑灑〕の語、杜詩ではもう三か所。さきの巻三17「大雲寺賛公の房」その四の3「霑灑は地を濡らさず」は、掃除の水のそれである。涙に用いた例は、のち晩唐の李商隠の「揺落」の詩に、「遙かに知る霑灑の意、襟を分かたんと欲するに減ぜざるを」。

双声　正−寂　羽翼　青霄

1 汗馬收宮闕
2 春城鏟賊壕
3 賞應歌杕杜
4 歸及薦櫻桃
5 雜虜橫戈數
6 功臣甲第高
7 萬方頻送喜
8 無乃聖躬勞

汗馬《かんば》　宮闕《きゅうけつ》を収《おさ》め
春城《しゅんじょう》　賊壕《ぞくごう》を鏟《けず》る
賞《しょう》は応《まさ》に杕杜《ていと》を歌《うと》うべく
帰《かえ》りは桜桃《おうとう》を薦《すす》むに及《およ》ぶ
雑虜《ざつりょ》　戈《ほこ》を横《よこ》とうること数《しば》しばに
功臣《こうしん》　甲第高《こうだいたか》し
万方《ばんぽう》　頻《しき》りに喜《よろこ》びを送《おく》る
乃《すなわ》ち聖躬《せいきゅう》の労《ろう》する無《な》からんや

その三

軍馬　宮居をとりもどし
春の都　寇《あだ》どもしつらえし堀うずむ
御ほめ言葉にとどろく凱歌
夏まつり前の帰還なり
胡《えびす》ども　いくたびの横ぐるま
臣《おみ》　連《むらじ》　手柄立てて　屋敷そばだつ

県《あがた》みなより　勝ちいくさの知らせしばしば
おんいたつき　おわしまさずや　すめらぎ

1〔汗馬収宮闕〕第三首の韻脚は、「広韻」下平声「六豪」。この一首は専ら〔収京〕後の終戦処置、いろいろと問題がありそうなのを、懸念する。まずいう、〔馬に汗して宮闕を収む〕。このたび御所の奪還のためには、軍馬に汗をかかせての奮戦が必要であった。この首句、以下に詩が戦後の軍人の専横をおもんばかるのへの伏線となる。〔汗馬〕「文選」二十二、梁の徐悱《じょひ》の「古意」に、「馬に汗して銀鞍を躍らす」。二十一、梁の虞羲《ぐぎ》の「霍《かく》将軍の北伐を詠ず」に、「馬に汗して長城を出づ」。いずれもの李善注が引くのは、「漢書」公孫弘《こうそんこう》伝の「汗馬の労」。またおなじく「汗馬の労」の語、「漢書」蕭何伝にも見えるのを、北宋の旧注は引き、更に早くは「史記」の「晋世家」にも見えるのを、詳注は引く。キユウ・ケツとkの双声の〔宮闕〕は、宮門の両辺にある高塔によって皇居をいう。「文選」以来の常語。今のペキンでならば天安門が、更に完好な形ではその背後の午門が、〔闕〕の形式をもつ。それを〔収〕めとりもどすにはと、題の〔収京〕の字、ここに現われる。

2〔春城鏟賊壕〕皇帝と政府が長安に帰還したのは、この詩ののち間もなく、この年の十月末にあった。しかしそのこと、この詩の時点ではまだ予想されず、帰還は来年の春と予想されたことが、この句を生み、また次の聯を生んでいよう。いわく、来年の春の城《みやこ》では、賊のほりめぐらした壕《ほり》を鏟《うず》めることとなろう。〔春城〕の語は、さきの巻三11「元日」の詩にも、長安城を「春城は北斗を廻《めぐ》らす」。〔賊壕〕の語は、本編すぐ前の詩に、〔収京〕直前の状態を、「官軍は賊壕を擁す」。〔鏟《さん》〕は剷と同字。その字が「文選」〈十二、晋の木華の〉「海の賦」〈、十一、宋の鮑照の〉「蕪城の賦」に現れるのに、李善、「蒼頡篇《そうけつへん》」を引き、「削り平ぐる也。初産の切」、chǎn。

3〔賞応歌杕杜〕この句、〔収京〕後の終戦措置。まずあるのは兵士たちへの恩賞。それにからんで歌われるで応《あ》ろうのは、「詩経」の「杕杜《ていと》」の歌。「小雅」の一篇。その「序《はしがき》」に「還りし役《いくさびと》を労《ねぎろ》う也」。出征兵士の帰還を迎える妻のよろこび。〔杕杜〕は和名カラナシ。次の句〔桜桃〕と対《つい》する。「杕の杜有りて、睆《ふく》れたる其の実有るに、王への事《つと》めは盬《ゆるや》かなること靡《な》く、我がいくさの日の継ぎ嗣げり。日と月は陽にして、女の心は傷《いた》みしに、いまや征夫《いくさびと》は遑《いとま》あり」という第一章以下、四章をたたむ。〈「唐風」にも同じく「杕杜」と題する詩があり、その「毛伝」には、「杕は、特《ひとり》の皃《さま》。杜は、赤棠也」とある。それによれば、一本立っている杜の木。〔杜〕は、ヤマナシ、コリンゴなどの和名がある。〉

4〔帰及薦桜桃〕この句も、皇帝と政府の帰還、来春以後にあろうと予想するのを前提としての句。帰還は、初夏の宮廷の大きな年中行事として、〔桜桃〕さくらん坊を先代皇帝の廟に薦《ささ》げるのに、及《おいつ》き間にあうであろう。〔桜桃〕は一名を含桃。そのはつものを、天子が先祖の宗廟にそなえるのは、宮中の重要な行事の一つ。「礼記」の「月令」篇では、「仲夏之月」すなわち陰暦五月の条に、「是の月や、天子乃《すなわ》ち雛を以って黍を嘗《な》め、羞《そ》うるに含桃を以ってし、先ず寝廟に薦《すす》む」というが、唐代に玄宗が改定したいわゆる「唐月令」では、一月はやい四月に移され、「含桃とは桜桃也。先ず寝廟に薦《すす》め、後に乃ち食ろう」と、玄宗自身の「御注」がある。またこの礼儀の起原が、漢の叔孫通《しゆくそんとう》の恵帝に対する進言にあること、「漢書」のその伝に見えるのを、北宋の旧注は引き、唐代の実際としては、「四月一日、内園より進むる桜桃を、先ず寝廟に薦《すす》む」と、李綽《りしやく》の「歳時記」に見えたのを、草堂詩箋は引く。またその日には、宗廟にそなえたあと、天子がはつものとして食べるばかりでなく、百官にも分与された。やがて翌年、長安の宮廷にいた左拾遺杜甫も、賜与にあずかったこと、のち蜀中での「野人より朱桜を送らる」に追憶して、「憶う昨《か》つて賜ものに門下省にて霑《うるお》い、朝より退《まか》りて大明宮より擎《ささ》げ出でしを」。私の全集十二巻四九五頁以下、もしくは新潮文庫「杜甫ノート」一〇二頁以下参照。呉若以外の諸宋本の一本が〔帰〕を「福」に作るのは、かく群臣への賜与にからみ、祭祀の供物おさがりを「福」ということからの異文か。

5〔雑虜横戈数〕前の聯が、〔収京〕後のよろこびを素直に歌ったのを承け、この聯は、〔収京〕後の現実が蔵するであろう矛盾、不愉快への憂慮。〔虜〕は異族。〔雑虜〕とは、いとうべき複数のそれ、また雑種のそれ。〔戈《ほこ》を横とう〕とは、跳梁横暴の行為。ともに「文選」の語でない。〔数〕は音サク、入声。しばしば。全国的にいえば彼等の反乱はまだ片づかない。また唐を援助する回紇《ウイグル》族の横暴も、新しい問題となろう。〔横戈〕の語、さきにその一7の注で引いた梁の庾肩吾の詩にも、外族のふるまいとしていう。〔数〕の字を呉若と草堂詩箋の引く魯訔の本は同音の「槊」に作る。槊も〔戈〕とともにホコであり、「戈と槊を横とう」では、次の句の〔甲第高し〕と、うまく対《つい》しない。

6〔功臣甲第高〕戦後のやむを得ない、しかし大きな矛盾として生まれるであろう事態への指摘。〔馬に汗して宮闕を収む〕であった〔功臣〕たちは、回復されたばかりの首都に、第一級〔甲〕の〔第《やしき》〕を〔高〕くそびえさせるであろう。一将功成って万骨枯るであろう。「文選」二、漢の張衡の「西京の賦」に、「北闕と甲第と、道に当たりて直《ますぐ》に啓《ひら》く」。薛綜《せつそう》の注に、「第は館也。甲とは第一を言う也」。李善は更に、「漢書」の霍光《かくこう》伝に、宣帝の〔功臣〕であったその人が「甲の第一区を賜わる」とあるのの「音義」に、「甲乙の次第有り、故に第と曰う也」というのを引く。つまり邸宅の階級として第一級のものを意味すると見る。更にまた霍光の兄である霍去病《かくきよへい》が、匈奴征伐第一の功臣であったにも拘らず、武帝が邸を作ってやろうというと、「匈奴の滅びざるに、家を以って為す無き也」と辞退したと、「漢書」のその伝に見えるのを、李善は、「文選」二十一、梁の虞羲の「霍将軍の北伐を詠ず」の注に引く。しかしいまこの詩の〔功臣〕に、そうした遠慮はない。銭謙益注、「長安志」を引いていう、「天宝の中《ころ》より、京師の堂寝は、已《すで》に宏麗を極わめしが、而かれども第宅は未まだ甚しくは制《おきて》を逾《こ》えざりしに、安史二逆より後には、大臣宿将、競うて棟宇を崇《たか》くして、界限無し。人びと之れを木の妖《あやかし》と謂えり」。杜の危惧は、やがて適中するわけである。〈宋敏求の「長安志」七に、「徳宗実録」にもとづいてこの語を引く。〉また〔功臣〕は、一般的な語でもあるが、特別な事態に貢献した臣僚に、何何功臣という称号が与えられることがあり、「旧唐書」粛宗本紀、至徳二載十二月の条に、「蜀郡霊武元従功臣」として、韋見素《いけんそ》、高力士、陳玄礼、裴冕《はいべん》、李輔国などの名をあげる。

7〔万方頻送喜〕単に長安の恢復ばかりでない。今や形勢は大きく好転し、万の地帯から頻《しき》りに喜ばしき情報が送られて来る。〔万方〕の語は、第一首にも見えた。〔頻〕を宋某氏、呉若の一本は「同」。

8〔無乃聖躬労〕それだけに、すべて終戦措置の主体でおわす聖人すなわち皇帝の御躬《み》は、御苦労あそばされるのでないか。スナワチ…ナルナカランヤと訓読される〔無乃〕は、「左伝」など散文に頻見するいい方。ここの〔聖躬《せいきゅう》〕は、もっぱら粛宗を指そう。詳注、「後漢書」孔融伝のその上書、「万乗は至って重く、天王は至って尊し。身は聖躬と為し、国は神器と為す」を引く。このむすびの聯、のち夔州での「諸将五首」〈その二〉の詩に、「独り至尊を使《し》て社稷を憂えしめば、諸君何を以って升平に答えん」、また「有感五首」〈その一〉に、「将帥は恩沢を蒙り、兵戈は歳年有り。今に至りて聖主を労す、何を以って皇天に報いん」、みな同じ思考である。

双声　宮闕　春城-鏟-賊　杕杜　帰及　万方-頻

余論。この第三首、私の前注は、長安に帰ってから、明春以後の補作かと疑った。詩中に〔春城〕といい、夏の祭りである〔薦桜桃〕が見えるからであった。しかし今は、諸注に従い、これもこの時点での作であり、実際はこの月の末にあった皇帝の帰還を、もっと遅く、明春以後にあると予想しての作とする。ただ〔功臣甲第高〕は、予想としては早すぎ、また明年以後に確実となる事態である。この部分だけは、あとからの補筆かも知れない。また完全に同時一連の作としては、同じ〔万方〕の語、第一首にも見えたのが、ここにも見えること、なお不安を感じないでない。

以上の二首のあと、天下の形勢は、更に好転する。九月末の長安奪還のあと、翌十月十八日壬戌には、賊都となっていた東京洛陽も、やはり元帥広平王李俶と副元帥郭子儀、またウイグルの助力によって、奪還され、偽帝安慶緒は、北方鄴城《ぎょうじょう》、すなわち今の河南省安陽市にのがれる。両京克復の捷報を得た粛宗は、十月十九日癸亥、鳳翔の行在所を発し、十月二十三日丁卯、長安に到着、東の内裏である大明宮《だいめいきゅう》にはいる。以上、日附けは「資治通鑑」による。そうして杜も鳳翔行在所から長安宮廷への粛宗の帰還に、廷臣の一人として扈従《こしょう》したこと、のち秦州で、賈至と厳武に寄せた長律〈巻八前編3〉に、「法駕の双闕に還る」であったとき、「此の時奉引を忝《かたじけな》くす」というのによって、知られる。しからば、この月、すなわち七五七至徳二載十月の、おそくも下旬には、鄜州から鳳翔の政府に帰着していて、皇帝の還都と共に、長安へ帰ったこととなる。それ以後の半年強、長安での侍従職の一人、左拾遺としての詩は、次巻に。

一九七九昭和五十四年八月稿畢。

あとがき

この第四冊は、著者吉川幸次郎が手ずから校正を施した最後の一冊である。本巻の巻尾に「一九七九昭和五十四年八月稿畢」とあるように、吉川は八月に第四冊を脱稿したあと、その月の末、胃の不調を訴えて、京都大学医学部附属病院に入院した。入院の前に、京都大学文学部の中国文学研究室を訪れて、「暫く入院するが、心配しないように」との伝言があったそうである。ちょうど夏休み中で、私は大学を離れており、同僚の清水茂教授からのちに伝言を承った。吉川は胃がんと診断されて、九月四日に胃の一部切除手術を受け、同月末に退院、自宅で健康の回復に努めた。

自宅静養中には一時小康状態にあったが、翌八〇年三月十五日に、再入院。同十八日、満七十六歳の誕生日を病院で迎えたあと、四月八日午前四時四十五分、癌性腹膜炎のため逝去した。第四冊が筑摩書房から上梓されたのは、三か月後の同年七月下旬で、奥付には七月二十日発行とあり、吉川の最後には間に合わなかった。同巻には著者の死を知らせる版元からの短い挨拶状が、「読者の皆さまへ」と題して挿入されている。

当時、筑摩書房の編集者として『杜甫詩注』の一切を取りしきっていた大西寛氏によると、吉川は第四冊の校正刷りを病室に持ちこみ、朱を入れていたらしい。発病前には堂堂たる恰幅だった吉川が、術後は痛痛しいまでに痩せ、まるで「白鶴仙人」のような姿で、「妄執みたいなもんや」といいながら校正の筆を執っていた、と大西氏は回想する。

本巻を読んでいると、脂の乗りきった精神の高揚ぶりが、おのずと行間にみなぎっているのを覚える。それまでの著者の研究成果を集大成した形で、吉川杜甫の世界が、いよいよ本格的に姿を現わしてきたというべきだろうか。杜甫自身は四十代の半ば過ぎ、安禄山の乱の渦中でさまざまな辛酸をなめつつ、挫折の中から大作「北征」を含む幾多の名篇を著わして、大詩人への評価を確実にしていった時期である。杜甫の気分が吉川に乗り移って、一つに融けあい、これからのわくわくするような展開を待望させる雰囲気が本巻には満ちている。それだけに、病魔による突然の中断は、吉川にとって無念の極みだったに違いない。

本巻は上述したような意味で、吉川自身の手によって実質的に完結した最後の巻になる。編者である私がとやかく容喙する余地はもとよりない。にもかかわらず、なお幾ばくかの筆を加えたのは、すでに第一冊の解説にも記したように、最近の情報機器の発達により、文献資料の検索方法が格段に進歩したために、主として言葉の典拠や使用例などについて、補充の必要があると感じたからである。これまでの巻と同様に、余りうるさく感じられない程度に補筆を行なったことを了承いただきたい。

本巻も既刊の各冊と同じく、双声畳韻については京都大学文学研究科の木津祐子教授に、資料調査については二宮美那子氏(滋賀大学教育学部)に、それぞれ援助を仰いだ。双声畳韻の改変部分はいちいち明示していないが、筑摩版と比べてかなりの異同があることをお断りしておく。ここに両氏の協力に対して心より謝意を表する。

二〇一五年二月

興膳　宏

杜甫詩注　第四冊　（第七回配本　第Ⅰ期一〇冊）

二〇一五年三月一九日　第一刷発行

著者　吉《よし》川《かわ》幸《こう》次《じ》郎《ろう》

編者　興《こう》膳《ぜん》宏《ひろし》

発行者　岡本　厚

発行所　株式会社　岩波書店

〒101-8002　東京都千代田区一ツ橋二-五-五

電話案内　〇三-五二一〇-四〇〇〇

http://www.iwanami.co.jp/

印刷・三秀舎　製本・松岳社

ISBN 978-4-00-092764-2　Printed in Japan